ハヤカワ文庫JA
〈JA1572〉

# マルドゥック・アノニマス9

冲方　丁

早川書房
9058

# マルドゥック・アノニマス9

アシュレイ・ハーヴェスト……カジノ協会幹部

■ネイルズ・ファミリー
アダム・ネイルズ……ファミリーのボス
ラファエル・ネイルズ……アダムの従弟
ベンジャミン・ネイルズ……カジノ協会幹部

■〈評議会(カウンセル)〉のエンハンサーたち
〈クインテット〉
ハンター……グループのリーダー。他者に共感をもたらす針を生成する
バジル……ロープ状の物体を操る
ラスティ……錆を操る
シルヴィア……体内で電気を発生させる
オーキッド……音響探査能力を持つ
エリクソン……肉体を砂鉄状にして変化させる
ジェミニ……電子的干渉能力を持つ双頭の犬
ナイトメア……再生能力を持つ黒い犬
シルフィード……姿を消す能力を持つ白い犬

〈ファウンテン〉
ヘンリー・ザ・ディガーマン……トンネルを掘る能力を持つ

〈シャドウズ〉
ジェイク・オウル……体の塩分を回転ノコギリのように操る。ハンターの命令で刑務所に入れられる
ビリー・モーリス……超人的な聴覚を持つ
トミー・ノッカー……愛用のハンマーを操る

〈プラトゥーン〉
ブロン・ザ・ビッグボート……グループのリーダー。体からガスバーナーの火柱を発する
キャンドル・ザ・ビッグバッグ……宙に浮かぶ能力を持つ斥候狙撃兵
オズボーン・ザ・ビッグホーン……額と下顎の角の感覚器官で精密射撃を行う
ドハティ・ザ・ビッグイーター……物を透明化する能力を持つ
ザ・ビッグ・ファングアス……ドハティのパートナー、水の結晶を操るイ

# characters

**■イースターズ・オフィス**
**(現場捜査、証人保護、法的交渉、犯人逮捕を行う組織)**

**ウフコック=ペンティーノ**……万能兵器のネズミ
**ドクター・イースター**……オフィスのリーダー
**アレクシス・ブルーゴート(ブルー)**……体内で薬物を製造するエンハンサー
**ウェイン・ロックシェパード(ロック)**……ウフコックの亡きパートナー
**イーサン・スティールベア(スティール)**……体内で爆薬を製造するエンハンサー
**エイプリル・ウルフローズ**……イースターの秘書兼パートナー。検屍担当
**ダーウィン・ミラートープ(ミラー)**……骨格を変化させるエンハンサー
**ウォーレン・レザードレイク(レザー)**……皮膚を変化させるエンハンサー
**ウィスパー**……高度な通信保護を行う合成植物

**■オフィスの周辺人物**

**ルーン・バロット・フェニックス**……ウフコックの元パートナー。集団訴訟でアソシエートとして働く
**トレイン**……電子的干渉能力を持つエンハンサーの少年
**サム・ローズウッド**……スラム専門の弁護士。ハンター一派に殺害される
**ケネス・クリーンウィル・オクトーバー**……サムの依頼人。オクトーバー社の内部告発を試みてのち検察局捜査官となる
**アビゲイル・バニーホワイト(アビー)**……ナイフを操るエンハンサー
**メイフュー・ストーンホーク(ストーン)**……高速移動するエンハンサー
**トビアス・ソフトライム(ライム)**……冷気を操るエンハンサー

**■オフィスの協力者**

**クレア・エンブリー**……刑事
**ライリー・サンドバード**……刑事。クレアの部下
**ローダン・フォックスヘイル**……市警察委員長
**ベルスター・モーモント**……市議会議員
**ヴィクター・ネヴィル**……検事補
**ダニエル・シルバーホース**……シルバーホース社ＣＥＯ
**レイ・ヒューズ**……元ギャング。通称ロードキーパー

ディロン・パール……白髪で、シャコ貝に似た鎧をまとう
アスター・トパーズ……金髪で、カジキに似た姿になる
バンクス・ツァボライト……緑の髪を持ち、トビウオに似た姿になる
フローレス・ダイヤモンド……代謝性の金属繊維で覆われた巨大なウミガメ

〈スネークハント〉
バリー・ギャレット……グループのリーダー。電子的干渉を行うトランス・トラッカー
アラン・ギャレット・ザ・ヘイズマン……バリーの息子。存在を消すシグナルを発する
ミッチェル・キャッシュ・ザ・スピットバグ……体内で殺人寄生虫を生成する

〈クライドスコープ〉
トーディ……皮膚をゴム状にして姿を変える
スコーピィ……皮膚を投映装置にして姿を変える

〈Mの子たち（チルドレン・オブ・M／ザ・マン）〉
サディアス・ガッター……グループのリーダー。人々を睡眠障害にする。メンバーとともに刑務所に収容され低知能にされる
マクスウェル……神速の射撃を誇る隻腕の射手。刑務所に収容され低知能にされる

カーマイケル・ワッツ……自他の知能を操り、刑務所を支配する

■クォーツ一家
ベンヴェリオ・クォーツ……コルチ族の長老

■円卓（反市長派連合）
サリー・ミドルサーフ……判事。通称キング
ノーマ・ブレイク・オクトーバー……エンハンサー生産計画の実行者。通称ブラックキング
ハリソン・フラワー……弁護士事務所フラワー・カンパニーの所長。通称ナイト
ルシウス・クリーンウィル・オクトーバー……オクトーバー社財務管理

タチの一種
アンドレ……〈ハウス〉の運転手。摩擦係数をゼロにする皮膚を持つ

〈ウォーウィッチ〉
ヨナ・クレイ……グループのリーダー。体を千変万化させるシェイプシフター
ケイト・ホロウ・ザ・キャッスル……他者の人格をコピーする
ハザウェイ……ケイトのパートナー、カラスの大群を率いる大ガラス
リディア・マーヴェリック・ザ・クリメイター……プラズマの炎を操る
デビル……リディアのパートナー、疑似重力の壁を作り出す黒豹
マヤ・ノーツ・ザ・ダークネス……人を無気力にするガスを放つ
デイジー……マヤのパートナー、自在に大きさを変える白蛇
ミランダ・マーシー・ザ・パニッシャー……雹を降り注がせる
リリー……ミランダのパートナー、高性能レーダーの八つの目を持つ白馬

〈ガーディアンズ〉
ホスピタル……グループのリーダー。治癒と毒の能力を持つ
ストレッチャー……物を浮かばせる能力を持つ
モルチャリー……人体を自在につなぎ合わせる

〈ビリークラブ〉
メイプル・ザ・スラッガー……グループのリーダー。拳闘を得意とする肉体強化者
スピン（スピナッチ・ザ・ファルクス）……キックを得意とする肉体強化者
チェリー・ザ・ブロウ……フィンガー・スナップを放つ肉体強化者

〈ホワイト・キープ〉
ショーン・フェニックス……バロットの兄。プッティの介護者
プッティ・スケアクロウ……電子戦を得意とするカトル・カールの生き残り

〈マリーン・ブラインダーズ〉
トロイ・モルガナイト……ピンクの髪を持ち、ウミヘビに似た姿になる
アーチボルト・スフェーン……青い髪を持ち、ウミウシに似た姿になる

■バロットの周辺人物
ベル・ウィング……元カジノディーラー。現在はバロットの保護者
ベッキー……バロットの友人
ジニー……バロットの友人
レイチェル……バロットの友人

部。ケネスの兄。通称クイーン
ドナルド・ロックウェル……銀行家兄弟の弟。通称ルーク
メリル・ジレット……十七番署刑事部長。通称ビショップ。マクスウェル一派に殺害される

■シザース
ヴィクトル・メーソン……市長
ネルソン・フリート……市議会議員
マルコム・アクセルロッド……連邦捜査官
スクリュウ・ワン……シザースの連絡役。ハンターに囚われる
ナタリア・ボイルド……シザースのゆらぎを司る少女

■楽園
フェイスマン……三博士の一人。〈楽園〉の最高管理者
トゥイードルディ……完全個体。空飛ぶサメの群を操る
トゥイードルディム……電子干渉を行うイルカ

■その他の登場人物
マーヴィン・ホープ……ホワイトコーブ病院院長
ドクター・ホィール……三博士の一人。クリストファー・ロビンプラント・オクトーバー
ビル・シールズ……ヒロイック・ピルの生みの親。エンハンサー生産計画を担い、楽園に保護される
ダンバー・アンバーコーン(コーン)……フラワーの雇う０９法案従事者
トーチ……クインテットの拷問係
サラノイ・ウェンディ……三博士の一人、現在は植物状態にあるマザー・グース
キドニー・エクレール……マザーたちから生まれた合成ベビー。通称〈エンジェルス〉の一人

■集団訴訟原告団
アルバート・クローバー……大学の教授。集団訴訟の弁護士
オリビア・ロータス……クローバーのパートナー。辣腕の弁護士
エリアス・グリフィン……原告の一人。ケネスの恋人
ジェラルド・オールコック……医科学面での証人

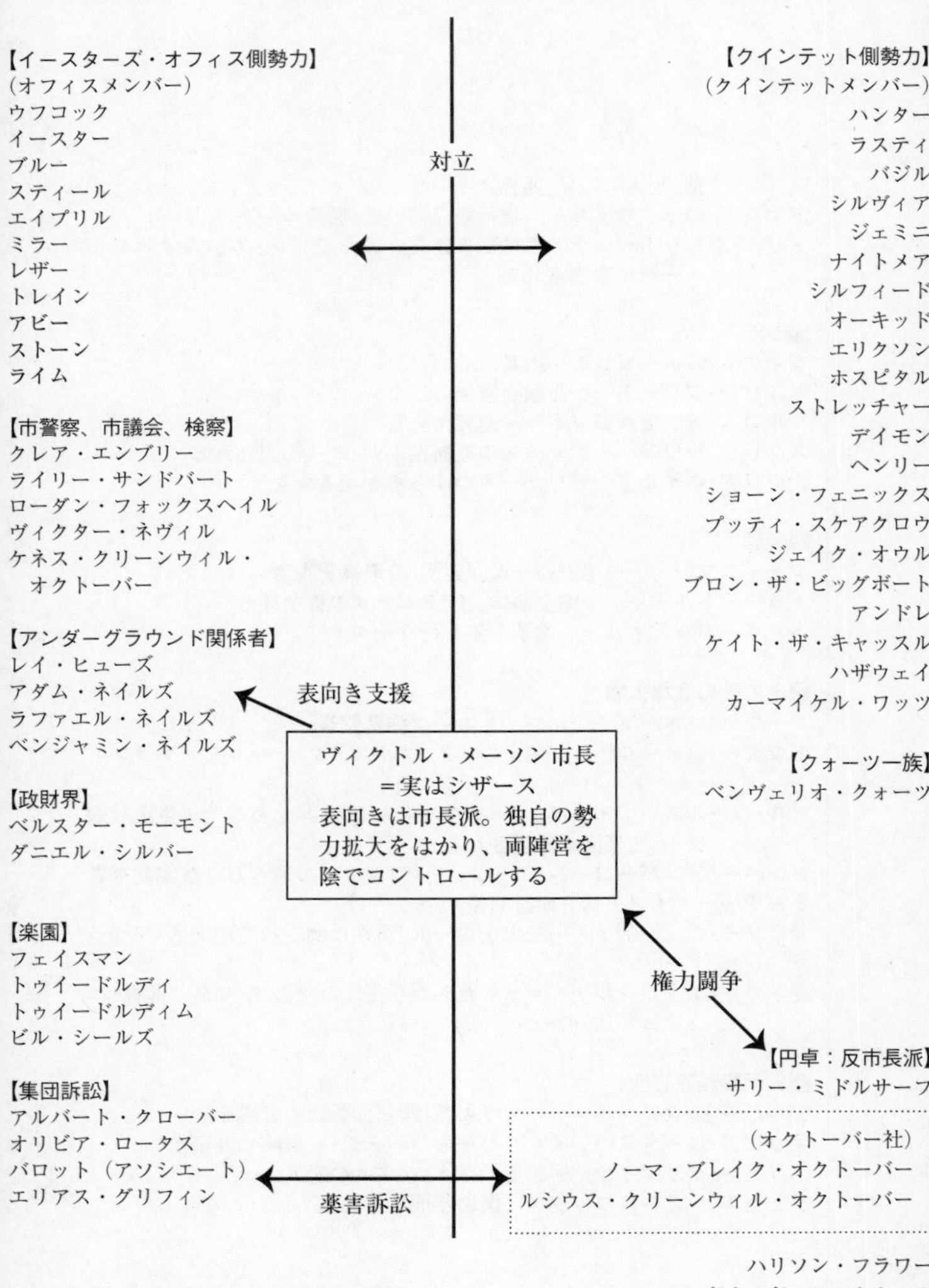
【イースターズ・オフィス側勢力】
（オフィスメンバー）
ウフコック
イースター
ブルー
スティール
エイプリル
ミラー
レザー
トレイン
アビー
ストーン
ライム
【市警察、市議会、検察】
クレア・エンブリー
ライリー・サンドバート
ローダン・フォックスヘイル
ヴィクター・ネヴィル
ケネス・クリーンウィル・
オクトーバー
【アンダーグラウンド関係者】
レイ・ヒューズ
アダム・ネイルズ
ラファエル・ネイルズ
ベンジャミン・ネイルズ
【政財界】
ベルスター・モーモント
ダニエル・シルバー
【楽園】
フェイスマン
トゥイードルディ
トゥイードルディム
ビル・シールズ
【集団訴訟】
アルバート・クローバー
オリビア・ロータス
バロット（アソシエート）
エリアス・グリフィン
対立
表向き支援
ヴィクトル・メーソン市長
＝実はシザース
表向きは市長派。独自の勢力拡大をはかり、両陣営を陰でコントロールする
権力闘争
薬害訴訟
【クインテット側勢力】
（クインテットメンバー）
ハンター
ラスティ
バジル
シルヴィア
ジェミニ
ナイトメア
シルフィード
オーキッド
エリクソン
ホスピタル
ストレッチャー
デイモン
ヘンリー
ショーン・フェニックス
プッティ・スケアクロウ
ジェイク・オウル
ブロン・ザ・ビッグボート
アンドレ
ケイト・ザ・キャッスル
ハザウェイ
カーマイケル・ワッツ
【クォーツ一族】
ベンヴェリオ・クォーツ
【円卓：反市長派】
サリー・ミドルサーフ
（オクトーバー社）
ノーマ・ブレイク・オクトーバー
ルシウス・クリーンウィル・オクトーバー
ハリソン・フラワー
ドナルド・ロックウェル

マルドゥック市勢力図

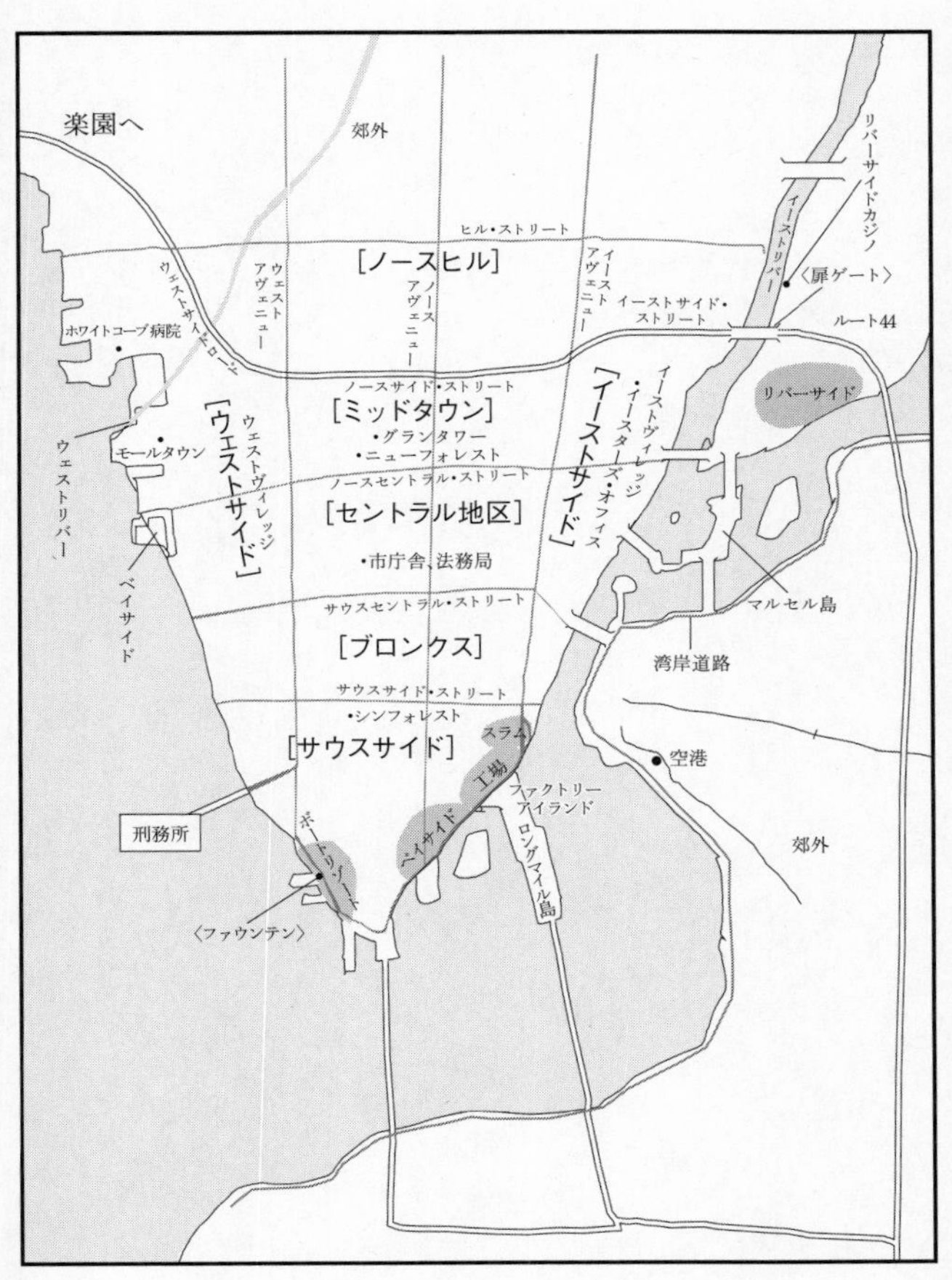
楽園へ
郊外
ヒル・ストリート
リバーサイドカジノ
イーストリバー
〈扉ゲート〉
ルート44
[ノースヒル]
ウェストアヴェニュー
ノースアヴェニュー
イーストアヴェニュー
イーストサイド・ストリート
ウェストサイドロード
ホワイトコーブ病院
ノースサイド・ストリート
[ミッドタウン]
・グランタワー
・ニューフォレスト
[ウェストサイド]
ウェストヴィレッジ
[イーストサイド]
イーストヴィレッジ
・イースターズ・オフィス
リバーサイド
ウェストリバー
モールタウン
ノースセントラル・ストリート
[セントラル地区]
・市庁舎、法務局
ベイサイド
マルセル島
サウスセントラル・ストリート
[ブロンクス]
湾岸道路
サウスサイド・ストリート
・シンフォレスト
[サウスサイド]
スラム
工場
空港
ファクトリーアイランド
刑務所
ポートリート
ベイサイド
ロングマイル島
郊外
〈ファウンテン〉

# 第九章

## 1

「君が沈黙を好むことは知っている。だが今ここで口をつぐむとは奇妙なことだ」

バロットの背後で、ハンターが葬儀場にいる人々を代表し、周囲にも聞こえるようインカムをオンにしたまま訝(いぶか)しみを口にした。

「君自身が生命保全プログラムを適用されたときの裁判でも、シルヴィアが殺された事件の聴取でも、君は沈黙を続けたと聞く。きっと親しい誰かと話すときさえ黙り込むたちなのだろう。だが弔意を述べるべき場で一言も発さない理由は何だ？　実は何か重要なことを知っているが、事情があって口にできないということかね？」

バロットは、ハンターからのプレッシャーに毅然と耐えた。記者たちの怪訝(けげん)な眼差しも、大勢の憎らしげな視線も受け止め、人の死が政治利用される場に異議を唱える反抗分子としてその場に立ち続けた。法廷外戦術(アウト・オブ・コート・タクティクス)の一環として。

ハンターは、葬儀を利用して禁忌の議論を推し進め、ひいては集団訴訟に疑義を投げかけていた。バロットは、その議論に正面から対抗する者を登場させるために立っていた。有用性の証明という果てしない義務を背負ってこの都市で生き抜きながら、人格的存在を認められず、つまるところ人間とみなされない者のために舞台を作るのだ。

　バロットは、自分を敵視する者の様子を鋭く探った。シルヴィアを殺した真犯人がここにいる可能性もあるのだ。ハンター配下の面々は軽挙妄動は慎むようきつく言われていることだろうが、ラスティのように暴発しかねない人間もいる。むしろメディアの前でラスティが憤激し、壇上にいる自分を攻撃してくれればいいとすらバロットは思っていた。

　結局、実際に攻撃しようとする者は現れなかった。バロットはハンカチを持つ両手をおもむろに壇上のマイクへ差し出した。人々の目が集中した最も効果的な瞬間を狙って、ハンカチが変身(ターン)し、くすんだ金色の毛並みを持つ一匹のネズミとなって声を放った。

「おれの名は、ウフコック・ペンティーノだ」

　静まり返っていた場が、一瞬で騒然となった。葬儀の進行を担(にな)う派手派手しい司祭が、「おお、神よ」と呟(つぶや)いて後ずさるのと入れ替わりに、ハンターが素早く立ち位置を変えてウフコックをその目でとらえた。大勢がウフコックをよく見ようと立ち上がって首を伸ばし、葬儀場のカメラがその姿をとらえてモニターに映し出すと、改めて驚きでのけぞり、

「まさかあのネズミが喋ったのか？」と口々にささやいた。

　ウフコックは、場が落ち着くのを堂々と待った。そして、ハンターに果敢な一瞥(いちべつ)をくれ

てから、弔問に訪れた人々に向き直った。

「おれはこの都市で長いこと匿名(アノニマス)の存在として働いてきた。おれはそれを変えようのないことだと思っていた。いつか名を遺すどころか、誰かに名乗る機会すら滅多にないのだと自分に言い聞かせた。だがそんなおれを召喚した人間がいる。おれ自身の有用性を証明する機会を与えるためではなく、奪うために。おれの生存に疑問を突きつけ、貶(おとし)めることで、命の危機に瀕(ひん)する人々を救ってきた0　9(オー・ナイン)法案と生命保全プログラムを改悪するために」

ウフコックを遮(さえぎ)る者はいなかった。大半が驚きに圧倒され、彼が何を口にしているのかも頭に入らない様子だ。それでも記者たちが放つ多数のフラッシュがウフコックに浴びせられ、その小さな身がかつてなく明るみに立つことをバロットは心から誇りに思った。

「そこにいるパラフェルナー議員が、おれを召喚した。彼はもしかすると、おれが逃げ隠れすると思っていたのかもしれない。もしそうなら彼の目論見(もくろみ)は外れたことになる。おれはもう匿名(アノニマス)の存在には戻らない。おれ自身の有用性の証明を諦めない。おれがここに立つ理由は、彼や禁忌の議論を推進する人々に対し、おれ自身が声をあげて戦うためだ」

## 2

その日、ハンターは三頭の猟犬を伴い、アンドレが運転する〈ハウス〉に乗ってノースイーストの丘に来ていた。都市最大の規模を誇る葬儀社の経営者に会うためだ。

弔問客向けの店が並ぶヒル・ストリートの突き当たりに、その〈ウィステリア・ヒル〉社の葬儀所があった。〈ハウス〉が駐車場に入り、姿を消したシルフィードのみを連れてハンターが降りると、先にいた真紅のスポーツカーからリディアとデビルが出てきて歩み寄った。

「ハイ、ハンター。いや、パラフェルナー議員。わざわざ来てもらって悪いね」

「ファシリティ構想の実現のためならどこにでも赴こう。とりわけ、一番の重要人物がいるとなれば足を運ばないわけにはいかない」

「一番のブローカーさ。悪人じゃないが、どんな悪人よりもカネとコネに目がなく、人を信用させる天才だ。人はみな神の子だとか何とか言って、マルセル島の〈ウォーターズ〉みたいな連中とも仲良くやっちまう。今もあんたに会いたくて、うずうずしてるはずさ」

「ではさっそく会いに行こう」

ハンターと見えざるシルフィード、リディアと黒豹は、雨よけの屋根が設けられた豪奢な通路を進み、死者の安寧をあらわす藤の花の房模様に飾られた建物のロビーへ入った。

右は納棺所、左は火葬のための焼却炉、奥は公会堂と、どこへ足を向けても弔いに関する場所ばかりだ。リディアの先導で、棺と遺影と花が運ばれるのを待つ空っぽの葬儀場の裏手へ進んだ。劇場のバックヤードさながら長い通路に多数の部屋が並び、葬儀バンドのためのアンプ、棺や花輪の台座、プロジェクター用の機材などが置かれている。一画に『司祭室』の札がかかったドアがあったが、開けっ放しで、厳かな祈りの声が漏れ聞こえた。

リディアがドアをノックすると、デスクに尻を載せた恰幅の良い男が、祈禱書を置いて立ち、さっと紫のローブの裾を整えた。リディアと黒豹に続いて入ってきたハンターを見て、輝くような笑顔を浮かべて両手を開き、歓迎の意を示した。

「ようこそおいでくださった！　マルセル島のリディア、麗しい獣デビル、そしてなんと、パラフェルナー議員閣下！　明日の葬儀の準備に集中するあまり、出迎えるべき時間を失念してしまったこと幾重にもお詫び申し上げます！」

言動の全てがオーバーだが、それが自然なものに見えるという不思議な人物だった。相手を欺こうとするのではなく、演技に没頭してそれ以外のことをすっかり忘れた生粋の役者といったところだ。

「こちらこそ、多忙のときにお邪魔をして申し訳ない、アポロン・マイティクロウ司祭」

ハンターが右手を差し出すと、マイティクロウ司祭はそれを両手で握った。ハンターは相手に違和感を与えることなく共感をもたらす針を男の両手に打ち込んだが、自分の利益にだけ忠実なこうした人物が相手では効果は薄いだろうと割り切っていた。

まだ〈ファンドマネジャー〉の正体を探っていたとき、ハンターは富裕層の仲間入りをしたふりをして様々な人物と握手をして回ったが、共感（シンパシー）の輪が築かれることはなかった。ハンターに悪意を抱けばすぐに感じ取れるという程度だ。

もちろんそれ自体きわめて有用であり、脳に何本も針を打ち込めば〈イースターズ・オフィス〉の一室で自殺させたデューク・レイノルズ警部補のように強引に操ることもできる。とはいえ正気を失わせた人間の活用法など、ほとんどないと考えるのがハンターだ。

強固な結束を誓う勢力（パワー）を求める限り、共感（シンパシー）の輪が参加者をふるいにかけるのは当然だった。真にふさわしい者を受け入れ、ふさわしからざる者を弾いてしまう。ハンターが結束の解釈を大幅に変えない限り、忠実さに欠ける者が共感（シンパシー）の輪に入り込むことはなかった。

「わたくしめの名前をさっそく覚えてくださっているとは感激です、議員！」

マイティクロウ司祭が握った手を離し、間髪容れずに自分の押し売りを始めた。

「わたくしは、あなた同様あまり裕福ではない地区に生まれ育ち、神の眼差しを実感させるセラピストとして働いてきました。神はやがて私をウィステリア葬儀社の管理人とするだけでなく、〈ヒル・ストリート・ロータリークラブ〉の代表に、そしてまたわたくしめに真理を教えてくださった〈光の環（わ）〉教会の叙勲（じょくん）委員長にしました」

「神に見出された司祭とは実に多忙とみえる。こちらの〈ファイブ・ファシリティ〉の運営に協力してくれると聞いたが、骨折りを頼むのは難しそうだ」

「とんでもない！　わたくしめがこれまで築いてきた全ては、あなたの偉大なる務めをお助けするためにあったのだと確信しています！」

　リディアがするりと割って入った。

「あたしも同じ気持ちさ、司祭どの。強欲者どもに汚された五つのファシリティは議員の手で再生される。アップルヤード孤児養護(オーファネッジ)、ビアズリー高齢者介護(ナーシングホーム)、エアハート中毒者更生(リハビリテーション)、ダンデリオン路上生活者収容(コンティンメント)、サニーズ障害者支援(ハンディキャップ)の全てがな」

　マイティクロウ司祭が、太い人差し指と中指を立てて、こう付け加えた。

「レクターズハウスと市の刑務所も。どちらも凶悪犯罪者を収容しているというのに、議員の力で施設内の暴力行為がなくなったと聞いています。セブン・ファシリティ構想、いや、もっと増えるでしょうから、スーパー・ファシリティ構想と呼ぶべきでは？」

　ハンターは思慮深げにかぶりを振ってみせた。

「残念ながら、レクターズハウスと刑務所の改善は、それぞれの自浄努力のたまもので、こちらにできる支援はたかが知れていた」

「支援する者が現れたことが奇跡なのです、議員！　わたくしとて腐敗に満ちたファシリティの改革を願っておりましたが、驚異の念をもってあなたにひれ伏すばかりです！」

「身に余る言葉だ。では、あなたの知見とコネクションを頼っていいだろうか？」

「ぜひとも！　ところで、当施設に隣接する墓地の購入については聞いていますかな？」

抜け目なく司祭が話題を変えた。ハンターは相手の饒舌(じょうぜつ)さに付き合わず結論を述べた。

「喜んで資金を提供する。葬儀所と墓地、ともに同じ者に管理されるほうが望ましいと眠れる死者たちも思っているに違いない」

マイティクロウ司祭が歓喜に身を震わせた。

「ありがとうございます、議員！　あの墓地こそ、大昔のおぞましい死体ビジネスで潤ったネイルズ・ファミリーの手から逃れた真に静謐たる安寧の場なのです！　由緒正しく、その分だけ墓地区画は年々高騰し、権利者が何世代も交代したことで複数に枝分かれしてしまい、それらを再統合するのにかなりの資金が必要なのです」

「冒瀆を許さない神聖な土地は、司祭のもとで安寧を保つと約束しよう」

マイティクロウ司祭は、ハンターを褒め称える言葉を猛然と口から迸らせた。それをリディアがやんわりと遮り、面会を終わらせて部屋を出た。

ロビーへ戻ると、リディアが喉を鳴らして笑った。

「やつの本名はフリン・ドーバスってんだ。アポロン・マイティクロウなんていう、ふざけた偽名には笑っちまうが、それもあの男の狙いだ。あの調子でどんなギャングや政治家ともコネを作る、この都市一番の道化さ」

建物を出たところで、ハンターが足を止めた。

「司祭がレクターズハウスに言及したのは、職員に自殺者が出たからではないか？」

とたんにリディアが気まずそうに目を逸らした。

「あれは……わざとじゃない。なんていうか、マヤのガスが効き過ぎたんだ」

「アップルヤード孤児養護（オーファネッジ）と、ビアズリー高齢者介護（ナーシングホーム）に関与していた市の事務官が自殺したのも、効き過ぎが原因だと？」

「一つ言い訳させてくれ。そういう願望の持ち主でない限り、マヤのガスは人を殺さない。そいつらは荒事続きの毎日で心が壊れてた。その背中を、うっかり押しちまったんだ」

「押すべきでない場合もある」

「わかってる。すまない。あいつらの精神状態や通院記録を調べるべきだった」

「〈ガーディアンズ〉と協力し合えば、容易に調べられただろう」

「ああ……つい競っちまった。ヨナ・クレイからも厳しく言われたよ。あんたが関わる施設で次々に自殺者が出るなんてことは、あってはならないって。二度とミスはしない」

「信じよう」

リディアは感謝を込めてうなずき、上目遣いになって言った。

「よければ、あたしからも一つ訊きたい。訊くべきでないなら、そう言ってくれ」

「なんでも訊くといい、リディア」

「ラスティとシルヴィアが、なんていうか　ビジネスでしくじったって？　それで二人は、あんたに見捨てられたんじゃないかって……」

「二人が手痛いやり方で政財界の流儀を教え込まれたのは事実だ。二人は常に忠実な仲間であり、洗礼を受けたことでいずれ我々に新たな均一化(イコライズ)のすべを教えてくれるだろう」

「わかった。ケイトとヨナが、まるで二人は共感(シンパシー)を失ったみたいだって……その、〈プラトゥーン〉や〈マリーン〉のやつらも同じように感じてたから。でも、あんたを信じる」

「他のグループとも、日常的にやり取りしていることが窺(うかが)えるな」

「マルセル島は〈ルート44〉と地続きだし、今は〈マリーン〉が港を仕切ってるからね」

「おれも、お前たちの結束を信じている」

ハンターは歩みを再開し、リディアとともに駐車場へ戻った。バイクに乗るオーキッドと四輪駆動車に乗るエリクソンが、〈ハウス〉のそばで待機していた。

リディアは気さくに二人と手を振り合い、デビルとともにスポーツカーに乗って去った。

ハンターとシルフィードを乗せた〈ハウス〉は、オーキッドとエリクソンに護送されてイーストヒルを出て西へ進み、グランタワーの地下駐車場に入り、予約した区画に停まった。

柱の陰からバジルが現れ、二人とともに〈ハウス〉に乗り込んだ。バジルがドアと運転席に近い定位置に腰を下ろし、オーキッドとエリクソンがハンターの右側のシートに並んで座った。

「〈白い要塞(ホワイト・キープ)〉からの情報じゃ、ラスティの車のナビに入力された目的地は〈楽園〉だ。シルヴィアが一緒にいることも確認した」

バジルは感情を出さず告げたが、強い義務感が共感(シンパシー)の波となってみなに伝わった。

「追跡されていることは二人とも承知のはずだ。目的は、集団訴訟の原告側に協力するビル・シールズ博士の暗殺とみて間違いないか？」

オーキッドが尋ね、その横でエリクソンが首を傾げた。

「わざわざ施設に行く理由なんてそれしかないだろうが……博士を裁判に引っ張り出すほうがオクトーバー社には有利だというのがハンターの考えだぞ。殺せばオクトーバー社の娘も怒るはずだ。なのに、ラスティもシルヴィアもなぜかわかってない」

「そうだ。二人はおれの目的を理解せず、不利に働く行動に出た。あえてそうしたのではなく、おれの利益になると信じてのことだろう」

ハンターが重々しく告げ、オーキッドが大きく息をついた。

「二人とも本当にハンターとの共感（シンパシー）を失ったわけだ。ボートカジノの件が原因か？」

バジルが、眉間に皺（しわ）を寄せてかぶりを振った。

「二人を、ホスピタル、ケイト・ホロウ、ヨナ・クレイに診せたが、原因はわからん。ホスピタルが言うには二重能力（ダブル・ギフト）の影響でもねえ。比べられるもんじゃないかもしれんが、シルフィードやナイトメアには異常がないしな」

二頭が顔を見合わせ、どこか異常があるだろうかと匂いを嗅ぎ合った。

ともあれ最も懸念すべきは一つであり、オーキッドが率先して口にした。

「シザースのしわざか？」

「これがシザースの新たな戦術かどうかは不明だ。いつぞやネズミの〈監視者（ウォッチャー）〉に潜り込まれたときのように、正体を探りながら手を打つしかないだろう」

ハンターが告げたとき、コール音が響いた。ハンターがシートの肘掛けをスライドし、ボタンを押した。天井の跳ね上げ式モニターが下りてきてオンになり、〈円卓〉のメンバーが映し出された。グランタワーの会議室にいるフラワーとコーン、銀行の執務室にいるロックウェル兄弟の弟ドナルド、ノースヒルの自邸の庭にいるルシウスだ。

「〈円卓〉の方々の協力に感謝する」

ハンターを無視して、フラワーが非難もあらわにわめいた。

《一難去ってまた一難だ。大損失の後始末をつけている最中に、ギャング流でことに及ぶとはな。集団訴訟を潰すため、法廷外戦術で議会をかき回すのが今の君の役目だぞ》

「意図せぬことだが有用な結果に結びつける。そのための手続きは順調か？」

《シルヴィア・フューリーとラスティ・モールドを証人として死なせる手続きなら、とっくに完了した。君が手中に収めたエアハート中毒更生（リハビリテーション）ファシリティに、二人とも何年も前から登録された前科者であることを示す書類を作ればいいだけだからな》

ふんぞり返るフラワーの横で、コーンが「本当にいいのか？」と問うように唇を歪めた。

だがハンターはとっくに決断を下しており、バジルたちも異を唱えなかった。

「ありがとう、フラワー。奇貨（きか）とするすべを学ぶ相手は、やはりあなた方だな」

《まあ、暴走する者を速やかに切り捨てたことは、評価しよう》
ドナルドが、どうでもいいことだが、というように言った。
「切り捨てたわけではない。新たな均一化（イコライズ）の絆（きずな）をもって、授けられた法廷外戦術に邁進する。そのことを銀行という城砦（ルーク）を築くあなたに誓おう」
《演説が得意なこともわかった。何の担保にもならんが――》
　そこでルシウスが割り込んだ。
《この件が終わったら、ファシリティへの融資を進めるべきだ、ドナルド。集団訴訟が本格化した今、彼が必要だし、私も協力して〈円卓〉に安定をもたらすと約束する》
　ハンターへの肩入れを隠さないその態度に、フラワーもドナルドも珍奇なものを見るような顔をしたが、ルシウスは構わず続けた。
《ハンターのファシリティ構想は、ネルソンの市長選立候補のキャンペーンにうってつけだ。スラム住民を味方につける市長派にかつてない打撃を与えてやれる》
　ドナルドが、《わかった、わかった》と煩（わずら）わしげに手を振った。
《墓場への融資など初めてだが、ファシリティが利益を生むことは私も兄のローガンも理解している。共同融資枠を設定し、市銀に呼びかければ一億ドルは集まるが、もし失敗すればボートカジノ投資が小遣い程度に思えるほどの損失になるぞ。兄いわく、時限爆弾を尻の穴に突っ込まれたも同然の目に遭わないことを祈るそうだ》

《おい、ドナルド》

フラワーがたしなめた。

「意外に話しやすそうな兄貴だ」

バジルがにやりとした。ドナルドは、お勧めしないと言いたげに肩をすくめた。

《兄は、そちらの問題解決の仕方によっては融資は引き下げるとも言っている》

「殺しはしねえ。仲間は生かして、集団訴訟から〈楽園〉を引き離すネタにする」

フラワーがつまらなそうにネクタイをもてあそんだ。

《数千万ドル分の損失を埋め合わせるため、二人に残りの人生を更生施設で過ごせと命じるか？　メリル・ジレットがやりそうなことだ。ハンターは君を〈円卓〉のビショップに推薦しろと言っているが、わざわざやり方を真似ているわけじゃあるまいな》

「あんな下手を打つ男の流儀をか？　ごめんだね」

バジルが返すと、ぜひそうあってくれという顔でフラワーがうなずいた。

《以上か、ハンター？　こっちは集団訴訟で忙しいんだ》

「以上だ。重ねて面会に感謝する」

《まあ、頑張ってくれ》とドナルドが返し、コーンが席を立つフラワーの代わりに手を振り、ルシウスが《解決を祈る》と言って退出した。

ハンターもモニターをオフにし、バジルへ命じた。

「準備は調った。ジェイクに連絡し、この件をルーン・フェニックスに通報させろ」

# 3

その連絡を受けたとき、バロットはクローバー法律事務所で、証人選定のための膨大な資料をまとめているところだった。何百人という医師や研究者のリストを作っては、クローバー教授とオリビアがふさわしくないとみなした者を次々に外していくのだ。二人の判断の根拠がわからず首を傾げることも多かった。二人とも複雑で大規模な裁判のあらゆる局面を想定し、バロットには考えもつかない理由で決断するのだ。

オリビアから渡されたメモに従ってデスクトップを操作し、リストから外された神経科学者のデータを『じゃ、またね』と名付けたフォルダに移動したとき、デスクで携帯電話が鳴った。市の刑務所からだ。来た。こんなに早くホットラインが使われるとは予想外だが、バロットは冷静に携帯電話を取り、録音モードにして応答した。

「はい、こちらフェニックス」

《ヘイ、ピカピカの鏡のお嬢さん、ニュースの時間だぜ。驚いてひびが入るなよ》

案の定ハンター側の連絡役であるジェイク・オウルだったが、あまりのなれなれしさにバロットは反射的に眉をつり上げ、冷ややかに訊き返した。

「情報を提供したいと？」

《マジでやばいネタをつかんだ。おれから聞いたなんて絶対に誰にも言うな》

「はい。守秘義務に従います」

《あんた、〈クインテット〉のシルヴィアとラスティは知ってるな。二人はでかいビジネスでしくじったらしい。騙されて何千万ドルって額の借金をこさえちまったって噂だ》

モーモント議員とカジノ協会幹部が仕掛けた罠のことはバロットも知っていた。カンファレンスでモーモント議員が雄々しく報復を語ったとき、その場にいたのだ。

「どこからそのような情報を？」

ハンターからだとわかってはいたが、念のため質問した。

《外の仲間だ。トミーとビリーってのが、ハイウェイ・パトロールの見習いをしてる》

なるほど、と内心で呟いた。〈ルート44〉のテリトリーだ。マルセル島の抗争で壊滅した〈シャドウズ〉の残党が、どう再編されたかこれでわかった。バロットは、バジルに負けず劣らず正確に〈クインテット〉配下の組織図を思い描きながら話を続けた。

「あなたが伝えたいのは、二人が損失をこうむったという情報ですか？」

《まだ話の入り口だぜ。おれがつかんだのは、二人が人を殺す気でいるってことだ》

「ラスティとシルヴィアが人を殺そうとしていると？　誰をですか？」

オリビアとクローバー教授に伝えるため、声に出して尋ねた。すぐにオリビアが膝に置いたファイルから顔を上げ、クローバー教授もホワイトボードにせっせと今後の予定を書き込むのをやめて振り返った。

モーモント議員を殺す気か――バロットはそう考え、クローバー教授から〈イースターズ・オフィス〉にすぐさま通報してもらう気でいたが、ジェイクは意外な名を告げた。

《ビル・シールズだ。おれたちをエンハンサーにした、いかれた科学者だ》

「ビル・シールズ博士を、二人が殺害する気なのですか？　なぜ？」

クローバー教授が携帯電話を懐(ふところ)から出しながら廊下へ向かった。

《オクトーバー社を訴えようっていう、でかい訴訟の証人だからだ。シルヴィアとラスティは、そいつを殺せば訴訟を潰せると考えたらしい》

おかしい。ハンターは、ビル・シールズ殺害を企てていない。議会に引きずり出して攻撃する計画を練っているはずだ。ハンターと共感(シンパシー)の輪でつながる者たちが、そんな考え違いをするだろうか。こちらを混乱させるための偽証で、やはり本当の目的はモーモント議員の暗殺ではと疑うバロットへ、ジェイクがさらにこう告げた。

《二人は、ハンターがまっとうにやろうとしてるってことがわからなくなっちまったらしい。お互いに対する、なんていうか、共感(シンパシー)が消えたって話だ》

ハンターとのつながりを失った。あるいは、ハンターの能力(ギフト)に異変が生じた。それなら二人の暴走もうなずけるが、それほど重大な情報を流すことにバロットは驚いた。

「その情報はいつ得たのですか?」

《ついさっきだ。それで急いであんたに電話した。あと、二人が姿を消したのは今朝の九時頃らしい。ビル・シールズは連邦の施設にいるんだろう? 二人が交代で車を走らせれば、明日の夜明けにはその施設に着くんじゃないか?》

問うてもいないことを次々に教えてくれる。ハンターの指示に従っているのだ。〈イースターズ・オフィス〉の目を〈楽園〉に向けさせ、その隙にモーモント議員を襲う可能性は否定できないが、さりとてこの情報を無視することはできなかった。

《あと、ハンター自身がその施設に行って、シルヴィアとラスティを止める気らしい》

「ハンターが〈楽園〉に?」

モーモント議員暗殺を企んでいるなら、関与していない証拠作りのために都市を離れる気だろう。もしそうでも、ここでハンターが二人を確保してしまっては〈イースターズ・オフィス〉の面目は丸つぶれだ。加えてホスピタルのように能力(ギフト)を封じる力の持ち主がいることを理由に、〈楽園〉の有用性に疑義を突きつけてくるだろう。

真偽はどうあれ、〈イースターズ・オフィス〉は動かざるを得ない。

ハンターの獰猛(どうもう)なまでの狡猾(こうかつ)さは知っていたつもりだが、これまでに比して格段に視野が広く、複雑で、効果的だった。何より恐ろしいのは、これが練りに練った策ではなく、不測の事態に対し即興で手を打っているに違いないことだ。

《ハンターにとって、それだけ大事な仲間だってことだろう。今のところネタは以上だ。少しはおれの命を大事にしたいって気になってくれたか？》

「あなたは適切に保護され続けます」

《頼むぜ。また何かつかんだら報せる》

　ギャング同士の連絡であるかのような言い方にバロットが眉をひそめたとたん、ジェイクが通話を切った。一方的に会話を始め、そして終わらせることで、自分のほうが主導権を握っていると示したいらしい。

　不快な気分を押しやり、録音データを〈イースターズ・オフィス〉に送ったところへ、クローバー教授が部屋に戻り、思案げに髭を撫でながらバロットに歩み寄った。

「新しい友人は、ビル・シールズ博士が命の危機に瀕していると証言したのだね？」

「はい、教授」

「いい機会だ。君も〈楽園〉に行くとイースターに話しておいた」

　バロットは、呆気にとられたが、クローバー教授はいつものごとく当然という顔だ。

「それは、何のためにですか？」

　クローバー教授は溜め息をついた。物覚えの悪い学生には本当にがっかりさせられるという、これまたいつもの態度だ。バロットもいちいち傷つくことなく答えを待った。

「フラワーとハンターは今後も集団訴訟から〈楽園〉を引き離そうとするだろう。君は、連邦法に守られたあの特殊な施設に自由に出入りできる数少ない人間である利点を活かし、敵の手を封じる何かを見つけてくるんだ」

「何かとは……」

「何かだ。つまらないことを繰り返させるな。大学には私が出張を命じたと言っておく」

バロットは助けを求めてオリビアを見たが、にこやかにこう言われただけだった。

「レシートはとっておいて、戻ったら旅費を請求してね」

## 4

時間との勝負だったので、バロットは途方に暮れる間とてなく大慌てで準備をした。

自宅に戻り、まずベル・ウィングに事情を説明して手早く荷造りすると、アビーを迎えに行くために車を出した。ハイスクールでピックアップして帰宅する途中、

「明日と明後日は、送り迎えをストーンにお願いする」

と言っただけで、アビーに異変を察知されてしまった。

「どこ行くのか知らないけど、あたしもルーン姉さんと行く」

アビーは断言し、携帯電話でストーンに「びっくり箱（ジャック・イン・ザ・ボックス）」の絵文字を送った。ウフコックを救出しに赴いて以来、それが「緊急」を意味するサインになっているのだ。おかげ

でアパートメントに戻ったときにはバイクに乗ったストーンが待っていたうえ、ベル・ウィングに呼ばれてレイ・ヒューズまで到着していた。

「心配ない、ベル。イースターから話を聞いた限り、かっとなった若者を冷静にさせに行くだけのことだ。私がその手の仕事を得意とすることは、よく知っているだろう？」

「だから、あんたが一緒に行ってくれればと思っちまったんだ。勝手な話さ」

「勝手なことがあるものか。私がルーンと一緒に行って、ひと仕事する。帰ってきたら、ここで私がとびきりのパイを焼くから、みんなでちょっとした小旅行の話をしよう」

などと話す二人を前にして、バロットは天井を仰ぎながら顔を両手で覆った。お願いだから、みんな大人しくして、と言いたかったが、誰もそうする気がないのはわかっていた。

「何があったか教えてくれ、ルーン」

ストーンが言った。案の定、シルヴィアとラスティの暴走を知るや、アビーとレイ・ヒューズとともに、バロットを守るべく同行すると告げた。いくらバロットが自分の目的は集団訴訟のための視察だと言っても通じなかった。

かくしてバロットはアビーと一緒に荷物を持って再び愛車〈ミスター・スノウ〉に乗り、ベル・ウィングに見送られながら出発すると、レイ・ヒューズの車とストーンのバイクに護送されて〈イースターズ・オフィス〉の地下駐車場に入ることになった。

バロットはすっかり困惑して車を降りたが、階段から現れたスティールの手にウフコックが乗っているのを見て顔をほころばせた。

「あなたのパートナーを連れてきましたよ」

スティールにそう言われ、バロットはさらに嬉しい気持ちになって手を差し出した。

ウフコックはその手に跳び移ると、そこにいる面々に挨拶した。

「やあ、バロット、アビー、ストーン、レイ・ヒューズ。来てくれて、ありがとう」

レイ・ヒューズが帽子を取って言った。

「ルーンとラジオマンが一緒なら心配ないとはわかっているが、この老骨も、少しは何かの役に立つんじゃないかと思ってね」

「みんなが彼女を心配してくれて嬉しいよ。バロットも頼もしいと思ってるはずだ」

ウフコックは微笑んで言った。当然ながらバロットの困惑を嗅ぎ取っているのだ。

「軍隊に守られてるみたい」

バロットも、その点は認めて言った。そこへエレベーターが降りてきて、紅蓮一色の出で立ちをしたミラーとレザーが久々に揃って現れた。

「おっと、〈びっくり箱（ジャック・イン・ザ・ボックス）〉のみなさま方に、ミスター・ヒューズ御大もいるのか。ずいぶん大ごとになってるな」

ミラーが浮き浮きと言った。

「レザーも出動するの？　退院してそんなに経ってないのに」

驚くバロットへ、左目にアイパッチをしたレザーが猛々しい笑みを返した。人造眼球はまだエイプリルが培養中なのだ。伸び始めた髪は、さっそく真っ赤に染めている。

「心配無用さ、ルーン。おつむは眠ってたが、体はちょっとなまった程度だ」

「おれとミラーは、市警と一緒にモーモント議員の護衛だ。ウフコックとバロットには、おれたちの代わりに、さみしがり屋のスティール坊やの相手をしてもらわんとな」

「ははは、面白い冗談ですね。さっさと行ってください、レザー」

「ブルーが目を覚まして、エイプリルが作った体に接続されるまでの辛抱だぜ、坊や」

ミラーが両手を銃の形にし、スティールを狙い撃つようにした。からかっているようでいて、スティールとブルーを慮(おもんぱか)っているのがバロットにもわかった。

「彼が復帰したら、あなた方に回ってくる仕事が激減するでしょうね」

スティールが負けじと手を銃の形にし、ミラーとレザーへ撃ち返す真似をしてみせた。二人は撃たれてよろめくふりをしながらミラーの車に乗り、速やかに出発した。

「ブルーは……？」

バロットが遠慮がちに訊くと、ウフコックが明るい調子でこう返した。

「回復傾向にある。最近は反射的反応を示すし、瞬きもするようになった」

「イースターとエイプリルとトレインで、〈ウィスパー〉に脳機能の代替をさせるテストを繰り返している成果ですね。そのうち突然、喋り出すかもしれません」

スティールも、嘆くのではなく前向きな態度でいる。

「ブルーって、船で見つけた、首から上しかない人だよね？　どうやって生きてんの？」

アビーが、こそこそ尋ね、

「科学の力だ」

ストーンが、畏敬（いけい）の念を込めて答えた。

「過酷な運命のなせるわざとしか言いようがないが、それでも人生は続くものだ」

レイ・ヒューズが、祈るように帽子を胸に当てた。

「トゥイードルディは？　一緒に行かないの？」

バロットが訊くと、ウフコックが両手で、次々にサメが飛んでいく様子を再現した。

「とっくに出動した。おれたちより早く〈楽園〉に着くはずだ」

そこへイースターとライムが現れ、会話に参加した。

「君からの通報を伝えたとたん、プロフェッサーが呼び戻したんだ」

「〈楽園〉の護送者（エスコート）だからな。おれたちが到着するまで〈楽園〉も自衛の必要がある」

「自衛だけならいいけど」

バロットはつい、サメの群がシルヴィアとラスティを貪（むさぼ）り食うところを想像して寒気を覚えた。そもそもラスティの両腕を奪ったのは、あのサメたちなのだ。

「〈楽園〉の自衛には口は出せない。それより、ルーンにだけハンターとのホットラインが集中するってのは、よくないな」

ライムの意見に、バロットは反射的にむっとした。

「私では対応が不安だと？」

「君の負担を心配してるんだ。ただでさえ忙しいんだから」

ウフコックが、ライムに代わって言った。イースターもスティールも同感という顔だ。

それで、すでに彼らが話し合って解決策を見出していることがバロットにもわかった。

「大学に通い、集団訴訟のアソシエートをし、家事をこなすうえに、ハンターの通報先にされるんじゃ、いくら時間があっても足らないだろう」

ライムが改めて指摘した。バロットは以前、レイ・ヒューズにも似たようなことを言われたのを思い出しながら、ではどうする気かと無言で問うた。

「ジェイクを通してバジルとつなぎをつける。そうすれば情報を二方面で確認できる」

「どうやってですか？」

「通信チェスのボランティアだ。刑務所にいる連中相手のな。何日かごとにチェスの手を連絡して、そのついでにメッセージをやり取りする。バジルも拒否しないだろう」

なるほど。バロットは内心で呟いた。収容者の精神的安定のため、外部とつながりを持たせる福祉政策だ。ローレンツ大学でも募集しており、ただ文通するよりゲームを行わせるほうが長続きするらしい、と説明文にはあった。

「確かに良い手ですね。定期的な連絡が途絶えるだけでも何かあったとわかりますし」

バロットが同意すると、ライムが綺麗な青い目をぱちくりさせた。

「ペンティーノ氏と一緒だと、頑固者のルーンも素直になるんだな」

バロットがまたむっとしたところで、パッパッパー、という賑やかなクラクションの音が響いた。観光客を運ぶための大型夜行バスが駐車場に入ってきたのだ。

バスの乗り口が開いてアダム・ネイルズが出てくると、サングラスを頭の上に乗せて赤い瞳をあらわにしてわめいた。

「ヘイ、野郎ども！　おれらの頼もしい妹のルーンが助っ人に来てくれたぜ！」

歓声が起こり、アダムの後ろから、縫い痕だらけのラフィが現れて手を振った。

「ルーン、つよぉーい、ルーン」

バロットも手を上げて挨拶し、ウフコックに訊いた。

「ネイルズの人たちも、なぜ……？」

「〈楽園〉の外をカバーしてもらうためだ。ターゲットが逃げたとき捜索する必要がある」

シルヴィアとラスティを施設外に追い出す作戦なのだ。敷地内で二人を確保すると〈楽園〉が主導権を握り、面会するにも手続きが必要になるため、オフィス側が確保したうえで〈楽園〉に協力を求める必要があった。フェイスマンが、オフィスの都合に合わせるとは限らないのだ。集団訴訟の原告団にとってなくてはならないが、ことほどさように扱いが難しいのが〈楽園〉だ。クローバー教授が好機とみなして偵察させるのも納得だった。

だがウフコックとイースターは、別のことを考えていたらしい。

「思い出すな。確か、あんなバスだった」

「そうだね。プロフェッサーがレンタルしたのは、もう一回り小さいやつだったかな」

「何の話？」

バロットが訊いた。

「おれとドクターは、ああいうバスに乗って、〈楽園〉からこの都市に来たんだ」

ウフコックがそう言って、ぐにゃりと変身(ターン)し、バロットの左手を覆う手袋になった。

「さあ、君たちの荷物を運ぼう」

うん、とバロットは返しながら、ウフコックたちがバスに乗っているところを想像していた。ウフコックのパートナーだった男や、かつていた仲間が一緒にいるところを。

## 5

ラスティとシルヴィアは、昼夜問わず交代で運転し続けた。

自動運転機能は、遠隔操作される危険があるため使わなかった。寝ているうちに行き先を変更され、目が覚めたら都市に戻っていたなどという間抜けな目に遭うのは御免だった。

おかげで予定どおり到着し、明けゆく晴れ空の下で二人は車を降り、丘の上からそれを目にした。緩やかに起伏する人工的な森林だ。戦前は一帯に工場が存在したが、コンクリートを分解する酵素を混入した土壌によって跡形もなくなっている。

ゆいいつ今もあるのは巨大なCの字の形をした白い建造物だ。フェンスと一カ所しかないゲートに囲まれ、そこへいたる道路も一つしかなく、電線も鉄塔もないのは発電施設を備えている証拠だった。電力供給を利用して外からハッキングすることは不可能だ。

「〈白い要塞（ホワイト・キープ）〉でも手こずりそうな施設ね」

シルヴィアが呟き、ラスティが憎々しげに唾を吐いた。

「森の中の刑務所って感じだぜ。くそでかい建物のどこに博士がいるかもわかんねえし。警備データを手に入れるか、中にいる人間を脅しつけて博士の居場所を吐かせるか」

「出たとこ勝負ね」

「最悪、博士を殺して捕まりゃいい。今ごろハンターと兄貴が、おれらを頭のおかしいジャンキーか何かに仕立て上げてるだろ。捕まえても意味がねえようにさ」

「開発中だっていう能力殺し（ギフト・キラー）に気をつけて。博士を殺せないまま捕まりたくないわ」

「それも入ってから確かめるさ」

ラスティが、これ以上の思案は無駄とばかりに丘を降り始めた。

「本当にそういう薬を作っているなら、手に入れてハンターに渡したいわね」

　シルヴィアもあとに続き、森に入って木々の間にフェンスが見えるほうへ歩いていった。二メートルほどの高さの鋼鉄の柱と金網が等間隔に並ぶ特大のフェンスの前に来ると、ラスティがさっそく腰の釘打ち器を握って柱の根元に釘を打ち込んだ。

　釘からたちまち赤錆が広がって柱を覆い、ばちばち音をたてて火花を散らした。

「電気が走ってやがる。切るとばれるから、穴だけあけて電気は通したままにするぜ」

　柱と金網の一部がぼろぼろに崩れ、屈(かが)んで通れるほどの隙間ができた。二人はやすやすと通過し、建物に近づいていった。外から見た限り出入り口は正面玄関だけだが、こうした施設につきものの搬出入口がどこかにあるはずだった。果たしてCの字の西側にそれがあり、頑丈なシャッターで覆われていた。操作盤の蓋も鍵がついていたが問題なかった。ラスティが蓋に釘を打ち込み、たちまち赤錆が操作盤を覆い尽くした。

　シャッターが巻き上げられ、がらんとした搬入スペースと、横一列に並ぶ四人の男たちが現れたが、ラスティとシルヴィアも狼狽(うろた)えはしなかった。高度な警報装置を備えた施設であれば、警備担当者が駆けつけているだろうと覚悟していた。

　ただ意外だったのは、男たちの顔ぶれと、その出で立ちだ。

「おいおい、〈誓約の銃(ガンズ・オブ・オウス)〉の連中かよ？」

　ラスティが呆れ顔になった。十六本の腕を持つベルナップ、機銃男ダグラス、ハエを体内で飼う眼鏡の男イライジャ、そして寄生男パラサイト・ジョニーがいた。彼らが〈楽園〉に引き渡されたことは知っていたが、四人とも何かの実験台にされてくたばる運命だとバジルが言っていたので、死んだも同然にみなしていたのだ。

だが四人は生きていた。彼らが好んでいた黒衣ではなく、真っ赤な革の衣裳やプロテクターや銃のホルスターを半裸の身に半端にまとっていた。パラサイト・ジョニーなどは赤革のベストを羽織っているものの、下はブリーフだけ、足に履くのはスリッパだ。まるでそうした出で立ちに詳しくない誰かが、適当に着せてやったようだった。

みな全身手術痕だらけで、髪を剃られた頭には様々な数字や記号が記入されていたが、ラスティとシルヴィアには意味がわからなかった。四人の表情は虚ろを通り越して無そのものであり、死体を操縦しているのだと言われたら二人とも納得したことだろう。

「本当に実験動物にされたみたいね。あなたたち、喋ることはできる？」

シルヴィアが手を振ってみせたが、四人とも宙を見つめたまま微動だにしなかった。

「さっさと片付けて、口がきけるやつを探そうぜ」

ラスティが、釘打ち器を右端にいるパラサイト・ジョニーに向けた。

いきなり四人が反応を示した。イライジャが、ぱかっと口を開け、大量のハエを放ちながら腋のホルスターから銃を抜いた。同時にベルナップが十六本の手で銃を抜き、ダグラスがべたっと腹這いになって体内の機銃を組み立て、口からでかいノズルを現した。

シルヴィアがさっと前に出て両手を開き、まずイライジャが放つハエと弾丸をその身で受けた。全て電撃弾だった。シルヴィアにとっては体内に電力を蓄えさせてくれるものに過ぎず、果敢に前進してイライジャを蹴り飛ばそうとした。だが機敏に動くイライジャにかわされ、入れ代わりにパラサイト・ジョニーがシルヴィアの腰のあたりに抱きついた。

そのときにはラスティが顔を変貌させ、釘を放ちながら溶解液をベルナップとダグラスへ浴びせかけている。ベルナップもダグラスも死体然としていたくせに迅速に跳び退(の)いてかわし、逆にラスティへ集中砲火を浴びせようとした。

そこでシルヴィアがパラサイト・ジョニーに抱きつかれたまま身を翻(ひるがえ)し、ラスティと位置を入れ替えて再び盾となり、ベルナップとダグラスが放つ電撃弾の多くを受けた。

ラスティは電撃弾を脇腹に受けて転倒したが、あえてイライジャが銃を向けながら近づいてくるのを待ってから、跳ね起きて口から溶解液を噴出させた。思い通り、それはイライジャの右手と銃にもろにかかり、どろどろに溶かした。

イライジャはまったく痛みを感じていない様子でベルナップのほうを見た。どういう通信手段によるものか、ベルナップはイライジャが欲するものをすぐに与えた。十六の銃のうちの一つを、イライジャに放ったのだ。

イライジャはそれを左手でつかみ、ラスティに向けたところへ、飛んできた三本の釘を顔面に受けた。たちまち赤錆がその顔を覆ったが、構わずイライジャは撃った。ラスティは胸に弾丸を受け、衝撃を少しでも和らげるため自分から仰向けに倒れた。

電撃弾がもたらす電撃は、ラスティの全身が分泌する中和液に遮られ、ほとんど体内に影響を与えない。だが、そのうちの一発は何かが違った。衝撃はあまり強くなく、ちくりとした。撃たれた場所を見ると、妙な形をした弾丸が服越しに肌に突き刺さっていた。いや弾丸というより小型の注射器が、何かを自分の体内へ注入したのだ。

ラスティはそれを握ると逡巡なくきびすを返し、「退くぞ！」と叫んで外へ走り出た。

シルヴィアは多数の電撃弾を身に受けながら、パラサイト・ジョニーが繊毛のようなものを体じゅうから伸ばし、それが皮膚に潜り込んで神経系に寄生しにかかるのを感じていた。体を操る相手と遭遇するのは、これで三度目だとシルヴィアは思った。〈イースターズ・オフィス〉の娘、〈Mの子たち〉のエンハンスメント動物トーイ、そしてこの寄生男だ。どういう相性の良さか、人体を操作する相手に巡り会いがちなおかげで、対処に自信さえ覚えていた。

シルヴィアは、銃撃によって蓄えられた体内の電力を解放した。パラサイト・ジョニーは発電機に抱きついたも同然の電撃を受け、繊毛を焼き払われながら吹っ飛ばされた。

ついでシルヴィアは生けるロボット・プロテクターと化し、のけぞり弾かれたように前へ出ると、ベルナップの腕を何本かまとめて手刀で切断してのけ、ダグラスの巨体を蹴り上げて宙高く浮かばせてのち、ラスティを追って疾走した。

これぞ〈クインテット〉流の迅速果敢な一撃離脱だ。ダグラスがひっくり返って床に落ちたときには搬出入口から十分に遠ざかっていた。ラスティに続いてフェンスの穴を再びくぐると、車があるほうへは戻らず、用心深く森に潜んで自分たちの体を点検した。

ラスティの胸に刺さっていたのと同じものが、シルヴィアの胸と腹にも見つかった。

「くそっ、効くぞ、これ」

ラスティの顔が元に戻り始めた。自分の意思ではなく能力(ギフト)の発揮が妨げられていた。

「殺し(キラー)というほどではなさそうね。薬で能力(ギフト)を麻痺させられているのよ」

シルヴィアが胸と腹に当てていた両手をラスティに向けた。どちらの手も濡れていた。注入された薬物を体液ごと排出したのだ。ラスティはハンカチを取り出すと、それに排出した体液を染み込ませてから、注射器のような弾丸を包み、懐に入れた。

「麻酔みたいなもんか。バルーンの能力(ギフト)がなけりゃ半日は使いものにならなかったぜ」

「私もトレヴァーの体じゃなかったら危なかったわ。でも麻痺させるだけかしら。もしかすると、何種類かの薬を順番に打つことで相手を死なせず能力(ギフト)だけを殺すのかも」

「ホスピタルの能力(ギフト)みてえだぜ。注射だけでなくガスにして吸わせる気かもしんねえな」

ラスティが呟いたとき、周囲で影が走った。二人とも息を呑んで頭上を仰いだ。空飛ぶ魚影が次々に〈楽園〉へ向かっていった。何匹かラスティとシルヴィアの匂いを嗅ぎつけたように旋回したが、襲っては来ず、すぐに群を追って消えた。

「サメを市(シティ)から呼び戻しやがった。こっちに気づいたみてえだが、行っちまったぞ」

「敷地の外で能力(ギフト)を使うと連邦法違反になるからかしら。でなければ私たちをサメの餌ではなく、能力殺し(ギフト・キラー)の実験台にでもしたいんでしょうね」

「ふん。ちょっと休んで能力(ギフト)が回復したら、博士とサメ飼い野郎の両方をぶっ殺してやる。そんで、ハンターのために、この薬を手土産に持って帰ろうぜ」

## 6

大型バスでの移動は快適だった。空調は心地よく、後部にミネラルウォーターのボトルが詰まった冷蔵庫があり、清潔なトイレと洗面所がついている。シート下には毛布があり、背もたれを倒せば寝台になる。席ごとに視線を防ぐためのカーテンも備えつけられていた。

みながカーテンを閉じたのは夜になってからで、それまではドライブスルーで買い込んだ食事をめいめいとりながら情報の交換にいそしんだ。

「ウォーターズ運送は、完全にオクトーバー社にのっとられちまったぜ。横流しで食中毒事件なんか起こしたせいでな。ブラウネル運送のほうも同じ目に遭わんよう、けちな盗みをする従業員がいないか社内調査中さ」

アダムが告げると、レイ・ヒューズがダークタウンの歴史に思いを馳せて言った。

「マルセル島に流れて労働者の移送に目をつけた〈ウォーターズ〉一派も壊滅した。今は亡きウォーターとブラウネル夫妻のファミリーが完全に散り散りとは。お前の父、チャップ・ネイルズが存命のときは考えられなかったことだな」

「おいおい、マイスター。親父は大昔にニコラス・ネイルズと〈カトル・カール〉にやられたんだぜ。ガキの頃のことなんて、ろくに覚えちゃいない。それより、おれは食中毒が起きた店のことがずっと気になってんだ」

「サウスサイドの〈マーフィー〉のことは私も気になっている。あれはハンターの合法的なビジネスの場だったのだから。ウォーターズ運送の件の裏には、ハンターがいる」

「モーモント議員の策で、ハンターがあの店を売っ払わにゃならなくなったのはいい気分だが、それでオクトーバー社から見捨てられたわけじゃねえ。それどころか、あの男はがっちりオクトーバー社と組んでカジノ業界に入り込む足がかりを作ってるって気がする」

「いい読みだ。その若さでファミリーのボスになったのは伊達(だて)ではないな、アダム・ザ・ヤングウルフ。天国のチャップも鼻を高くしているぞ」

レイ・ヒューズが頼もしげにアダムの肩をつかんで揺さぶると、逆隣のラフィも、「アダム、おりぇたちの、ボス」と笑ってもう一方の肩をつかんだ。

「甘やかされたボンボンみてえな扱いはかんべんしてくんな」

アダムが二人の手を押し返した。レイ・ヒューズがにやっとして話を続けた。

「お前の見立て通りだろう。オクトーバー社がウォーターズ運送のような中小企業を支配したのは、フェンダーエンターテインメント社の復活のためとしか考えられない」

「だがオクトーバー一族はクリーンウィルが連邦刑務所にぶち込まれてからずっと、カジノから遠ざかってたんだぜ。マネー・ロンダリングを疑われるからな。なんで今なんだ？」

「オクトーバー一族も一枚岩ではないということだ。あの一族の誰かが、クリーンウィルの遺産を受け継ぎたがっているに違いない」

「ははあ。そいつがハンターと組んだわけだ。ボートカジノの一件でハンターをやっつけてやれたと思ったが、本命はフェンダーエンターテインメント社だったわけか」

「政財界の流儀を学ぶため、あえて打撃を受けたとなれば、いっそう手強(てごわ)くなるだろう」

ネイルズの親族会社だったウォーターズ運送の件を通してハンターの意図を読み解こうとする者もいれば、それとは異なる思案を口にする者もいた。

「君が言う通り、ハンターの共感(シンパシー)の輪に何か異変が起こっている。独走した二人のメンバーは、なぜか共感(シンパシー)を失ってしまったらしい」

ウフコックが、窓際のバロットの席のテーブルの上で言った。その目は、またしても何もない通路の床へ向けられている。バロットには認識できない、ハンターの思念のあらわれだという、古ぼけたクーラーボックスを見ているのだ。

「それだけボートハウスの件がショックだったってこと？」

「いや……ビジネスでの打撃による動揺ではない気がする」

「ハンターが二人を見捨てた可能性はある？」

「もしそうならハンターは何もしない。これは重大な異変だ。原因がわかれば共感(シンパシー)の輪の弱点を知ることができる」

ウフコックは見えない何かの匂いをしきりに嗅ぎ取ろうとした。かと思うと、隣でライムが携帯電話に目を向けたまま言った。

「イースターからだ。〈楽園〉は、能力殺し(ギフト・キラー)の実地試験(プラクティカル・テスト)を行うらしい。フェイスマンいわく、最新のセキュリティを使って迎撃の初期段階を行うから安心しろ、だとさ」

むしろ一抹の不安を抱かずにはいられない、というような調子だった。

「いったい何をする気か想像がつきませんね。まだトゥイードルディが間に合ってくれたほうが、何が起こるかわかりますよ」

スティールが右手のリンゴに、左手で噛みつく真似をした。座席のテーブルに置かれたタッパーには、リンゴの切り身が八つあり、星の飾りがついたフルーツピックが刺さっている。前の座席にいるアビーが手を伸ばし、自分とストーンの分のリンゴを取った。

「ねえ、ストーン。あたしもイルカに乗れるかなあ」

「仕事が終わったら、ルーンに頼んでみるといい」

ストーンが、それまで我慢しろというように返した。

「彼らは能力殺し(ギフト・キラー)の試験を自分たちでやりたいんだ。市の刑務所に収容されたエンハンサーのデータに、競争意識を刺激されたんだろう」

ウフコックが、バロットの右側、中央と窓際に座るライムとスティールへ言った。

「それだけ、ハンター側の能力(ギフト)の封印が見事だったわけですね」

スティールが肩をすくめ、揺れる車内で器用にリンゴの皮を剝(む)いた。

「能力(ギフト)を司(つかさど)る臓器が丸ごと消えた者もいれば、封印された者もいるらしい。ルーンみたいに能力(ギフト)に関する器官が全身に存在する場合、引っ剝(ぺ)がせば死んじまうからな」

ライムがそう言って、リンゴの切り身を一つ、バロットに差し出した。

「変なところで例に出さないでください」

バロットは眉をひそめてそれを受け取り、手を左耳に当ててみせた。

「私の処置は、これだけでした。ウフコックが造ってくれた能力(ギフト)封じのピアスです。そうしたテクノロジー自体は新しいものではないんでしょう?」

「ええ。新しいのは、個人差があっても必ず効き目があり、かつ安全であるという点です。〈楽園〉が開発に成功したのなら、オフィスに支給されるでしょう」

スティールが言った。ライムが、フルーツピックでリンゴの切り身をくるくる回した。

「最新のセキュリティが何かはわからんが、〈楽園〉だって連邦の予算が必要だ。それを失うような馬鹿な真似はしないと思いたいな」

夜になり、誰もが座席のカーテンを閉め、毛布をかぶって朝に備えた。バロットもそうした。ウフコックはバロットのチョーカーに変身(ターン)し、ともに眠った。

目的地に到着したのは夜が明けてしばらく経った頃だ。バロットが目覚めて窓のカーテンを開くと、新調されたフェンスに囲まれた〈楽園〉が間近に見えた。

ゲートが開いて正面玄関前のロータリーに入ると、みなバスを降りた。

くすんでいた建物が驚くほど綺麗になっていた。玄関の自動ドアを通り、空港の搭乗ロビーのような場所に入ったが、そこも新調され、明るく、清潔になっていた。最新のクリーニング・ロボットが動き回り、床や壁にサイネージ機能が追加されていた。以前来たときは止まっていた時が、バロットが思うよりもずっと先に進んでいた。

床のサイネージが『ようこそ、〈楽園〉へ』と字を浮かばせ、矢印をあらわした。みながそれに従って通路を進み、職員用だという西側の棟に入った。

「ものすごい匂いがする。好奇心と血の匂いだ」

チョーカー姿のウフコックが言った。これから見るものに備えろと警告するように。そしてバックヤードの搬出入口へ来たとたん、全員が驚愕して足を止めた。

フェイスマン、ビル・シールズ博士、白衣を着た人々、トゥイードルディ、さらには〈天使たち(エンジェルス)〉の一人であるビスキュイが、ストレッチャーに横たえられた四人の男を囲んで、楽しげに話をしていた。

四人は、異様かつ無惨な姿になったベルナップ、ダグラス、イライジャ、パラサイト・

ジョニーだ。ベルナップは左側の腕を何本か切断されて包帯を巻かれ、ダグラスは内臓に打撃を受けたのか痙攣（けいれん）して金属の破片と泡を噴き、イライジャは顔を包帯で覆われて呼吸器をつけられ、パラサイト・ジョニーは全身に火傷を負って保護ジェルまみれになっている。加えて手術痕だらけで、表情はなく、正常な意識があるように感じられなかった。

白衣の人々のうち高齢者は少数だった。多くが四十代か五十代とみえ、連邦の他の研究所から派遣されたことを示す身分証を首からぶら下げている。

研究者の年齢が若返った。その大きな変化を見て、バロットは先ほど感じたことは間違いだと理解した。進んだのではない。戻ったのだ。戦時中に。かつてこの施設が担っていた務めが、新たなテクノロジーを得て再開されたのだ。

何よりバロットが衝撃を受けたのは、ビル・シールズ博士が忌避感を抱く様子もなく、むしろ仲間を得て嬉しそうにしていることだった。悲惨な状態の四人を囲み、白衣の人々が口にする意見に微笑んで耳を傾けていた。

「見ろよ、あの格好ときたら、まるで話に聞く、昔の〈カトル・カール〉みたいだぜ」

アダムが、サングラスを頭の上に乗せて言うと、レイ・ヒューズが戦慄の面持ちとなってかぶりを振った。

「みたいなどというものではないぞ。ビル・シールズ博士とこの施設の懐古の念が合体し、過去の怪物をよみがえらせたに違いない」

「カトー・カー」

ラフィが車のハンドルを握る真似をしてみせ、「マジやべえ車（カー）っすね、ラフィさん」などと〈ネイラーズ〉のアルフィーやジャッキーたちが無邪気に笑った。

「なんてことだ。昔の恐怖と死の匂いを思い出す」

チョーカー姿のウフコックが、ショックもあらわに呟いた。

アビーとストーンが、ちらりとそれに目を向けた。

「あれって、そんな怖い？　なんかちょっと間抜けじゃん」

「昔、ああいう格好をしたダークタウンの傭兵がいたんだ。都市で最も恐ろしい存在だったと古参のバウンティ・ハンターから聞かされた」

ライムが、とても見ていられないというように顔を伏せて親指で眉をかいた。

「博士のトラウマを再現してみんなで楽しむとはな。おれは、あの博士とここの施設を、だいぶ甘く見ていたらしい」

スティールが苦々しげにうなずいた。

「博士と話す必要がありますね。あんな有様が公開されたら、オフィスへの信頼が吹っ飛びますよ」

バロットも同感だった。〈楽園〉行きを命じられれば、この事態を知るすべとてなく時限爆弾を抱えたまま集団訴訟が進展しかねなかったのだ。自分を派遣したクローバー教授の咄嗟(とっさ)の判断は実に正しかったが、ほとほと困ったことに不利な材料しか見当たらない。

来訪者たちが一向に近づいてこないので、トゥイードルディが、宙に浮く鳥籠に入ったフェイスマンとともに、逆にこちらへ近づいてきた。

「新しいセキュリティは上手く機能したってさ。いい検体が入って来たおかげだね」

すっかり喋ることを取り戻したトゥイードルディが明るく言った。フェイスマンが、トゥイードルディの潑剌(はつらつ)とした様子を喜ぶように微笑んで続けた。

「検体の病的な人格を除去し、シザースと同じ人格共有ユニットに作り変えた。忠実で安全なセキュリティだ。それと能力殺し(ギフト・キラー)だが、試験薬アルファを襲撃者たちに射ち込んだが逃げられた。想定どおりの効果が出たと思われるが、二人を検査するまでは不明だ」

「アルファということは、ベータもあるんですか？」

ライムの問いに、トゥイードルディがにっこり答えた。

「シータとデルタもあるよ」

「なぜ何種類もあるんです？」

眉をひそめるスティールへ、フェイスマンが説明した。

「段階的投与を前提としているからだ。アルファで能力(ギフト)に一時的な障害を引き起こす。ベータで長期化させ、シータで能力(ギフト)を司る器官に恒久的な打撃を与える。デルタはそれでも能力(ギフト)の残存が認められた場合に使用する。どの試験薬も通常の細胞に影響を与えるが、とりわけデルタは脳死や多臓器不全を引き起こすリスクと隣り合わせとなる」

「まさかデルタまで射つ気だったなんて言わないでしょうね」

スティールが針金細工のような非人間的な笑みで、うんざりした気分を隠して言った。

「もちろん、投与できるチャンスがあれば、そうしていたとも。ここでは主要な臓器が多少死んだところで長期にわたり生存させることができるのだから」

「それを聞いて安心ですよ、と言いたいところですが、こちらとしては可能な限りまともな状態で確保するよう努めねばなりません」

「君たちのゲームは理解している。被験者を取り合うゲームは捕獲してからでよかろう。試験薬アルファの効果はそれほど持続せず、じきに襲撃者たちが戻ってくるはずだ」

「敷地の外に逃げたのなら、おれたちが追いかけて捕まえます、プロフェッサー」

ライムが、やんわりと牽制した。

「いいだろう。能力殺し（ギフト・キラー）が必要なら、いつでも言いたまえ」

フェイスマンが鷹揚（おうよう）に言った。ゲームに自信があることを隠そうともしない。いかにも自分たちのルールに、世界のほうが従うべきだとする彼らしい態度だ。

《どうしたらいいんだろう》

バロットは、つい昔の自分がそうしていたように、チョーカーの飾りを握っていた。焦りと心細さからだ。集団訴訟においてもハンター配下のエンハンサーとの戦いにおいても

〈楽園〉はこのうえなく有用でありながら、最も危険な爆弾だった。

《〈楽園〉の権限が大きすぎる。その権限を割るしかない。昔、オクトーバー一族が09法案を割って自分たちのための事件担当官を手に入れたように、オフィスと〈楽園〉が棲み分けられるよう権限に線を引いて分割するんだ。それができなければ争うことになる》

ウフコックの助言に、バロットは大いに感心し、勇気づけられた。ウフコックとて廃棄処分のリスクを常に背負い、複雑怪奇なルールの応酬を強いる都市で、有用性を巡って戦い抜いてきたつわものなのだ。

バロットは改めてその場を見渡し、オリビアならどうするだろうと考えた。あの聖女のような顔をした無慈悲な法の殺し屋（ロー・アサシン）なら、どこを攻めるだろうか。不本意だったが、オリビアのようにものを見ようと努めたところ、ある存在に視線を引き寄せられた。

雀（すずめ）のような顔貌と鋭い鉤爪を持つ、異形のフラミンゴ少年ビスキュイに。施設内のプールにいるトゥイードルディムと電子の声を交わしながら、生ける検体となった四人の哀れなエンハンサーを見張る獄吏として振る舞う、キメラ少年。

あれだ。バロットが確信を抱いたとき、フェイスマンが鳥籠の中で、くるりと向き直った。バロットは自分の視線から思惑を察知されたかと不安になったが、そうではなかった。

「君に来客だ、ルーン・バロット。ウィリアム・ハント・パラフェルナーと名乗る人物が、いつぞやの錆びた銃（ラスティ・ポンプ）と同じく、ここに君がいるかと訊ねている」

# 7

グランタワーで対峙して以来の構図だった。

正面玄関の外で、バロットを中心にオフィス側のつわものがスクラムを組む一方、真っ白いリムジンから降りたハンターを中心に彼の仲間が向かい合った。

ただし前回に比べて人数には差があった。ハンターのそばにいるのは、ナイトメアとシルフィード、バジルとオーキッドとエリクソンだけで、リムジンの運転手とジェミニは車内にとどまっている。後方に大型バスも停まっていたが、誰も降りてこなかった。シルヴィアとラスティの能力(ギフト)を封じるべくホスピタルが待機しているのだ。

さらに今回はフェイスマン、トゥイードルディ、天高く舞うサメの群が同じ場にいる。

ハンターは、惚れ惚れとサメの群を見上げ、それからフェイスマンへ慇懃(いんぎん)に言った。

「偉大なる科学の殿堂を築いた三博士の一人として名高い、チャールズ・ルートヴィヒ博士とお見受けする。おれはウィリアム・ハント・パラフェルナー、マルドゥック市議会議員だ。急な来訪を受け入れてくださったことに感謝する」

「懐かしい名で呼ぶものだな。以前の私は、頭部以外のパーツとともにこの〈楽園〉に献(ささ)げられた。今の私のことは、フェイスマンと呼んでくれたまえ」

「かくも尊い献身があるのかと畏敬の念に打たれるばかりだ。おれのことはハンターと呼んでほしい、プロフェッサー・フェイスマン」

「なかなか礼儀正しい訪問者だ。何をしに来たか、君が聞いてくれるかね、バロット」

バロットがうなずくと、ハンターのほうから声をかけてきた。

「ごきげんよう、ミズ・フェニックス。都市の外で会うとは意外だな。その身のどこかに、魂の匂いを嗅ぎわける存在を伴っているのかね？」

バロットは、いかにも白々しい口ぶりに付き合わずに言った。

「刑務所にいるあなたの仲間から通報を受けました。ウフコックがどこにいるかを教える気はありません。あなたはどうしてここに？」

「ある二人が、ここに向かった確かな証拠があって来た。二人は正常な状態ではなく、適切な治療が必要だ。もう何年も、ある施設で治療を受けてきた記録もある」

「どのような治療ですか？」

「エアハート中毒者更生施設（リハビリテーション）で脱依存症の治療をしていた。加えて精神疾患もある」

アダムが「嘘こけ」と吐き捨てた。ラフィと〈ネイラーズ〉が怒りの唸りを発し、アビーとストーンが呆れて肩をすくめた。

「あの数だけで来たんなら、全員捕まえればいいよ。賞金とかもらえるんじゃない？」

アビーが言った。バウンティ・ハンターたるストーンが、そそられたように腰に佩（は）いた鉄パイプを撫でたが、自制が代名詞のような男として当然ながら賛同しなかった。

「捕まえるのは保護証人にするためだ。引き渡して賞金を得る仕事じゃない」

「あんなやつら、ぶっ刺してやれたらいいのに」

バロットは、エアハート中毒者更生施設(リハビリテーション)が、ハンターの選挙広報サイトに記載されていたことを思い出し、手札の活用が実に巧みだと思わずにはいられなかった。麻薬のせいでシルヴィアとラスティが暴走したわけではないだろうが、そう見せかける書類は作り放題だ。二人を麻薬中毒の精神病患者に仕立てて刑事責任をかわしつつ、〈アサイラム・エデン〉にも奪わせないよう手を打っているはずだ。

「だから、二人ともあなた方が引き取りに来たと？」

バロットは真っ先にその点を質(ただ)した。そうであれば通報の意味がない。オフィスに何をさせたいかをはっきりさせねばならなかった。

「シルヴィアを、そちらに預けたい」

ハンターに代わってバジルが告げ、バロットたちを驚かせた。

むろん切り捨てるつもりではないだろう。バジルにとって仲間であり恋人であるシルヴィアを切り捨てては、共感(シンパシー)の輪を至上の価値とする彼らの行動原理を失うことになる。

「そっちのオフィスなら、きちんと治療できるだろうし、シルヴィアなら大人しく従う。だがラスティは、おれたちが預かったほうがいい。扱いが難しいからな。シルヴィアは…

…そっちで守ってやってほしい」

　バロットはバジルの意図を推し量ろうとして無意識にチョーカーに触れそうになり、拳を握って止めた。ウフコックがどこにいるか、ハンターに教えるようなものだからだ。

《バジルからは説得の匂いがする。事情を理解してほしがっているんだ》

　ウフコックが言った。それでバロットもおおむね確信を持つことができた。

　ハンターが議員になったからと言って、配下の全員がギャング流を卒業できるわけではない。共感（シンパシー）を失ってハンターに不利益をもたらす者は抹殺すべきと考える配下の人間から、シルヴィアとラスティを守らねばならないのが今のハンターたちの立場なのだろう。

　バロットは、ライムとスティールに小さくうなずきかけた。バジルは嘘をついていないというウフコックの判断を伝えるためだ。

　スティールが、ははは、と乾いた笑いをあげ、彼には珍しく怒りを込めて言った。

「証人として死体も同然の無価値にしたうえで、オフィスをシェルター代わりにしようっていうんですか？　しかもカジノ協会幹部を二人も殺し、レザーの目に弾丸を撃ち込んだ人物をわざわざ連れてくるなんて実にいい度胸ですよ」

　オーキッドが、カウボーイハットを手に取って胸に当てた。

「おれが誰を撃ったか、といったことは、残念な誤解だ」

ぬけぬけとした言い分に、スティールが一歩前に出ようとし、ライムとレイ・ヒューズに止められた。二人へオーキッドが恭(うやうや)しげにうなずきかけてから、続けた。

「能力(ギフト)を得ても、そちらにおられるレイ・ヒューズほど実力がなく、ときに殺傷することでしか身を守れないのは事実だ。それを咎(とが)めるなら、おれの目を撃っても構わない」

レイ・ヒューズが、どうする、と尋ねるようにスティールへ首を傾げてみせた。

「あなたの目なんかどうでもいいですね。それより刑務所送りはいかがですか？」

せせら笑うスティールを、ライムが宥(なだ)めた。交渉を有利に運ぶため、スティールが「怒れる役」を、ライムが「抑える役」を演じているのだ。

「トレヴァーを切り刻んだ男がいるな。そいつはどうしてくれるんだ？」

エリクソンが対抗してラフィを指さし、「怒らせる役」を演じ始めた。

「クォーツの連中と一緒に攻め込んできやがったくせに、文句を言える立場か」

アダムが言い返し、〈ネイラーズ〉が怒気もあらわにエリクソンを睨んだ。彼らはハンターがクォーツ一族を使って攻撃してきたと確信しており、本気で怒り狂いかねない。

「どちらも落ち着いてください！」

結局バロットも、本来の務めを逸脱して「話を進める役」を演じるはめになった。

「ラスティ・モールドはどうする気ですか？」

バロットの問いに、ハンターが答えた。

「シルヴィアと違い、ラスティはますます自棄(やけ)になるだろう。適切な場所に預ける」

「あなたが関与する施設にですか？」

「リバーサイドカジノだ。ケネス・C・Oも、一族の意向で長く滞在していた」

《嘘は言っていない。本気でラスティ・モールドをそこに閉じ込める気だ》

ウフコックが断言した。バロットは、ハンターが本当にシルヴィアとラスティを統率できていないことに内心で驚きながら質問を重ねた。

「ジェイク・オウルは、二人が共感（シンパシー）を失ったと言っていましたが、本当ですか？」

「自分のことで精一杯になると、誰もがそうなるものだ。二人ともひどく混乱している。世の中には混乱を憎んで排除しようとする者もいるが、二人は適切に保護されねばならない。そして〈イースターズ・オフィス〉には混乱を鎮める力があると信じている」

否定しないうえ、シルヴィアとラスティに保護が必要だと明言した。

二人が魔女狩りの対象にされることを防ぎ、共感（シンパシー）が失われた原因を解明し、再び迎え入れるためには〈イースターズ・オフィス〉をも使う。ハンターは本心からそう考えているようだった。

イースターは、ハンターの能力（ギフト）に何らかの弱点があるとみなし、シルヴィアの検診でそれを探るはずだ。オフィスがもし共感（シンパシー）を失わせる何かを見つけた場合、ハンターは全力でその情報を開示させにかかるだろうが、それはまた別の話だった。

《ハンターから報復を望む匂いがする。自分が攻撃されたと考えているんだ》

ウフコックにそう教えられたバロットは、シザース狩り、という言葉を思い出した。ハンターが長い眠りにつく前、ストリートに流した言葉だ。

人格共有という能力(ギフト)を持つシザースであれば、共感(シンパシー)の輪そのものに打撃を与えられるのかもしれない。そもそもハンターはシザースではないかという自分の推測が正解かも不明だが、これが罠ではないことは確かだった。宿敵たる〈イースターズ・オフィス〉と和解を試みるほど、ハンターは他の相手との闘争に力を集中させたいのだ。

「〈イースターズ・オフィス〉側から意見はありますか?」

バロットが訊ねると、スティールが代表して言った。

「いいでしょう。保護したとたん、シルヴィア・フューリーを奪還しに来ないとも限りませんが、ここで争うことはやめておいてあげますよ。いろいろとお困りのようですから」

「ありがてえぜ。オフィスの爆撃手を相手にするのはおっかねえからな」

バジルが殊勝な態度で言った。常に交渉を優先する男だとわかっていたのでバロットには意外ではなかったが、

「殺さない、殺されない、殺させないっていう、あんたらの流儀に喜んで従う」

バジルがそう続けたことには、意表を衝(つ)かれた。

「どの口が言いやがるんだ」

アダムが馬鹿馬鹿しそうに応じたが、ライムはうなずいてバジルの態度を歓迎した。

「いいモットーだからな。最初に言い出したのは、なんとここにいるルーンらしい」

バロットは眉をひそめたが何も言わなかった。ライムがバジルに提案を持ちかけるための前口上だとわかっていた。

「へえ。さすがはフェニックス先輩だぜ」

「そのルーンのことで相談があってな。お前、チェスはやるか?」

バジルが口をつぐんだ。意外な言葉に反応してうっかり誘導されないよう、常に自制しているのだ。つくづく法律家向けの男だとバロットは感心させられた。

「刑務所にいる人間の気晴らしを手伝うボランティアがある。一緒にやらないか?」

「ああ……、そういやフェニックス先輩に話し相手になってもらいたがってるやつがいたな。先輩だけじゃ大変だろうから手を貸すってなことか。どうだ、ハンター?」

「心の平穏なくば、更生もかなわないだろう。受刑者の喜ぶ顔が目に浮かぶ。ミズ・フェニックスの負荷も和らぐとなれば、反対する理由はない」

これでホットラインが二つになった。ハンターとバジルの二人とやり取りできることで情報の確度を上げられるため、スティールも異論を挟まなかった。

「さて、どうする? シルヴィアとラスティは、ここのセキュリティとひと勝負したあと、森に逃げたらしい」

ライムが言った。

「どんなセキュリティだって？」

　バジルが問い返すや、すかさずフェイスマンが口を挟んだ。

「知りたければ連邦法にのっとり開示請求手続きをするといい」

　能力殺し（ギフト・キラー）もふくめて一切開示しないという態度だ。これもオフィス側にとって好ましいことなので、ライムとスティールも無言でいる。

　バジルは肩をすくめ、それには及ばないと態度で示した。

「逃げたのは好都合だ。ここで騒げば、こっちが連邦法違反になりかねないからな」

「同感だ。ここのセキュリティを頼らず、森で狩り出す」

「いいぜ、ライム。おれとしては、釣り餌を配置するのがいいと思ってる」

「おれもだ。一人はサメに腕を食われ、一人はルーンに気絶させられたことがあったな」

　二人がどんどん話を進めるそばで、バロットは、クローバー教授から命じられた務めから、いよいよかけ離れたものになりそうだと思いながらサメが舞う空を仰いだ。

「社会と関わるのは楽しいね。君がそうしているのもわかるよ。外に出ないのかって君に訊かれなかったら、出ようとも思わなかった。ありがとう、バロット」

　トゥイードルディが無邪気に微笑み、バロットを複雑な気分にさせた。

　他方でハンターは抜かりなく、フェイスマンにこう話しかけている。

「ここに収容された四人は、プロフェッサー・フェイスマンの賢明なる方針に従い、科学の発展に貢献しているだろうか？　過酷な道行きに力尽き、斃(たお)れていなければいいが」

「どの検体も正常に機能している。君は、脳と両手に顕著な器官形成が見られるな。神経系を利用して人の精神に影響を与えることに特化した技術か。社会的な野生動物が即興を生き抜くため、周囲の人間にシナリオを強制する技術と言い換えてもいいだろう」

「興味深い指摘だ。これまで誰もおれの能力(ギフト)をそのようには語らなかった」

「人格の一部を共有させるという点ではシザースのバリエーションとも言える。君がここの被験者であったら、素晴らしいデータを提供してくれたことだろう」

「おのれが誇らしくなる言葉だ。連邦政府は、この偉大な施設を長らく朽ちるままにしていたという。それこそ惜しいことだ。おれは今、市のファシリティ再生にかかりきりだが、それが成就した暁(あかつき)には、ここを均一化(イコライズ)すべきだと確信した」

　フェイスマンがしげしげとハンターを見つめた。

「君は、三博士の一人を思い出させる。クリストファーを。あれほど貪欲で危険なまでの好奇心を持ち、争いに進んで参加する者は他にいないと思っていたが、どうやら君は彼に匹敵する気質の持ち主らしい。ここを忌避する者は多いが、欲しがった人間は初めてだ」

　この何気ない会話に、バロットとウフコックは揃ってぞっとさせられた。

　ハンターが〈楽園〉を支配したがるとは考えもしなかった。集団訴訟に対抗するための禁忌の議論を、あらゆるものを手に入れるための手段ととらえていることがはっきりわかる発言だった。

改めて警戒を募らせるバロットに、フェイスマンが顔を向けた。

「逃げた二人が、再び近づいている。さあ、君たちのゲームにいそしみたまえ」

## 8

ガスマスク状に変貌したラスティは、シルヴィアと分かれて森を進んだ。

先ほどとは逆サイドのフェンスを破り、東棟の敷地でできる限りの混沌を生み出して警備を引き寄せ、まずシルヴィアを西棟へ送り込む作戦だった。

シルヴィアのほうが能力殺し（ギフト・キラー）に抵抗しやすいとみての判断だ。トレヴァーの能力（ギフト）による肉体の多層化であれば注射針を食い止められる。ただしガスや経皮薬のような使い方をされた場合はラスティのほうが防護できるので、シルヴィアだけを行かせるつもりはなかった。警備を殺し次第、建物の壁に穴をあけて侵入する気でいた。

森の出口に差しかかり、ラスティはいったん木陰で止まって全身から中和液を分泌した。ジャケットもふくめ服と靴がしっとりと濡れ、電撃に対する防護膜を形成する間、右手に釘打ち器を握り、地面や木々に釘を打ち込んでいった。

それから森を一歩出て、フェンスの前の開けた場所に立ち、敵の反応を待った。

　警備に使われた〈誓約の銃（ガンズ・オブ・オウス）〉の四人には、かなりの打撃を与えている。使い捨てにするにしても別の警備が必要だろう。どんな相手が来ても殺してのける自信があった。

たとえサメの群でも。ラスティは、建物の屋上からそれらが飛び立ち、まっすぐ迫り来るのを見た。フェンスへの接近を感知されたのだ。どのみち自分がサメの群を引きつけたかったのだから好都合だった。両腕を奪った相手に報復できると思うと、多幸剤（ヒロイック・ピル）の効き目もあって強い興奮を覚えた。

　だがなぜかサメたちはラスティを嫌がるように左右へ分かれ、フェンス向こうの上空に退いて円を描き、一向に降りて来なかった。陽光のせいでどのサメも、ぼやっとした魚影にしか見えず、人が乗っているのかも判然としない。

　臭いで毒だと思われたのか？　ラスティは思った。もしそうなら中和液で全身を覆ったことが原因だ。サメの牙を溶かし、あの素（す）っ頓狂（とんきょう）なサメ使いのつらに溶解液をぶっかける気まんまんだったラスティは肩透かしを食わされた。

　この調子では能力殺し（ギフト・キラー）を打ち込まれない限り、サメは近寄ってこないだろう。ともあれ注意を引くという目的は果たしたので、サメへの報復を後回しにし、フェンスを突破して建物を破壊しにかかることに決めた。そうすればサメも止めに来ざるを得ないだろう。

　だがそのとき、しゅうしゅうと音をたてて色とりどりの煙が周囲で噴き出し、たちまちラスティの視界を奪った。強く漂うフルーツの香りで誰の仕業かわかった。能力（ギフト）の回復を待つ間に、オフィスのエンハンサーが駆けつけたのだ。

侵入地点を読まれたからには、施設の監視装置は森を移動する人間を容易に追跡できるほど高性能なのだろう。向こうは煙幕を通して、こちらの位置を把握し続けているのだ。とはいえ大した問題ではなく、敷地の外で仕掛けられたことが重要だった。外に出ようとしない〈楽園〉とは逆に、オフィスのほうは敷地に入るのを避けていることが窺えた。わざわざ建物の中と外で戦力を分散してくれたわけだ。

ラスティは地面に広がる錆を通して、煙を噴くグレープフルーツや、小ぶりなオレンジをいくつも見つけ、ただちに錆で覆って酸化させた。ばん！　ばん！　ばん！　とオレンジ地雷というふざけたしろものが爆発していった。ラスティは、そんなものを踏んで足を砕かれることも、カラフルな煙で方向を見失うこともなかった。錆が地磁気を感じ取って建物がある方角へ広がり、フェンスに接触してラスティに進むべき方向を教えた。

「おい、オフィスのフルーツ野郎！　無駄なことしてねえで出て来やがれ！」

釘打ち器を突き出してフェンスへ歩み寄りながら、怒鳴り声をあげた。背後を衝かれないよう、相手の位置と人数を探りたかった。だがそこでよく知る声が返ってきた。

「落ち着け、ラスティ。おれだ。オーキッドだ」

「エリクソンだ。攻撃するなよ。少し話そう、ラスティ」

煙越しに人影が二つ見えた。ラスティは構えていた釘打ち器を下げた。煙の中から、全身に銃と弾倉を備えたオーキッドと、大きなダッフルバッグを担ぐエリクソンが現れた。

「始末をつけたら、お前たちに捕まってやる。だから黙って見ててくれよな」

ラスティがガスマスク顔のまま言った。

「ハンターは望んでいない。お前の考えは間違っているんだ、ラスティ」

オーキッドが、穏やかな口調ではあるものの、きっぱりと告げた。

「どこがだ？　あの博士を殺しゃ、例の集団訴訟を潰せるんだろ」

「違うぞ。ハンターは、ビル・シールズ博士をわざと議会に引っ張り出す気でいる」

エリクソンが、相手への哀れみがにじまないよう、淡々と言った。

「なんでだよ？」

「〈楽園〉の印象を悪くして、連邦の予算が降りないようにするためだ。そうすれば〈楽園〉は集団訴訟で何もできない。問題は博士じゃなく、〈楽園〉なんだ」

オーキッドが言い聞かせようとしたが、ラスティは激しくかぶりを振った。

「なんだそりゃ。意味がわかんねえ。政治なんざ、くそ食らえだぜ」

「ハンターは政治家になったんだ、ラスティ。お前も知ってるだろう」

エリクソンが言った。

「ハンターとホスピタルもいる。二人と話せ。お前が失っているものを必ず取り戻せる」

オーキッドが懇願したが、ラスティは激昂して返した。

「こんなざまを二人に見せるのは、もううんざりなんだ！　問題が〈楽園〉ってんなら、あの建物をぶっ潰してやる！　そうすりゃハンターも面倒な政治をしなくて済むだろ！」

「馬鹿を言うな。そんなことができるものか」

「連邦政府の機関だぞ。攻撃すればテロリストとして刑務所に行くことになる」

オーキッドとエリクソンが口調を強めたが、ラスティは箍（たが）が外れたように笑った。

「おれは〈クインテット〉だ！　見てな！　おれが〈楽園〉を均一化（イコライズ）してやる！」

ラスティの足元に広がる錆が、にわかに真っ赤に輝いた。

「今すぐ止めたほうがいい」

エリクソンが、オーキッドへ言って煙幕の中へ後ずさり、ダッフルバッグから黒い砂鉄の山を足元にぶちまけた。たちまち砂鉄がエリクソンの肉体に吸い寄せられ、ピラミッド型の馬鹿でかいトーチカを形成し、ラスティに向かって複数の銃口を現した。

オーキッドが口惜しげに目を閉じ、音波探査の能力（ギフト）に集中した。煙幕の向こうで動くものを精密に把握し、十分に態勢が整っていることを確認したうえで、両手に銃を抜いた。

「撃て！」

オーキッドの号令と同時に、煙幕が吹き払われた。いつの間にかラスティの頭上近くに降りていた十二頭のサメが、疑似重力（フロート）で煙幕を弾き飛ばし、その背に乗る者たちの視界をクリアにしたのだ。サメたちの背にはアダムと〈ネイラーズ〉の十人、そしてレイ・ヒューズがおり、円陣の内側に閉じ込めたラスティへ銃口を向け、ただちに引き金を引いた。下方への射撃であるため同士討ちを冒す恐れがなく、オーキッドとエリクソンも銃撃に加わり、ラスティは十四人もの射手から一斉に電撃弾を浴びせられることとなった。

銃撃の嵐にラスティが耐えられたのは、バルーンの能力（ギフト）のおかげだ。電撃を無効化する中和液だけでなく、肉体を風船状にすることで衝撃を殺していた。それでも服は裂け、皮膚は痣（あざ）だらけになり、肋骨（ろっこつ）にひびが入るほどの打撃だった。オーキッドとレイ・ヒューズの狙い澄ました銃撃を心臓と首の後ろに食らったことで、危うく意識を失いかけてもいた。

しかしラスティは踏ん張り、口元に噴出孔を現すと、赤錆が火のように輝く地面へ大量の溶解液を迸らせた。錆と溶解液の相乗効果で、たちまち足元の地面がぐずぐずに溶け、周囲を同じ状態にしていった。紅蓮の沼と化した地面からは、先ほどの煙幕の毒性とは比べものにならないほど危険な、薄赤い霧をたちのぼらせた。

　毒の沼は瞬く間にラスティの背後の森へ広がり、土ごと根を溶解された木々が倒れていった。沼の毒が木の中の水分と反応するや猛烈な熱が生じ、木が内側から破裂しながら燃え上がることで錆と溶解液を飛散させ、さらに毒の泥を広げた。

「危険だ！　みな撃つのをやめて遠ざかれ！」

　レイ・ヒューズが叫んだ。サメたちがぱっと散って高度を上げ、誰も乗せていないサメが一頭降りてくると、オーキッドがその背にしがみついて上空へ退避した。

トーチカと化したエリクソンのみが残る地上では、ラスティが作り出す紅蓮の泥から、ありとあらゆる危険な物質が生じた。工場が分解された土壌からは猛毒の硫化水素が噴き出し、さらには水素が空気と混じり合って爆発性の気体と化した。このためあちこちで空気そのものが爆発し、真っ赤に輝く錆をさらに飛散させ、サメたちを上空へ退かせた。

毒の沼地にエリクソンが数十センチも沈み、赤錆で覆われていった。エリクソンは、錆と溶解液に加えて爆発にも耐えるべく銃口を引っ込めて防御に徹している。

ラスティはエリクソンへ歩み寄り、巨大なトーチカ状の鎧（よろい）を叩いて言った。

「これがおれの最後の均一化（イコライズ）だ。そこで見ててくれよな、エリクソン」

## 9

シルヴィアは、東側で爆発が起こると、ただちに森の木陰から飛び出して疾走した。ひとっ飛びでフェンスを跳び越える気なのだ。ただし、フェンスの外側で小柄な娘と大柄な男が待ち構えていることは、すでに森の中から確認していた。

バロットことルーン・フェニックスは真っ白い戦闘用スーツを着てはいるが、頭部を守らず、わざわざ顔をさらしている。その傍らでは、銃を好むネイルズの中では変わり種の「軍刀（サーベル）ラフィ」ことラファエル・ネイルズが、異名通りの武器を肩に担いでいる。

シルヴィアは、オフィス側の人間が敷地の外にいる理由を察し、娘と男が配置された意図を悟っていた。敷地の外で片をつけたいがため、自分を打ちのめした娘や、トレヴァーを切り刻んだ男で注意を引こうとしているのだ。

バロットとラフィが立ちはだかったが、シルヴィアは二人に気を取られることなく、本当に自分を捕らえにかかる存在を、完璧に察知していた。

姿を消して追いすがるシルフィードと、超高速で行動するストーンだ。

シルヴィアの全身が、電気的レーダーで彼らの存在を感知し、接触すると同時に自動的に動く完全なロボットスーツと化していた。右足首にシルフィードの牙が食いつき、左腿にストーンの鉄パイプが叩き込まれた瞬間、シルヴィアはどちらも見事にかわすばかりか、ショットガンなみの威力を持つ蹴りをシルフィードへ、一発で頭蓋骨を破壊できるバックハンドをストーンへ放っていた。

シルフィードとストーンがその熾烈な反撃をかわし、どちらも退いて距離を取ったことをシルヴィアは遅れて認識した。何もかもがスローに見えた。タキサイキア現象と呼ばれる人間本来の機能のせいだ。強い危機感によって一時的に視覚精度が向上し、映像に喩えれば秒間のコマ数が増加するのである。

ただしあくまで脳が視覚情報を必死に処理しようとしているに過ぎず、超高速で動くストーンも、不可視のシルフィードも見えてはない。むしろ「超高速で動き回る世界（スーパー・ハイ・スピード・ワールド）」に突入すると、脳も超高速認識の能力(ギフト)を備えていない限り、速すぎて何も感覚できず、真っ暗闇に放り込まれるも同然となるのだ。他方でシルフィードとストーンは五感において超高速認識を獲得しており、シルヴィアに対する優位を保証するはずだった。その優位を、シルヴィアは認識する前に動く殺人ロボットと化すことで打ち砕いたのだ。

「ぶったぎゅう」

ラフィが軍刀(サーベル)を抜き、バロットの前へ出ると、頭蓋骨を砕かれた恨みを思い出したか、再び疾走して迫るシルヴィアの首を問答無用で刎(は)ねにいった。

シルヴィアは、その刃を真っ向から両手で受け止めた。電気刺激によって手の平の組織が分厚く弾力のあるものに変化して刃をがっちり食い止め、ついで軍刀(サーベル)を握りしめるラフィごと持ち上げて軽々と脇へ放り投げた。

ラフィは巨体に似合わず宙で軽やかに身をひねって着地し、バロットは両手に銃を現してソフトに握ったが、最初に放ったのは言葉だった。

「ハンターがあなたを待っています」

シルヴィアが動きを止めてバロットを見つめた。

「バジルもです。彼の提案に従い、オフィスがあなたを保護します」

シルヴィアの正面にバロットが立ち、右手でラフィが刀を構え、左手にストーンが現れた。背後にシルフィードがいるのをバロットは感覚した。シルヴィアも感知していた。

シルヴィアは、吹っ切れた微笑みをバロットに返した。

「最後まで私たちのことを思ってくれて感謝してる。そう、二人に伝えて」

そして予備動作なしで跳んだ。バロットが電撃弾を放ち、シルフィードとストーンが高速で追いすがり、ラフィが頭上へ刃を突き込んだ。その全てが届かず、シルヴィアの身は軽々とフェンスを越えていた。

## 10

歩みゆくラスティの前で、フェンスが火花を上げながら倒壊し、広がる一方の真っ赤な毒の沼に沈んでいった。爆炎が渦を巻き、高温の有毒ガスが立ちこめ、サメに乗った射手たちが放つ電撃弾は、ことごとく空中で暴発し、あらぬ方角へ弾き跳ばされた。

「くそったれカウボーイ！　あんな能力（ギフト）があるんなら最初に教えやがれ間抜け！」

「能力（ギフト）の応用法まで予測できん！　二重能力（ダブル・ギフト）ならなおさらだ！」

わめき合うアダムとオーキッドをよそに、レイ・ヒューズが冷静にインカムでライムに通信した。

「本当にあの男一人で〈楽園〉を破壊してしまいそうだ。どうするかね？」

《プランBで行きます。射手は全員、上空で待機してください》

「下は地獄のような有様だが、やれるのか？」
《スティールはやれると言っています》
通信に、ははは、と笑い声が割り込んだ。
《こちらは準備完了です。いつでもどうぞ》
男たちが銃をホルスターに戻して紅蓮の毒の沼を見下ろした。ラスティは悠々と〈楽園〉の敷地を歩みゆき、その後方で、トーチカ化したエリクソンが、さらさらと音をたてて防壁の一部を解除した。トーチカを覆う錆を通して変化を察したラスティが振り返った。エリクソンがこちらに向かってくるようなら溶解液を噴きかけて退散させるまでだ。エリクソンであれば砂鉄の体の一部が溶けるだけで、死にはしないだろう。
だがトーチカから飛び出したのは、屈強な体格を持つエリクソンではなく、上半身裸の痩せっぽちの男、スティールだった。体のあちこちにエンハンスメントを受ける原因となった車爆弾による傷痕が生々しく残るが、今は全身が薄い銀色の液状の膜で覆われているため大して目立たなかった。銀色の膜は、スティールの眼球や鼻腔や口腔、頭の後ろにべったり撫でつけられた髪、ズボンやソックスや靴を隙間なく覆い、あらゆる有毒物質を防ぐ、極薄の防護スーツの役割を果たしている。
ラスティが小細工に動じることなく溶解液を放ち、スティールはそれを真っ向から浴びながら突進すると、レスリングの要領で抱きつき、ともに真っ赤な泥の中に倒れ込んだ。

「なんだこの野郎⁉　なんで溶けねえんだ⁉」

ラスティが釘打ち器を構えようとしたが、スティールが巧みにその手を押さえ込んだ。

「僕の能力（ギフト）の制限が解除されたんですよ。法務局は、あなたの危険有害性レベルを低下させるため、僕という火薬工場（パウダー・ミル）の全面的稼働と、生産可能なあらゆる物質の使用を認めました。これより、僕があなたを無害化します」

スティールがそう告げる間も、その指や肌から染み出す液体がラスティを襲った。肌を覆う中和液をすり抜け、ラスティの皮膚から吸収されて体内に染み込んでゆくのだ。

その影響の深刻さをラスティはすぐさま悟った。釘打ち器とそれを握る手に、乳白色の結晶が現れていた。その能力（ギフト）である錆が、無害な物質に作り変えられているのだ。

ラスティは猛然と身を起こし、中和液でぬらつくスティールの上体を肘で押しやり、膝を相手の腹に叩き込もうとした。だが背後から腰を抱えられた状態で横倒しにされ、その衝撃で釘打ち器が手からすっぽ抜けた。ラスティは負けじとスティールの首に腕を回して泥の中に引き倒した。スティールは押さえ込まれる前に拘束を逃れ、互いに泥の中を転がり回りながら腕や脚の関節を取り合おうとした。

二人が取っ組み合うほどに、跳ね飛ぶ真っ赤な泥が、乳白色の結晶へ置き換わり、有毒ガスの発生が収まっていった。ラスティはスティールに組みつかれながら、精一杯、右手を釘打ち器へ伸ばした。だがいつの間にか全身防護状態となったエリクソンがそばに立ち、ひょいと釘打ち器を取り上げ、取っ組み合う二人をしげしげと見下ろした。

「なるほど。相性によっては、自分の能力（ギフト）が、誰かの能力殺し（ギフト・キラー）になるというわけか」

「ふざけんじゃねえ！　こいつらと手を組みやがって！　裏切り者！」

「おれはその男に感謝している。おかげでお前を殺さずに済んだ」

ラスティは雄叫びをあげてスティールを弾き飛ばすと、釘打ち器を取り返そうとはせず燃える森へ走った。今すぐ撤退して無力化された能力（ギフト）の回復をはからねばならなかった。

だがそこで黒い影が立ちはだかった。ナイトメアが、焦げ茶色の目でラスティを見上げ、この犬には稀（まれ）なことに悲しげに鳴いた。

「お前かよ」

ラスティは肉体を風船状にしようとしたが、その機能もまたスティールによって封じられていた。ナイトメアは背に光る環を現し、威力を低減させた弾幕（バレッジ）を放った。ラスティは微細な塩の弾丸を全身に浴びて吹っ飛び、宙で意識を失って転がり倒れた。ナイトメアがラスティに近寄り、元に戻りゆくその顔を鼻面でつついて死んでいないことを確かめた。

## 11

シルヴィアは、バロット、ラフィ、ストーン、シルフィードの四者の包囲を見事に突破してフェンスを跳び越えたが、その時点でパワーもスピードも発揮できなくなっていた。宙を移動する能力（ギフト）は備えていないのだから当然だった。結果、フェンスの内側の芝生に横たえられていた何十本ものアビーのフィッシュが、一斉に切っ先を上へ向けたところへ、シルヴィアは片膝をついて着地した。ひどく冷たい刃の群に両脚をさんざん貫かれ、地面から飛び放たれた刃が、その胸や腹に深々と潜り込んだ。

とはいえ痛撃にはほど遠く、シルヴィアはすぐさま走り、足を貫いた刃が甲から飛び出るに任せた。多層化された筋肉が体液をこぼしながら、しつこく刺さろうとするフィッシュを全て体外へ押しやった。背後からフィッシュの群が迫ったが、先頭の一つが接近した瞬間、電気感知と自動反撃によるバックハンドを見舞い、一発で粉々に砕いた。それで群の残りが攻撃するのをためらい、ただ追うだけになった。

まさに不可止（アンストッパブル）の勢いのシルヴィアが、搬出入口の手前で、はたと足を止めた。

電線の群がするすると這い出て、鎌首をもたげるように一端を上げたのだ。すぐあとから、ライム、アビー、そしてバジルが現れた。

「オーケイ、プランBだ。おれたちで止める」

ライムが、インカムでフェンスの外にいるバロットたちに告げた。

「あんだけぶっ刺したのに、全然効いてなさそうなんだけど」

アビーが不安げに身をすくめた。

シルヴィアは、ライムとアビーを一瞥し、それからバジルを切々と見つめた。

「ごめんなさい、バジル。あなたが来る前に片をつけられなくて」

バジルは黙ってシルヴィアを見つめ返し、警告なしに電線の群を放った。

シルヴィアは、パワーとスピードを同時に発揮し、自分に絡みつこうとする電線を手刀で切断し、あるいは引きちぎってのけた。その背に次々にフィッシュが突き刺さったが、委細構わず搬出入口へ迫った。

慌てて後退するアビーをよそに、ライムとバジルはその場にとどまり続けている。

「まだか、ライム。まとめてぶっとばされるぞ」

「ああいう一途（いちず）なところが良くて彼女と付き合ってるのか？」

「うるせえ。さっさとやれ」

「もうやってる」

ライムが顎をしゃくったとたん、シルヴィアが、かくんと片膝をついた。

脚から前進するための力が急激に失われていた。シルヴィアは混乱し、すぐにバジルの電線の一つをライムが踏んでいることに気づいて愕然となった。ライムの能力（ギフト）で霜（しも）を帯びた電線は、シルヴィアの手が届かないよう弧を描いて背後に回り込んでいる。シルヴィアが背中を手探りしたところ、刺さったフィッシュの一つに電線が絡みついていた。

全身を自動化させるあまり感覚をおろそかにしたせいで気づかなかった。痛恨の思いだが、ナイフを引き抜いたときには手遅れだった。

「成功した？　ねえ、成功したんだよね？」

おっかなびっくり尋ねるアビーへ、ライムが言った。

「ああ。知っての通り、バッテリーは寒さに弱い。彼女はもう電池切れだ」

フィッシュと電線を通してライムに体温を奪われたことで、シルヴィアの体内の化学反応が鈍化し、発電と蓄電の力が急低下したのだ。それでもシルヴィアは力を振り絞ってよろめき立つと、搬出入口へ駆けた。退却は不可能だった。フェンスの外の四人を突破できる力は残っておらず、どうにかして建物の電力を吸収するしかなかった。

バジルがおもむろに一歩前へ出た。電線で身を守りもせず、拳を振りかぶるシルヴィアを、バジルはただ見つめ続けた。

シルヴィアが、バジルの前で足を止め、掲げた拳を弱々しく下げた。

「ずるいわ。あなたを攻撃できるわけないじゃない」

バジルが手を伸ばし、シルヴィアを引き寄せた。

「おれを信じろ。お前たちを必ず元に戻す」

シルヴィアは逆らわずバジルの肩に額を押しつけ、すすり泣いた。

「あーあ、またフィッシュ壊されたし」

戻ってきたアビーが、ぼやいて刃の群を戻し、トレンチコートに収納した。

「ペンティーノ氏に作ってもらえ。外にいる方々、プランBが成功した。戻ってくれ」

ライムが告げると、フェンスの外の面々がゲートへ移動した。シルフィードが姿を消したまま駆け去るのを、バロットとウフコックは察知していた。

《ナイトメアという犬が弾幕（バレッジ）と呼ばれる能力（ギフト）を備えていることをスティールが確認した。今消えたシルフィードが新しい力を手に入れたかどうか確認できればよかったんだが》

バロットの身を覆うスーツ姿のウフコックが呟いた。決して〈クインテット〉と和解したわけではないと暗に告げているのだ。今なおウフコックが、ハンター一派逮捕の意思を放棄していない証拠に、バロットが応じる前に、続けて言った。

《一名を保護拘束、一名は合法的拘禁。ロックに報せてやれることが増えた》

## 12

全員が〈楽園〉の正面玄関前に戻ってきていた。

意識を失ったラスティがエリクソンに担がれ、シルヴィアがバジルに付き添われ、ホスピタルが乗っていると思われる大型バスに入った。ハンターは、シルフィードとナイトメアを〈ハウス〉に戻し、オーキッドとともに玄関前のロータリーに残っている。

フェイスマンが、巨大ザメのバタフライに乗って戻ってきたトゥイードルディを迎えた。

「お帰り、トゥイー。社会的活動（ソーシャル・アクティビティ）は楽しめたかね？」

「うん。社会的（ソーシャル）で連邦執行官（マーシャル）って感じ。とっても最高」

トレインから習ったトゥイードルディの喋り方に、フェイスマンが苦笑した。

ネイルズもバスに乗り、都市へ戻る準備を調えている。ライム、スティール、バロット、アビー、ストーン、レイ・ヒューズが、ハンターと今後の手はずを確認するため残った。

「都市に到着し次第、シルヴィアの身柄を引き渡すと約束しよう。その時点で彼女は能力（ギフト）を使えなくなっているということも。この施設の偉大な技術を借りる必要はないだろう」

ハンターが告げると、フェイスマンが、それはどうかなと言いたげに鼻を鳴らした。

「〈アサイラム・エデン〉は、連邦とマルドゥック市から与えられた役目をまっとうする。新たな検体は、速やかにここに収容されるべきだ。そうイースターに伝えたまえ」

「ええ、そうしますよ」

スティールが気乗りしない様子で返した。傍らで、バロットはひそかにウフコックと相談しながら、〈楽園〉の役目を分割する算段を整えていた。

《いいアイディアだ、バロット。それなら〈楽園〉の権限を分割する根拠になる》

ウフコックの言葉で自信を得たバロットは能力（ギフト）を使ってポケットの中の自分の携帯端末に干渉し、イースターとクローバー教授にメッセージを送った。

それから、ハンターとオーキッド、ライムとスティールが話し合い、シルヴィアの身柄を引き渡す場所と時間が決まるのを待った。バロットは首尾よく務めを果たしたと考えていたが、すぐにクローバー教授から電話がかかってきた。バロットはサイレントモードにしていたそれに再び能力(ギフト)で干渉し、誰にも聞こえないよう通話をした。
《ルーン・フェニックスです》
《君の経験的な原理主義の視点は、法制度の解釈以前に、的確にターゲットとその弱点を見つけ出すことに優れているようだ。いつかのディスカッションでも、君は証人の依存症を主張し、証言の信頼性を攻撃することを思いついた》
勿体(もったい)ぶった褒め言葉に、バロットは大いに気分をよくして微笑んだ。
《教授の言う何かを見つけることができてよかったです》
《すぐに〈イースターズ・オフィス〉と共同で〈楽園〉の権限分割案を書面にする。君は、もうひと晩そこにいたまえ》
バロットは心の中で呻(うめ)いた。フェイスマンの説得のために残れというのだ。視察のはずが、逮捕と交渉という、オフィスが「四分の一(カトル・カール)を四ずつ」と呼ぶ務めのうち二つまでも任されたのだ。この調子では保護と捜査までやらされそうだと思ったが、逆らうのはやめた。
《わかりました。〈楽園〉に泊めてもらえるようお願いしてみます》
《それほど待たせはしないだろう。今日にも話がつくはずだ》
クローバー教授は、それ以上バロットを労(ねぎら)うことなく通話を切った。仕事はまだこれからだった。ウフコックが、気を取り直そうとするバロットの匂いを察して通信した。
《通話していたみたいだが、クローバー教授から、まだ帰るなと言われたのかな？》
《そう。ここに泊めてもらわないといけないし、誰かに迎えに来てもらわないと》
《イースターが手配してくれる。アビーが喜ぶぞ。トゥイードルディムと泳ぎたがっていたから。君も、息抜きが必要だ》
《一緒に泳いだら、なんて言わないで》
《ひと仕事終えたら、ぜひそうするといい》
バロットは、ハンターとオーキッドを見た。二人ともこちらの存在など忘れたかのように、スティールとライムに安全な身柄引き渡しの方法を提案していた。
不穏な空気は生じておらず、ネイルズも大人しくバスに乗っている。今の「和解」はあくまでハンター側の事情によるものに過ぎないが、互いにボクシングでいうインターバルを得たのは事実だ。おかげでこちらは〈楽園〉の権限分割という対抗策を講じることができるし、シルヴィアを無事に保護したなら、ウフコックも聴取に参加して厳しく追及し、ありったけの情報を吐き出させるだろう。
ハンターがそれをよしとするのは、共感（シンパシー）の喪失がそれだけ深刻であると同時に、あらゆる面で守りを固めている自信があるからだ。実際、今なおオフィスも市警も証拠不足でハンターには手を出せずにいる。〈楽園〉の権限分割が上手くいった場合も、すぐさまオクトーバー社側は対抗策を練り始めるに違いない。

ウフコックとて、ハンターが目の前にいる好機を逃さず、鋭い嗅覚で真意を探っているはずだった。ハンターを逮捕できないことに徒労感を抱けば潰れるのは自分のほうだと、長く辛い潜入の日々を通して、ウフコック自身が思い知っているのだ。

六百日にもわたる監禁と死の恐怖に耐えたウフコックですらそうなのだから、自分なら頑張り続けられるとはとても思えなかった。クローバー教授とオリビアが重視するのも長い裁判を戦い抜くためのエネルギーを維持することだ。バロットもあらゆる努力をしてエネルギーを蓄え続けろと言われており、確かにウフコックの提案は理に適(かな)っていた。

《プロフェッサーとの話し合いが上手くいったら水着を作ってくれる？　アビーを裸で泳がせるわけにはいかないから》

《了解(コピー)。君やストーン、レイ・ヒューズの分もただちに用意する》

バロットは笑いそうになった。戦闘用スーツや銃に比べていかにも平和な品だった。ウフコックからすれば、誰かの心を守るための品を求められることが嬉しいのだ。

やがて、ハンターたちの話し合いが終わった。

「〈イースターズ・オフィス〉の優れたメンバーの協力を得られたこと、偉大なる施設の探求者と有意義な話ができたことに感謝する。ミズ・フェニックスにも、囚人の告解に付き合ってくれていることに心から礼を言う」

ハンターが虫のいいことを言った。バロットは小さくうなずき返し、フェイスマンは淡々と聞き流している。

「都市に戻ったあとも、そちらの協力がスムーズであり続けることを願いますよ」

スティールが皮肉な調子で返した。

「君たちの社会のため、〈アサイラム・エデン〉が協力を惜しむことはない。新たな検体の受け入れの準備に取りかかろう」

フェイスマンが、自信を込めて言った。

ハンターとオーキッドがリムジンに乗り、スティールとライムがフェイスマンに会釈してバスに乗ろうときびすを返した。そこへバロットがするりと言葉を差し込んだ。

「プロフェッサー、ひと晩だけ泊めていただけませんか？　義理の妹が、トゥイードルディムと交流を持ちたがっているんです」

スティールとライムが足を止めた。アビーが目をまん丸にして顔を輝かせ、期待を込めてフェイスマンを見つめた。ひと昔前の〈楽園〉なら煩雑な手続きが必要だったが、今はフェイスマンが鳥籠の中で微笑み、こう口にするだけでよかった。

「もちろん歓迎しよう。明日はトゥイードルディのセキュリティに乗って戻るかね？」

歓声をあげかけたアビーが、えっ、とこぼした。サメに運ばれるのは嫌なのだ。しかしバロットはあえて、そうしてもらえると助かる、という顔で言った。

「ご親切に感謝します。もし迎えが遅くなるようでしたら――」

思った通り、スティールが遮ってくれた。

「待ってください。〈楽園〉の護送官（エスコート）と、彼が使役するセキュリティであるサメたちには、シルヴィア・フューリーの身柄引き渡しに立ち合っていただかないといけません」

トゥイードルディが、残念そうにバロットとアビーへかぶりを振りつつも、仕事があることが誇らしい様子で胸を張った。

「僕は、あの人たちについていないといけないから、イースターか他の人に頼んでよ」

ほっとするアビーの後ろで、ストーンとレイ・ヒューズが顔を見交わし、どうやら自分たちはもうしばらくここにいることになりそうだ、というようにうなずき合った。

「僕がイースターに状況を確認して、帰りの車を手配させますよ」

「ルーンも働き詰めだからな。ここのプールサイドでゆっくりすりゃいい」

スティールとライムも察して、ハンターたちに話を聞かれてもいいよう無難な反応に終始してくれた。ジェミニが電子的干渉でこちらを探る様子はないが、オーキッドの音波探査の能力（ギフト）を考えれば、こちらの会話は聞かれていると考えるべきだ。

証拠に、ライムとオーキッドがバスに乗り、バロット、アビー、ストーン、レイ・ヒューズが荷物を下ろして初めて、リムジンがクラクションを鳴らして出発を告げた。

リムジンがゲートを出ると、シルヴィアとラスティを乗せたバスが続き、やや距離を置いて〈ネイラーズ〉のバスが追った。

「行ってきます、プロフェッサー。じゃ、みんな、市(シティ)でね」

トゥイードルディが溌剌とバタフライに乗り、サメの群を率いて車列についていった。

フェイスマンはそれを見送ってから、バロットを振り返った。

「宿泊できる部屋はいくらでもある。お望み通り、情報基幹にも案内しよう。トゥイードルディムとビスキュイが喜ぶのは、私も嬉しいからね。それと、今しがたイースターから送信された書類について、説明してもらえるかね？」

「はい、プロフェッサー。話し合いに同席するよう、私の雇い主から言われています」

バロットがこう答えたことで、ようやくストーンとレイ・ヒューズが事情を理解し、アビーがきょとんとした。フェイスマンが籠の中でやれやれというようにかぶりを振った。

「ずいぶんと社会的な野生動物の風習に慣れたものだな。かつて君が自ら知恵の実に口をつけた場所で詳しく聞かせてもらうとしよう」

## 13

巨大なプールの周囲に人工的に設けられた森や草原には、今なお、動かなくなった人たちがオブジェのように電動車椅子に座り、猿や奇妙な姿をした小動物が駆け回っていた。

バロットはプールサイドのパラソルの下に座り、大人たちの交渉を見守った。テーブルにはフェイスマンと姿を現したウフコックがおり、最新式のホログラム・モニターが映し出すイースターとクローバー教授と対面している。イースターはオフィスの執務室に、クローバー教授は自宅兼事務所の一室にいた。

プールでは、ウフコックに水着を作ってもらったアビーが、トゥイードルディムやビスキュイと遊んでおり、同じく水着姿のストーンとレイ・ヒューズが、ビーチ監視員然として見守ってくれている。おかげでバロットは、権限を巡ってやり合う三者の話し合いにしっかり集中できた。

《この数カ月で、能力殺し(ギフト・キラー)の研究開発の要請を巡る環境は大きく変化しました。パラフェルナー議員が、都市の違法エンハンサーの能力(ギフト)を封じる何らかの手段を持っていることは確かで、彼はその事実を政治利用し、〈楽園〉から連邦予算を奪う気でいます。プロフェッサー、これはお互いにとってきわめて深刻で憂慮すべき事態なのです》

クローバー教授が、十分にフェイスマンに敬意を表しながら繰り返しその点を主張した。

「再びここを閉鎖し、社会から隔絶することは、私にとっては何ら深刻なことではなく、むしろ本望と言えるのだがね」

フェイスマンは、のらりくらりとかわして言質(げんち)を与えなかった。だがバロットが見る限り、権限分割になかなか賛同しないのは、条件をより有利なものにするためという以上に、フェイスマン自身が交渉そのものを楽しんでいるからだ。他の二人には迷惑な話だが、フェイスマンもまた社会的な野生動物に立ち返ることで、トゥイードルディ同様、活力を得ているのだ。

クローバー教授が辟易した様子を隠さずコーヒーをすすり、イースターが言い募った。

《それでは連邦の期待を裏切ることになります、プロフェッサー。〈アサイラム・エデン〉には諸機関から人員が送り込まれたと聞いてますし、ビル・シールズ博士を保護する権限も失いかねません。僕が言うのもなんですが、〈楽園〉の末永い存続が必要である根拠ともなる、好条件ではないでしょうか？》

「違法エンハンサーは基本的に都市機関の管轄とし、能力(ギフト)の封印や経過観察がきわめて困難な者のみを〈アサイラム・エデン〉の管轄とすることがかね？」

《それこそ〈楽園〉の有用性の証明になるとおわかりでしょう。ビスキュイという重度の遺伝子操作とエンハンスメントを同時に施されたキメラベビーを収容しているのですから。同様の存在が、少なくとも十五人から二十人は存在することがわかっています》

「〈天使たち(エンジェルス)〉とは、確かに、ここにふさわしい名と特質の持ち主たちだな。ビスキュイが、兄弟姉妹を恋しがって泣くことがあるとトゥイードルディムも言っている。また、オクトーバー社が、シザースに対抗するために生み出したという点も興味深い」

フェイスマンが妥協の兆しを示し、クローバー教授がカップを置いて身を乗り出した。

《いずれ〈アサイラム・エデン〉は、キメラベビーを集団で受け入れることになるでしょう。同様に扱いが困難な存在が現れれば、それもそちらの管轄となります。この協定を結ぶうえでの条件を聞かせていただけますか？》

「当然、互いのデータを共有することだ。君たちの言うエンハンスメント技術に関するあらゆるデータが〈アサイラム・エデン〉に集約されることが好ましい。もちろん、君たちが繰り広げているゲームで重要な、トリプルXのデータも共有すると約束しよう」

《オーケイです、プロフェッサー。オフィスからの条件は？ イースター？》

さっさと終わらせろというように、クローバー教授が人差し指を突きつけた。

《いかなる場合も、生命保全プログラムの適用に〈楽園〉が制限をかけないこと。プロフェッサーもビル・シールズ博士も、禁忌の議論に関する証人喚問に、積極的に応じないこと。今回の逮捕者は一人を保護証人とし、一人を合法的拘禁とすること。能力殺し(ギフト・キラー)の試用権限をこちらにも与えること。以上です》

「どれも問題ない。君たちのゲームを邪魔立てする気はないし、私もシールズ博士も、政治の場で技術の有用性を語ったところで無駄だとわかっている。能力殺し(ギフト・キラー)の試験薬アルファおよびベータであれば君たちにも比較的安全に試用できるだろう。それでも逮捕された者の扱いが難しければ、ここに連れてくるといい。これで話は終わりかね？」

クローバー教授が大きくうなずいた。

《科学の偉大さについて、とくとご教授たまわりたいところですが、私たちのゲームで手いっぱいでしてな。できれば合意書への速やかな署名を願います》

「心配ない。もう送り返した」

《ありがとうございます。では私はこれで》

クローバー教授が即座に姿を消した。そのせっかちさを詫びるようにイースターが肩をすくめ、《失礼します》と言って消え、ホログラム・モニターがオフになった。

「忙しないことだ。ここは時間の流れが違うのだろう。さて、目的は首尾よく果たせたかね、ウフコック、バロット。これは君たちのアイディアなのだろう？」

「いいや、バロットの考えだ。〈楽園〉の予算を守るには最適な手段だと思う」

「政治的な攻撃とやらから守ってくれたと？　ここは常に政治的だった。不毛な状態を避けるため、ここを何かの手段とする者をこそ遠ざけねばならない」

フェイスマンの厳格な態度を、バロットはとっくに予期していたので、ウフコックのフォローに感謝しつつ怯むことなく返した。

「ハンターという人は、何もかもを手段に変えてしまいます。均一化という彼の目的がとても抽象的な分、まったく妥協しません。今回も妥協したようにみせかけてオフィスへの攻撃を諦めていませんし、本心から、この施設を手に入れようと考えたはずです」

「つまり、あのクリストファーを彷彿とさせるが、凶暴さは一段上の男から、ここを守ってやったと言いたいわけだ」

「少なくとも、ウフコックが言ったように、連邦からの予算が打ち切られて〈楽園〉が研究開発に支障をきたすというシナリオは回避できると思います。でも、彼はきっとすぐにまた別の手段で、ここを攻撃するでしょう」

「社会的野獣だな。あの男とクリストファーの亡兄とのつながりは証明されたのかね？」

ウフコックがちっちゃな首を上下に振った。

「ケネスというオクトーバー一族の人間が証言してくれた。グッドフェロウはハンターを〈カトル・カール〉の一員にするつもりだったと、クリストファーの姪のノーマから聞かされたらしい。ノーマは一族に反抗的なケネスをハンターたちに誘拐させて監禁した」

「社会に住まう者らしい所業だ。姪ということはグッドフェロウことGNOの娘か？」

「何かの事情で表向きはファニーコートという別の兄弟の子になっているが、本当の父親はボイルドと一緒に吹き飛んだとノーマ本人が言っていた」

「またまた錆びた銃(ラスティ・ポンプ)か……。そのやけに複雑な家系の娘と話したのかね？」

「おれが監禁されていたとき、一方的に話しかけてきたんだ。そのときは何を言っているのかわからなかったし、相手の匂いも嗅げなかった。ただ自分の妄想を事実だと信じて話しているんだと思った。ボイルドのこともシザースに操られていたと言っていたし」

「ボイルドが……？」

バロットが眉をひそめた。自ら孤絶を続けた男が、人格共有者たちに利用されていたというのは奇妙だし皮肉ですらある。ウフコックも同感だというように続けた。

「事実かどうかわからない。何であれ、ノーマはシザースをとても憎んでいる」

「疑似重力(フロート)の壁も、因縁の蜘蛛(くも)の糸は防げないらしい。眠り続けた男も同様のようだ。しかもその男は、シザースでもあると？」

「おれは、ハンターがシザースだというバロットの仮説は正しいと考えている。シザースを憎むノーマが、ハンターを必要とする理由にもなるからだ」

「なるほど。相手がシザースであると正確に認識できるのは、シザースだけだ」

「おれの推測では、ノーマ自身もシザースになり、他のシザースを見抜く力を手に入れた。そしてシザースと対決するためにエンハンサー軍団を作った。いわばシザース同士の抗争だ。そう考えると、ノーマとハンターの関係が理解できる。おれたちとの和解を演じたのも、抗争に集中したいからだ。今日、ハンターの思考の匂いを嗅いだことで確信した」

「人格を共有する者同士で抗争とは。存在を拡張するばかりでは分裂は免れないと、それこそ初期の段階でブレイディとエッジスに忠告したものだ」

ウフコックが目を丸くした。

「プロフェッサーが、あの二人に？　いつのことだ？」

「以前、クリストファーとサラノイの願いで、妊娠した女性をここに受け入れたときだ。

ちなみに錆びた銃（ラスティ・ポンプ）との間の子だよ。女性は遺伝子上の事情があり、ここで娘を産んだ」

ウフコックとバロットは胸を衝かれて口をつぐんだ。ディムズデイル・ボイルドに子どもがいるということをバロットは漠然と聞いてはいたが、ウフコックもイースターもまず話題に出すことはなかった。バロットにとっての兄の話題と一緒で、それぞれのバックラウンドに置き去りにするしかないものだからだ。

「ナタリア・ネイルズ」

ウフコックが沈むような口調で、そっと呟いた。久しぶりにその名を口にしたことで、記憶が溢れ出ないよう気をつけながら、といった感じがした。

「その人は、今……？」

バロットが遠慮がちに訊ねた。

「グランタワーで落下死したんだ、バロット。三十二階のレジデンスから一階のロビーへ身を投げた」

ウフコックが感情を表に出さずに言った。かえって当時の彼のショックがいかに激しかったかが窺え、バロットは思わずその背に手を当てていた。

ウフコックが、大丈夫だというようにバロットの手を叩いて続けた。

「動機は報復だろうと推測されている。彼女は致死的なウイルスのホストで、体液で人を殺す能力（ギフト）を持っていた。そして彼女は自分自身を、ファニーコート検事補と書類上の娘のノーマへ、投げ放ったんだ。ナタリアの血を浴びたファニーコートは死に、ノーマは生きながらえたが今も治療が必要で、歩くこともできないとケネスは言っていた」

バロットは、悲劇につきまとわれたウフコックのほうを気の毒に思った。フェイスマンも嘆かわしげに吐息した。

「ここを去った時点で、ナタリア・ネイルズは出産による免疫障害で自身のウイルスに冒され、重い中毒症状を呈していた。子が生まれながら宿すことになるウイルスを無害化する試みのせいだ。余命いくばくもなかったろうが……錆びた銃（ラスティ・ポンプ）と同様の最期を迎えるとは。いや……順番からして、錆びた銃（ラスティ・ポンプ）のほうが彼女に続いたと言うべきか」

「プロフェッサーは、生まれた子どものことを、何か知っているのか……？」

ウフコックが、深沈とした面持ちで訊ねた。

「出産して間もなく、ナタリア・ボイルドと名付けられ、母子ともにブレイディとエッジスに連れられてここを去った。その後の消息は聞いていない。ブレイディとエッジスは、娘は拡張されたシザースが育てると言っていた」

「ナタリア・ボイルド……」

またしてもウフコックが、辛い記憶を刺激されないよう注意深い様子で呟いた。

「その子を育てることでシザースにどんなメリットがあるのでしょう？」

バロットは、ウフコックに気を遣って、あえてフェイスマンにだけ訊いた。

「ナタリア・ネイルズの五感は、ウイルスの影響で特徴的な感覚の錯誤(クロッシング)を起こしていた。五感が入り交じるのだ。その現象を、三博士の一人サラノイ・ウェンディが、シザース研究に有用とみなして彼女を被験者とした。それは彼女の出産にとっても有用だった」

「その子も、シザースになったと思いますか？　それともノーマルな人間でしょうか」

「なんとも言えない。ウフコックが言う抗争に巻き込まれていないことを願うばかりだ」

「はい……。ボイルドは……、どう思っていたんですか？　娘がいることを……」

「最後に錆びた銃(ラスティ・ポンプ)が現れたとき、そのことについて話さなかった。娘への関心すら失っていたようだったのでね。だが今思えば、あの非人間的なまでの無関心さは、全てを知っていたからかもしれない。ナタリアや、シザースや、自分の娘の行く末のことを。となれば、彼もシザースに何らかのかたちで関わっていた可能性は大いにある」

そこでウフコックが、気持ちを立て直したことを示すために伸びをし、二人に言った。

「ノーマはボイルドが操られていたと言ったが、シザースに協力する代わりに娘の養育を頼んだのかもしれない。その子が今どうしているにせよ、プロフェッサーが言う通り、ノーマとハンターの抗争の影響が心配だ。ハンターに加え、シザースとのホットラインの構築も考えるべきだとイースターに提案しよう」

バロットはうなずいて同意を示した。もしシザースが集団訴訟に関心を持てば、どこかで出くわすだろう。だがなんであれ、ウフコックが話題を変えたがっていることを察したので、バロットもしいて質問を重ねはしなかった。

必要なのは気分を変えることだった。そうしない限り、視点を変えることはできないと教えられていた。ベル・ウィング、イースター、ウフコック、クレア刑事、レイ・ヒューズ、クローバー教授、あるいはライムなどからも。みな、多角的な視点を重視する人々だった。思い詰めて一つの視点に支配されることは、失敗や危険を招くと考えるのだ。

バロットもその考えは正しいと信じており、ウフコックのすすめに従って、職員の更衣室を借りた。水着を作ってもらうためだ。それから何の意図も計画もなくプールに飛び込むと、アビーや、トゥイードルディムとその弟分となった異形のビスキュイとただ泳いだ。

「ビスキー、あたしの番だよ！」

アビーが、すっかりビスキュイと仲良くなって、トゥイードルディムの背に代わりばんこに乗った。ビスキュイは手の鉤爪にプラスチックのガードをつけており、うっかり誰かを切り裂くことなく遊んでいる。

「ディムちゃん、最高！」

歓声をあげるアビーを乗せて、トゥイードルディムが水面に躍り出たり、素早く円を描いて泳いだりした。

《はっは！　トゥイードルディとトレインが羨ましがってら！　社会のために働くと、自由に楽しめなくなるって本当なんだな、バロット！　同情するぜ！》

トゥイードルディムが嬉しげに言った。むしろ、役目を得て施設を出入りするようになったトゥイードルディを、日頃から羨んでいることが口調から窺えた。

バロットは、彼らを引率するのではなく仲間に入って楽しんだ。ジニー、レイチェル、ベッキーと急に会いたくなった。どこかの週末、彼女たちと小さなパーティを開ければと考えている自分に気づき、ようやく気分の変化を実感した。視点と思考のほうも、より柔軟になってくれればと願いながら、しばらく遊びふけった。

プールサイドでは、ストーンとレイ・ヒューズが、ウフコックとフェイスマンと歓談し、ときおりバロットたちと手を振り合ったり、笑みを交わした。

プール遊びを終えてのちは、食堂に行って食事を摂り、娯楽室でゆっくり過ごしてから、職員用の部屋にそれぞれ泊まった。こぢんまりとしているが、シャワーとトイレも備えていてモーテルより泊まり心地がよかった。ウフコックはバロットと同じ部屋に入り、

「こちら側で眠る日が来るとは思わなかった」

しげしげと部屋の匂いを嗅ぎながら、サイドテーブルの上にハンドタオルを敷いて自分用のベッドを作った。

「こちら側って、職員のいる側ってこと？」

「そうだ。被験者はみな、建物の逆の側で管理されていたんだ」

バロットは、さぞ不自由な生活をしいられていたのではと思うが、ウフコックが懐かし

げに言うので黙っていた。

「今日はいろいろとあって疲れただろう。何も考えず、ゆっくり休むといい」

「うん。そうする。おやすみなさい、ウフコック」

「おやすみ、バロット」

ウフコックが言って、サイドテーブルの灯りを消してくれた。

バロットはたっぷり気分転換をしたがそれでも、心の底で、ある思いが揺らめいているのを感じていた。

ボイルドの娘にとって、自分はどんな存在なのだろう？　ウフコックは？　父親の仇（かたき）として憎まれるのだろうか。それとも、シザースに特有の視点でものを見ているのだろうか。シザース同士の抗争が現実に行われているのか、そうだとしてどれほどの規模かもわからないが、ボイルドの娘の存在が何かの鍵にならないことを祈った。父親や母親が請け負った悪運とは無縁でいてほしいと強く願いながら、バロットは眠った。

## 14

その有様を実際に見たのは、カンファレンスではクレア刑事だけだった。彼女の部下であるライリー・サンドバード刑事は、クレア刑事にこう言ったという。

「モーモント議員の家族や、シルバーホース社のモデルを殺した人間は、主犯格もふくめて全員逮捕されたと聞いたが、逃げ延びたやつがいるって気にさせられるな」

「余計な先入観は持たないで」

　クレア刑事は厳しく返したが、実のところ同感だった。

　ルート44への出口である「ゲート」と呼ばれる橋の東側、イースト・リバー河岸のビルのゴミ集積場に、全裸の男性が、両手と両足を切断され、工事用の鉄筋で体を串刺しにされていたのだ。眼球はくりぬかれ、耳と鼻は削ぎ落とされ、歯は一本残らず失われていた。

　その無惨な死体を早朝に発見して通報したのは、市のゴミ回収車の乗員二人だった。

　警察が駆けつけたとき、二人とも路肩に突っ伏し、側溝に向かってげえげえ吐いていた。律儀に現場を汚すことを避けてくれたおかげで、証拠が反吐(へど)で汚染されることも、そこに記されたメッセージが消えてしまうこともなかった。

『ハロー、シザース。僕らと遊ぼうよ(プレイ・ウィズ・アス)』

　という文句とスマイルマークが、遺体の前の地面に大きく血で書かれていたのだ。

　メッセージのそばには切断された手首と足首が綺麗に並べられ、両手の指はピースサインの形にされていた。また、摘出された眼球、耳、鼻、歯は、男性の衣類や財布といった持ち物とともに、全てダストシュートのタンク内で発見された。

　手足や組織片は串刺しにされた男性のものであることが確認され、指紋、瞳孔、発見された身分証などから身元が特定された。市内有数のレンタルボート企業のCEOで、リバーサイド・ロータリークラブの一員として観光協会にも名を連ね、ネルソン・フリート元議員の後援者の一人でもある、ジェフリー・ギルモア、五十二歳だ。

メディアは重大な殺人事件として報じ、シルバーホース社のモデルの殺され方との類似をこと細かに指摘し、先入観を排除したいクレア刑事やフォックス市警察委員長を苦々しい気持ちにさせた。市警が捜査を主導し、イーストサイド警察とリバーサイド警察の両岸の組織が協力することになった。マルセル島の抗争のときとは異なり、どの警察組織も捜査に意欲的だとクレア刑事は言った。何しろ、市長選に出馬しようというネルソン・フリート元議員と、現市長であるヴィクトル・メーソンの両サイドから、何としても速やかに犯人を捜し出すよう強く要請されたからだ。

「ですが捜査は難航すると思われます。遺体が遺棄されたと推測される時間帯に、近辺の監視カメラ等あらゆる監視装置が、強力なジャミングによって機能停止していました。今のところ目撃者はおらず、どのような手段で遺体を運んだのかも特定できていません」

クレア刑事の報告を聞いた、イースター、ライム、フォックス市警察委員長、ネヴィル検事補、ケネス・C・O、シルバー、クローバー教授、アダム・ネイルズ、レイ・ヒューズが、気遣わしげな様子でモーモント議員を一瞥するのを、隅に座るバロットは感覚した。

この事件が、モーモント議員を動揺させ、意気阻喪させることをみなが心配しているのだ。しかし、バロットの手の中でタブレット姿のウフコックはすぐさま断言した。

《モーモント議員は大丈夫だ。むしろ戦う意思を強くしている》

その言葉通り、真っ先に、しっかりした調子で発言したのはモーモント議員だった。

「ハンターが、オフィスとの和解の直後、過去の因縁を蒸し返すほど愚かであったなら、はなからここにいる方々を苦労させはしなかったでしょう。ボートカジノの一件でノックアウトされた報復のため、うっかり私が属する市の観光協会と、フリート元議員が属するリバーサイド観光協会とを勘違いしてギルモアを殺したわけではありますまい」

イースターが、モーモント議員の態度に安心したようにうなずいた。

「同感だ、議員。シザースに向けたメッセージが偽装でないなら、オクトーバー社やハンターと陣営をともにしながら、統制がとれない誰かの仕業だ。何にでも首を突っ込みたがるマルコム連邦捜査官でさえ、ハンターの仕業ではないとみて顔を出さないくらいだし」

「早く挨拶したいものだよ」

「焦ることはないよ、モーモント議員。というか今は避けたほうがいい。なぜか虫の居所が悪いらしく、電話の向こうでずっと怒鳴りまくっていたからね」

モーモント議員が、その手の人間の扱いは慣れているというように強気な笑みを返したところで、フォックス市警察委員長が、おもむろに指を立てた。

「イースター所長の言う誰かは、ハンターの過去の犯罪を知り、そしてそれを示唆する別の事件を起こしてみせた。議員となったハンターをライバル視し、足を引っ張り、願わくば蹴落としたいと思っていることは明らかだ」

ネヴィル検事補が首を傾げた。

「その誰かが得る利益は何だ？　ハンターの役目は、集団訴訟潰しと、シザースという謎めいたエンハンサー集団に対抗する尖兵となることらしい。その邪魔をすれば、オクトーバー社や〈円卓〉の怒りを買うのでは？　ハンターがオクトーバー一族と組んで運送会社を手に入れたと聞いたが、その件が関係しているとか？」

これらの疑問は、もっぱら彼の部下となったケネスに向けられたものだった。ケネスは肩をすくめ、「自分が知る限りは」と前置きしてこう告げた。

「ハンターが組んだのは、おれの兄のルシウスです。目的はフェンダーエンターテインメント社の経営権を獲得し、最盛期の状態にまで復活させることでしょうが、現時点で、妨害を企む者はいません。ウォーターズ運送を必死に取り戻したい誰かがいれば別ですが」

ケネスに目を向けられたアダムが、窓でも拭くような感じで左右に手を振ってみせた。

「ネイルズ、ブラウネル、ウォーターズ、どのファミリーも取り戻そうとはしちゃいない。運送会社の幹部はみんな退職金をもらって円満に引退してるからな」

ケネスがうなずいて続けた。

「こちらに情報を流してくれるグランタワーのコンシェルジュが言うには、ノーマはハンターを食事に同席させるほど気に入っています。ノーマは一族以外と決して食事をしません。ノーマはハンターを一族に迎え入れる気です。彼女は以前から、タフな男との間に子どもをもうけると公言していましたから、ハンターとの婚約を計画していると思われます」

シルバーが目を丸くし、ウエディングの定番ソングを口笛で吹いた。

「ノーマ・オクトーバーはおれと同じ車椅子生活者だが、おれとは比べものにならん億長者で、かつパワー・アンド・マネー・ゲームの天才だ。あの娘を甘く見て全てを奪われた人間がごまんといることを思えば、お気に入りのハンターにちょっかいを出して女王様の機嫌を損ねるような真似は誰もせんだろう」

クローバー教授が、情けないというようにかぶりを振った。

「実際、私の教え子だったフラワーやミドルサーフも今ではオクトーバー家の執事同然で、彼らのほうがハンターを必要としています。これは少し視点を変えるべきでは？　先ほどの利益についてのネヴィル検事補の疑問と、ケネスが語ったノーマの人物像から推測して、誰かが彼女の寵愛を得んとしてハンターと争っているとは考えられないでしょうか？」

とたんにレイ・ヒューズが眉を開いて微笑んだ。

「実は私も、そのように感じていたところです。パワーでもマネーでもなく、注目されること自体が目的なら、あえて相手を怒らせたとしても不思議はないと」

うなずき合うのはクローバー教授とレイ・ヒューズだけで、バロットもふくめ残りは意表を衝かれた様子だ。アダム・ネイルズが眉をひそめて言った。

「そんなことのためにリバーサイドの実業家を殺してオブジェにしたってのか？　シザースを殺したぞ、誉めてくれよ、ハンターより自分のほうが使えるぜって言いたくて？　そりゃ流血好きのベンヴェリオ・クォーツ以上の、クソいかれた所業ってやつだぜ」

バロットがぴんとくるものを感じたとき、ウフコックが通信で声をかけてきた。

《何か直感したな。たぶんおれも同じ考えだ》

かと思うとライムが、バロットとタブレットに視線を向けた。ウフコックがどこにいるかは教えていないのに、どういうわけか見抜いているのだ。ライムも何かを直感し、二人の意見を聞きたいらしいが、バロットもウフコックも、カンファレンスで自分から発言することはなかった。すぐにライムが肩をすくめ、バロットの発言を待つのをやめて言った。

「分別とは無縁の連中がいる。ノーマ・オクトーバーの命令で生み出されたやつらで、その一人は〈楽園〉にいて、残りもそうするという協定を結んだばかりだ」

二人が直感した通りだった。他の者たちは、その存在を加味していなかったことを認め、フォックス市警察委員長などは息子の着眼点を誉めるように首を上下に振ってみせた。ライムが、誰からも異論が出ないのをみて続けた。

「〈天使たち（エンジェルス）〉だ。きっとギルモア氏殺害の犯人はあのキメラベビー軍団だろう。あの恐ろしい子どもらがノーマ・オクトーバーの愛だか信頼だかを得ようとしてハンターと競ってる。そしてそれはおれたちに〈楽園〉の権限分割と、つまるところハンターの活動を阻止するチャンスを与えてくれる。この言い方が適切かはわからんが、ハンターがシザース狩りに精を出すなら、こっちは天使狩りに励むべきなんじゃないか？」

## 15

ハンターはグランタワーの一室で、着飾ったノーマといつものように朝食に同席し、給仕される高価な料理を口に運びながら報告をした。

「ジェフリー・ギルモアは、おれがフリート議員を使って発見できた数少ないシザースの一人で、貴重な情報源だった。シザースに関しては〈天使たち（エンジェルス）〉と協力し合うようにという、あなたの指示に従い、おれはキドニーと情報を共有した。するとすぐにジェフリー・ギルモアは殺された。おれに疑いが向けられるようなやり方で」

「ママに構ってほしくて、ベイビー同士で争っているということかしらね」

ノーマがナプキンで口を拭い、人工的な艶めきを帯びる唇の端を上げた。

「エクレールは、本心からあなたが憎いんじゃないわ。私に見捨てられるのが怖いのよ。彼らの本当のママに。あなたたちがホスピタルと呼ぶ娘なんかじゃなく」

「あなたから彼らに、おれと協力するよう命じてくれないだろうか？」

「ベイビーの意地の張り合いに、ママを煩わさないでちょうだい。あなたと〈天使たち〉はシザースを退治するために生まれた兄弟姉妹なのだから、年長者がしつけるべきよ。私が一族に対してそうしているように」

「おれの裁量であると？」

「あなたが本当にタフであることを証明すればいいだけよ」

「そうしよう」

「ところで、あなたに反抗した人間が二人もいるんですって？　あなたが〈天使たち〉に始末を任せれば、あの子たちも自信を得られるんじゃないかしら」

「その機会を与えられずに残念だが、二人は反抗したのではない。おれのためになると思い込まされて〈楽園〉を襲撃した。おれはシザースの仕業だと考えている。原因解明のために二人を生かし、〈イースターズ・オフィス〉をも利用する」

　ノーマが溜め息をついた。

「確かに、シザースならやりかねないわ。〈楽園〉といえば、ビルは？」

「議会に呼び出し、その罪を悔いてもらったうえで、あなたのもとに戻す。〈イースターズ・オフィス〉とクローバー法律事務所が妨害策を講じているが、必ず実現させる」

「あのオフィスは手強いわ。メンバーがほとんど死んで二人しかいなくなったのに、私の本当の父が見込んだエンハンサーに打ち勝ったのだから。気をつけて戦いなさい」

ノーマがにこやかに忠告したが、失敗すれば死を願うほどの目に遭わせてやると言わんばかりの眼差しだった。

「〈ブラックキング〉の言葉を肝に銘じよう。集団訴訟の阻止も、シザースの退治も、ぬかりなく進めるつもりだ」

「シザースの親玉である今の市長を、今度こそ葬り去れると信じているわ」

「そのために、彼らの女王を捜索している。ナタリア・ボイルドと名付けられた娘を」

ノーマの笑みがすさまじいまでの憎悪に満ちた。その全身から噴き出す熱波のような憤怒の念に〈円卓〉の面々であれば狼狽えたろうが、ハンターは冷静に座り続けている。

「私に毒を浴びせた女の娘を連れて来るときは、私の機嫌がとてもとても良いときにして。楽しむこともせずに殺してしまいそうだから」

ハンターは、大いに同感だというようにうなずいてみせた。ノーマが憎悪をたたえた顔のまま楽しげに笑い、そして言った。

「その娘を捕まえたときは、法律に詳しい人間が必要になるわ。きっと、私はあなたと契約を交わす気になるから。本当にタフな男との子どもを得るための契約を」

とっておきのご褒美を用意しておくという調子でもあり、逆らえば容赦しないと脅すようでもある。それもまたノーマのいつもの態度であり、ハンターはただ恭しく胸に手を当てて頭を下げてみせた。そうして満足した様子のノーマから退室を許されたハンターは、地下駐車場へ降り、待機していた〈ハウス〉に乗り込んだ。運転席のアンドレに加え、後部座席では三頭の猟犬と、バジル、オーキッド、エリクソンが待っていた。

「ノーマにギルモア氏の件を話したところ、おれたちでしつけろとの仰せだ」

ハンターが告げた。バジルが、剃らずにたくわえ始めた口髭を思案げに引っ張った。

「あの狂ったガキどもを大人しくさせろってわけか。マクスウェルと〈M〉の片がついたと思ったら、別の化け物どもの面倒を見るはめになるとはな」

「それと、〈天使たち(エンジェルス)〉にラスティとシルヴィアの始末を任せろと提案された」

バジルが手を止め、怒りで目をぎらつかせた。オーキッドが溜め息をつき、エリクソンが呆れた顔で言った。

「まだハンターの忠誠を試しているのか？　なんて疑い深い女なんだ」

「相手が誰であれ試し続け、疑うことをやめないのが〈ブラックキング〉だ。ラスティとシルヴィアは、シザースによる攻撃の解明のため生かす必要があると言っておいた。解明すれば再び共感(シンパシー)の輪に戻れるのだから始末する必要はなくなる」

バジルが、怒り任せに髭を何本か引き抜き、指で弾いた。

「信じてるぜ、ハンター。グループの連中が今の話を聞いたら、〈クインテット〉が分裂したとか馬鹿なことを言い出すやつが出てくる」

オーキッドが手を伸ばして、バジルの膝を叩いた。

「誰がなんと言おうと、仲間は必ず守る。お前の弟分と、お前の妻になる女をな」

バジルが盛大に顔をしかめた。

「あいつと、そういう話はしちゃいねえよ」

「する気はあったんだろう？　なぜ話さなかった？」

「そりゃ……大学と家探しとビジネスでお互い忙しくてな」

エリクソンが、頭を抱えて悶えるように身を左右によじった。

「なんてことだ。じれったいにもほどがある。シルヴィアはあの性格だし、意外に古風だから、お前から言い出すのを待ってるんだぞ」

オーキッドも強い調子でこう言い加えた。

「さっさと指輪を買え。そして片膝をついてシルヴィアに差し出せ」

「うるせえ。今はそれどころじゃねえだろう」

だがハンターが話題を変えることを許さなかった。

「いいや、今がそのときだ、バジル。シルヴィアには支えが必要だ。何があっても希望を失わずにいられる心の柱が。お前以外に、誰が彼女にそれを与えてやれる？」

これにはバジルも反論できず、うーむ、と呻き声を漏らした。

「二人はどうしている？」

ハンターが続けて訊ねると、まずエリクソンがスロットのレバーを下げる真似をした。

「ラスティのほうは、リバーサイド・カジノで毎日遊んでいる。〈鶏小屋(チキン・コープ)〉に閉じ込められた他の若い連中とパーティ三昧だ」

オーキッドが、やれやれというようにかぶりを振った。

「足に追跡装置をつけることをラスティに受け入れさせるため、おれとエリクソンがベンヴェリオと話してルールを緩和させた。そうしたらラスティが、他の金持ちの子息たちの待遇もよくしろと言い出してな。ラスティには憂さ晴らしが必要だとベンヴェリオも理解してくれている。ラスティがいなくなるか大人しくなったら、ルールを元に戻すそうだ」

バジルが、話題を長引かせようとするようにさらに言い加えた。

「ラスティも、根っからのパーティ狂いってわけじゃない。自分が潰れねえためにやってるんだ。ぎりぎりベンヴェリオを怒らせないよう限度を守りながらな」

ハンターがうなずき、バジルの顔をまっすぐ見た。

「シルヴィアも、自分が潰れないための何かを得ているか？」

バジルは眉間に皺を刻んで目を逸らした。

「ライムが言うには……あっちが用意したセーフハウスで大人しくしてる。閉じ籠もりっぱなしで食事もろくに摂らないらしいが……」

「待遇に不満があって抵抗しているのか？」

「いや。単に元気が出ないようだと言っていた」

「シルヴィアからの要望は？」

「抗うつ剤や、でなきゃ多幸剤（ヒロイック・ピル）をほしがっていて、オフィスが検討中だ」

オーキッドとエリクソンが同時に嘆息した。

「もともと引っ込み思案なところがあったとはいえ、かなり深刻だな」

「放っておいたら本当に依存症になって、ファシリティに入ることになりそうだぞ」

「バジル」

ハンターが、こちらを見ろというように呼んだ。バジルは、いつぞや大学に通うよう命じられたときのように、ひどく気後れした様子で顔を向けた。

「シルヴィアの心を救え。おれたちの共感（シンパシー）の輪を守り、結束の礎（いしずえ）となれ」

バジルはうつむいて唸りをこぼすと、両手で髪を後ろへ撫でつけ、覚悟を決めた顔でハンター、オーキッド、エリクソン、そして犬たちへもうなずいていった。

「わかった。どうすりゃ上手くやれるか経験がないからよくわからんが、おれからライムに頼んで、やれる限りのことをやる」

## 16

ジェイク・オウルを介した通信チェスは、数日で「だいぶ手が進んだ」とライムは言った。バジルと短期間で多くのやり取りを重ねたということだ。

そのことを前提として、〈イースターズ・オフィス〉の応接室にメンバーが招集され、協議が行われた。トゥイードルディもバロットもいた。トゥイードルディは〈楽園〉の護送官(エスコート)として、バロットはクローバー教授との連絡係としての役割があった。

議題は、イースターいわく「気鬱がひどいシルヴィアを、うっかり薬物漬けにして聴取もできない状態にさせた挙げ句、ハンター一派が支配する中毒者更生(リハビリテーション)ファシリティに送り込まねばならなくなるなどという馬鹿馬鹿しい事態を避けるための現実的対策」だった。

そしてその「対策」が、ハンター側から提案された、とライムは言った。

「かなり効果的で、かつ速やかに実行可能だと思う。つまりこうだ。バジルがシルヴィアに、プロポーズをするから、そのお膳立てをおれたちがする」

テーブルの上のウフコックと、ソファに座るバロットが、呆気に取られる一方、トゥイードルディが首を傾げ、困惑するエイプリルやトレインに、どういう意味か無言で訊ねた。スティールが訝しげにイースターとライムを見つめ、ミラーとレザーが互いを見て、きっと何か裏があるんだろうと納得して肩をすくめ合った。

だが裏などなかった。ライムは続けた。

「バジルは本気で彼女との特別な面会(ギャンビット)を望んでる。彼女が深刻な状態になることを心配してるんだ。あちら側の取らせて取る手に変化はないし、変化させないためにも必要だ」

チェスの手になぞらえての言い方だった。シルヴィアをあえて差し出すことで彼女の安全を確保し、かつ共感（シンパシー）の喪失の原因を探るというハンターの手だてに変わりはないということだ。だがもしシルヴィアが精神的不調により深刻な病状を呈したら、それこそハンター側がシルヴィアを自分たちのファシリティへ収容させかねない。

この急な展開をすんなり受け入れられず、まごつく人々へ、イースターが説明した。

「面会者はもちろんバジル・バーン一人だ。許可できる面会時間はそれほど長くない代わりに、定期的に面会を重ねられるよう設定し、シルヴィアに希望と安心感を与える。セーフハウスで二人きりになれるようにもする」

これが既定路線であり、必ず実行するという意思を込めた口調だった。つまりそれだけイースターはシルヴィアの扱いに手を焼き、これが解決策になると信じているのだ。シルヴィアをファシリティに入所させるならまだしも、まかり間違って自殺するようなことがあれば、オフィスの信用は失墜し、ハンター側の報復を誘発しかねない。

そもそもイースターとしては、シルヴィアの聴取と検診も急ぎたがっていた。〈楽園〉から都市に戻り、ノースヒルの西側の幹線道路上で身柄をオフィス側へ引き渡されたシルヴィアは、その時点で能力（ギフト）を封じられていた。少なくともハンターはそう断言し、シルヴィア自身、能力（ギフト）が発揮できないと思っていることをウフコックが確認している。

それがただの思い込み（プラシーボ）でなく、見事な手段で能力（ギフト）を封じていることは刑務所にいる元エンハンサーたちの検診からも明らかだった。イースターはこの「能力(ギフト)を封じる能力(ギフト)」についても、共感(シンパシー)の輪の低下や消失の原因と同じくらい重視し、詳細に調べたがっていた。

だが健康状態が悪化する一方の人物を検診にかけるには、それが治療に効果的な場合に限られる。せっかくシルヴィアという重要な駒を手中に収めたにもかかわらず、ろくに聴取も検診もできないうえ、オフィスの信用を毀損(きそん)させるリスクを抱え込んだのだ。

こうしたイースターの懸念の匂いを嗅ぎ取ったウフコックが、声をあげた。

「昔、ナタリア・ネイルズという、殺し屋として扱われていた女性を保護したときも、保護に反対する兄に会わせた。ナタリアはそれで一時的だが安全になったし、積極的におれたちに協力してくれた。シルヴィアを協力的にさせるためには有効な手だと思う」

バロットも、ウフコックを援護した。

「バジルとシルヴィアは本当に恋人同士だし、プロポーズも嘘じゃないと思う」

スティールが皮肉たっぷりの口調で同意した。

「バジル・バーンが投降するに等しいのは悪いことじゃありませんね。面会の前後で、こちらが有利な形で両者を聴取できるでしょうし」

ミラーが唇の端を上げて微笑んだ。

「刑務所で式を挙げる人間もいる。花婿の付きそい役(ベストマン)がほしいと言い出すだろうよ」

レザーがげらげら笑った。

「おれたちを最高の男（ベストマン）と見込んでか？　よし、あの野郎の両腕を抱えて、花嫁の前まで引きずっていってひざまずかせてやろうぜ、ミラー」

　エイプリルが呆れて言った。

「もっとロマンチックに演出してあげましょうよ。場所はどこにする気ですの、所長？」

「そこは検討中さ。シルヴィアが食欲を取り戻せるよう食事を用意できて、セキュリティ面で不安のない場所を探さないと」

　するとトレインが、最近のトゥイードルディに倣（なら）って電子音声ではなく口でわめいた。

「それって、レイのお店の〈ステラ〉がいいね！　僕とトゥイーがトンネルから出てきても嫌がらずに厨房でテイクアウト用の余ったものをくれるんだよ！」

　エイプリルが、いっそう呆れた顔になった。

「あらあら、トレインったら。いつからそんなことを？」

「けっこう前。アビーがレイの料理は最高だって教えてくれてからだよね、トゥイー？」

「うん。この僕が食べることを思い出したくらい最高だよ。もう二度と食べることはないと思ってたのに。なるほどね、プロポーズっていうのはレイの素敵な料理を、逮捕した人に食べさせて元気にするってことだね」

　トゥイードルディが、やっと概念が理解できたというように言った。

「まあ確かに目的はそうだな」

　イースターが言って、ライムに顔を向けた。

「トゥイーにも警備に参加してもらうとして、あの店を使うのは良い考えかもしれない」

　ライムがうなずき、こちらはバロットとウフコックへ顔を向けた。

「ロードキーパーの店に手を出すやつはいないからな。レイ・ヒューズは協力してくれると思うか、ルーン？　ミスター・ペンティーノ？」

「ウフコックだ、ライム」

「ああ、すまん。どうもあんたと初めて会ったときから威厳を感じっぱなしでな」

　ライムが真顔で言った。これに目をぱちくりさせるバロットへ、ウフコックが笑みを投げ、ちっちゃな肩をそびやかしてみせた。

「レイなら喜んで協力する。愛と和解が、彼のテーマなんだから。だろう、バロット？」

　まさに疑いなくそうであるとバロットも断言できた。

「うん。きっとレイはグランマに話すから、グランマも一緒にやりたがりそう」

　イースターがみなを見回し、反対する者がいないことを確かめて言った。

「我々のモットーに従い、過去を決して忘れず、けれども報復にとらわれず、平和裡（へいわり）にことが進むよう万全を尽くそう」

## 17

カンファレンスで、イースターがバジルの面会を実施すると報告したところ、ここでも反対する者は出なかった。マルコム連邦捜査官は欠席で、相変わらずどこで何をしているかわからないが、情報だけはしつこくほしがるのでクレア刑事が連絡していた。

「市警察が協力する必要はありそう?」

「こっちも人を出せるぜ、イースター兄さん」

クレア刑事とアダムが言った。イースターは二人に感謝を述べつつ、かぶりを振った。

「大ごとになることはハンター側も望んでいない。こちらの警備だけで十分さ」

フォックス市警察委員長が力強く微笑んだ。

「シルヴィア・フューリーが証人として無力化されていても、過去の一連の事件とハンターが持つ能力（ギフト）の両面で、有用な情報提供者となってくれることを願いたいな」

間違いなくそうなるという確信がこもった言い方に、ネヴィル検事補とケネス・C・Oも同調して笑みを浮かべた。

「検察は、ギルモア氏殺人事件の捜査の一環として、モーモント議員の家族の殺害およびシルバー社のモデル殺害の件での再捜査を決定しました。ハンターは〈天使たち（エンジェルス）〉という存在と対立を余儀なくさせられるでしょう」

ネヴィル検事補が告げ、ケネス・C・Oが続きを請け負った。

「上手くいけば、ハンターはキメラベビー集団を警察に差し出し、自ら〈楽園〉の権限分割に協力せざるを得なくなります」

シルバーが指を銃の形にして、それを自分の頭に向けてみせた。

「あの男を、自分自身を差し出させるまで追及してほしいもんだ。あの男が持て余した悪党どもを刑務所に放り込んで一件落着なんてのは断じて許せんからな」

モーモント議員が「いかにも」と呟き、歯を剝いてクッキーでも食べるような真似をした。ハンターを頭から齧り殺してやるというのだ。

「市議会では、あの男が禁忌の議論のための委員会を設置しようと目論んでいますが、あらゆる手を尽くして骨抜きにしてみせますとも。何なら委員会を09法案の現状維持派で揃え、ハンターとフリート元議員にコネ不足を思い知らせてやりましょう」

クローバー教授が上機嫌な様子で手を揉み合わせた。

「ミズ・フェニックスのアイディアが、予想以上に功を奏しましたな。当面、ロビー・アタックの心配はなくなりました。集団訴訟はファーマシー協会連合との和解を経て、原告と被告の双方が証言録取を開始します。いよいよ訴訟が開始されるのです」

これは公判前の手続きである開示期間中に、原告と被告の弁護士が、互いの証人の宣誓証言を文書化することをいう。裁判前に証人の過去と今を徹底的に調べ上げ、相手側の証人の言葉に嘘があればそれを法廷で活用できるよう準備しておく。自分たちの側の証人の言い分が完璧に正しければそれもまた武器になる。事実と虚偽という名の二種類の弾薬を、原告と被告がありったけ揃え、法廷で撃ち合うのだ。

フォックス市警察委員長、ネヴィル検事補、シルバー、モーモント議員が、喜びをこめて拳をテーブルに打ちつけた。イースター、クレア刑事、ケネス、アダム、レイ・ヒューズが遅れて付き合い、バロットもタブレット姿のウフコックから左手を離して最後の一回だけ同じようにした。

クローバー教授は、続きを言わせてくれというように楽しげに両手を開いた。

「ビル・シールズ博士に代わる証人も見つかりました。ジェラルド・オールコック、五十五歳。神経科学の権威で、トリプルXの臨床データを分析でき、素人にもわかるよう易しく説明することを厭わず、原告団に同情的という、まことにうってつけの人物です」

ネヴィル検事補が、拍手する真似をしながら、ちらりとケネスを見て言った。

「フラワーが、証言録取の筆頭にエリアス・グリフィンを選んだと聞きましたが」

クローバー教授も、ケネスに労るような眼差しを向けてうなずいた。

「ケネスの恋人を攻撃することで、動揺を誘おうとしているのです。かつてフラワーは彼女を徹底的に貶めましたから、同じ目に遭わせてやろうというのでしょう。ですがミズ・グリフィンは十分に冷静であり、ケネスとは違う場所で、同じ敵と戦う気でいます」

ケネスは唇を引き結んで何も口にせず、力強く首を縦に振った。クローバー教授の言う通り、今こそ恋人と力を尽くして戦う気なのだ。仕組まれたとケネスが確信している自動車事故とその後の裁判で、自分たちの生まれざる子と尊厳を奪われた怒りとともに。

こうしてカンファレンスの面々が戦いに備えるなか、オフィスは保護証人であるシルヴィアの特別な「面会」の準備に取りかかった。

レイ・ヒューズはカンファレンスの場で協力を求められて快諾した。その日の晩、いつものようにバロットの自宅に赴き、ベル・ウィングと一緒に料理をしながら、自分が何を頼まれたかを話した。バロットとウフコックだけでなく、アビーとストーンもおり、話を聞いて自分たちも警備を手伝うと申し出た。バロットが、またもやクローバー教授に首尾を報告する係として、ウフコックとともに警備に参加するよう指示されたからだ。

ベル・ウィングも、レイ・ヒューズが言う「ロマンチックな仕事」に食いつき、楽しげにこんなことを言いだした。

「そのシルヴィアって子が元気になったら、うちにも呼んだらいい。レイとあたしで食事を振る舞ってやれば、自分が犯した罪を洗いざらい話して、気分をすっきりさせようって気になるかもだ」

さすがにアビーが目をまん丸にした。そんなことをしたらベル・ウィングが危険な目に遭うという不安が顔に出ていた。ストーンとバロットも眉をひそめたが、テーブルの上でフォークをキッチンペーパーで拭いて並べていたウフコックが、意外にも賛同した。

「ありがたい提案だ、ベル・ウィング。シルヴィアはハンターの下でしか生きる価値がないと思い込んでいる。法的交渉を意識せずにいられる場を用意することで、ハンターから離れても生きていけるという実感を得られるかもしれない」

この考えにバロットは納得したが、アビーとストーンは、そう上手くいくだろうかと疑わしげだ。二人とも殺し合いのゲームをさせられていた時期を通して、〈クインテット〉のカルト的な結束を知っていた。

だがハンターの共感（シンパシー）の輪が乱れたことを考えれば、シルヴィアをその結束から引き剥がす試みは、きわめて有用だ。過去にオフィスの勢力（パワー）が敗北したハンター陣営の切り崩し策を、より効果的で現実的なものとするヒントが得られるかもしれないのだから。

翌日、イースターがレイ・ヒューズと相談し、店を貸し切る日時を定め、シルヴィアとバジルを案内する段取りと警備の配置を決めた。そしてあっという間に、「面会」の日の夜が訪れた。イースターとスティールがセーフハウスからシルヴィアを連れ出した頃、ミラーとレザーがバジルを車に迎え入れ、武器を預かった。それから花屋に寄り、貸衣装店に行って着替えさせた。

バロットとチョーカー姿のウフコック、アビー、ストーンは、プレストン・ストリートの路肩に停めた〈ミスター・スノウ〉の中で待機した。ちょうどバロットがバックミラーで〈ステラ〉の表のドアを見ることができる位置だ。

店の裏手のドアの前では、好物のレタスの葉をかじるトレインがいた。店の内外に設けた監視装置を、〈ウィスパー〉、トゥイードルディ、トゥイードルディムら〈ストーム団〉とともに守り、警備参加者へリアルタイムで様子を伝えるのだ。

トゥイードルディは、サメの群とともに空高くに位置し、都市の航空規制に抵触しないようにしながら警備についた。

ライムは店の事務室に陣取り、店内の様子をモニターで確認しながら各人へ指示を出した。やがてそのライムが、「シルヴィアの到着だ」と告げた。

イースターの車が、店の駐車場に滑り込む様子を、バロットたちが車のナビゲーション・モニターで見守った。イースターとスティールが、シルヴィアを連れて店へ入ると、映像が店内のものに切り替わった。

シルヴィアは歩くのも億劫そうに、店の真ん中に用意されたテーブル席についた。バロットは改めて、イースターとライムがこの面会を強く推した理由を察した。それほどシルヴィアに生気がなく、虚ろで、打ちひしがれていることは明らかだった。まるで捨てられた人形のようなその姿に、バロットは、殻の中に閉じ籠もっていた自分を思い出した。無感覚であることを自分に命じていた頃を。だがその最悪の時期でも、バロットは死にたくないと思っていた。殻の中で息を詰めながら少しずつ死んでいく感覚は恐ろしく、それを意識しないよう必死に無感覚でいようとした。

今のシルヴィアは、それよりもひどかった。あるいはバロットが無感覚のまま生き続けていたらどうなったかを、はっきり教えてくれていた。無気力という錘が大きくなることを止められず、ただひたすら底なしの暗闇へ沈み込んでいく。苦しみに喘ぐあまり生きることをやめたいが、それが許されないため薬物の力で自分を眠らせたがっていた。

シルヴィアは、真っ白いクロスをかけられて花とキャンドルで飾られたテーブルに両肘をつき、重ねた両手に額を押しつけ、見知らぬ店に座らされる苦痛に耐えて尋ねた。

《私、なぜここにいるの？》

その声を、警備についた全員が聞いた。バロットが目を細め、後部座席でアビーとストーンが息をのむほど、弱々しく掠れきっていた。

イースターとスティールは答えず店の奥へ行き、ライムがいる事務室に入った。あとのことは、レイ・ヒューズと店の従業員たちに任せる予定だった。

レイ・ヒューズは純白の料理人の出で立ちをしてキッチンに立って働いていたが、シルヴィアが来ると自ら給仕に回り、彼女のためにガスなしの水をグラスに注いだ。シルヴィアは虚ろな顔でグラスを見たが、すぐにまた目を閉じた。相手がレイ・ヒューズであることにも気づいていないようだった。

店のドアが開き、新たに三人の男が現れた。店内に入ったのは一人で、残り二人はドアを閉めると、すぐ先に停められたバロットの車に向かって親指を突き出してみせた。

ミラーとレザーだ。バロットはバックミラーで、二人が路肩へ停めた車へ戻るのを確認した。これで警備参加者が全員そろった。

レイ・ヒューズが、シルヴィアの向かいの席の椅子を引いた。バジルがうなずき、席についた。シルヴィアはまだ顔を上げなかった。バジルもレイ・ヒューズが彼のための水を注ぐ間、黙ってシルヴィアを見つめていた。

《料理のコースを始める前に、食前酒をご用意しましょうか？》

レイ・ヒューズが訊ねると、バジルが親指で頬を掻きながら、初めて声を発した。

《そうしてほしいんだが、困ったことに、その手のものに詳しくないんだ》

ぴくりとシルヴィアの肩が反応した。

《では本日の料理にぴったり合うシャンパンとワインを、適宜お運びします》

《頼む。すまねえ》

レイ・ヒューズは、ウェイターとして完璧に振る舞いながら厨房へ戻った。

シルヴィアが、苦しみで疲れ果てた顔をおずおずと上げ、目をみはった。バジルがタキ、シ、い、い、ード姿で花束を抱えていいたのだ。

《お前に花の好みを聞いとくんだったぜ。自分じゃ葬式の花輪しか頼んだことがねえんだ。気に入らなかったら持って帰る》

バジルが差し出すと、シルヴィアはわけがわからないという顔でそれを受け取った。

《何をしてるの？》

《最近、お前の食欲が落ちてると聞いてな。好みじゃない食い物ばっかり出てくるからだろうとハンターたちと話した。立派な店に連れてきゃ食欲も戻るだろうってな》

そこへレイ・ヒューズが、シャンパンが入った二脚のグラスを載せたトレイを持って現れ、シルヴィアをぎょっとさせた。

《ロードキーパー・レイ……？》

《ここは彼の店だ。前にハンターと来た。まあ、おれも中に入るのは初めてだが、雰囲気があっていい感じじゃねえか？》

《ええ……》

ぼんやり周囲を見回すシルヴィアへ、レイ・ヒューズが微笑みかけた。

《お気に召していただき光栄です。お二人の乾杯にふさわしい品をご用意しました》

レイ・ヒューズがシャンパンの入ったグラスを二人の前に置き、こう言った。

《あなたにふさわしい、素敵な花束ですね、マーム。ただ、手が塞がっていては不便でしょう。私が預かり、このテーブルに飾らせていただくというのはいかがですか？　食事が終わる頃には、持ち帰りやすいようまた花束の状態にしておきます》

シルヴィアがうなずくと、レイ・ヒューズが恭しく花束を受け取って立ち去った。

バジルがグラスを持って差し出した。シルヴィアは不思議そうにバジルを見つめながら同じようにした。互いにそっとグラスを打ち合わせ、中身を口にした。すぐにバジルが目を丸くし、《美味(うま)い酒だ》と言った。シルヴィアが微笑み、その口からどっと息が溢れ出した。これまで胸の内側に溜め込んでいた何かが、一挙に外側に出ていくようだった。

シルヴィアはさらに一口飲み、グラスを置いた。

《美味しいけど、これ以上飲むと、気を失いそう》

《水もあるぜ。酒の残りは、美味い飯を食ってからでもいいだろう》

《あなた……どうしたの、その格好？》

バジルは答えず、にやっとして手を出した。シルヴィアがごく自然にその手を握った。

《ラスティはカジノで遊びまくってる。お前だけ元気がねえなんてのは不公平だろうが》

《だからそんな格好を？　着飾ったあなたを見て元気を出せってわけ？》

《出ただろう？》

シルヴィアは、双眸(そうぼう)を涙で光らせながら噴き出した。

《面白すぎて笑っちゃうわ》

頰に溢れた涙をもう一方の手で拭いながら、シルヴィアがバジルの手を引っ張って自分の額に押しつけて肩を震わせた。それほど長くはなかった。シルヴィアはバジルの手を離してナプキンで顔を拭くと、まさに生き返ったという表現がぴったりくる笑顔で言った。

《急にお腹がすいてきたみたい》

バジルが唇の端を上げ、厨房のほうを見た。レイ・ヒューズが、まさにここぞというタイミングで、花を生けた花瓶と、前菜を盛り付けた皿を台車に載せて現れたところだった。

それからは、バジルとシルヴィアにとっては、このうえない憩いのひとときとなり、警備についた者たちにとっては、恐ろしく退屈な時間となった。

二人の話題は、もっぱら家だった。バジルが家探しの進捗を報告し、シルヴィアがそれはいいとか、それはやめたほうが無難だとかいったことを話し続けた。

家というキーワードが二人を結びつけ、シルヴィアに強い安心を与えていることはバロットにもわかった。このまま死ぬまで保護拘束下に置かれるわけではなく、いつか「家に帰る」ときが来ると信じられるのは、まさに生きる希望だろう。たとえシルヴィアが夢物語として割り切っているとしても。

バジルは、それが決して夢物語ではないことを食事の終盤で示した。シルヴィアの食事の進みに従って適切に給仕をするレイ・ヒューズが、メインディッシュが終わって皿を下げるとともに、さりげなくバジルにウィンクしたのだ。

バジルは大きく息をつき、眉の間を親指で掻くと、意を決して席を立った。

シルヴィアはきょとんとして、バジルを見上げた。その視線はすぐに下へと向けられた。バジルがテーブルを回り、シルヴィアの前で、おもむろに片膝をついたからだ。

何が起こるか察したシルヴィアが、両手で口元を覆った。とてつもない犯罪に加わったダークタウンのエンハンサーとしての顔はすっかり消えていた。そこにいるのはサプライズに感激して目を潤ませる、ごく普通の女性だった。

《お前はおれが守る。お前におれの背中を預ける。この先ずっと、おれの命が続く限りそうする。これもお前の好みを聞かずに買った品だが……、受け取ってくれるか？》

バジルがタキシードのポケットから箱を取りだし、シルヴィアの前で蓋を開いた。大ぶりのダイヤの指輪が現れ、シルヴィアは感極まった様子で涙を流した。

《こんなのって……。あなたったら……ええ、受け取るわ。私、喜んでそうする。ああ、バジル……、あなた、本気で、こんな私と……？》

バジルは指輪を取って箱をテーブルに置くと、シルヴィアの左手を引き寄せ、薬指に嵌めてやった。その絶妙なタイミングで、レイ・ヒューズがデザートの皿を持って現れ、厨房にいた従業員たちも全員が出て来て祝福の拍手を送った。

シルヴィアが指輪を嵌めてもらった手を胸に抱き、周囲をはばかることなく嗚咽した。バジルが中腰になってその肩に手を回し、レイ・ヒューズへ感謝を込めて深くうなずいた。

バロットは思わずナビゲーション・モニターを見るのをやめて目尻を拭った。後部座席でアビーもぐすっと洟をすすっている。

ストーンが深々と息を吐いた。

「驚いた。この様子なら、食事の席に招いてよさそうだ」

するとチョーカー姿のウフコックが言った。

「保護下に置かれた者のケアが、何よりも、事件の解決に寄与するんだ」

バロットは、同意と感謝を込めてチョーカーを撫でた。かつて自分もそうしてもらったことを思い出しながら。その過程でウフコックを濫用してしまったことも。

シルヴィアはそうはならないだろうと思った。無力感と孤独に襲われても、バジルとの生活というゴールを信じて耐えるだろう。オフィスに対して自分から積極的に協力することもあるかもしれない。それは過去の打撃を恨んで報復するよりもずっと意義深いことだ。

バロットは自分が正しい側にいるという実感に、安心させられた。ベル・ウィングが言う右回りの運を呼び寄せるあり方を自分たちが守り続けられるように心から祈った。

## 18

プロポーズ作戦は、てきめんに効果を発揮した。シルヴィアは、〈ステラ〉での手厚いもてなしとバジルから贈られたエンゲージリングによって、たちまち生気を取り戻し、保護証人としての供述と検診に前向きに応じるようになった。

供述では、ハンターとその一派ならびに〈円卓〉の、犯罪立証につながる情報開示が主眼となった。検診では、健康維持のみならず、能力(ギフト)がいかに封印されたか、なぜ共感(シンパシー)を喪失したかを調べるため、長期的に被験者として扱われることをシルヴィアに承諾させた。

供述は〈イースターズ・オフィス〉の元遺体洗浄室である広々とした来客室で行われた。貸しオフィスのような心地よいインテリアで飾られているが、四つの任務の一つである法的交渉にも使用される部屋とあって設備に不足はなかった。映像や音声だけでなく、客の鼓動や体温の変化をも検知し、それらのデータを解析するシステムも備えていた。

危険で荒っぽい客を迎える用意も万全だ。室内の様子は地下の〈ウィスパー〉がリアルタイムで監視しており、客が暴れ出せば、ただちに鎮圧プロトコルが実行される。具体的には、オフィスのメンバーと警察に通報し、天井からワイヤーネットが射出される。同席者が退避すると、元防臭扉だったシャッターを下ろして閉じ込め、必要とあらば室内の空気の成分を急激に変化させて、客を昏倒させることもできた。

警察署や検察局に、そうした設備はないため、クレア刑事、フォックス市警察委員長、ネヴィル検事補の全員が、オフィスでの聴取を希望した。

また当然ながら検診もオフィスで行われるため、オフィスのメンバーやクレア刑事の部下が連日のようにシルヴィアを護送した。セーフハウスは、オフィスが契約するアパートメント、ホテル、郊外の住宅などで、襲撃や奪還を警戒し、数日ごとに場所を変えた。

転々と連れ回される落ち着かない生活も、シルヴィアには慣れたものだ。〈クインテット〉の一員となって以来、生き残るため、たびたび居場所を変えてきたのだから。

証人としてのシルヴィアの価値は、「更生が必要な薬物中毒の前科者」というハンター側のでっち上げによって著しく損なわれたものの、彼女が持つ情報の価値は本物だ。何しろ幹部としてハンターと行動をともにし、数々の犯罪行為に加担した人物なのだ。

ただしシルヴィアは、たやすく情報を渡さなかった。注意深く開示することがらを選別し、意外な要素を組み合わせ、むしろハンターを捜査の対象とすべき根拠を否定した。

決定的な情報から尋問者を遠ざけるという点で、シルヴィアの知性もまた本物だった。優れた記憶力と機転を備え、ブラフを見抜くことに長けていた。水増しした分厚いファイルを積み上げ、捜査情報が豊富にあるふりをしても、あっさり見抜いてしまう。

シルヴィアの駆け引きは洗練されており、「これまでの鬱状態が、意図的なサボタージュだったんじゃないかと疑いたくなるよ」とイースターがこぼすほどだった。

カンファレンスの百戦錬磨のつわものたちが彼女を取り囲むだけでなく、レコーダーに変身したウフコックが参加して虚偽の匂いを嗅ぎ取り、ライムやスティールといった聴取が得意なメンバーが常に新たな攻め方を考え出し、かつ〈ストーム団〉と〈ウィスパー〉が瞬時に情報の裏を取るのだ。

とても適当なごまかしでしのげるものではない。たびたび立ち合ったバロットですら、誘導され、驚かされ、不安になるあまり、重要な情報を吐き出さずにはいられなくなるような過酷な尋問だった。それをしのぐのだから、シルヴィアを側近に加えたハンターの人選は正しいとしか言いようがない。だからこそ彼女はハンターからあらゆる点で重用されていたはずで、何としても攻略したがる人々に対し、シルヴィアはハンターの周辺の犯罪を惜しみなく明らかにしていった。

最も頻繁に出た名前は、ラスティ・モールドだ。オフィスが確認した殺人のうち少なくとも三件を目撃したとシルヴィアは告げた。

サム・ローズウッド弁護士、マディソン・ブラッド、そしてウフコックのパートナーだったウェイン・ロックシェパードである。いずれも銃殺であり、ラスティは使用した凶器を全て捨てており発見は困難だろうとシルヴィアは言った。

「そのうち一つについては心配ないな。ウェイン・ロックシェパード殺害に用いられた銃は、そののち君たちに捕らえられたウフコックだったんだから」

イースターがそう口にしても、シルヴィアは眉一つ動かさなかった。

「なら、私が能力でロックシェパードの動きを封じたあと、彼が持っていた銃をラスティが奪ったことは証明されるわけね」

見えざるウフコックに常に監視されていた、というプレッシャーをものともせず、シルヴィアは、ハ、ハンターのために開示すべき犯罪を供述した。刑務所にいるジェイクと同様に。

「ハンターは、みなの犯罪を止めようとしていたの。麻薬や銃の密売をやめさせて、合法的なビジネスを行うべきだと説得していたのよ」

これはある意味、事実だった。違法エンハンサーとギャング集団をまとめ上げ、合法化（リーガライズ）する。それがハンターの基本的な戦略であることは、ウフコックの潜入捜査ですでに明らかとなっている。シルヴィアはまだ非合法だった頃の活動が根拠となってハンターに捜査の手が及ばないよう、自分もふくめてスケープゴートとなるべき人々の名と数々の悪行を、細かな偽証を織り交ぜながら供述した。

拷問係として働いていた、通称「トーチ爺さん」による暴行、殺人、遺体の処分。

マディソン・ファミリー、ベイツ一家、クック一家、〈宮殿（パレス）〉、〈ルート44〉、〈スポーツマン〉、十七番署といった組織が関与した抗争で、誰が誰を殺傷したか。

市警察が押収した〈黒い要塞（ブラック・キープ）〉内で発見された、生ける首たちの名。

クック一家の若頭であったペイトン・クックを、ジェイク・オウルが殺害したこと。

銃密売で知られる〈ルート44〉のボスだったビッグダディを、〈プラトゥーン〉のリーダーであるブロンが殺害したこと。

十七番署に属し、悪徳の限りを尽くした刑事部長メリル・ジレットとその部下ウィラード・マチスンおよびピット・ラングレーを殺害したのはマクスウェルと〈誓約の銃（ガンズ・オブ・オウス）〉で、その後、変身能力を持つエンハンサーがウィラードとピットに化けていたこと。

ブルーの首を切断して保管していたのは、マクスウェル配下の元〈スポーツマン〉の一員であること。

クォーツ一家の長男ロミオを射殺したのは、父親のベンヴェリオであること。

クレア刑事は全ての裏を取るため奔走したが成果は少なかった。〈墓場(セメタリー)〉と名づけられた地下施設は「洗浄済みのもぬけの空(から)」で、トーチ爺さんも行方をくらましていた。他は、証言はあっても証拠がなく、ジェイクもマクスウェルもすでに刑務所の中だった。

またシルヴィアは、バルーン・アシッドが、父親に殺されたロミオの遺体の処分を担ってのち、デューク・レイノルズ刑事に脅(おど)されてペイトン・クックとともに密告者となったことを苦にして銃で自殺したことを、さも重要な情報であるかのように喋った。それはオフィスや市警察にとっては役に立たないどころか、当時の捜査が強引なものであったことを示す証言だった。「亡きオックスと市警察の汚点」を、シルヴィアはさりげなく駆け引きの材料として供述の中に滑り込ませたのだ。

加えて、ハンターとオクトーバー社および〈円卓〉の関係に言及しない代わりに、多岐にわたる警察や行政機関の汚職を開示した。

ラスティが経営していた〈サンダース工務店〉や、シルヴィアが管理していた盗品ビジネスは、ギャングからの賄賂(わいろ)を様々な行政機関に渡す中継拠点であったという。

シルヴィアは、法務局、健康管理局、土地開発局、廃棄物処理施設、警察の証拠品保管倉庫といった施設の汚職者の名を、本来なら司法取引が可能となるほど連ねていった。警察をふくむ行政機関の人員を、他ならぬ警察に売り渡そうとすることに、フォックス市警察委員長、クレア刑事、ネヴィル検事補は辟易させられた。

シザースについて、シルヴィアは具体的に誰がそうであるかわからないと言った。ハンターから何も聞いておらず、ベンヴェリオ・クォーツや市長がシザースであるといった噂は知っているが、相手がシザースか否か見抜くすべは自分にはないというのだ。ノーマがシザースに対抗するため、多数のエンハンサーを違法に生み出して殺し合いをさせたことも、シルヴィアは、亡きメリル・ジレットが担っていたことしかわからないと言い張った。

結局明らかになったのは、ハンターがスポーツでいうところの無失点(クリーンシート)を達成しているということだけだった。ハンターはカンファレンスの想定を超えて、完璧なまでに犯罪行為を隠蔽(いんぺい)し、ありとあらゆる証拠を消し去っていた。

だがフォックス市警察委員長は追及の手を緩(ゆる)めず、長期戦を覚悟して捜査体制を築いた。〈天使たち(エンジェルス)〉が殺したと推測されるジェフリー・ギルモアの惨殺事件を捜査するという名目で「秘密部隊(コヴァート・チーム)」を編制したのだ。

セントラル地区にある市警察ビルの一室に、秘密裡にその捜査本部が置かれた。クレア刑事を責任者とし、部下のサンドバード刑事の他、市警察各署の殺人課、強盗課、汚職捜査課、組織犯罪班、特殊部隊などから、とりわけクリーンで優秀でタフな人員が集められた。フォックス市警察委員長は彼らに、警察組織、市議会や委員会、連邦組織といったあらゆる組織からの干渉も退けることを約束し、ハンターに関する捜査を命じた。それだけでなく、ルーチンワークを挟んで頭を冷やさせ、人員が燃え尽きることを防いだ。ハンターは天国への階段(マルドゥック)のずっと上にいて守られており、レンガを地道に一つずつ積んで捜査の階段を築くことでしか手が届かないと承知しているのだ。

クローバー教授の、「エネルギーを持続できる者が勝つ」という持論に通じ、人のエネルギーを巧みに利用するが自分のそれは温存するネヴィル検事補との相性も悪くなかった。

こうして、刑事面でハンターを追及する手だてが着々と講じられるほどに、当然ながら、シルヴィアの攻略が必須となった。

抱え込んだ秘密を喋らせるには、カルトから引き剝がし、ハンターを裏切るくらいなら刑務所か更生施設に一生閉じ込められるべきだと信じる心を変えなければならない。共感(シンパシー)を取り戻すというオフィス側にとって不都合な希望を捨てさせ、代わりに刑事免責と証人保護プログラムこそが人生をやり直す最後のチャンスだと考えさせるのだ。

そのきっかけとなるべき何かを、カンファレンスの面々は求めた。ほどなくして、バロットに白羽の矢が立てられた。

## 19

バロットが、シルヴィアの尋問を目(ま)の当たりにするだけでなく、捜査の進捗をつぶさに知ることになった理由は、これまたクローバー教授からの命令だった。

「シルヴィア・フューリーの供述と、ハンターの捜査に可能な限り立ち合い、今後のロビー・アタックを予見しうる何かを探せ」

これは同時に、「ハンターの動向を、その側近であるバジル・バーンからつかめ」という命令でもあった。そのためにクローバー教授は、バロットを大学におけるバジルのスクール・カウンセラーとするだけでなく、バジルがシルヴィアと定期的に会って「婚約者らしいひととき」をすごす際の護送担当者の一人に設定してしまった。

さらには検診においても、イースターとエイプリルから、「全身に及ぶエンハンスメントと識閾値の対照モデル」になるよう頼まれた。バロットとシルヴィアの検診データを比較し、ハンター側の能力（ギフト）封じの技術と、共感（シンパシー）の喪失原因を特定する材料にしようというのだ。

ここでもクローバー教授が「情報の取得という観点から、両者が同じときに同じ場所にいることが望ましい」とイースターに意見した。さらにアビーが「あの女がいるんだったら、あたしがルーン姉さんのそばにいる」と護衛役を買って出たことで、バロットは、アビーとシルヴィアの二人と一緒に検診を受けることになった。

とどめは、ベル・ウィングの発言だった。レイ・ヒューズから〈ステラ〉でのロマンチックな出来事を聞いて、興味津々になったのだ。刑事免責と証人保護を受ける代わり自由を失った女性が、プロポーズされて絶望の淵から復活するという話に、いたく感心したベル・ウィングは、こう主張した。

「そこまで悪党に入れ込ませる女と、女に生きる価値があると思わせる男の組み合わせなんて、なかなか聞かないね。やっぱり、うちの食卓に招いて、彼女の運を少しでも右回りにさせてやるといいんじゃないか？　そうすれば、自分が何か大きなものに取り込まれていたことに気づいて、その何かを自分から引っ剝がそうって気になるかもね」

　これに、レイ・ヒューズが強く同意した。

「ハンター・カルトから解放されない限り、彼女はその類い希なる知性を、ハンターを守って自分が犠牲になることに使い続けるだろう」

　この二人の主張をカンファレンスの面々は、もっともなことと受け止めた。ウフコックもそうだった。

「シルヴィアは常に、社会から追い払われたという不信と孤立感の匂いを発している。彼女を再び迎え入れる何かが必要だ。さもなくば、自分たちのルールのほうが法より優先されるべきで、自分たちがしてきたことが犯罪だとするのは社会の側の理屈に過ぎない、という思いに凝り固まったまま、共感の輪の外に置かれてなおハンターに支配され続ける」

　問題は、誰がシルヴィアを受け入れるかだが、諸人の意見はたちまち一致した。

　シルヴィアと接する機会が多く、駆け引きに翻弄されず、スラムのギャングのあり方を知る人物——すなわちバロットこそ打ってつけだ、というのである。

バロットはカンファレンスで、他ならぬ自分がシルヴィアに手を差し伸べる役を担えと言われ、ほとほと困惑した。

シルヴィアは、ウフコックを救出する際、バロットが真っ先にノックアウトした相手だ。ロックシェパードの殺害に加担した他、数々の犯罪に手を染め、オフィスが築いた勢力（パワー）の壊滅にも、ウフコックの六百日にもわたる拘禁にも協力し、ハンターが権力に手をかけることに尽力していた。そんな女性に、親しく接して心を開かせたうえで、自宅の食卓に誘えなどと頼まれて困惑しないほうがどうかしていると思った。

バロット自身は、もうシルヴィアと関わりを持つことはないと考えていた。確かにバジルのプロポーズには正しい意味で共感したし、善なる何かを見た気になったものだ。かといってバロットのほうは心を開きたいと思えなかった。

彼女に何かしてやりたいとまったく思えないのは、彼女はカルトに洗脳された哀れな被害者ではなく、むしろそのカルトの強大化のために重要な役割を担い、殺人、誘拐、拷問、脅迫、監禁といった犯罪行為を正当な手段とみなして実行してきた恐るべき犯罪者という印象を持っていたからだ。

だがイースターとウフコック、ライムとスティール、ベル・ウィングとレイ・ヒューズ、さらにはクローバー教授とオリビアが、おのおの似たようなことをバロットに言った。

「シルヴィアに本心から同情したり心を開いたりする必要はない。彼女のほうから、ハンターの思想を逸脱するような考えや感情を抱くよう、仕向ければいい」

さりとて具体的にどうしろとは誰も教えてくれず、バロットは仕方なくシルヴィア懐柔作戦のプランをアビーと一緒に立てた。突破口になったのは、アビーのアイディアだった。

「あのさ、だいたいストリートのやつらって、ビビってる相手には、べらべら喋るよね。あたしらが、めっちゃビビってる顔してれば、あっちから喋り出すんじゃない？」

バロットは目をみはり、「なるほど」と同意した。

恐ろしい犯罪者と同じ空間に閉じ込められたという警戒心をアビーと一緒にあらわにすればいい。決して目を合わさず、距離を取って話しかけられないようにする。そのくせ相手の一挙手一投足に反応して、怯えていると受け取られかねない態度を示す。暴力が支配する世界で生きてきた者ほど、そういう相手に対して歪んだ親近感を抱くものなのだ。自分が強者として振る舞える相手にこそ親しみを覚えるのがギャングの習性だ。

「ナイス、アビー。それって、上手くいきそう」

バロットが笑顔で左手を掲げると、アビーも嬉しげに手を叩き合わせた。

相手を捕食者とみなして警戒することから「獲物(プレイ)作戦」とバロットが名づけたそのプランは、すぐに効果を発揮した。シルヴィアと一緒に検診を受ける際は、更衣室、待合室、そして検診室で、バロットは常に出口に近いところでアビーに寄り添うようにした。シルヴィアが検診用の服に着替えて更衣室を出るまで、二人とも自分たちのロッカーを開かず待った。検診室の洗面台を使うのも、検診用のジェルを拭くのも、トイレに行くのも、二人ともシルヴィアの後だった。決して、彼女の前で無防備な姿を見せなかった。

バロットは、検診を行うイースターとエイプリルに、あえてこの作戦のことを教えずにいた。シルヴィアの勘の良さを甘く見てはいけないからだ。ウフコックはバロットの意図を嗅ぎ取ったが、上手くこちらに合わせてくれた。

イースターとエイプリルは、バロットとアビーの様子に呆気(あつけ)に取られた。二人が演技をしているとは思わなかった。実際のところ演技とは言い難かった。二人とも、かつての習慣に従っているに過ぎなかった。

「彼女の能力(ギフト)は、検診の結果を見る限り、本当に封印されているの。今の彼女を、そんなふうに警戒する必要はないのよ」

エイプリルが二人を宥めたが、無意味だった。

「ねえ、フィッシュを持ってちゃダメ？」

アビーは自分が操る刃の群をしきりと持ち込みたがり、

「彼女は能力(ギフト)を持つ前から犯罪者だったんでしょう？　ストーンやレイ・ヒューズに、検診室の前にいてもらうことはできない？」

バロットは、アビーの身が心配だからと言って、イースター相手に交渉した。

「君たちが、そんなふうに……なんというか、彼女を恐れると思わなかったよ」

イースターは、本心から意外そうに言った。もしかするとそれは彼なりの演技で、バロットの作戦を察していたかもしれない。だがそれでもバロットたちが検診を受ける間は、メンバーの誰かがオフィスに待機するようにしてくれた。

シルヴィアのほうは、バロットとアビーなど眼中にないというように振る舞った。だが内心では、彼女のほうこそ敵地にいて、二人による不意の攻撃を警戒すべきなのだ。なのになぜ立場が逆転しているのか不思議に思っていたことだろう。

そのシルヴィアの疑問に答えたのはウフコックだった。検診中、機材に変身（ターン）してシルヴィアを監視しながら、データを収集分析していたウフコックが、ふいにこう言ったのだ。

「バロット、アビー、心配ない。いざとなれば、おれが合法的に変身（ターン）して君たちを守る」

これが決め手だった。合法的に、という一言が。

オフィスの人員は、面倒な法務局での手続きが伴わない限り、能力（ギフト）を封じられているに等しいのだ。そのせいで二人とも警戒し、怯えたような態度を取っていた。シルヴィアにとって、それは最もつじつまの合う理屈だろう。なぜ自分を打ちのめしたはずの娘が同席を避けたがるのか、やっと理解できたと思ったはずだ。

何より、姿を消して監視すべきウフコックが、あえて声を発したことが大きかった。シルヴィアは、「下手なことをするな」とウフコックがプレッシャーをかけてきた、と考えるはずだ。それはバロットとアビーが本気で警戒している証拠ともなる。

そのとき検診室にいたのは、モニターをチェックしていたエイプリルと、体じゅうにマーカーを貼りつけてスキャニング用シートに身を横たえる下着姿のシルヴィア、同様のバロットとアビーだった。四人とも何も口にせず、やがてエイプリルが検診の終了を告げるまで、互いへ目を向けることも憚(はばか)られるような緊張が漂った。

シルヴィアが、先に検診用の服を着て退室した。エイプリルが困り顔をするのも構わず、バロットとアビーはなかなか退室しなかった。時間を置いてから、二人とも検診室を出て、廊下を少し進んだ先にある更衣室に向かった。

その時点でバロットは、早くも作戦の成果が出たことを実感した。更衣室のドアを開くと、果たして検診用の服のままのシルヴィアが、腕組みして二人を待ち構えていた。

## 20

「言っておくけど、噛みつきはしないわ」

シルヴィアが淡々と告げ、顎をしゃくってドアを閉めるよう促した。

バロットは、アビーの腕を引いてそばに来させ、後ろ手にドアを閉めた。ただし何かあればすぐに逃げる気であることを示すため、ドアノブから手を離さなかった。

シルヴィアは溜め息をついてきびすを返すと、紙コップを取ってウォーターサーバーの水を注いだ。無防備に背をさらすことでバロットたちを安心させようとしているのだ。むろん、安心させておいて、いきなり相手の顔に水をぶちまけるなどして威嚇の効果を増大させるのがギャング流なので、二人とも容易に警戒を解きはしない。

シルヴィアは唇を湿らせる程度に水に口をつけ、ベンチに座ってカップを置き、二人へ顔を向けた。

「改めて挨拶するわね、ルーン・フェニックス。モールタウン出身で、ロースクールに通っているんですって？　あなたにできるなら、自分にもできるかもしれないと思わせてもらったってバジルが言ってたわ」

バロットは黙ってうなずいた。シルヴィアは、アビーと目を合わせて言った。

「アビゲイル＝〈ザ・フライング・ダガー〉、殺し合いのゲームは終わったのよ」

「あんたらって、なんで変なあだ名を勝手につけるわけ？」

アビーがむすっと返すと、シルヴィアは詫びるように手を振り、「アビゲイル・バニーホワイト」と呼び直した。都市じゅうのエンハンサーの名を記憶していることが窺えた。

「私はただ、提案したいの。オーケー？　お互いに落ち着いて過ごせるようになりましょうってことを。私を警戒する必要はないの。私は、あなたたちに危害を加えるつもりはないし、だいたい今の私があなたたちに、そんなことできると思う？」

「人に危害を加えるのに能力（ギフト）は必要ありませんし、モールタウンでは、落ち着いて過ごすために警戒を保ちます」

バロットが突っぱねると、シルヴィアは難題に直面したように眉をひそめた。相手を安心させて懐柔すべきなのはバロットのほうだということをすっかり忘れている様子だ。

「スラムの流儀ってわけね……。確かに、アンダーグラウンドの人間ほど私たちを恐れるよう仕向けたけど、それは自分たちの身を守るためにやったことよ。見境なく危害を加える人間もいたけれど……マクスウェルのように。でも私は、そういうやり方に根っから染まってるわけじゃない。人生の半分は、スラムの流儀を知らずに過ごしてきたんだから」

「あんたもスラムの出なんじゃないの？」

アビーが、バロットにぴったり体をくっつけながら不審そうに訊いた。そうでなければ死にかけてエンハンスメントを受けるようなことにはならないはずだと言いたげだ。

「私は、落ちぶれた中流階級（チープ・ブランチ・ガール）の娘なの。ミドルスクールに通っていた頃は、ハイスクールに進学することが当然だと思っていた。まさか父が欲を出して盗難美術品の売買ビジネスに手を染めるとは考えもしなかった。盗難品だけでなく彫刻や楽器に違法な薬物を詰め込んで売ったせいで、刑務所に入るなんてことは。気づいたら母が姿を消し、それっきり会えなくなるなんてことがどうして起こるのか、理解できなかった」

バロットもアビーも黙ってシルヴィアの話を聞いた。それもスラムの流儀だった。相手の話に嘘はないか、こちらを騙そうとする意図はないか、無表情に探るのだ。むろん、相手が激昂したり衝動的に何かしでかそうとする兆候も見逃してはならない。その流儀に、シルヴィアは完全に乗ってくれた。自分の過去を語るのは、相手に信頼を求めるうえでの基本の一つだ。それをシルヴィアの側からやり始めたことには大きな意味があった。彼女の過去自体は、決してハンターを捜査する材料になるものではない。だがそこに通じる道へと、シルヴィアのほうから一歩踏み出したのだ。

「ノースウェスト・ストリートにあった家は、父の弁護費用を払うために売らなければならなかった。私はハイスクールへの進学を諦め、母とともにウェストサイドの公営団地に移り、フルタイムで働いた。母と二人で生きるために。その頃はまだ犯罪とは縁がなかった。過去の生活には戻れないと理解していたし、私たちに同情して良い仕事を紹介してくれる人たちもいたから。清潔で、保険にも入れる中流階級の仕事を。母が消えるまでは」

シルヴィアは、そこで話を止め、首を傾げてバロットとアビーを見た。

「話を聞いてくれるなら、座ったほうがお互い落ち着くんじゃない？」

バロットは小さくうなずいて相手の斜向かいのベンチにアビーと並んで座った。内心では、シルヴィアのほうから次々に提案してくることに手応えを感じていた。彼女は本当に、ただ落ち着きたいと願っているのだ。警戒で過敏になっている二人をうっかり刺激することで、一方的に攻撃される可能性があることに嫌気がさしていた。

首尾よく彼女をそういう状態にできたことへの満足を胸の底に隠し、バロットはシルヴィアが続きを話すのを待った。

「母が消えてしばらくは、何が起きたのかわからなかった。母が危険なことに巻き込まれたのではないかと心の底から怯えたわ。でも違った。母は、私たちに同情してくれる人たちからお金を借りて回ったうえで消えたの。それを知って、やっとわかった。母は逃げたんだって。行き詰まった人生から逃げて、どこかでやり直す気なんだと。娘に責任を押しつけて」

シルヴィアは、笑えるジョークだというように口を歪ませてみせた。バロットとアビーは一言も返さず、表情を変えずに黙っていた。

「幸運だったのは、お金を貸した人たちの誰も、私に返せと言わなかったこと。私に返済をしいれば、児童福祉局に目をつけられると思ったんでしょうね。でも私は、母のせいで親切な人々から縁を切られてしまった。二度と良い仕事は回ってこなかったけど、犯罪に手を染めようとは思わなかった。少しずつお金を貯めて通信教育でハイスクール卒業資格を得るつもりだった。父が出所するまでは」

シルヴィアは紙コップを再び手に取ると、それに口をつけず、中の水を見つめた。自分の記憶の棚から、どのファイルを取り出して相手に見せるべきか思案しているのだ。

「刑務所から出て来た父は……、完全に別人だったわ」

シルヴィアは小さな水面に目を向けたまま言った。四年かけて彼女の父は変貌してしまったと。父は刑務所で身を守るため、亡きマディソン・ブラッドをトップとする当時のマディソン・ファミリーに忠誠を誓い、体を鍛え、タトゥーを入れ、生粋の犯罪者のように振る舞った。刑務所内で美術品の窃盗計画に加担し、どのように売りさばけばいいかを指示した。さらにファミリーに貢献するため、美術品を用いたマネーロンダリングの方法を考え出した。服役することでいよいよ危険な犯罪集団の一員とならざるを得なかったのか、それともそれが父のもともとの素質だったのかはわからない、とシルヴィアは言った。

シルヴィアはバスを乗り継いで刑務所まで父を迎えに行き、自分が住まう小さな公営住宅に案内した。父は彼女の住み処に入るなり、「お前の母親はすぐに見つかる」と言った。「ファミリーの人間に探してもらっているからな。見つけたら、おれが連れ戻す」

シルヴィアは、父の言い方に寒気を覚えた。父の袖元や襟元から見えるタトゥーが伊達ではないと悟った。父はとっくにギャングの一員になっていた。ファミリーのカネを洗浄する、裏の出納係の一人だった。

シルヴィアはつい、母を連れ戻して何をする気なのかと父に訊いた。そのときには、母が戻ってくることが良いことだと思えなくなっていた。

父は答える代わりに、シルヴィアの手から、公営住宅のドアの鍵を取ると、ぎざぎざの金属の鍵を指の間に挟み込んだ。そして呆気に取られるシルヴィアの顔へ、拳を放った。

シルヴィアは一発で気を失った。次に目覚めたとき、ベッドの上にいた。顔の左半分にガーゼと包帯が巻かれ、枕元に座る父が鍵にこびりついた血を爪で落としていた。

「おれは必要なことをしたんだ、シルヴィア。悪かったと言いたいが、必要なことなんだ」

父はゆっくりと威厳を込めて何度も繰り返した。幼い子どもに、生活のルールを教え込ませるように。父の手で、顔にひどい傷を負わされたと悟ったシルヴィアは、ショックで呆然となりながら、母がなぜ消えたかを理解した。

「母は、変わり果てた父から逃げたの。父と関わればひどい目に遭うと知っていたのよ。だから私を置き去りにした。私を連れていたら逃げられないと考えたのか、私を父に捧げたのかはわからないけど……、どっちにしろ、もう遅かったわ」

なぜ父が、自分の顔に傷をつけたのか、今も理解できない、とシルヴィアは言った。これから長く付き合うことになるギャングたちが、娘に色目を使うことを避けるため、あえて傷ものにしたのかもしれない。美術品の価値を下げるため、事故を装って瑕疵を帯びさせることがあるからだ。あるいは自分のものだという印をつけたかったのかもしれない。盗品を扱う際、偽物とのすり替え防止で、あえて傷をつけることもあるからだ。

以後、シルヴィアの生活は、父と「ファミリー・ビジネス」に支配された。父は、シルヴィアの部屋をそのままにし、他人の名義で借りた瀟洒な家に娘を連れて移った。釈放後の追跡調査のときだけ公営住宅に戻り、慎ましやかに生活しているように見せかけたが、実際はマディソン・ファミリーの出納係として働き、娘に手伝わせた。

シルヴィアは、いつの間にか自分が美術品鑑定の有資格者になっていることに気づいた。父は、シルヴィアの名と社会保障番号を使って、偽の資格、偽の身分証、口座など、様々なIDを作り、アンダーグラウンドのビジネスに活用した。

ウェストサイドのベイエリアの港の近くにファミリーの大きな倉庫があり、そこが父の新たな勤務先となった。シルヴィアも、父の部下として高価な盗難品を売りさばいたり、汚れたカネを美術品に変えることで洗浄したり、裏稼業に加担した。

その倉庫で、何度かマディソン・ブラッド本人とも会った。マディソン・ブラッドは、父と娘の「ファミリー・ビジネス」を快く思っている様子だった。いざとなれば片方を人質にし、もう片方に言うことを聞かせられるからだろう。父に顔を傷つけられ、人と目を合わせることを極端に避けるようになったシルヴィアは、アンダーグラウンドのルールを学ばされた。通信教育でハイスクール卒業資格を得ることは、もう考えていなかった。代わりに、違法な手段で手に入れた資格と身分証を使って、公営住宅住まいのときとは比べものにならないほどの多額のカネを扱い、そして手に入れた。

「ある意味、暮らしは順調だったわ。毎日のようにファミリーの誰かが抗争で死ぬか大怪我をしていたことや、いつ警察が父ではなく私を逮捕しに来るかわからないことを除けば。父は何をするにせよ、私が主犯とされるよう、仕組んでいたから」

だがその暮らしも永遠には続かなかった。アンダーグラウンドのビジネスを安泰に保つには縄張りを死守するか、ライバルを根絶やしにする必要があるが、どちらも容易なことではない。多くの犯罪組織が、五年と保たず、地殻変動に見舞われて消滅するか吸収されるのだ。マディソン・ファミリーは、それよりもはるかに長く縄張りを守ることに成功していたが、それでもボスが世代交代をするまで安泰でいることはできなかった。

「ある日、私と父が管理していた倉庫が、吹っ飛んだの。誰かが十五万ドルの価値がある彫刻の底をくりぬいて、爆弾を詰め込んだのよ。爆発したのは明け方で、倉庫には誰もいなかった。私も父も無事だったけど、ファミリーは無事ではなかった。倉庫に積まれた美術品と一緒に、とんでもない額のカネが灰になったから」

倉庫では、美術品とはまた別の、ある意味で、より重要な品々が台無しになったうえに、警察や消防の手に渡りかねなかった。その品々とは、偽造されたIDだ。シルヴィアも父からテクニックを学び、マネーロンダリングとは異なるビジネスに加担していた。

市民登録証、社会保障番号、どこかの施設の従業員であることを示すタグなど、ファミリーの構成員が身分を偽り、あらゆる場所に潜り込み、かつ犯罪を逃れられる魔法の鍵を、大量に製造し、保管していたのだ。それらが偽造に必要な機材ごと、たった一発の爆弾で、めちゃくちゃになってしまった。

「そのことを知った私は、ワオ、と思ったわ。世の中にはとんでもないものがあるんだって思った。それで、爆弾について学ぼうと決めたの」

マディソン・ブラッドの配下に、元軍人で火薬の扱いに詳しい人物がいた。シルヴィアはその人物に、仕返しをしたいからと言って爆弾の製造法を教わった。マディソン・ブラッドも、出納係の娘が報復に燃えていると知り、好きにさせるよう命じた。

当時のシルヴィアは、ファミリーに属する人々から、「すぐにキレる危険な女」だと思われていた。父に連れられてプールバーなどに行くと、その場にいる男たちから、しつこく声をかけられた。シルヴィアは、黙ってうつむくか顔を背（そむ）けるかしてやり過ごすことが大半だったが、何かが自分の中で爆発するときもあった。

そんなときは、たまたま握っていたグラスや、ビリヤードのキューや、あるいは握り込んだ車のキーなどを、目の前にいる男の顔に力一杯叩きつけた。たいていの男は酔って油断しており、何が起こったかわからないまま血みどろの顔で悲鳴をあげることになる。シルヴィアは、そうした男たちに、「悪かったわね、と言いたいけど、必要なことをしただけなの」と教えてやった。

同様のことが何度かあり、彼女はファミリーの人間から、「怒れるシルヴィア（シルヴィア・フューリー）」と呼ばれるようになった。フューリーはもともと父の姓だが、はからずも名が体を表したというわけだ。しかしシルヴィアには、心に怒りが満ちている自覚はなかった。ただ自分の中に、何かの拍子で爆発するものがあることはわかっていた。暴力でしか発散できない何かが、知らぬ間に息づき、脈打っていた。

バロットはそこまで聞いて、彼女の話の中に、名がまったく出てこないことに気づいた。父母の名も、周囲に大勢いたはずのギャングの名も、一つとして出てこないのだ。かろうじてマディソン・ブラッドの名は出るが、親しかった様子はなく、彼女が遭遇した運命の代名詞として口にしている感じだった。

聡明なシルヴィアが、人々の顔と名を忘れるはずがない。意図してそうしているのだろう。自分に不利になるから黙秘するのでもなく。死んだ過去であると——ハンターふうに言うなら、とっくに均一化（イコライズ）されて跡形もない存在であると示すために。

倉庫の爆破は、ファミリーに損害を与えたが、致命的ではなかった。ただちに報復と埋め合わせが計画された。爆破を企てたのはウェストサイドのベイエリアへの進出を狙う新興グループであり、これを壊滅させ、かつマネーロンダリングを継続するため、マディソン・ブラッドは、キング・ベイツと手を組むことを決断した。裏社会の銀行を自称し、うまい投資話をダークタウンの大物たちに持ちかけることで巨万の富を築いた男と。

シルヴィアは父とともにキング・ベイツが持つ倉庫の一つに、無事だった美術品やカネを運んだ。のちにハンターの指揮下で、〈クインテット〉が制圧することになる倉庫だ。そこで美術品とカネを安全に保管してもらう代わり、父がベイツの配下に美術品を用いたマネーロンダリングや税金逃れの方法を教えた。一方でシルヴィアは「爆弾攻撃隊（ボム・アタッカー）」に参加し、報復のための爆弾作りを実地で学んだ。

「敵グループは、港に運ばれてくる麻薬や他の密輸品の売買ルートをほしがっていることがわかっていたから、その一部を、そっくりくれてやったの。爆弾と一緒に」

作戦は成功した。新興グループのボスは、麻薬を積んだ小型ボートごと木っ端微塵(こっぱみじん)になった。配下の構成員たちも、密輸品を載せたトラックや、取引に使われたパブに仕掛けられた爆弾で、次々に消えていった。新興グループは手痛い反撃を食らってベイエリアから撤退してのち、弱体化したとみなされ、多数のドラッグ・ディーラーから襲撃され、ほどなくしてレッズというギャング・グループに吸収された。のちに、ハンター配下の麻薬工場を爆破したことでトーチ爺さんの拷問にかけられ、惨殺されたグループだ。

シルヴィアと「爆弾攻撃隊(ボム・アタッカー)」をはじめ、マディソン・ファミリーは計画通りに報復を成功させたが、問題がいくつか残った。

一つは、爆弾による攻撃が、連続爆破テロとみなされかけたことだ。爆弾はギャングにとって便利だが、使い過ぎることで災厄を招く諸刃の剣だった。連邦による捜査を封じ込むため、マディソン・ブラッドは多額の賄賂をばらまいた。担当の警察や消防の人間に、爆弾ではなくガス爆発だった、という報告書を書かせるためだ。

また一つは、ファミリーが預けたカネを、キング・ベイツから取り戻さねばならないことだった。キング・ベイツはあれこれ理由をつけてカネを保管し続けようとしたが、マディソン・ブラッドが直接交渉し、カジノに共同融資することで話が決まった。

そして最も大きな問題は、そもそもなぜ美術品倉庫の場所が、敵対する組織に漏れたのか、ということだった。マディソン・ブラッドは、ファミリーに裏切り者がいるとみて、新興グループとの抗争の間、不審な動きをする者がいないか側近たちに監視させた。複数の襲撃計画を立て、どの情報が敵に漏れるかを探った。また、新興グループの人間を捕らえると、くだんの「トーチ爺さん」がいるゴミ処理場につれていき拷問にかけて吐かせようとした。

そうして最終的に、裏切りを疑われたのが、シルヴィアの父だった。

父が、ファミリーを撹乱し、ゆくゆくは自分がボスの座につくことを考え、新興グループに情報を流したというのだ。当然、シルヴィアも疑われることになった。

そのことを彼女が知ったのは、突然、父が消えたあとだ。その日、父は美術品売買の下準備をするよう命じられたと言って出かけると、そのまま帰って来なかった。父の携帯電話にかけても出ないことを不審に思ったシルヴィアは、「爆弾攻撃隊（ボム・アタッカー）」でともに活動した一員に電話をかけて確かめ、父が何も命じられていないことを知った。母と同じように、置き手紙一つ残さずいなくなったということを。

その「爆弾攻撃隊（ボム・アタッカー）」の一員は、父が裏切り者として疑われていることをシルヴィアに教えた。本来、喋るべきでないことを喋ってくれたのだ。「お前が裏切り者だとは思えないからな。ボスはお前も疑っているが、おれがかけ合ってやる」と言ってくれた。

シルヴィアは感謝し、ほとんど無意識にこう言った。

「父は私が始末する。ボスにもそう伝えて」

相手は、呻くような声をこぼし、「大人しくしていろ」と通話を切った。娘に父を殺させるわけにはいかないというのだろう。シルヴィアも、なぜ自分がそう言ったのかわからなかった。そうせねば、自分が処刑リストに加えられて惨殺されるという恐れもあった。ただ、ずっとそうする機会を待っていた、という思いもあった。この機会を逃したくないと強く願う自分がいた。

だがその夜のうちに、「爆弾攻撃隊（ボム・アタッカー）」の一員とも連絡が取れなくなった。ファミリーの誰も自分からの電話に出なかった。父も母同様、自分を置き去りにすることで逃げたことが実感された。自分の中で、爆発するものがまた一つ増えたと思った。

シルヴィアに残されたのは、顔の傷、犯罪に関与した数々の事実、裏切りの疑い、彼女の名義で父が買った瀟洒なアパートメントと、古風で値の張るガソリン車、そして、車のダッシュボードに入れっぱなしになっていた拳銃、弾丸が詰まった箱が一つだった。

車のハンドルと、拳銃のグリップには、抉（えぐ）ったような傷があった。父が、自分のものだと主張するためにつけた印が。

車は追跡されるから放置したのはわかるが、なぜ拳銃と弾丸の箱を残したかは不明だ。

慌てて逃げたので忘れたか、あるいは娘が身を守るために必要だと思ったのか。娘のほうは、それらをありがたく自分のものにした。元の持ち主を撃つために。

シルヴィアは、美術品の強盗に参加するときのように上下のスウェットを着て、車に乗り込んだ。拳銃と弾丸の箱を上着のポケットに詰め込み、車を出した。

父のことを教えてくれた「爆弾攻撃隊（ボム・アタッカー）」の一員には、「父を探しに行く」と携帯電話にテキストを送った。シルヴィアは、ほとんど何も考えず、最初に爆弾で吹き飛ばされたベイエリアの倉庫に向かった。そこはすでに再建され、地元の企業に売り払われていた。

父がファミリーを裏切ったとして、どうしてこの倉庫を破壊させたのだろうとシルヴィアは考えた。自分のビジネスの拠点を粉々にした理由は何だろうと。自分への疑いを逸らすためか。単に最も手っ取り早く渡せる情報が倉庫だったからか。

はたと気づいた。シルヴィアは、すぐさまキング・ベイツの金庫番に電話をかけた。預けた美術品が偽物とすり替えられていないか確認したのだ。予想通りどの品にも、すり替えを防ぐための印がなかった。キング・ベイツの金庫に運ばれた「無事だった美術品」は全て偽物だった。倉庫を爆破された当時は、シルヴィアも動揺し、大急ぎで運搬したから、まさかすり替えられているとは考えもしなかった。

これで父の仕業（しわざ）であることは確実となった。美術品を少しずつすり替えてのち、倉庫ごと吹き飛ばすことで、自分のものにしたのだ。では、そうして奪った美術品を父はどうしただろう？　どこで保管し、誰を通して、カネに替えたか。

　そこでまた、はたと気づいた。キング・ベイツだ。父はマネーロンダリングの方法をそっくりベイツの配下に教えた。マディソン・ファミリーから奪った品々を土産に、ベイツ・ファミリーに乗り換えたか、あるいはただ単に、どっさり儲けるかしたのだろう。

　新興グループの背後に、実は父とベイツ・ファミリーがいて、マディソン・ファミリーの資産を奪うため一芝居打ったと考えれば、つじつまが合う。シルヴィアは、そうした推測を「爆弾攻撃隊(ボム・アタッカー)」の一員の携帯電話へテキストで送った。それから、父はベイツ・ファミリーに匿(かくま)われていると考え、キング・ベイツの倉庫へ向かった。金庫番と話し、父の居場所を探るのだ。なんなら、父は自分が来るのを待っていると嘘をついてもいい。

　だが途中で、テキストを送った「爆弾攻撃隊(ボム・アタッカー)」の一員から電話がかかってきた。シルヴィアは膝の上に携帯電話を置いてスピーカーモードで応答した。

《お前の父親を捕まえた》

　シルヴィアは、「どこで？」と冷静に聞き返した。相手はウェスト・アヴェニュー沿いのスーパーマーケットの名を告げた。シルヴィアは通話を切り、車を北へ向かわせた。十分とかからず目的の場所に着くと、だだっ広い駐車場の端っこに、ぽつんと一台だけ車が停まっていた。

　シルヴィアは慌ててブレーキを踏んだ。目の前の車の運転席にいる父の姿がヘッドライトの明かりの中に現れた。父は疲れ果てたというように頭と肩をドアにもたせかけていた。目は薄く開いていたが、どこにも向けられていなかった。左眉のあたりに穴が空いており、そこからこぼれ出た血が黒いインクのようにしたたっていた。

シルヴィアは、なぜかポケットの中の銃を引っ張り出し、今すぐ父を撃ちたいという衝動を覚えた。だがすぐにハンドルを切ってアクセルを踏み、Uターンした。

運転席側のサイドミラーが砕け散った。次々に銃弾が車体に当たり、雹を浴びるような激しい音が響いた。バックミラー越しに、父の死体が座る車の陰から、誰かが銃撃しているのが見えた。発砲炎に遮られて相手の顔は見えなかったが、誰であるかはわかっていた。

シルヴィアは、車を駐車場の出口へ向かわせた。そこで破裂音とともにタイヤが横滑りした。タイヤシュレッダーを仕掛けられていたのだ。車は制動不能となってスピンし、街灯に激突して破壊した反動で、がらんとした大道路に放り出されるようにして停まった。

シルヴィアは衝撃で朦朧としながらも運転席のドアを開いて外に出た。走って逃げたかったが、足がもつれて思い通りに動かなかった。さらにそこへ銃弾がいくつか飛んできて、一つがシルヴィアの右脚のふくら脛に命中した。

シルヴィアは目も眩む激痛におののき、転がり倒れた。起き上がれないまま、上着のポケットに右手を突っ込み、そこにある拳銃のグリップを握って手探りでセイフティを外した。拳銃を取り出して相手を牽制することは考えなかった。そうしたところで、遠間から狙い撃ちにされるだけだ。

人影が駐車場から大道路に出てきて、倒れているシルヴィアへ近づいた。

「大人しくしていろと言っただろう」

その日ゆいいつ連絡を取ることができた「爆弾攻撃隊（ボム・アタッカー）」の一員だった。

「おれがベイツのスパイだと父親から聞いたのか？　うちの若頭のペイリーが急性白血病で入院してることも？　マディソン・〝ブラディ〟・ブラッドはどん詰まりだ。自分は七十過ぎで、後継者が死にかけてるんだからな」

「あなたが……、父を引き込んだのね」

シルヴィアは時間を稼ぐために訊いた。相手にもっと近づいてほしかった。苦痛にもがくふりをしながら、体の下で握っている銃の狙いを正確に定めようと悪戦苦闘していた。

「お前の父親が、おれを誘ったんだ。おれがあいつの女房を見つけてやったからな。おれに借りがあると言ってたが……、くそっ。マディソンをやっつける前にバレやがって。あいつがおれのことを話す前に始末するしかないだろうが。他にどうしろってんだ」

「母を……？　母を見つけたの？　母はどうしてるの？」

相手は銃を握る手をだらりと下げたまま、大股で何歩か近寄った。シルヴィアに武器がなく、死ぬほどの重傷でもないことを見て取り、とどめを刺しにきたのだ。

「お前の母親は、父親にバールで頭をかち割られて死んだよ。おれが一緒に死体を始末してやった。言いたいことがあるなら、あの世で家族会議を開け」

シルヴィアは、歯を食いしばって痛みに耐え、ポケットの中で銃の引き金を引いた。一発ではなく、力の限り引き続けた。放たれた弾丸の多くが、目の前に立つ男の体のどこかに当たった。男は銃を落とすと、その場にひざまずくようにしてくずおれ、痙攣した。

シルヴィアは、焼けた炭のように熱くなった銃をポケットから出して道路に置いた。スウェットのポケットが燃え出しており、シルヴィアは、また体を横向きにして道路にこすりつけ、火を消しながら、自分はこれですっかり爆発しきったのだろうかと思った。それとも、新たに爆発する何かを抱えたのだろうかと。

そのとき、道路の向こうから、眩(まばゆ)いヘッドライトの明かりがまっすぐやって来た。大型の観光バスだった。シルヴィアが乗っていた車は停止し、ライトは消えていた。街灯も、先ほど車が衝突した際にへし折れ、照明が壊れてしまっていた。

シルヴィアは暗がりの中で、男が落とした銃に必死に手を伸ばした。銃声と発砲炎で、自分が道路に倒れていることをバスに知らせようとした。

だが間に合わなかった。ヘッドライトの明かりがみるみる近づき、視界が光で満たされた瞬間、シルヴィアの意識は消えた。衝撃も痛みも感じなかった。光が唐突に消え、暗黒の中へと呑み込まれながら、「必要なことなんだ」という父の声を聞いた気がした。

「目覚めたとき、私はエンハンサーにされていた。〈ホスピタル〉のバスに乗せられ、〈ファンドマネジャー〉の指示に従い、バジル、ラスティ、トレヴァー、そしてペイリーとチームを組まされた。もしバスに撥ねられたりせず生き延びていたとしても、マディソン・ファミリーに追われて殺されていたでしょうから、結果的に死なずに済んだわけね」

バロットは、今しがた聞いたばかりのシルヴィアの半生について言及するのを避け、ただ一点だけ確認した。

「ペイリーとは、サム・ローズウッド弁護士のオフィスに放火した、ペイリー・ローリーのことですね？」

「そう。〈クインテット〉の最初のリーダー。ハンターと三頭の猟犬がチームに入ってからは、ペイリーだけ弾き出されたわ。今の私みたいに」

シルヴィアはそう言ってバロットとアビーへ顔を戻すと大げさに肩をすくめてみせた。

「今は、急に何かが私の中で爆発することはなくなった。仲間たちと生き残るうちにそうなったの。このオフィスに保護されてからずっと気分が憂鬱だったのは確かだけど、それだって、おかげさまで吹っ切れたわ。どう？　私がどの程度の人間かわかったんじゃない？」

アビーが、眉間に皺を寄せて考え込むように呟いた。

「本当っぽいけど……あたしにはわかんないな。レイやベルが一緒だったら、あんたが本当のことを言ってるかどうか考えてくれるけどさ」

「レイって……、レイ・ヒューズのこと?」

「そう」

「さすがに、あんなディナーをもう一度、とはいかないでしょうね」

シルヴィアが、残念そうに言って、左手の指輪に右手で触れた。彼女にとって、はからずも最高の思い出の一つとなったのだろう。

「私が、あなたを招きます。〈ステラ〉ではなく、私たちが住んでいる場所に。レイ・ヒューズや、私とアビーの保護者であるベル・ウィングという女性にも同席してもらって、あなたの話をもう一度聞かせてください」

バロットが口を挟むと、シルヴィアが目を丸くした。いったいどういう気の変わりようだと思ったのだ。しかし、警戒しているという点で、バロットの態度に何も変化がないことに気づいたようだった。自分たちにとって最も安全で安心できる場所で、人数を増やしてシルヴィアを再聴取する。そういう態度だった。

シルヴィアは、さもありがたいというように、大きくうなずいてみせた。

「レイ・ヒューズに、直接感謝の言葉を伝えられる貴重な機会ね。セーフハウスでの味気ない食事からも解放されそう。喜んで応じるわ。このオフィスが許可すればだけど」

「私からイースターに話します」

「ありがとう」

何気ない言葉である分、シルヴィアの素直な気持ちがあらわれている。かなり警戒を解いていることが感じられた。

よし――バロットは、この会話の成果をざっと確かめて満足した。シルヴィアのほうから自発的に、自分たちのフィールドに歩み寄るよう促せたのは大きな進展だ。あとはその金庫のような心に、少しでも隙間を作らせることに注力すればいい。ウフコックや、レイ・ヒューズ、ベル・ウィングの助けも借りて。

「何か質問はある？　どうせ、招待された場で同じことを話すでしょうけど。あなたたちが疑問に思っていることがあれば、ここで話しておくわ」

アビーが挙手し、バロットとシルヴィアに、発言の許可を請うた。

二人がうなずくと、アビーが声を大にして訊いた。

「どうしたらそんなに、おっぱい大きくなるわけ？」

「アビー？」

バロットが強い口調でたしなめた。シルヴィアが、きょとんとなり、盛大に噴き出した。

「さあ……たぶん贈り物(ギフト)なんでしょうね。私を置いて父親から逃げたあと、結局は殺された母親からの。正直、何のためにあるものかわからなかったけど……、この指輪をくれた人が気に入ってくれているみたいだし、存外、捨てたもんじゃないわね」

シルヴィアはそう言いながら、左手のエンゲージリングを誇らしげに見つめた。

「いいなあ」

アビーが、いろんな意味を込めて呟いた。

## 21

シルヴィアがバロットの招待に応じたことで、カンファレンスの面々は俄然、「ハンター配下の幹部の攻略」に強い期待を寄せた。

護衛においては、シルヴィアにハンターとその配下の存在を意識させないことが重要だった。裏切り者とみなされ命を狙われているという恐怖は、通常であれば、証人が司法機関を頼ろうとする動機となるだろう。

だがシルヴィアの場合、たとえ裏切りを疑われて殺されることになっても、重要な情報を隠し通すことで誇りを得られると信じ切っていた。そのカルト的な殉教精神を可能な限り弱めるには、「シルヴィア・フューリーが意外に思うほど、護衛が手薄に見えるよう工夫すべきだ」というフォックス市警察委員長の意見に、カンファレンスの全員が賛同した。

実際には陰から厳重に護衛するが、シルヴィアには「この程度の護衛で十分と判断された」と認識させるのだ。あたかも、ハンター配下の者たちが、保護証人となったシルヴィアへの危機感を失った証拠を、オフィスか司法機関が手に入れたというように。

ハンター一派にとって暗殺する価値がない存在だと実感すれば、シルヴィアはカルト的な誇りを得られず、尋問に耐え抜く気力も弱まるだろう、という見立てだ。

　また、そのせいでシルヴィアが再び鬱状態に陥らないよう、バジルとの面会を増やすといったケアも考慮に入れるべきだとされた。バジルは、シルヴィアの思い込みを否定するに違いなく、少なくとも彼にとって最も大切な存在であると彼女に言い聞かせるはずだ。ハンターへの忠誠ではなく、バジルとの愛情が、シルヴィアの生きる意思のおおもととなれば、それもまた突破口になる。

　シルヴィアをハンター・カルトから引き剝がし、オフィス側の人間を信用させることに成功すれば、必然的に組織のナンバーツーであるバジルにも影響を及ぼすことになる。尋問術については素人のシルバーやモーモント議員も、そういうものかと納得する様子だ。

「私たちの常套(じょうとう)手段としては、バジルにも免責を与えることをシルヴィアにちらつかせ、揺さぶりをかける」とフォックス市警察委員長は言った。「バジルのために開示する情報となれば、ハンターの不利益となるものが多くふくまれることになる。上手くいけば、シルヴィアの存在を梃子(てこ)にし、バジルとハンターの一心同体のような関係性に亀裂を生じさせうるだろう。バジルがハンターに逆らうようになれば組織は瓦解へ向かう」

　ただしこれにはフォックス市警察委員長自ら、「通常の犯罪組織であれば」と注釈をつけねばならなかった。何しろ共感(シンパシー)という能力(ギフト)と、均一化(イコライズ)という不可思議だが大勢を同調させる思想によって強固な絆を結ぶ組織なのだ。通常の犯罪組織とは一線を画すほど個々人が結びついており、かつ柔軟に運営されていることは何度も証明されている。

加えてバジルは、ハンターが不在のときも、反目（はんもく）し合うグループを制御し、組織全体を維持してのけた。ハンターに対する忠誠心という点では、シルヴィアを上回るだろう。むしろハンターのため、愛する者を犠牲にする覚悟があってもおかしくなかった。

「シルヴィアを暗殺する必要があると、バジルに思わせたら駄目だ」というのがライムの意見だった。「シルヴィアとラスティを攻撃しないよう、他のグループを制止しているのはハンターとバジルだ。そしてバジルなら、やるべきことを、なんであれやってのける。衝動的にではなく綿密な計画を立ててやる。あの男は、誰にも知られず、シルヴィアをその手で殺したあと、警察の保護責任を追及し、かつ責任者をその手で殺す。何の証拠も残さずに。そういう男を、下手に刺激しちゃいけない」

これに、レイ・ヒューズが真っ先に賛同した。

「彼のプロポーズの場を見守った人間としては、ぜひとも御免こうむりたい悲劇の一幕だ。ダークタウンで覇道を邁進して生き残った者たちの尋常ならざる覚悟を試すような真似は避けるべきという意見に、私も同意する」

クローバー教授も、その通りだと言った。

「シルヴィア・フューリーを完全なる友好的な保護証人にすることが先決です。理想を言えば、彼女を集団訴訟の原告団に加えたいと私は考えています。何しろ、書類上は、リハビリ施設への入所が必要な中毒者なのですから」

カンファレンスの誰もが、このクローバー教授のアイディアに意表を衝かれた。バロットには、どうすればそんなことが可能か皆目見当もつかなかった。だが、もしそうなれば、意図的にシルヴィアを保護証人としてオフィスに預けたハンターに一杯食わせてやることができる。集団訴訟を潰したい〈円卓〉とハンターとの間に、それこそ深刻な亀裂が走ることになるかもしれない。

このように、あらゆる角度から意見が交わされてのち、「シルヴィアに揺さぶりと安心感を交互に与える」ことが改めて攻略の主眼となった。全ては、シルヴィアを招いて歓待し、心を開かせる役目を担う者たちの成果にかかっていた。

ただ一点、ライムが懸念を口にした。

「どこに行っても、カラスの群がついてくる」

最初にその存在に気づいたのは、ウフコック救出の手掛かりを得るため、バロットがグランタワーのフラワー法律事務所のオフィスに向かったときのことだと言う。

「まるでおれたちを見張っているようだった。そのときは気のせいかと思ったが、マルセル島の抗争についての報告書を読んで、実際に見張っていたんだと確信した」

マルセル島での抗争のさなか、「見たこともないような数のカラス」が群をなして飛ぶさまを、大勢の住民が目撃していた。

「カラスを操るエンハンサーがいるというより、エンハンスメントされたカラスが群を率いているんだろう。カラスだけ操って他の鳥を使わないのは変だからな。きっと知能を高められたエンハンスメント・カラスがいて、都市じゅうのカラスの親玉になっているんだ」

ライムの考えに、クレア刑事が同意した。

「私もそう思ったわ。カラスの群はカジノの監視カメラと同じ、天空からの目(アイ・イン・ザ・スカイ)かもしれないって。シルヴィアがそれに気づいているかはわからないけど、意識させないようにする必要があるでしょうね。かつての仲間に見張られていると思うだろうから」

クレア刑事の意見に従い、シルヴィアを車で移動させるときは、必ず地下か屋根のある場所で——カラスの群が見えないところで乗り降りさせることをイースターが約束した。車での移動中も、捜査書類をシルヴィアに読ませて外へ目を向けさせない工夫をすると。

さらにレイ・ヒューズが、シルヴィアを招くときは同行すると言った。

「〝ルーンとアビーが、どうやら必要以上に君を警戒しているようでね。私に見張っていてほしいんだそうだが、私としては君の意見が聞きたいな。私は君を、どの程度、危険とみなせばいい？〟などと話しかければ、彼女の注意を引けるだろう」

「ぜひともそうすべきだと思います」モーモント議員が賛同した。「抜け目のないことにかけては、人後に落ちない連中ですからな」

シルヴィアが保護証人となったのも、元はと言えばモーモント議員の罠にかかったことがきっかけなのだ。しかし彼は今もハンター配下の人間をたやすく籠絡できるとは思っていなかった。

むしろ「ハンターは、こちらの手口を知るため、あえて打撃を受けてみせたふしがあります」と、ことあるごとに言った。「シルヴィア・フューリーも、ハンターとの絆を失ったことで挫（くじ）けたに過ぎない。連中を完膚（かんぷ）なきまでに叩き潰すには、こちらもいっそう狡猾にならねばなりません」

カンファレンスに同席したバロットは、こうした議論の一部始終を聞き、はからずも複雑な気分になった。シルヴィアを食卓に招くところまでは、大して演技をせずに済んでいた。ある意味、自然な態度で接したのだ。だがこのあとは、集団でシルヴィアを取り囲んでの、いわば思想的な矯正をはかることになる。あらゆる手で、彼女がギャング的な忠誠心を進んで捨てるよう働きかけるのだ。

実際にそうすることができたあとは？　刑事免責と保護を得る代わり、組織的な犯罪について証言した彼女が平穏に暮らせる未来はあるのだろうか？　忠誠心を捨てたあと警察に利用されるだけ利用され、使い捨てられはしないだろうか？

バロットのそんな思案の匂いを、タブレット姿のウフコックがすぐに嗅ぎ取った。

《君から、そんなふうに煮え切らない匂いがするのは珍しいな。シルヴィアのことか？》
　バロットは、つい小さくうなずいていた。
《なんだか、どこへ向かっているのかわからない地下鉄の列車に乗ってる気分》
《景色が見えないせいで、自分の居場所もわからないわけだ》
《あなたにはわかる？》
《居場所と、目指すべき終着駅（ターミナル）はわかる。未来は予知できないから、本当に辿り着けるかどうかはわからない。だが、目指す価値があることも、わかっている》
《どうしてわかるの？》
《君がいるからさ。君がおれに、ターミナルがどういうものかを教えてくれた。どうあることが正しいのかを。どうあろうとすることが価値あることなのかを。シルヴィアの保護については、おれもイースターも、君という先例にもとづいて判断しているんだ》
《裁判の判例みたいに？》
《そうだ。君の事件は、そのうちロースクールの教科書に載ってもおかしくないと思うよ。少なくとも、クローバー教授はそう考えているに違いない》
　ウフコックが、さも自信たっぷりに言った。それでバロットも微笑むことができた。
　実のところ、今もってバロットには、シルヴィアに肩入れする気持ちがなかった。彼女の過去をつぶさに聞いていても同じだった。彼女は、自分が危険な存在ではないとアピールしただけで、改心したわけではないのだから。

だがそれでも、シルヴィアが都合よく利用されたあと、保護なしで放り出されることにはなってほしくなかった。シルヴィアが尋問で指摘したバルーンの自決のようなことには。

自分たちが正義のためと信じた行いのせいで、副次的な被害者が出ても、それをよしとする精神を、バロットは持ち合わせておらず、いつか持つことになるとも思えなかった。

自分から積極的に事件に関与したくせに、気づけば煮え切らない匂いを発散するなんて、とバロットは思った。もしかするとそれこそがクローバー教授に言われた、「経験主義に裏づけられた原理的な法律家」になることなのかもしれないという漠然とした予感を抱いた。他ならぬウフコックが示してくれる態度に倣う結果こそがそうなのだと。

## 22

「今日はあなただけ?」

シルヴィアは、イーストサイドのアパートメントにあるセーフハウスに現れたのがスティール一人であることに、意外そうな様子だった。

「今日から、僕か手が空いている人間だけになりますよ」

スティールは、彼特有の血の通わない笑みを浮かべ、シルヴィアが最重要警護対象から外されたというニュアンスをたっぷり匂わせて言った。「お前のことなど心からどうでもいい」という演技で、スティールの右に出る者はいない。

さしものシルヴィアも真に受けたようで、咄嗟（とっさ）に表情を消していた。

むろんスティール一人ではない。左手首にはめられた愛用の腕時計は、本物そっくりに変身（ターン）したウフコックだ。周囲にはレザーとミラーの組（セル）、クレア刑事の警護チーム、さらには〈ネイラーズ〉の人員も配置され、〈イースターズ・オフィス〉ではトゥイードルディが空飛ぶサメに乗って待機している。最重要警護対象とみなしての態勢だ。

「夕食の場に連れて行くだけですし。まあ今日だけ、もう一人、車に乗せますが」

シルヴィアは眉をひそめたが、何も言わず、スティールに従って地下駐車場に向かった。彼女の左足首に装着されている追跡装置は、オフィスの〈ウィスパー〉がしっかり監視している。その位置情報をイースターが自分のデスクでモニターしており、「オーケー、シルヴィアが部屋を出た。行動開始だ」とメンバーに通信した。

地下駐車場に停められたスティールの車のそばにレイ・ヒューズが立っていることに、シルヴィアが目を丸くした。

「どうしてここに……？　あなたに会うことは、わかっていたけど……」

レイ・ヒューズは、カウボーイハットを胸に当て、慇懃に会釈してみせた。

「今日のゲストを丁重にもてなすため、お迎えに上がったんだ。そう言いたいところだが、実はルーンとアビーが、朝から臨戦態勢といった雰囲気でね。もし君もそうなら、私がまず話をして、少しでもリラックスしてもらおうと考えたわけだ」

「私は……すっかりリラックスしているわ。あの二人が用心深いのはわかっていたけど……、名高いロードキーパーに、私なんかの護送を頼むなんて……」

「本当ですよ。僕一人で十分でしょうに」

スティールはそう言って、さっさと運転席に乗り込んだ。シルヴィアを安全に車に乗せるための手順を完全に無視した行為だ。

呆気に取られるシルヴィアへ、レイ・ヒューズが、なんて無礼なやつだというように首を横に振り、彼女のために後部座席のドアを開けてやった。その丁重さに気が引けたのか、シルヴィアはすぐには乗ろうとしなかった。

「私は、若きつわものに敬意を表することは当然と考えるたちでね。見たところ、確かに君はリラックスしているようだ。きっとオフィスでルーンやアビーと顔を合わせるときも、今のような堂々とした感じなんだろう。だから余計に二人が君を警戒してしまうのは納得だが、かといって君に、態度を改めろと言うつもりは断じてない。尊厳のある振る舞いは、どんなときも、誰にでも、許されるべきだからだ」

「それは……、ありがたいことだわ」

シルヴィアは、他に言葉が見つからない様子で言った。

「さあ、乗ってくれ。ディナーの場へ向かう間、この老骨なりに、話が弾むよう努力しよう。もちろん、黙って窓の外を見ていたいときは、遠慮なくそうしてくれていい」

とことん丁重でユーモラスなレイ・ヒューズの口調に引き込まれたように、とうとうシルヴィアが微笑み、「お邪魔するわ」と言って車に乗った。

レイ・ヒューズはドアを閉めると、さっときびすを返し、反対側から乗り込んでシルヴィアの隣に座り、また会釈した。

シルヴィアもつい頭を下げ、つられた自分を面白がるように、くすくす笑った。

「以前、あなたが、殺気立ったベンヴェリオとマクスウェルの両方を宥めたと仲間から聞いたときは、いったいどんな手を使ったのかと驚いたけど……。きっと今みたいに、ただ丁重に接したんでしょうね。あなたに逆らう気がなくなるくらいに」

「無益な争いごとをなくすために、だいぶ手練手管を磨いてきたことは認めよう」

「たとえば、どんなふうにマクスウェルを追い払ったのか……、なんて、訊いてもいいのかしら？　仲間の一人は……、あなたのことを尊敬していて、どうしたらあなたのように振る舞えるのだろう、と言っていたから」

「もちろん、何でも訊いてくれていい。ルーンもそうだが、若きつわものから、何かを話してくれと言われることほど、私の自尊心がくすぐられることはない。自分がいっぱしの何者かになれた気分にさせてもらえるのだからね」

「あなたの名は、市のあらゆるストリートに鳴り響いているのに」

「あー、二人とも、なんで僕がハンドルを握ったまま車を出さないと思っているんです？早いところシートベルトを締めてください。さっさと行きますよ」

スティールが遮り、二人が従うのを確認してから、さもつまらない仕事だというように鼻を鳴らして車を発進させた。

移動中、レイ・ヒューズはシルヴィアの望み通り、リバーサイドカジノの敷地の前に陣取っていたマクスウェルとその配下の銃狂いたちに対し、どう接したかを面白おかしく話した。シルヴィアは大いに感心し、窓の外に目を向けることなくレイ・ヒューズとの会話を楽しんでいた。スティールが注意深く確認したところ、多くのカラスが群をなして追いかけてきていたが、シルヴィアがそれに気づいた様子はなかった。

「相手の自尊心を満たすことで、精神的な圧力を抜くのね。手順通りに爆弾を解体して雷管や点火装置を抜くように」

「君は、そちらの手順に詳しそうだ」

「かじった程度よ……。そのことは何度か供述したけど、市警察委員長と検事補は、爆弾という言葉を供述書から取り除きたがっているみたい。事件が連邦の扱いになって、連邦捜査官にかき回されるのが嫌だからでしょうね」

スティールが、ちらりとバックミラー越しにシルヴィアに目を向けた。尋問者たちの意図をためらいなく口にするほど、彼女がレイ・ヒューズへの警戒を解いていることに驚いたのだ。レイ・ヒューズが尋問者たちの側にいるにもかかわらず。

シルヴィアは、互いの立場をわきまえているつもりで、実際のところすっかり忘れていた。もちろんレイ・ヒューズがそのように仕向けたのだ。その巧みさに感銘を受けたことをシルヴィアに悟られないよう、スティールは車内で交わされる会話の全てが心底くだらないと言いたげな、冷血に嗤う仮面を慎重にかぶり続けた。

腕時計姿のウフコックは、スティールよりも鋭くシルヴィアの変化を嗅ぎ取っていた。バロットとアビーが引き寄せた方向へシルヴィアは自分から歩を進めていた。自分を警戒する必要はないと二人に説明することは、今のシルヴィアにとって自尊心を取り戻せる数少ない機会だ。危険人物とみなされるなど、一般市民であればとんでもない扱いだと思うだろうが、シルヴィアが知る世界では相手を怯えさせて上からものが言える立場を得ることを意味するのだ。

加えて、スティールとレイ・ヒューズが、シルヴィアを無価値とみなす役と、このうえなく丁重にもてなす役をそれぞれ演じ、より自尊心を感じられるほうへとシルヴィアを誘導していた。道中、レイ・ヒューズがマクスウェルの自尊心を梃子にして追い払った話をしているのに、シルヴィアは自分がまったく同じことをされているとは考えていなかった。

自尊心を保つことは人間にとって新鮮な空気を吸うのと同じで、なければ死んでしまうという本能的な欲求に逆らうことは容易ではない。バジルからのプロポーズをお膳立てしてくれた相手が自尊心を満たしてくれることを、シルヴィアは疑いなく甘受していた。

セーフハウスから二十分ほどで、ベル・ウィングのアパートメントに到着した。スティールは、カラスが次々にそこらの電線に降り立つさまをシルヴィアに見せないよう、来客用の駐車場ではなく、ファサード付きのエントランスに車をぴったりつけた。

レイ・ヒューズがさっと下りて、またしてもシルヴィアのためにドアを開けてやった。シルヴィアのほうもそれと察して、自分からドアを開けなかった。彼女の目は、レイ・ヒューズに向けられっぱなしで、頭上を飛ぶカラスに気づかず車を降りた。

ふいにスティールがクラクションを鳴らして運転席からレイ・ヒューズを手招きした。そのいかにも不敬な態度にシルヴィアが眉を逆立てたが、あらかじめレイ・ヒューズが、こうしろとスティールに告げていたのだ。

自分に自尊心を与えてくれる人物が、軽く扱われているところをあえて見せ、不快感や怒りを抱かせる。自分のためではなく、誰かのための感情を数多く抱くことで、自分とその誰かを一体であり同等であると思い込ませる誘導テクニックだった。

さらには別の目的もあった。レイ・ヒューズが運転席側に回ると、スティールはウィンドウを下げて肘をつき出して言った。

「素敵なディナータイムが終わったら、オフィスに電話を。僕は仕事がありますのでね。

帰りは別の者が担当します。では、せいぜい良いひとときを」

シルヴィアの護送など、仕事と呼ぶに値しないかのような口ぶりだ。とことん相手を下げる役に徹するスティールの手首で、腕時計のベルトが、するりと外れた。そしてレイ・ヒューズの魔法のようにソフトに動く手が、腕時計をつかんでさりげなくジャケットのポケットに落とした。

スティールが肘を窓枠に置いたまま車を出し、レイ・ヒューズはシルヴィアへ歩み寄って肩をすくめてみせた。

「どうも彼は、オフィスの中でも、とりわけせっかちな人物のようだ」

「私、証人としての価値は、もっと高いと勘違いしていたみたい」

「価値は高いさ。君を聴取する人々から、くれぐれも道中の安全に気を配るよう言われたからね。ただ、〈イースターズ・オフィス〉は、君の身の安全について確信を持っているらしい。気になるようなら私からイースター所長に詳しく聞いておこう」

「どうせ本当のことは教えてくれないわ」

シルヴィアの口調からは、かえってそのほうがいいと思っていることが窺えた。できれば聞きたくないと。仲間が自分に対して無関心になったと伝えられることは、シルヴィアにとって最も傷つくことなのだ。

だがレイ・ヒューズは、シルヴィアとともにエレベーターに乗り、やんわりと訊ねた。

「君は、今ほど自由になったことはあるかね?」

シルヴィアが意外そうに両手を開いてみせた。

「私は、生まれながらにしてロードキーパーと呼ばれているわけではない。ネイルズ・ファミリーをはじめ、都市のアウトローたちと様々な関わりを持っていた。しがらみ、忠誠、義理、友情といったものの全てを正しいと信じて。だがそのために流れる血に、どんな意味があるのかとも思っていた。やがて信じた正しさはどれも幻かペテンに過ぎず、自分が何もかもに心底うんざりしていることに気づいてしまったんだ」

シルヴィアは黙って聞いていた。レイ・ヒューズは、エレベーターが目的の階に到着すると、開いたドアを手で押さえて言った。

「私はがんじがらめだった。簡単には解放されなかった。流れる必要のない血を、さらに多く見ることになった。ロードキーパーは贖罪の名だ。そのとき流れた血に価値がなかったと思いたくないがため、私自身の魂の安寧のためにやっているんだ。そんな私からすれば、君は誰も傷つけることなく自由を得るチャンスに巡り会ったように思えるのだがね」

「わからない……、そういう考え方は、私には向いていないのかも……」

シルヴィアが申し訳なさそうに返した。レイ・ヒューズは苦笑し、手を振ってみせた。

自分の発言がいかにナンセンスか、遅れて気づいたというように。

「ありがた迷惑なだけの忠告ぶったことを口にしてしまった。さぞや気分を害してしまっただろうね。すまなかった」

「そんな……、いいのよ。あなたの考えは……、ありがたく聞かせてもらうわ」

「それだ。君は、私の話を真剣に聞きすぎるんだ。そのせいで私は危うく、自分のことを何もかも見通せる聡明な人間だと勘違いするところだった。どうかこれ以上、この老骨を調子に乗せないでくれ」

そのおどけぶりに、シルヴィアが口元に手を当てて噴き出すのをこらえた。レイ・ヒューズも微笑み、首を傾けてエレベーターから出るよう促した。シルヴィアは、笑い声をこぼしながら従った。レイ・ヒューズが、するりと前に出て、向かうべき部屋へと案内した。

レイ・ヒューズが、そのアパートメントのドアを開くと、玄関そばのパントリーから、ミネラルウォーターのボトルを束ねたパックをいくつも抱えたストーンが現れた。

ストーンはシルヴィアを見ると、早口でこう告げた。

「ルール・ナンバーワン。ここに入る者は、必ず、洗面所で手を洗うこと」

「わかっている、ストーン。私が、ベルのハウスルールをシルヴィアに教えよう」

「助かります」

ストーンは頭を下げ、能力（ギフト）を発揮することなく歩いて廊下の奥へ向かった。

レイ・ヒューズは、目を白黒させるシルヴィアを洗面所に連れて行き、ハンドソープを使って手を洗わせた。

「感染症でも恐れているの？」

「手を洗うことで、外と中を区別するんだ。意図せずに何かに触れた自分を浄める。指先で運命の輪を操るスピナーならではの習慣だ。もちろん感染症の予防にもなるだろう」

「スピナー……、今さらだけど、あのベル・ウィングに会うのね、私」

「彼女と面識が？」

「いいえ。父とその仲間がカジノ狂いだったから……、伝説的なスピナーだって聞かされたわ。アシュレイ・ハーヴェストのことも聞いていたけど……、カードの殺し屋のことも。まさか自分が、カジノの外で手ひどくやられるとは思わなかった」

「今宵は、何も心配する必要はないと請け合おう」

このやり取りの間、ウフコックは腕時計姿のままレイ・ヒューズのジャケットから抜け出し、ベルトを二本脚のように動かして、するすると廊下を進んだ。

開きっぱなしのリビングのドアをくぐると、その存在を感覚したバロットが手を差し伸べた。ウフコックは、ぴょんと跳んでその手に乗ると、元のネズミの姿に戻った。

「ハイ、バロット」

「ハイ、ウフコック」

ウフコックは、バロットの手でダイニングのテーブルへと運んでもらうと、二本の足で立って周囲をぐるりと見回した。

キッチンでは、ベル・ウィングがアビーの手を借り、フライパンと鍋、そしてオーブンをフル稼働させ、御馳走作りのラストスパートに差しかかっている。

ダイニングでは、ライムとストーンが冗談ごとを口にしながら、せっせと果物を切ってピッチャーに入れ、フルーツウォーターの準備を調えていた。

今しがたまでシルヴィアを陰で護衛していたミラーとレザーまでもが、さもずっとここにいたという顔で陣取っていた。二人とも調子っぱずれに歌いながら種々の野菜をボウルに入れてサラダを作り、調味料をかき混ぜてドレッシングを作っている。どちらもアパートメントの裏手の壁をのぼり、ベランダから入って来たのだ。レイ・ヒューズが、エレベーターでシルヴィアに話しかけ続けているうちに。もちろん二人とも、手を洗うまでリビングの家具に一切触れることはなかった。

シルヴィアが、レイ・ヒューズの後についてリビングからダイニングへと移動し、ぽかんとした顔で足を止めた。想像していたよりも大人数だったからだろう。スティールを除く〈イースターズ・オフィス〉のメンバーの大半が集合していることから、それだけ道中の自分の警護が手薄になっていたことも実感したはずだった。バロットとアビーが、シルヴィアを不安視するがゆえに、メンバーが自発的に集まったのだろうということも。

バロットは、シルヴィアをひと目見て、レイ・ヒューズが務めを果たしたことを察した。警戒や敵意を示す動作や姿勢は皆無だった。棒立ちになり、両手を交差させておのれの腕をつかむようにし、肩をすくめていた。見慣れないものに囲まれ、うっかり何かに触れてトラブルになることを避けたいと感じているのだ。そしてその腕を、まずバロットが解かせにかかった。

「シルヴィア・フューリー、ゲストのあなたにも手伝っていただいていいですか？」

「え……？」

「急に人数が増えてしまって、準備が間に合わなかったんです」

「ええ……、何をすれば……」

バロットが指さす先に、ダイニングテーブルに立つ一匹のネズミがいた。

「ハロー、レイ・ヒューズ、シルヴィア・フューリー」

シルヴィアは、口を半開きにして、ウフコックをまじまじと見つめた。食卓に居座っても許されるネズミを、初めて見たと言いたげだ。

「ハロー、ラジオマン。私はキッチンに行ってもいいかね？　見たところ、オーブンを見張る人間が足らないようだ」

「ああ。いくらベルが張り切っても、この人数の食事を用意するのは大変だからね」

「では、シルヴィア、少しばかり失礼するよ。あとで料理を楽しみながら話をしよう」

レイ・ヒューズが会釈してキッチンへ去り、バロットが来客用の食器がどっさり入ったカトラリー・ボックスとキッチンペーパーの束を、どん、とダイニングテーブルに置いた。

「これを人数分、並べてください。どうすればいいか教えてあげて、ウフコック」

「オーケー、バロット。いいかい、シルヴィア?」

「え、ええ……」

シルヴィアはキッチンへ行ってしまうバロットを目で追った。服を着て二本足で立ち、人間の言葉を喋るネズミと二人きりにされても、どうすればいいかわからないと訴えるように。

ウフコックは、シルヴィアの困惑の匂いを意に介さず、自分をすっかり包めそうなキッチンペーパーを一枚引っ張り、フォークをカトラリー・ボックスから引っ張り出した。

「この箱の中に入っているものを磨いて並べる。単純だが、奥が深い行為だ。人間は、栄養を摂取する過程にも、価値を作り出す。食器を綺麗に並べることで食事を飾り、調理した者を称えて感謝する。さあ、その椅子に座って。一緒にやろう」

シルヴィアは二の腕をつかむ手をようやく離し、恐る恐る席についた。賑やかな場所が、自分の中の何かを爆発させるのではという恐れを、ウフコックは嗅ぎ取った。とはいえ実際にそうなる危険があるわけではなかった。トラウマを刺激されることへの本能的な恐れに過ぎなかった。ここにはシルヴィアにしつこく言い寄ろうとする人物は——自分は母に捨てられ父に印をつけられ、他の誰のもとにも逃げられない、という思いを溢れさせ、シルヴィアの心を死ぬほどかき乱す存在は——一人もいなかった。

「おれが喋っても驚かないんだな。跳び上がって逃げ出す相手もいるのに」

「映像や……、〈スパイダーウェブ〉で、あなたを見たし……」

「なるほど。おれはあの施設のガス室に、六百日以上も囚われていたらしい」

「それは……、ハンターがあなたを求めて……」

「おれには通用しない。ハンターの針は、まだおれの中にあると言ったら驚くかな？」

シルヴィアは、これほど驚いたことはないという顔でウフコックを見つめた。

「ハンターがどの程度、おれの存在を感じているかはわからないが、おれは共感（シンパシー）の輪の外側にいて、あの男の支配から遠く離れているんだ」

「本当に……？　あなたのオフィスの技術なら……」

「もちろんハンターの針を摘出できる。だがあえて残した。ハンターを追う手がかりになるからね。今では、おれのほうが、ハンターの心を嗅ぎ取れるようになりつつあるよ」

「そんなことって……、信じられない……」

「ハンターの能力（ギフト）が万能ならグループの分裂なんて起こらない。彼が世界じゅうの権力者と握手をすることで、世界を支配できるわけでもないだろう？」

シルヴィアが難しい顔になった。ハンターの能力（ギフト）について、ここまで率直に話す相手は初めてなのだ。仲間とも暗黙の了解だったことが多すぎて、どう言葉にすればいいのかわからず、会話を続けられる自信がなさそうだった。

ウフコックは、カトラリー・ボックスをちっちゃな手で示して助け船を出した。シルヴィアが、ようやく食器とキッチンペーパーに手を伸ばした。

「これを……、並べればいいのね？」

「綺麗に磨いたうえでね」

「あなたも使うの？　これを……」

「いや。おれのは自分で作り出せる」

「私たちと同じものを食べるのね」

「人間と同じ味覚は持ち合わせていないし、そもそもあまり食べる必要はないが、君たちと一緒に楽しむことはできる」

「ルーン・フェニックスは、本当に、ベル・ウィングと暮らしているのね」

「ベルを知っているのか？」

ウフコックは、先ほどのレイ・ヒューズとシルヴィアの会話を聞いて答えを知っていながら、しれっと訊ねた。

「以前、父とその仲間が話すのを聞いたのよ。運を操るスピナーですって？」

「そうさ。ベルとバロットの勝負は、今思い出しても胸が熱くなる」

「〈エッグノック・ブルー〉での百万ドル勝負ね。ギャンブラーの間では語り草よ」

「あー……ルーレットで百万ドルチップを賭けたわけではないんだ」

「その賭け金をルーレットで稼いだんでしょう？　不思議ね。伝説的なスピナーと、語り草になった未成年のカジノ荒らしが、一緒に暮らしているなんて」

「面白いだろう？　人生は何があるかわからない。軍の実験動物だったおれが、今こうして食器を磨くことを楽しんでいるんだから」

「ええ……、本当にそうね」

ウフコックがさりげなく口にする言葉に、シルヴィアは意識せず同意していた。変化を肯定する言葉に、本来の意味での共感を示したのだ。

そうしてシルヴィアが、ウフコックとともに食器を並べ終えると、フルーツウォーター、サラダ、ドレッシング、そしてベル・ウィングが腕によりをかけ、レイ・ヒューズがその仕上げを手伝った、見事な家庭料理の数々がテーブルに運ばれていった。

テーブルの端である家長席にはベル・ウィングがついた。その左サイドにレイ・ヒューズが、右サイドにシルヴィアの席が用意された。

シルヴィアの隣に、ライム、ストーン、ミラーが座った。その向かい側で、レイ・ヒューズの隣に、バロット、アビー、レザーの順で席についた。

ウフコックは服をディナー用のお洒落(しゃれ)なものに変え、レイ・ヒューズとバロットの間で、ミニサイズの食器に、椅子とテーブル、テーブルクロスを作り出し、特等席をあつらえて同席した。おめかししたネズミが、意外なほど優雅に食事を摂る様子を、シルヴィアは何度も見つめては、ベル・ウィングに話しかけられて視線を移した。奇異だから気になるのではなく、可愛らしくてつい目を向けてしまうと顔が言っていた。

他方でこの席順は、シルヴィアから見れば、明らかにバロットとアビーを守るためのものだ。シルヴィアが突如として暴れ出しても、すぐさま取り押さえられる配置だった。だがそのくせベル・ウィングは、シルヴィアの手が届く場所に堂々と座っていた。危険な人物など、ここにはいないというように。

次々に誰かがシルヴィアに話しかけるということもなく、むしろ、ライム、ストーン、ミラー、レザーは、自分たちの興味の赴くままに談笑し、食事を楽しんでいた。バロットとアビーのためにここにいるが、シルヴィアを尋問するのは自分たちの仕事ではなく、出番がない限り勝手に楽しむという態度だ。

「前から訊きたかったんだが、なんであんたらはストリートの連中から〝赤信号（レッドライト）〟コンビなんて呼ばれてるんだ？　単に赤い色が好きなのか？」

ライムが尋ね、

「おれたちが身にまとうのは、命の色さ、ハンサムさん」

「血と炎は、似て非なる色だが、どちらも浴びる覚悟があるってことだ」

ミラーとレザーが誇らしげに主張し、

「じゃ、お前は〝青信号（グリーンライト）〟だな、ストーン。突っ走るのが得意だから」

「髪を黄色に染めろ、ライム。そうするなら、おれが青く染めてやる」

ライムとストーンが言って、結局は四人とも賑やかに笑うのだ。

バロットとアビーも、おおむねライムたちとの会話に参加し、シルヴィアに話しかけることはなかった。その役は、ベル・ウィング、レイ・ヒューズ、ウフコックのものだった。

「ハンターっていう男は、私に言わせれば、口ほどにもないね。あんたほど忠実で、最後まで戦い抜こうっていう希有な人間に、ちょっとしたビジネスの失敗を押しつけて遠ざけるなんて。そんな根性のボスじゃ、どんな組織を作っても紛糾するものさ」

ベル・ウィングが舌鋒鋭くハンターを詰り倒し、かつシルヴィアを大いに持ち上げ、それにレイ・ヒューズとウフコックが、厳かな面持ちで首肯した。ベル・ウィングが口にすることは、何であれ紛れもない真実なのだというように。

「あんたほどの女は、滅多にいるもんじゃない。あんたを追いかけてきた男も。バジルっていう男、ハンターの右腕なんだろう？　なのに、ハンターにどう思われるかも気にせず、あんたのもとにまっすぐ駆けつけた。指輪を持って。人生の誓いの品を。あんたがどんな身の上になっても添い遂げようっていう意思がなきゃできないことさ」

「それは……、ええ、そう思う。とても……感謝しているわ」

シルヴィアは、率直なことこのうえないベル・ウィングの主張に、気恥ずかしさで頬を赤くするほどだった。さすがのバロットも、シルヴィアがこうまで感情面で揺さぶりをかけられ、抵抗もできない状態になるとは想定していなかった。しかもシルヴィアのほうは、自分が揺さぶられているという意識すらないままなのだ。

ベル・ウィングによる、ハンター、バジル、そしてシルヴィアの人物評がひと段落したところへ、今度はレイ・ヒューズが狙い澄まして、こんなことを言った。

「私としては、いつか君に、〈ステラ〉で仕事をする気はないかと提案させてほしいな」

シルヴィアが、目をぱちぱちさせて訊き返した。

「それって、私に……、料理をさせようと……？」

「いいや、君の美術品に対する造詣の深さを頼りたいということさ。もちろん、私やベルのレシピが知りたいというのなら、教えるのにやぶさかではないが」

「あの、それは……、私、何を……？」

「飲食店の内装のコーディネイトだ。この都市では、なかなかの収入になる。流行と伝統の両方にうるさい客がごまんといて、いつでも新しい何かを求めているんだ。〈ステラ〉もオープンしてからずいぶん経つから、リニューアルが必要なのはわかってはいるが、私にはどうしたらいいか見当もつかない。オープンしたてのときは、とにかく少ない予算しかなかったから迷う余地もなかったが、今ではそこそこ成功しているものでね。やろうと思えば、かなりの工夫ができる。もし〈ステラ〉での仕事の評判がよければ、私が知る数ダースほどの店から、ぜひ君を紹介してほしいと頼まれるだろう」

　シルヴィアの心は、俄然その提案に惹きつけられた。ウフコックが強烈な興味の匂いを嗅ぎ取ったのはむろんのこと、バロットも彼女の脈動が激しくなるのを感覚していた。

　彼女にとって、そうした仕事は、純粋なやり甲斐を与えてくれるものなのだ。ある空間を、そこに集う人々にふさわしいものに仕上げることは。

　どうしてレイ・ヒューズが、こうも的確に彼女の心の急所をつかめたかは定かではないが、このうえない誘導となったようだ。抗いがたい魅惑と言い換えてもいい。それは、将来の生活という儚いビジョンに、一つの根拠を与えてくれるものでもある。刑事免責を得てのち、この都市で合法的なビジネスを営むという未来への道筋を。それはむろん、バジルと結ばれて一緒に暮らすという未来にも現実味を与えるものだ。

　さらにレイ・ヒューズは、シルヴィアの度肝を抜くようなことを言った。

「もしかすると君は、〈ステラ〉の常連となってくれるかもしれない。そして私の代わりに、あの店に舞い込む様々な相談事に耳を貸す、ロードキーパーと呼ばれるようになるかもしれない。そう言ったら、気を悪くするかな？」

　シルヴィアは、思考がすっかり停止したような顔で、レイ・ヒューズを、そしてまたベル・ウィングとウフコックを見た。

　ベル・ウィングが、すぐさま賛同し、レイ・ヒューズの手を握って微笑んだ。

「さすがはレイだね。彼女は本当のつわものさ。もちろん、ただ腕っ節が強いなんて意味じゃない。アウトローの性根を知り抜き、宥めてやれる希有な人間だっていう意味さ」

ウフコックも腕組みし、その手があったか、と感心するように何度もうなずいて、

「ハンターもレイ・ヒューズには一目置いている。あの男だけじゃなく、仲間の多くがそうだ。もし、シルヴィアがその後継者ということになれば――」

途中で言葉を切り、シルヴィア自身にその続きを考えるよう促した。実に効果的な誘導だった。誰からも敬意を表されるレイ・ヒューズと同じ道を歩み、かたぎの仕事をする。アウトローとなるよう強要されたことで押しつけられた歪んだ誇りが、本来の彼女の心が求めるものに置き換えられるのだ。それも、より誇り高い、新たな価値を伴って。

シルヴィアはいまや陶然としていると言ってよかった。落ちるところまで落ちたと思っていた我が身に、突如として栄光への道が示されていた。

レイ・ヒューズとベル・ウィングは、シルヴィアをただハンター・カルトから引き剝がそうとはしなかった。その強固で逆らいがたい絆に匹敵するほど、シルヴィアにとって価値があると感じられる別の人生を示すことに努めていた。

バロットも、ことここに至ってようやく、シルヴィアを騙すことになるのではないかという気後れから解放されていた。ある価値に縛られた人間に、別の価値を示す。それだけでいいのだと思えたことに安堵するあまり急にリラックスしたため、シルヴィアに奇妙だと思われないよう、ポーカーフェイスを保つ必要があった。

「ちょっと……、今はまだ、全然、想像できないわね……そんな自分は」

シルヴィアは、そう言いながらも、心の中で、未来の自分を想像したに違いなかった。もしかするとあるかもしれない自分を。今はまだ——という言い方には、自分の想像をいつか誰かに話せるかもしれないという期待が表れている。

ベル・ウィングが、ここぞとばかりに強い口調で主張した。

「あたしには、すっかり想像できるね。あんたが行き詰まったアウトローたちの相談役になって、平穏な人生の価値を教えてやっているところが。もうしばらくは不自由で気詰まりな目に遭うかもしれないが、あんたは幸福を手に入れられる人間だ。実際にありったけの幸福に満たされているところを見せつけて、あんたを手放したハンターっていう男に、後悔させてやるといいさ」

シルヴィアはかぶりを振った。だがその心は、十重二十重（とえはたえ）の揺さぶりによって、おのれを縛るものに背を向けようとしていた。

「いっそ私に……、自分を始末しろと言ってくれればよかったのよ。バルーンが……、仲間が、そうしたように……」

——変わった。

バロットは、いよいよその瞬間が訪れたことを確信した。ハンターの名を口にしなかったのはシルヴィアの忠誠心がまだ生きているからだろう。しかし同時に、大きな変化が現れたことは確かだった。これまでのシルヴィアが、決してしなかったことをしたのだから。

ハンターへの不満を口にするということを。

どんな命令も正しいはずだという、ハンターに対する盲目的な信頼と忠誠に、ほんの僅かとはいえ亀裂が走った瞬間だった。さしたる時を経ずして、その亀裂が大きくなることが予感された。柱が砕けた建物が自重で崩れ落ちるように。卵の殻が割れたらもう元には戻せないように。シルヴィアの精神に、誰にも止められない変化が訪れたのだ。

バロットは、遠くない将来、シルヴィアが、オフィスにとって最も強力で友好的な保護証人になるさまを、このとき克明に想像することができた。

## 23

「大成功じゃないか？　シルヴィア・フューリーの態度が、ああも変わるなんて。ハンター・カルト信者である彼女を攻略するうえで、一歩も二歩も前進したね」

大喜びで話すイースターのデスクの上では、ウフコックが奇妙な匂いを嗅ぎ取っていた。人が懸念を胸に秘め、口にするのがためらわれるときの匂いを。

ベル・ウィング宅でのディナーをつつがなく終えてのち、ミラーが車にシルヴィアを乗せてセーフハウスまで送ったが、もちろん護衛はそれだけではなかった。ウフコックがハンカチに変身(ターン)してミラーの胸ポケットに収まり、レザーが別の車で追い、クレア刑事の部下と〈ネイラーズ〉が遠巻きに護衛するという、出発時とほぼ同様の態勢がとられた。

シルヴィアがセーフハウスに戻されて監視下に置かれると、ウフコックはミラーに連れられてオフィスに戻り、そこで奇妙な匂いを発するイースターに出くわしたのだった。

「本当にシルヴィアがレイ・ヒューズを模範としてアウトローから足を洗えば、ハンター・カルトも動揺する。彼女は、ハンターのみならず〈円卓〉とオクトーバー一族の犯罪を立証する秘密兵器になるし、クローバー教授が言う通り集団訴訟の証人にもなりうる」

イースターはそう言いながら、内心では虫のよすぎる皮算用だと思っていることが、ウフコックには匂いでわかった。

「少々、理想が高すぎるな。今、ハンターのグループを動揺させることも賛成できない」

「警察がやるように、シルヴィアを囮(おとり)にしてハンター配下の襲撃を誘発させる手も――」

「反対だ。シルヴィア以外のメンバーを逮捕した場合、ハンターは全力で取り戻そうとする。あの男が自分から同胞を手放すこと自体、本来ありえないことなんだ。その手を使うなら全面的な抗争を覚悟する必要があるぞ。相当な被害と犠牲が出ることを」

イースターは、ようやく本気で主張していないと示すため、煙を払うように手を振った。

「オーライ、実際のところ僕も同意見さ。というより、お前の煮え切らない発言を久々に聞いて安心したよ。前回の作戦では、ハンターの勢力(パワー)は今よりずっと小規模だったのに、こちらは手痛い損害を被（こうむ）った。あちらも犠牲なしじゃ切り抜けられなかったとしても」

「今の休戦は、互いに相手を壊滅しきれないとわかったからだ。他に言いたいことは？」

「あー、シルヴィアに埋め込まれたハンターの針だが、お前の所見を聞かせてくれ」

「まだ針は存在していると思う。ワイヤー・ワームが機能停止しているんじゃないか？　電源をオフにされた端末みたいに」

「検診の結果も、それを示唆している。変異ワイヤー・ワームによる針状器官が、シナプスの働きを信号として受発信するはずが、なぜか麻痺しているらしい」

イースターは会話の最中、デスクに座ったり立ったりを繰り返していた。話の糸口を探してのことだろうが、ウフコックは埒（らち）が明かないとみて、ずばり訊ねた。

「何を黙ってるんだ、ドクター？　おれに言うべきことがあるんだろう？」

イースターは息をついて椅子に腰を下ろし、デスクの上のウフコックをまっすぐ見つめた。ウフコックは、さらに相手が口を開きやすくなるよう見当をつけて言った。

「オフィスのサーバーを見たら、スケジュールにおれの検診が追加されていた。おれはなぜ、今週二度目の検診を受けなければならない？　ハンターの針と関係があるのか？」

イースターは電子眼鏡（テク・グラス）を外してデスクに置き、悩ましげな顔で言った。

「わからない。ただ……お前の一部から異常が発見された。癌の可能性がある」

ウフコックは、ふむ、と呟き、自分自身の匂いを嗅いだが、これといって違和感を覚えなかった。

「おれの……、どこだ？」

「ストレージDNAだ。お前を万能道具存在（ユニバーサル・アイテム）たらしめている遺伝子情報式データ保存システムのごく一部に、変異の兆候が見られた」

ウフコックは、赤いつぶらな目をまん丸に見開いた。

「道具に変身（ターン）するためのデータが破損したのか？」

「あー、そこまで深刻じゃない。もともと人工的に癌化された幹細胞も使われてるんだ。何世紀も消滅しないデータ保存技術を確立するために。お前のストレージDNAは、記録容量、処理速度、保存可能期間の全ての点で、電子コンピュータの何十万倍も優秀で頑丈さ。喩えるなら巨大なダムの一部に、ほんの少し、傷がついたって感じかな」

「そのうち決壊しそうな喩えだぞ」

「いや……、心配はないって言いたかったんだが」

「しばらく前、毛並みがくすんだとバロットに言われたが……」

「そっちは、ストレスのせいだね。六百日以上も監禁されて、その程度で済むんだから、お前はフィジカル面でもメンタル面でも、世界一タフなネズミさ」

「だが重要な細胞に変異が見られたわけだ。おれが不老ではない証拠かも……」

ウフコックはそこで、イースターがさらにまだ何かを話したがっている匂いを嗅ぎ取った。ウフコックが拒むであろう提案を、どう上手く伝えるか考えあぐねているのだ。

「ああ……、なるほど。ハンターの針を埋め込まれたままにしていることで細胞レベルで影響が出ているのかもしれないと考えているんだな？」

ドクターから、さっそく強い思案の匂いが漂ってきた。ウフコックの口調から、説得の難しさを感じ取ったのだ。ウフコックは腕組みをして、その通りだと態度で示した。

「おれはまだ、ハンターの針を摘出しない」

「これまでびくともしなかったお前のストレージＤＮＡに、何かが干渉した可能性がある。考えられるのは――」

「駄目だ。あの男は今、誰かを探している。強い使命感の匂いがするんだ。シルヴィアやラスティを追っていたときとは異なる匂いを。ハンターにとって、重大な存在――」

（燃えるように輝く緑の目をした娘）

イースターのほうも腕組みし、ウフコックを待った。だがウフコックが言葉を途切れさせたまま宙を見ているので、怪訝そうにデスクに肘をつき、ウフコックの前で指を振った。

「ああ……、ハンターの思念を感じたんだ。かなり具体的に。こうした手応えがあるのに、針を摘出しろと言うのか？　そもそもハンターは山ほど人や動物にワイヤー・ワームを埋め込んで回っているが、そのせいで病気になった存在は確認されていないんだぞ」

「それは……、お前の言う手応えが、僕にはあまりいいことに思えないんだよ。お前だって言ってたじゃないか。ハンターを追うあまり、自分自身を濫用したって」

「これは濫用じゃない。やるべきことだ。ハンターの共感（シンパシー）の能力（ギフト）を攻略して無力化できるなら、それがおれの有用性の証明になると確信している」

「そりゃまあ、そうだが……、お前に植えつけられたハンターのワイヤー・ワームを、〈ウィスパー〉の枝の一つに移植することだってできるんだ」

するとウフコックがヒゲをぴんと広げ、明るい調子になって言った。

「いい考えだ。おれに埋め込まれたワイヤー・ワームを培養して〈ウィスパー〉に接続させれば、おれとは違う方法で、共感（シンパシー）喪失の原因を特定できるかもしれない」

イースターは頭痛に耐えるようにこめかみを揉み、今すぐ説得することを諦めた。

「わかったよ。とにかく、お前の体内のそれを徹底的に調べよう。検診そのものは拒否しないだろうな？」

「もちろん詳しく調べてほしい。もし本当に記録保存のためのDNAに影響するなら、何か意味があるんだ。あの男が、おれを支配しようとしている証拠かもしれない」

「冗談じゃないね。そんなことはさせないさ」

イースターは、きっぱりと言って立ち上がった。

「じゃあ、まずは検診だ。お前が不死身のネズミだってことを証明しよう」

# 24

癌が消失してのち、特定の症状は見られず、最新の検査でも異常はないことから、寛解したと判断していい——という実に喜ばしい報せを受けたのは、バロットだった。

ベル・ウィングが、すっかり病院嫌いになってしまったからだ。

「人の運命を告知する預言者気取りの人間の話にはうんざりするよ」

というのがベル・ウィングの言い分だった。担当医も看護師も、もちろん良い報せを告げられるよう尽力しているのだが。

「他人に自分の運命の輪を回されるような気分こそ最悪だね」

彼女にとって化学療法で心身を「叩きのめされる」ほうがまだましなのだ。そんなわけでベル・ウィングは病院からの電話には頑として出ず、担当医も、緊急連絡先として登録されているバロットの携帯電話にかけるようになっていた。

「寛解後も再発や転移を警戒し続けるべきだが、当面はモニタリングのための通院だけでいい。治療は必要はない」

担当医はその日、大いにほっとした様子でバロットに告げた。治療のたびベル・ウィングから冷ややかで刺々(とげとげ)しい皮肉を際限なくぶつけられることに辟易しているのだ。ベル・ウィングのほうは、「病人から恨みつらみを聞かされるのも医者の仕事さ」とにべもない。

「こっちは病院や製薬会社や保険会社を儲けさせるために病気になったわけじゃないんだ。病人の辛い気持ちを、しっかり教えてやらないと。最新の臨床試験がどうのと言われて、おかしな値段の薬をしこたま点滴されるカモになる気は、さらさらないね」

　ことほどさように医療従事者に対して頑迷固陋（がんめいころう）に接するベル・ウィングも、治療が功を奏したという希望に満ちたニュースを聞くと、たちまち目を潤ませた。

「また髪を伸ばせるのはいいことさ」

と言って心動かされていないふりをするベル・ウィングを、バロットとアビーが左右から抱擁し、闘病の日々を耐え抜いた彼女を称え、ともにいられることを心から喜んだ。

　このニュースはバロットに貴重なものを与えてくれた。学びと務めに使える時間だ。

　それまでベル・ウィングは病院にレイ・ヒューズが同行することを嫌がった。「死に損ないだとレイに思われたくない」というのだ。しかし健康維持のためなら話は別だった。通院は、ベル・ウィングとレイ・ヒューズとの定番のデートコースとなった。二人はともに過ごせる時間が増えたことを喜び、バロットは自由な時間を得た。

　もちろんその分のんびり過ごそうという考えはバロットにはない。クローバー教授から全クラスの単位取得を約束されたわけではないのだ。必須のディベート、レポート、試験があり、バジルのスクール・カウンセラーの務めもある。そうした学業をこなしながら、シルヴィアの尋問にも同席せねばならなかった。

何より、集団訴訟における証人のリストアップが原告被告の双方で一段落し、いよいよ行われる証言録取には、何としても立ち合いたかった。マルドゥック市（シティ）の歴史に残る集団訴訟の原告側の弁護に参加する貴重な機会を逃すなど、ローレンツ大学の学生にとってはあるまじきことだ。クローバー教授とフラワーの対決を少しでも多く目にしたかったし、原告被告がそれぞれ、どの証人のどのような証言を自陣の武器とするか知りたかった。

特にバロットが注目したのは、被告側のフラワー法律事務所が真っ先に指名したエリアス・グリフィンと、原告側のクローバー教授が「秘密兵器」と呼ぶ神経学の専門医だ。

エリアス・グリフィンは、オクトーバー社が市に蔓延させた中毒性の高いトリプルXについて、ケネス・C・Oに、内部告発を決意させた女性だった。それゆえノーマと〈円卓〉から、あらゆる攻撃を受け、ケネスいわく「仕組まれた車輌事故」で胎内の子を失い、かつ事故を巡る裁判でも稀に見る敗北を喫している。

フラワーは、エリアスに恐怖と屈辱を思い出させ、取り乱すよう仕向けるだろう。だがエリアスは、クローバー教授とオリビアから、宣誓証言の仕方や証言録取書の作成手順を説明されている間、ずっと平静だった。ケネスとの関係や「事故」のことも、まるで遠い過去のできごとについて語るように淡々と口にした。

「私の家系の女たちは、根っからの〝怒れる中流階級（アングリー・ミドル）〟なの」とエリアスは言った。「亡き祖母は反戦活動家で、母は公民権専門の弁護士よ。二人とも、デモに参加したことで不当に逮捕されても、草の根運動（グラスルーツ）に協力したことで脅迫されても、びくともしなかったわ」

エリアスがオクトーバー社と闘うことになったのは、彼女の母がトリプルX中毒になったからだ。きっかけは頭部と肩の怪我だった。かつて、マルドゥックのほぼ全域で大停電が起こり、暴動が発生したときに負ったのだ。

イースターがオフィスとして買い取ったモルグで、保管された遺体が腐敗したのもその大停電のせいだ。バロットも、うっすらと覚えている。モールタウンではエアコンが使えず暑さに耐えられなくて大勢が路上に出ていた。バロットは、多数のエリアで起こった暴動を直接見ていないが、「まるで戦争だ」と大人たちが話しているのを聞いた。

エリアスの母は、その暴動に巻き込まれた怪我人を助けているところを、警察に「暴徒と間違えられて」警棒で殴りつけられたのだという。わざと母を狙ったとしても驚かない、とエリアスは言った。しかも彼女の母は、病院で治療を受けられなかった。多くの病院が暴徒に恐れをなし、おびただしい数の怪我人の受け入れを拒否したのだ。

母はそのときの打撲が原因で慢性的な痛みを抱え、医師が「依存性はない」と断定するオクトーバー社製の鎮痛剤を服用した。病院もクリニックも、オクトーバー社製の医薬品であれば簡単に処方箋を出してくれた。

どこのクリニックでも一日に何十という処方箋がばらまかれるのだ。カネに替えるために鎮痛剤の処方箋を求める者が後を絶たず、スラムでは食料チケットと同じ価値があった。

それは合法的な麻薬の売買だった。オクトーバー社とグループ企業が巨額の富を得る代わりに、痛みに苦しむ人々が鎮痛剤中毒に侵されていった。

「母を傷つけたのは警官だったけど、本当に打ちのめしたのは大企業が作る薬だった。でも母は挫けなかった。病院で勧められた毒に侵されたことを理解した。どんどん強い毒でないと効き目がなくなって、いずれ脳に傷害を負うことになると」

エリアスの母は依存症になったことを自覚し、薬を断つための闘いを始めた。

「母は闘い抜いた。依存症を誘発するものは、アルコールでもカフェインでも口にしなかった。警察に殴られて背負った痛みをリハビリで克服した。そして彼女は今、私と同じ原告団の一員として戦う気まんまんよ」

ファイターの家系。それがグリフィン家だとエリアスは言った。どれほど踏みつけられても、必ず立ち上がるのだと。

「私が乗る車が爆発すればいいと考えた誰かは、最も大きな過ちを犯したのよ。決して諦めずに戦い続ける人間を増やしたんだから。どんな暴力にも屈しないと決意した人間を」

そしてエリアスは同席するバロットへ、「ある十四歳の女の子が、大企業の犯罪を告発したようにね」と言って微笑みかけた。バロットが過去に、彼女と同様の「事故」に遭ったことを、ケネスから聞いたのだ。その後、バロットがいかに戦い抜いたかを。

バロットは、「はい」と応えながら、この女性から同志のように扱われて驚いていた。

そしてようやく、フラワー法律事務所は、彼女を証言録取のトップバッターに選んだのではなく、クローバー教授の誘導で選ばされたのだと理解した。最も攻略しやすいとみせて、最も不屈かつ理性的な人物に先陣を切らせたのだ。これも敵に自分たちのほうが有利だと思い込ませることを得意とするクローバー教授ならではの戦術だった。

クローバー教授は後日、カンファレンスでエリアスの証言録取のことを、「フラワーに、ナイフの柄ではなく、刃のほうをつかませてやれました。もちろん柄を握っているのは私たちです」と報告し、「エリアス・グリフィンこそ、確実に保護されねばならない原告ナンバーワンなのです」と強く主張した。

これにナンバーワンを自認していたシルバーが、冗談めかして自分を指さして言った。

「原告団代表者である、このおれよりも、ということですかな?」

クローバー教授は、やんわりと説明した。

「もちろんあなたは原告団で最も重要な旗振り役であり、メディア戦術の支柱であり、必ずや保護されねばならない存在です、ミスター・シルバー。他方でエリアス・グリフィンは、原告団のみならず、より多くの人々の精神的支柱となり、こちらが仕掛けるロビー・アタックの中心的存在となるのです」

首を傾げるシルバーの隣で、モーモント議員が、いち早くぴんときた様子で、クローバー教授とケネスの顔を交互に見た。

「ロビー・アタックとは、驚きましたな」

ネヴィル検事補が、わけがわからないという顔で尋ねた。

「何か知っているのか？　ケネス捜査官？」

クローバー教授が視線で発言を促すと、ケネスはカンファレンスに集う人々へ説明した。

「サウスサイドを拠点として草の根(グラスルーツ)運動を行う〈まったく新しい議会(ブランニュー・コングレス)〉というグループがあります。権力を持たない一般市民が協力し合い、情報と資金と人材を集め、現職議員に対抗馬を立てることを目指すグループです。そして彼らは、エリアスを、サウスサイド市議会議員の補欠選挙に立候補させることを決めました」

カンファレスの面々とバロットが、驚きの声をあげた。

「〈ブランニュー・コングレス〉は、都市で最も強力な草の根(グラスルーツ)運動の推進組織です。自分たちのために戦う政治家を議会に送り込み、不正、癒着、市民が求める正当な政治と、それに対する妨害の排除を目的としています」

「そんな組織が指名するとは、彼女は何者なんだ？」

シルバーが興味津々になって尋ねると、ケネスは肩をすくめた。

「大学卒業後、法務局の調査部門で働く予定でしたが、母親の看病のために辞退したんです。今はフルタイムのウェイトレスとして働く傍ら、公民権活動に参加しています」

クレア刑事が、感嘆の吐息をこぼした。

「町のウェイトレスを議会に送り込むなんて、まさに草の根運動(グラスルーツ)ね」

「サウスサイドの選挙管理人は、徹底的に立候補を邪魔するでしょうな」モーモント議員が、その点を指摘した。「サウスサイドは港湾や貿易事業者の支援を受ける議員の独壇場で、対立候補なき当選が続いています。そこへ立候補すれば、議員たちが指名する選挙管理人が、必要な署名や供託金など、あらゆる手続きに文句をつけて受理を拒むでしょう」

「覚悟のうえですよ、議員。エリアスも〈ブランニュー・コングレス〉のメンバーも、むしろこれまでで最も勝算が高いとみています」

ケネスが自信を込めて言うと、シルバーが笑ってモーモントの腕をぴしゃりとやった。

「ぶったまげたな！　こちらの観光協会の貴公子に加えて、第二の矢を議会に放つってわけだ。確かに、おれとは違う意味での原告ナンバーワンと言えるだろう。ぜひ彼女を支持して選挙のこつを教えてやるといい、モーモント」

「企業献金を否定する草の根運動(グラスルーツ)を支持しろですって？　むちゃな！　私が地元の有権者の支持を失ってしまう。断っておきますが、好意的な態度以上のことを求められても、私には何もできませんからな」

「もちろん、モーモント議員のお立場は何より尊重します」クローバー教授が、はなから期待はしていない顔で言った。「エリアス・グリフィンにつきましては、トップシークレットとしていただきたい。集団訴訟中、原告の一人が市議会議員に立候補するというニュースは、最も効果的なタイミングで、最大の衝撃をもって発表すべきですからな。議会と集団訴訟の両方に、草の根運動家たちがいう〝市民の声〟が轟くことになります」

バロットは、クローバー教授からアソシエートとして指名されて以来、未知の体験の連続だったが、エリアス・グリフィンに関しては特に衝撃的で、

《君も、わくわくしているんだな》

カンファレンスの最中、タブレット姿のウフコックから指摘されるほどだった。

《私……、そうみたい》

《君をそんなふうに感じさせるほどの人物なら、きっと選挙で健闘するだろう。もし勝てば、ハンターが当選したとき以上のニュースになるはずだ》

ウフコックの口調からも興奮の匂いが漂ってきそうだった。何しろエリアスの事件こそが、全ての始まりだったのだから。サム・ローズウッドがオフィスに持ち込んだ事件が。

《もし集団訴訟が勝利で終われば、最低の和解金を押しつけられた女性が、史上最高額の賠償金を獲得することになる。おれはいまだに金銭的な価値観は理解し切れないが……、オクトーバー社の資産が、エリアスと原告団のものになるという考え方には、報われるものを感じる。君が君の事件で勝ち取ったものが、その後の生活の支えになったように》

このウフコックの意見に、バロットもまったく同感だった。そしてエリアスは、集団訴訟においても選挙においても、もし勝てば、といった希望的なものの見方とは無縁だった。

圧倒的に不利な選挙では、どうしたら勝てるかを〈ブランニュー・コングレス〉と連日連夜、白熱した協議を行っているのだ。

バロットは、クローバー教授とオリビアに従い、数回にわたる念入りな証言録取の準備を通して、選挙に臨むエリアスの政治的主張も知ることになった。

「町のウェイトレスが立候補を宣言したら、富裕層がどんなふうに叩き潰しにくるか、〈ブランニュー・コングレス〉のメンバーからさんざん教えられたわ。生まれ育った場所に二度と戻れないようにするため、ささやかな生活基盤を何もかも破壊するんですって。いつからこの都市がそんなふうに狂ってしまったにせよ、いつまでも続けるべきだなんて、これっぽっちも思わないし、一刻も早く変えるべき、というのが私の第一の主張」

エリアスは、心身に途方もない打撃を受けたとはとても思えないほど快活に述べた。

「あとの第二から第百くらいまでは、中級階級（ミドルクラス）から下の市民なら、誰でも思っていることばかりよ。何十種類もの鎮痛剤がこの都市で蔓延した原因は、でたらめに複雑な保険制度のせいで、病院で治療してもらえない人々が続出したから。一部の地区で水道汚染の問題が解決しないのは、工場の所有者たちが問題の存在を認めないから。この都市には二百を超える企業と工場があるのに、労働組合が数えるほどしかないのは、反組合コンサルタント企業が、組合を作ることを違法にする契約書の作り方を教えるから。サウスサイドで二十五年間も対立候補が出ないのは、連邦下院党員集会の議長が、誰を当選させるか決めているから。当選するのは、オクトーバー社のような企業から、一期当たり数百万ドルも献金を受け取る人たちだけ。つまり企業のためなら喜んで市民を犠牲にする人たちだけってこと。市民を無視してこの都市をこんなにもおかしくしてしまった人たちは、もう議会の席にふさわしくない、と主張するつもり」

どれもまさに切実な〝市民の声〟というべき訴えだが、現職議員たちであれば「耳を塞いでやり過ごしたくなる主張よ」と、エリアスは言った。とりわけ保険制度のように欠陥が放置されていることが自明の話題では、現職議員は耳を塞ぐだけでなく、「吹聴する人間の口をどうにかして塞ぎたくなるものなの」と付け加えた。

「正直、パラフェルナー議員を、私はとても評価しているの。福祉制度やインフラの崩壊を指摘しても口を塞がれないんだから。リバーサイドの観光地を政治基盤として受け継いだのに、その選挙区にはスラムがあると公言するなんて、とてもとても驚異的ね」

エリアスは、〈ブランニュー・コングレス〉とともに、ハンターの選挙運動とその後の政治活動、支持層の特徴や動向について詳しく調査しているのだ。

「ゼロから立ち上がる不屈の人物に惹かれて支持する人々が、予想以上に多かったのよ。頭に銃弾を撃ち込まれて何年も植物状態だった人物が議員になったことには、私も勇気をもらった。ただし、あの人物が議員になる過程をそっくり真似することはできないわ。私はこの選挙で非合法な行為と企業献金を拒むと約束しているから」

その二点に関しては、どれほど誘惑が強かろうとも、ケネスと自分がどんな目に遭ったかを思い出すだけで簡単に拒否できるとエリアスは断言した。そのほっそりとした身から、エネルギーが輝きながら溢れ出すようだとバロットは思った。

　証言録取の準備段階に過ぎないというのに、エリアスがフラワーをたじろがせるさまが克明に想像された。エリアスが有権者に力強く訴えかける姿も。なぜ〈ブランニュー・コングレス〉の人々が彼女を選んだか、よくわかった。ただ静かに話しているだけで、途方もないエネルギーの持ち主であることを実感したからだ。いや、必要なだけエネルギーを生み出すことができる魔法の泉を心に備えている人物と言ってよかった。

　しかもそのエネルギーを、他の人々に分け与えることをためらわないのがエリアスだった。いつか政界で活躍して当然と思わせる女性であり、このたびの集団訴訟でも他の原告に最後まで戦う力を分け与え続けるはずだと確信できた。クローバー教授が彼女を原告団の精神的支柱とみなしたことに、バロットはとことん納得させられた。

　ケネスが戦う意思を失わない理由がよくわかった。ネヴィル検事補の部下となって捜査を行うという名目で、不法接触を回避してエリアスと会い続けるわけも。家族が憎いのではない。彼は、エリアスのために戦っているのだ。エリアスが体現してくれるはずの正義と公正のために。

「ケネスは、エリアスをただ愛しているのではない。すっかり崇拝しているのだよ。彼女のために家族を裏切り、ともに戦うことを当然だと考えるほどにね」

クローバー教授も、バロットとオリビアにそう告げたものだった。ケネスが愚かなのではなく、エリアスという運命の女性のなせるわざであり、「彼女であれば集団訴訟の陪審員ですら魅了してしまうだろう」とさえ言った。

いったいどんな人物だろうと興味を抱いていたバロットも、最後の証言録取の準備が終わり、みなが席を立つ頃には、思わずこう口にするほど、すっかり魅了されていた。

「私、あなたに一票を投じます」

クローバー教授とオリビアにくすくす笑われ、慌てて付け加えた。

「その……、ただの一票ですが……」

エリアスはにっこりしてうなずき、バロットに手を差し伸べた。襟元から覗く車輛事故の傷痕をエリアスは隠そうとも見せつけようともしていなかった。これが今の自分だと完全に受け入れているのだ。

バロットが手を握ると、エリアスは輝くような笑顔で言った。

「ただの一票が集まって、世界を変えるのよ。それが私たちの権利を守ることもあれば、殺すこともある。私はそれを、大勢のための最高の武器にしなきゃいけない。あなたの一票が、私の武器になるの。どうか私に、戦うための武器を与えて、フェニックス」

# 25

予想どおり、フラワーとそのチームは、証言録取を通してエリアスを意気阻喪させ、ひいては他の原告をも尻込みさせるようなプレッシャーをかけようとした。

場所はフラワー法律事務所側が手配した、グランタワーのレンタル・カンファレンス室だ。開示手続きでは原告と被告の弁護士が交代で場所を用意することになっていた。

出席者は、原告のエリアス、原告側弁護士のクローバー教授とオリビア、アソシエートのバロット、被告側のフラワー他三名の弁護士、そして速記係だった。

フラワーのチームは十六名の弁護士とアシスタントからなるが、集団訴訟のみを扱う者はいなかった。全員が複数の事件を抱えており、全員を投入し続けることはできないため、しょっちゅう顔ぶれが変わり、被告側代表のフラワーですら欠席することもあった。

「一ダース以上もの弁護士を揃えると、主導権争いや報酬の取り合いでエネルギーが散逸する。数で素人を驚かせる程度のメリットしかないとフラワーにもわかっているが、オクトーバー社に全力を尽くしていると示すために数を揃えねばならんのだ。ご苦労なことだが、あちらの陣営でまともに仕事をしているのはフラワーとあと二人ほどに過ぎない」

そのフラワーは、エリアスの証言録取を積極的に主導しようとした。議長席に座って証人の宣誓を促し、エリアスとその母の医療記録、過去の「車輛事故」、草の根運動への参加について質問を連発した。

エリアスはきびきびと答えた。自分を重要な裁判で負かした弁護士から、再び質問されていることに何も感じていない様子だ。むしろフラワーのほうが、クローバー教授とオリビアだけでなく、同席するバロットを気障りに感じているのが明らかだった。

「あなた自身は、トリプルXとそちらが称するオクトーバー社製の薬剤を長期間にわたって服用した経験はないのですね？」

フラワーが訊くと、エリアスは堂々と答えた。

「私は幸いなことに、クリニックで処方された鎮痛剤で中毒にされることはありませんでした。しかし母が中毒になり、その看護は長く続きました」

「あなたは過去の裁判で、違法な薬物の常習的な使用の可能性を指摘されましたね？」

「事実に反した、ただの憶測です。風邪薬を多めに飲んだことがあるというだけで中毒の可能性があるのなら、あなた方も同様でしょうね」

フラワーは鼻白んだ。相手が急にタフになったことに驚いているのだ。

「車輛事故のあと、オクトーバー社製の薬剤を服用しなかったというのは本当ですか？」

「ええ。ケネスという恋人が、私のために安全な病院を手配してくれたおかげで薬物依存にならず、子どもをまた授かれるくらい健康を取り戻すこともできました。何より、保険未加入の扱いで治療を拒否されなかったのは幸運でした。治療されないがために、オクトーバー社製の鎮痛剤の餌食になるのはごめんですから」

フラワーと二名の弁護士が、次にすべき質問に迷っていると、エリアスはフラワーに微笑みかけた。

「初めまして、ミスター・フラワー。過去の裁判のときの私は、今とは別人でした。全身の熱傷と打撲、そして流産で入院中で朦朧としていたので、何を指摘されているのかもよくわかっていませんでしたから。今はそのときに比べて、ずっと頭がはっきりしています。つまり今、あなたが話している人物が、本来の私なんです」

フラワーは険しい顔つきになり、最も厄介な証人を指名したと気づいてクローバー教授へ憎々しげな視線を向けた。

エリアスはその後も決して恐怖で口ごもることも、怒りで声を荒らげることもなく、淡々と理性的に、ときに舌鋒鋭く質問に答えた。やがてフラワー側の弁護士たちは、質問リストのペーパーをもてあそびながら首を横に振るようになった。用意した質問の多くを飛ばし、早々に切り上げたがっているのだ。フラワーは開始から一時間も経たずに、「こちらの質問は以上です」と告げた。

こうしてエリアスの証言録取が終わると、原告側の面々が先に退室し、フラワーたちはカンファレンス室の予約時間がまだあるから、と座ったまま見送った。

「エリアスが証人台に上がることに、フラワーたちはたいそう不安を覚えたはずだ」とクローバー教授は言った。「彼女を引きずり出すことが彼らの戦略だったが、今日その方針を百八十度変えねばならなくなった。フラワーたちは今ごろ、エリアスを証人台に上げないための手段を考えているだろう。合法的なものであれば先手を打って潰せるがね」

非合法的な手段をとる可能性あるため、カンファレンスで強くエリアスの保護を訴えたのだ。この点でもエリアスは恐れず、かといってクローバー教授が提案する護衛や監視を突っぱねる無鉄砲さも見せず、淡々と受け入れた。

フラワーを文字通り閉口させたエリアスについで、バロットがぜひ立ち合いたいと願ったのは、ビル・シールズ博士やフェイスマンに代わる、医科学面での証人として選ばれた最重要人物、ジェラルド・オールコック医師との面会だった。

ジェラルドは五十代前半の男性で、治療と研究に精通し、三つの病院と二つの研究施設に在籍していた。若くして医師免許と博士号をとった頭脳、清潔なグレーの髪、若々しく日焼けをした肌、好感度満点の笑顔、他人に敬意を払うことを惜しまない性格の持ち主だ。

ビル・シールズ博士やサラノイ・ウェンディ博士に師事した経験があるジェラルドは、証人としてうってつけである以上に、人間の痛覚に医薬品がどのように作用し、中毒がなぜ起こるかを、聞き手の興味を惹きつけながら説明することができた。

「誰もが家具を組み立てるのにひと苦労するものです」ジェラルドは、証言台に上がるときの予行演習とばかりに、自信たっぷりの笑顔で言った。「しかし、ひとたびできあがってしまえば、誰もが親しみと愛着を持って使うことができる。神経と薬物の関係について理解するのも同様です。ネジを締める順番さえ間違えなければ、オクトーバー社の犯罪行為が、どれほど強固な証拠に基づいて証明されているかがわかるでしょう」

ジェラルドが裁判での証言を引き受けるのは、これが初めてのことではなかった。いくつもの民事訴訟で証言を求められた経験があるのだ。ジェラルドはどの裁判でも、人々を医科学の迷宮にさまよいこませて判決に悪い影響を及ぼすことがないよう、細心の注意を払ってきたことを誇りに思っていた。医療過誤や薬害の犠牲になった被害者に心から同情することは、医科学の発展に必要不可欠だと信じているのだ。

「かくいう私も、四十代の頃、慢性的な偏頭痛に悩まされました。最終的に、小さな腫瘍を手術で除去したことで痛みから解放されたわけですが、その過程でトリプルXに侵されずに済んだのは、ひとえに私が専門家だったからです。意図的に中毒性を高めたとしか思えない薬剤の服用を、私は断固として拒み、そして懸念しました。カネを稼ぐため、薬剤の処方箋を大量に作成するクリニックは、この都市にいくらでもあると。深刻な中毒問題が蔓延するのは時間の問題ではないかと」

まさに原告団の訴えを、我が身の体験を交えて語ってくれるジェラルドこそ、クローバー教授いわく、「保護されるべき証人ナンバーワン」だった。

ジェラルドであれば、敵性証人であるオクトーバー社の研究や製造の責任者たちが、薬剤の安全を保証しようとも、真っ向から反論し、陪審員の共感を求めることができた。バロットは、膨大なリスト作りと延々と続く選別作業の末に、理想的な証人を、狙い過(あやま)たず選出したクローバー教授とオリビアに感銘を受けた。

ただしこのジェラルド・オールコック医師にも一つだけ厄介(やっかい)な点があった。

「市民に正しく賠償金を支払わせてのち、市がオクトーバー社を告訴するはずだ、と私は本気で考えていますよ。そうなれば、連邦政府も無視できませんからね。連邦の捜査が行われることを、心から願っているんです」

つまり、ことを連邦レベルにまで大きくすべきだ、というのがジェラルドの主張だった。

「確かに薬害は、人類にとって普遍的な危険だろう」クローバー教授は、そのことに意識を向けたくないというように、オリビアとバロットに言った。「だがこれは都市の集団訴訟であり、現段階で政府の介入を求めることは得策ではない。事件を政府のものにされては高度に政治化してしまうからだ。この訴訟を、連邦裁判所に移しても良いことは何もないし、政府の閣僚レベルに干渉されれば悪いことしか起こらない。想定外の勢力(パワー)に妨害され、訴訟内容はとめどなく複雑化し、判決までの道のりは長すぎるものとなる」

あくまで一都市の一企業に範囲を限定した集団訴訟にするためには、義憤に駆られるジェラルドをトーンダウンさせる必要があった。

逆に、その程度の問題しかないとも言えた。ジェラルドとて、自分のせいで集団訴訟に支障をきたすことは望んでおらず、クローバー教授が「冷静にお願いします」と言うだけで、ジェラルドは「連邦」という言葉を引っ込めてくれた。

こうして、百万件に一件しか成立しないと言われるほど極めて稀な、一般市民による大企業への集団訴訟の準備が着々と進むなか、その事件は起こった。

フラワーが原告の証言録取を進めることで原告団の弱点を探る一方、クローバー教授がオクトーバー社の責任者を炙り出すための証言録取に着手したまさにそのとき、惨殺死体がリバーサイドの一角で見つかったのだ。

殺されたのは、イーストベイに支所が存在するゆいいつの労働組合のリーダーで、ヴィクトル・メーソン市長のゴルフ仲間であり、市長選にも影響力を持つ人物として知られる、オールシティ・トラック・ユニオン代表、トマス・アンダーソン、五十六歳だった。

## 26

その事件が政治的な効果を狙った殺人であると誰もがみなしたのは、市長選が告示される前日に、死体が発見されたからだ。

リバーサイドの有力者ジェフリー・ギルモア同様、トマス・アンダーソンの遺体も、十数ものパーツに切断されていたうえ、「四角にチェックを入れたような形」で路上に並べられ、壁には血で、「ハイ、シザース！　君に一票（アイ・ヴォート・ユー）だよ！」と書かれていたのだった。

この凄惨な出来事を、都市じゅうのメディアが報じた翌早朝、選挙管理人が詰めるミッドタウンの公民館は、市長選に立候補する人々とその支持者で、ごった返した。

そこでは惨殺死体が発見されたというニュースが、いともたやすく市長選という都市最大のイベントと一つになって語られた。かつて多数の死傷者を出した大停電と暴動、そして当時の市長選でヴィクトル・メーソンが初勝利した記憶を大勢がよみがえらせたのだ。

警察は暴動に備えて人員を公民館に配置し、選挙管理人がそれでは不安を拭（ぬぐ）えず、独自に警備会社に依頼して施設に警備員を常駐させた。

法務局には、銃の携帯許可証の申請が殺到し、合法的なガンショップには客が列をなした。ギャングたちも非合法的に銃と弾丸を買い足し、市長選の間、過激な主張をする者同士の争いが、抗争に発展した場合に備えた。

公民館には立候補に必要な手続きを行うため、都市の各地から政治家と支援団体がひっきりなしに現れ、予約しておいた場所に集う人々に向かってさっそく演説を行い、メディアが群をなしてその様子を報じた。とりわけ注目されたのは、現職の市長で、労働者党の都市代表でもあるヴィクトル・メーソンと、リバーサイド一帯に強固な支持層を持ち、保守統一党に属するネルソン・フリート元市議会議員だ。

他にも、古くから貿易の自由化を訴える自由主義党、保守統一党から独立して超保守主義を標榜するプライド・シチズンズ、市民の声を議会に届けんとする草の根運動グループ〈ブランニュー・コングレス〉が支持する立候補者などが、公民館の周囲二ブロック内に演説会場を設け、市民とメディアに主張を訴えた。

「なぜ今も、恵まれた者にしか発言権がないのか？　なぜ今も、声をあげても許される人間と、そうでない人間とに分かたれてしまっているのか？　他人を痛めつけ、それを気に留めず、私利私欲のためにあらゆる原理を盗用する者たちが後を絶たないからだ！」

ヴィクトル・メーソンは、公民館の裏手の最も広々として声が通りやすい場所で、有力な支持者とともに壇上に立ち、群衆に向かって声をあげた。傍らにはベルスター・モーモント議員もおり、メーソン市長の声に深くうなずく役をこなしている。

「私は市民生活の原理の盗用者たちにパンチを浴びせ続けてきた！　六十七社もの企業の告発者を保護し、行き過ぎた利益追求をやめさせ、組合を作り、機能させるよう言い続けてきた！　彼らも私にたびたびパンチを食らわせようと、私を弾劾し、貶め、無力にしようと手を打ってきた！　だが私はここに立っている！　労働者に沈黙をしいる連中を倒すために！　告発者を抹殺させないために！　彼らと戦うべきラウンドはまだ残っている！ともに恥ずべき連中にパンチを食らわせてやろうという人々は、拳を挙げろ！」

ヴィクトル・メーソンの声に応じて、もの凄い数の拳が天へ向かって突き出され、「メーソン！　メーソン！」と、その名が連呼された。

かたや通りの反対側では、ネルソン・フリート元議員が、同じく彼を支持する有力者に加えて、逆に彼が全面的に支持するウィリアム・ハント・パラフェルナー議員ことハンターを従え、壇上から現職市長を痛烈に批判した。

「ヴィクトル・メーソン市長は、福祉が腐り果てていくのを見逃した！　市民の代表を自称しながら経営能力のない身内にポストを与え続けた！　この都市の有様を見ろ！　市長はスラムをなくすと約束したが、インフラが崩壊する地域は増える一方だ！　市長は銃を一掃すると約束したが、銃の携帯許可証の発行数は過去最多だ！　市長は雇用者を増やすと約束したが、リバーサイドでもベイサイドでも規制ばかり増やした結果、雇用相談所は失業者で溢れかえっている！　これ以上私たちは敗北すべきではない！　約束破りの男の嘘に付き合ってはいられない！　今あらゆる市民に公正な扱い（インジャスティス）を与えるには何が必要か？　大嘘つきを市長室から追い払うことだ！　そして腐り果てた行政機能を元に戻すことだ！　私はあなた方に、今度こそ公正な扱い（インジャスティス）が与えられることを約束する！」

ネルソンがひとしきり訴えると、ここぞというタイミングで、ハンターが拳を振り上げて、「公正な扱い（インジャスティス）！」と叫んだ。聴衆が激しく呼応し、「公正な扱い（インジャスティス）！　公正な扱い（インジャスティス）！」という声が波濤（はとう）のように広がっていった。

政治家たちの演説が行われるブロックのすぐ外では、市民によるデモが盛んに行われていた。警察を批判する声も多く聞かれ、「ジェフリー・ギルモアを殺したのは市長派だ！

ギャングに支持された市長とその取り巻きを逮捕しろ！」と叫ぶ者もいれば、「市長の盟友トマス・アンダーソンを殺したのは金持ちどもだ！　やつらを捕まえろ！　警察が仕事をしないなら、おれたちでやってやる！」などとわめき散らす者もいた。

もっと過激なのは、ひと昔前のストライキや、ストライキ潰しを経験してきた古つわものたちだった。鉄条網を巻いたバットの絵が描かれたシャツを着て「闘争！」と記されたプラカードを掲げたり、「流れる血は、勝利のための通貨」というメッセージと拳銃の絵をプリントした旗を振り、獲物を探すような顔つきでうろつくのだ。

このように、熱気に満ち、殺気立った人々が多数集まったが、警察と警備員が山ほどいるとあって、ただちに暴徒化する様子は見られなかった。

ハンターは、ネルソンが公民館前での演説を終えるまでそばに立ち続けた。ネルソンが人々と握手を交わすのに付き従い、自分も大勢と握手をし、共感(シンパシー)の針を植えつけた。

やがてネルソンが次の会場に移るため車に乗ると、ハンターもついて行くために〈ハウス〉に乗り込んだ。車内では、護衛のためオーキッドと三頭の猟犬、選挙スタッフを自任するルシウス・オクトーバーが待っていた。アンドレの運転で〈ハウス〉が出発すると、ルシウスが雑多な人々が集う一帯へ手を振ってみせながらハンターに尋ねた。

「将来の参考になったかな？」

「ネルソン・フリートも、ヴィクトル・メーソンも、政敵の政策を、ほんの少し変えて主張しているということを学ばせてもらった」

「君はやはり、物事の核心をつかむのがとても早い。全党派戦術(オールパーティ)というやつだ。右派の言うことも、左派の言うことも、両方取り入れる。反組合コンサルタントと労組の両方に目配せする。政敵になりそうな相手を自分の陣営に加える。市長派はそうやって長いこと多数派を形成しているように見せかけてきた。市のフェンス事業だって、もとはと言えば前市長の政策だったのに、自分が推進したように見せているんだ」

「そうして反対勢力(パワー)が存在する意味を失わせてしまう手口は、ぜひ学びたい」

「弱点もある。全党派(オールパーティ)戦術は莫大なコストを必要とするんだ。メーソン以前は、企業連合が同じ戦術で当時の市長に権力を集中させたが、大停電と暴動で崩壊した。オクトーバー社のトップが暴徒に殺されて利権の調整役を失い、コストを支払う機能が麻痺した」

「そうした都市の歴史も、学び甲斐があるな」

「ああ……、それで今、最も避けるべきなのは……」

「過去の流血が再現されるような事態だ」

ハンターが言った。ルシウスは、窺うような目つきでハンターとオーキッドを見た。オーキッドは、カウボーイハットを持った手を膝から離し、ルシウスの身から漂い出す疑念をあおいで払うように左右に振ってみせた。

「ヴィクトル・メーソンを支持していたという労組の親玉のトマス・アンダーソンを殺し

たのは、我々じゃない。おたくの従姉(いとこ)の〈ブラックキング〉が飼っている〈天使たち(エンジェルス)〉だ。ホスピタルがホワイトコーブ病院に行って、キドニー・エクレールというあちらのリーダーに確認したところ、自慢げに認めた。録音データもある」

ルシウスが呻いた。

「なぜ、〈天使たち(エンジェルス)〉たちは……？」

「シザース狩りで、おれと競うためだ。ノーマに一番に信頼されたいのだろう」

「市長選が告示された今、興奮状態の人間が急増する。どこで何が起こるかわからない状況がしばらく続くだろう。そんなときに、〈天使たち(エンジェルス)〉が君に対抗するためだけに人を殺し続ければ、ファシリティ構想にも集団訴訟に対するロビー・アタックにも影響するぞ」

「おれとあなたが目指すフェンダーエンターテインメント社の再興にも影響するだろう」

「ノーマとは、話を……？」

「〈天使たち(エンジェルス)〉のことは、おれに任せるそうだ」

「話をつけられそうか？」

「話をつけようとして拒まれている状態だ。シザースを甘く見るなと言ったところで彼らは聞く耳を持たない。彼らが自ら進んで、おれに屈するよう仕向ける」

ルシウスは一瞬、そんなことができるのかと疑うように眉をひそめたが、すぐにこの男ならばと期待する顔になった。

「どんな怪物も、君ならではの全党派戦術で取り込めると信じているよ、ハンター」

## 27

「言語道断だ！　私の派遣先でモンスターが跋扈し、要人をばらばらにするなど、あってはならないことだ！　連邦捜査官として諸君に最優先任務を命じるぞ！　化け物どもを一網打尽にし、今すぐに〈楽園〉だか天国だかに送り込め！」

　わめき散らすマルコム連邦捜査官へ、カンファレンスの面々は、早いところ黙ってもらいたい一心で、「イエス、マルコム」と唱和した。ただしネヴィル検事補とシルバーは、口を動かしただけで声は出さなかった。

「諸君の勇猛果敢さが試されるときだ！　鋭意なる奮闘を期待している！」

　マルコムは一方的に言いつけると、いつも通り早々に退室した。

「誰か、あの男があんなふうに危機的状況だと認識する理由に心当たりはあるかね？」

　フォックス市警察委員長が、平淡な調子で訊ねた。

　イースター、ライム、クレア刑事、ネヴィル検事補、ケネス、シルバー、モーモント議員、アダム、レイ・ヒューズ、クローバー教授、そしてタブレット姿のウフコックを持つバロットが、首を横に振ったり、肩をすくめたりした。

「連邦捜査当局から、いい加減に働け、と叱られたのでは？　あの男、しょっちゅう検察局に現れますが、くだを巻くだけで仕事らしいことをまったくしませんからな」

　ネヴィル検事補が、他にないだろうという調子で言うと、大半が同感の呟きをこぼした。

「危機的であることは確かです。何しろ市長選に影響力を持つ人物が、立て続けに二人も殺されたのですから。メディアは、三人目の犠牲者が出るのではと盛んにあおっていますが、正直なところ、私もその点を大変不安に思っています」

　モーモント議員が、捜査の進展を期待する視線を、警察組と検察組へ向けた。

「市警は、さらなる被害を防ぐため人員を割いていますが、警察官の人的被害を出さないよう進めねばならない、非常に難易度が高い捜査を任せられる人材は限られています」

　クレア刑事が申し訳なさそうに言った。

「何の証拠もないまま〈天使たち（エンジェルス）〉の拠点と目（もく）されるホワイトコーブ病院に乗り込むわけにはいかない。今もその病院にモンスターたちが住み着き、かつ犯罪を犯した証拠が必要です。もし強制捜査をして何も出なければ、病院の背後にいるオクトーバー社は、ここぞとばかりに警察を訴えるでしょう。また、異なる陣営に属する二人の惨殺が、いかにノーマ・オクトーバーないし〈円卓〉の利益になるのか解明しなければなりません」

　フォックス市警察委員長が言うと、イースターが神妙な調子で返した。

「過去、市長選への立候補を狙って、オクトーバー一族を脅迫した労組関係者が、〈カトル・カール〉に惨殺された件を思い出します。そのときもノーマが関係していました」

クレア刑事が暗く険しい顔つきになるのを、バロットは感覚した。過去に何があったにせよ、今もクレア刑事の心の中で古傷のように痛み続けていることが窺えた。

「ダークタウンの傭兵が復活したみたいだ。あの頃の治安の悪さを思い出すと、せっかく酒をやめたはずのおれでさえ、しらふ（シルバー）でいるのが辛くなるぞ」

シルバーが、下手な冗談で重たい空気を軽くしようとした。

「まったくですな」レイ・ヒューズが賛同した。「こうしたときは、つい過去に思いを馳せてしまうものですが、今の新たな視点で物事を考えるべきでは？　被害者の二人が、不可思議なるシザースという存在だったから殺されたのであれば、他のシザースは、どのような対策を講じるか？　彼らが、我々のような者に助けを求め、あるいは利用するため、我々では知り得ない情報を提供することはあるだろうか？」

フォックス市警察委員長が、大きくうなずいた。

「被害者が、本当に人格共有者というエンハンサーなら、殺害時の記憶を共有する者がいる。つまりその者は、犯人を知っていると考えていいですかな、イースター所長？」

「ええ、当然そうなります。ただ、シザース側の対策というのは想像もつきませんし、我々にコンタクトしてくる可能性も、何とも……」

「誰が構成員か不明なのが、シザースの強みなのでは？」クレア刑事が口を挟んだ。「秘密主義なら、何も開示せず、自分たちだけで解決しようとする気がしますが……」

「もしその強みが失われたせいで、二人も殺されたとしたら、シザース側のアドバンテージはかなり揺らいでるように思われますね」

ケネスが異論を述べ、アダムもその考えに乗った。

「そんで自分たちだけじゃ無理だと判断したら、おれたちに助けを求めるかもだ」

「申し訳ないけど、何から何まで推測よ。〈天使たち(エンジェルス)〉が惨殺犯であることを、ハンターかバジルから聞き出すことはできない？」

クレア刑事が期待するように訊ねたが、バロットとライムは顔を見合わせ、互いに首を横に振った。ハンターとのホットラインから、その情報は何も来ていなかった。

「この会話の全てがヒントになりそうですな」クローバー教授が言った。「過去の市長選を巡る事件との類似や、シザースという不可知の存在の現状と動向など、興味は尽きません。ですがクレア刑事の仰(おっしゃ)るとおり、推測だけでは、あの連邦捜査官がいかに鋭意なる奮闘を我々に望もうとも、いかんともしがたいものがあります」

みなクローバー教授に同意した。マルコムにかき回されたせいで、空転するだけの議論に時間を費やしてしまっていると気づかされたのだ。結局、ハンター、〈天使たち(エンジェルス)〉、シザースに関する確実な証拠をもっと積み重ねるべきであり、マルコムが押しつける強行的な捜査は回避すべきという考えをみなで共有して解散となった。

バロットは、タブレット姿のウフコックに、《じゃあ行くね、ウフコック》《ああ、お疲れ様、バロット》と、挨拶を交わしてイースターに返却した。自分の愛車にクローバー教授を乗せ、バロットの職場であり厳しい学びの場である彼の自宅兼事務所に戻った。

そしてそこで、いつでもおっとりしているオリビアが、珍しく眉間に皺を寄せ、難しい顔で腕組みして宙を見つめている様子に出くわした。

「おやおや、オリビア。何か君を困らせるような難題を抱えているのかね？」

クローバー教授が、面白そうだからぜひ教えてくれ、というように訊ねた。

「人は行動では嘘をつけません」

オリビアが、自分のモットーを声高に告げ、事務所にいくつかある大型ホワイトボードの一つを指さした。「保護されるべき証人ナンバーワン、ジェラルド・オールコック医師」と書かれ、主な情報が記されたペーパーがマグネットで固定されている。調査会社に依頼して得たもので、これまでの経歴や治療記録、位置追跡による過去一週間の移動経路、通話記録、クレジットカードの支払記録などだ。全て合法的に入手しており、ジェラルドも裁判に備えて彼自身の調査に快く同意してくれていた。

「彼に問題が？」

もしそうなら秘密兵器を捨てねばならないため、クローバー教授が真顔になった。

「どうやら命を狙われていると考えているようです」

「ふむ……、我々の側の証人になることに、危険を感じているということかね？」

クローバー教授が質問を重ねつつ、自分の椅子を引っ張ってきてオリビアのそばに置いて座った。バロットも同様にして、オリビアの話を聞いた。

「彼が契約している警備会社が、自宅や本人の警備強化をしたんですわ。そのうえ、法務局に彼の生命保全プログラムが、仮申請の状態で受理されています」

クローバー教授とバロットが目を丸くした。命の危険について証明する必要があるうえ、前者は身の安全を欲する富裕層が行うことだが、後者は違った。

「私が、カンファレンスに出席していることをジェラルドに話したか？　今現在、〈イースターズ・オフィス〉による保護を前提としているとしか思えなかった。

「私が、カンファレンスに出席していることをジェラルドに話したか？　今現在、〈イースターズ・オフィス〉と協働関係にあることを？　あるいはミズ・フェニックスが、あのオフィスとつながっていることは？」

オリビアは、口をへの字にして、かぶりを振った。どれも話すわけがないというのだ。

「先日の事件のせいで、この都市の治安が最悪だった頃のことを思い出し、不安を覚え、可能な限り高度な保護を求めただけかもしれないが……」

「トマス・アンダーソン氏の惨殺事件のことでしたら、その考えは当てはまりませんわ。契約も法務局への申請も、彼の遺体が発見される前のことです」

「具体的に、何日前かね？」

オリビアは、自分のデスクからタブレットを取って、ニュース記事を検索した。

「遺体発見の、およそ十時間前です。事件を知って恐れを抱いたのだとしたら、アンダーソン氏の行方がわからなくなった頃のことになります」

「たとえば……殺人犯が、次はお前だといった脅迫のメッセージをジェラルドに送った可能性は？」

「もしそうなら、生命保全プログラムの申請時に、そう書かれるはず。私が開示させた限り、申請の根拠は『匿名による警告』です」

「匿名だと？　そんなしろものを法務局が受理するとは思えん」

「ですが受理されています。詳しい根拠は後回しにして受理を優先させたとしか思えません。仮申請とはいえ、驚くほど曖昧で、簡素で、そして安易な処理ですわ」

「強力なコネがあるんだ。行政機関のトップレベルとのコネが」

「そうしたコネがあれば調査でわかるはずですし、そもそもコンタクトを取った形跡がないんです。警備会社との契約更新も法務局への申請も、まるでジェラルドが、ふと思いついて指を鳴らしたとたん、彼の知らない誰かが察して手続きをしたとしか思えませんわ」

「つまり、我々に秘匿している通信手段があるというわけだ」

クローバー教授が溜め息をついた。もしそうなら証人としての信頼性は失われる。バロットも、弁舌爽やかなジェラルドを証人から外すのは実に惜しいことだと思った。

「やれやれ、証人登録時の申告漏れの可能性があるとジェラルドに抗議せねばならんな」

「ええ……、私たちの知らないところで勝手に連邦の捜査を訴えられても困りますし」

クローバー教授が、ふと表情を消した。その理由をオリビアはすぐさま察したらしく、同じように無表情になった。バロットは、なぜ二人が唐突に微動だにしなくなったかがわからず、肩をすくめて目だけ動かし、彼らの顔に表情が戻るのを待った。

「確認する」

クローバー教授が立ち、懐から携帯電話を取り出しながら部屋を出ていった。

バロットはオリビアの様子を窺ったが、彼女の視線は宙へ向けられたままだ。一心に何かを考えているのは明らかで、高度な演算処理を行うコンピュータのようだった。

すぐにクローバー教授が大股で戻ってきて、携帯電話を懐に戻して言った。

「連邦捜査局に勤めている知人に確認してもらった。私に借りがあるので、少々強引だが情報を引き出せた。オクトーバー社の薬害に関する捜査要請があったが、管轄違いなので連邦健康保健局に回されたそうだ。ただ、薬害を隠蔽するために殺人を繰り返す集団がいるという情報の真偽によっては、要請した現地の連邦捜査官に、高度な権限が与えられる」

バロットが呆気に取られる横で、オリビアが、やはり、というようにうなずいた。

「ジェラルドが要請をしたのですね？」

「いいや。不可解なことに、マルコム連邦捜査官その人が、匿名の神経学専門の医科学者の所見を根拠として要請している」

バロットとオリビアが驚くあまり、揃ってのけぞった。

「念のため訊くが、ジェラルドがマルコム連邦捜査官とコンタクトを取った形跡は？」

「あ……、ありませんわ、教授。そんな形跡があれば、すぐに見つけています。ジェラルドは私がマークしていますし、マルコム連邦捜査官は検察局に監視されているも同然なのでしょう？　その医科学者というのは、ジェラルドではなく他の誰かでは？」

「何を言うか。集団訴訟に積極的に参加するであろう、オクトーバー社を敵視する神経学専門の医科学者を、都市じゅうで探した結果、やっとジェラルドを見つけたのだぞ。そのような人物が他にいれば、とっくに我々のリストに載っているはずだ」

クローバー教授が忌々しげな顔つきで、どすんと音をたてて椅子に腰を落とした。

「これほど不可解な出来事は、子どもの頃にサマーキャンプで光る物体が空を舞うのを見て以来だぞ」

「そんなもの見たんですの？」

「車のヘッドライトが雲に反射したのだろう。私にもロマンを信じる時代があったんだ」

「形跡を残さない未知の通信手段で連絡を取り合い、協力して行政機関や捜査当局に要請するのもロマン？」

「説明がつくはずだ。そうでなければ、我々の頭が変になったのだろう」

クローバー教授が腕組みし、また黙り込んだ。オリビアは深呼吸を繰り返し、思考をリフレッシュさせようとしている。バロットは二人がこれほど困惑することにショックを覚えた。自分程度ではとても解明できそうにないため、ひとまず仕事に戻っていいか、と恐る恐る訊ねようとしたが、そこで唐突に脳裏で何かが閃（ひらめ）いた。

会話の最中、微動だにしなくなった男の姿がよみがえった。二度目の対峙の際、ハンターがそうなったのだ。スイッチをオフにされたように。人格を共有する存在によって。そもそも共感（シンパシー）で結束する集団を、自分は何に似ていると思ったか。ハンターという男を中核とし、命じられずとも忠実にカルト的な集団のために行動する人々のことを。バロットは、自分の発言が何をもたらすかといったことも考えず、ただ直感に従って呟いた。

「シザース」

クローバー教授とオリビアが、バロットを見つめた。二人とも驚愕しているようだった。バロットも、自分自身の発言に衝撃を受けて凍りついた。この事務所では極めて稀なことに、誰も次に何を言うべきかわからず、ただ無言で向かい合っていた。

## 28

「今しがた、クローバー教授から連絡があった。原告側の証人とのミーティングに、お前が必要なんだそうだ。姿を隠して、立ち合ってほしいと」

イースターが、オフィスの地下のラボにある巨大な円筒形の水槽の前に来て言った。青く澄んだ液体で満たされた水槽の中では、肉と鋼が混ざり合って螺旋を描くものが、薄赤く光りながら収縮を繰り返している。中心では人間の胎児に似た、生物と金属の融合体が浮かんで上下に揺れ、肉と鋼は全てそれから伸びていた。

ウフコックのネズミの肉体をひっくり返した姿の一つで、多層的な亜空間を内包するその存在を建物に喩えるなら、制御管理システム室のドアを開いた状態といったところだ。

そのウフコックが、イースターが持つタブレットを通して、声を発した。

《ジェラルド・オールコックという証人の心を嗅ぎ取ればいいんだな？　信頼性の高い証人だとバロットから聞いていたが……》

「引っかかることがあったんだろうね。過去に買収された形跡があったか、証人の情報が漏れてオクトーバー社が接触してきたか……。詳しいことはお前が聞いてくれ」

イースターがタブレットに表示されたバーグラフを見つめた。水槽を満たすのは液状コンピュータであり、それがウフコックにアクセスするのを待っているのだ。

《了解した。それより、ハンターの針の一部を〈ウィスパー〉に移植するプロジェクトが進行しているといいんだが》

イースターは顔を上げずに肩をすくめた。

「ワイヤー・ワームの培養と、実験用の枝を〈ウィスパー〉に接ぎ木するのに時間がかかる。〈ウィスパー〉に同化されて跡形も残らないんじゃ移植の意味がないだろ」
《なるべく急いでほしい。それと、今日の検診のことは誰にも言ってないんだな？》
「お前に口止めされたからね。知っているのは僕とエイプリル、それとまあ〈ウィスパー〉だけだ。トレインやトゥイーたちが〈ウィスパー〉を通してこの検診の内容を知ったとしても、何か注目すべき結果が出ない限り興味を持たないよ」
《どんな結果が出るかわからない。悪性の腫瘍が発見されるかもしれないんだ。おれの推定寿命が短くなるかはっきりするまで、バロットや仲間たちには教えないでくれ。無駄に心配をかけたくない。もう十分、心配をかけたんだから。六百日も監禁されたことで》
イースターがタブレットを下ろし、ようやくウフコックに視線を向けた。
「今僕が見ている内部システムだけでも、あと百年は余裕で代謝し続けるよ。お前が不老じゃないというのも理論的にはそのはずだってだけで、もしかすると何かのスイッチを切るまで生き続ける可能性もなくはないんだ」
《生物であることを諦めろと言われているみたいだ》
「不老生物だって存在するじゃないか。何万年も仮死状態で生存し続ける微生物も」
《目覚めたらとっくに人類が絶滅していて、おれを使う者がいなくなっているかもしれないわけか。考えたこともなかったが、けっこうぞっとするものがある》

「道具を必要としてくれる新しい知的生物の誕生を期待して、また眠りにつくんだね」

イースターが大して取り合わずに返したところで、タブレットからアクセス完了を知らせる通知音と、ついでエイプリルの声がした。

《準備できましたわ。睡眠誘導処置と、メンテナンス・アームの起動を行いますか？》

「やってくれ、エイプリル。心配性のネズミが、焦れておかしな話ばかりするんだ」

《あらあら、それだけ健康が不安ですのね。承知しましたわ》

エイプリルの明るい声とともに、水槽の上下に収納されていた細いロボットアームが展開し、薄青い液体の中でゆっくりと動き、肉と鋼の螺旋の中心へと先端を伸ばした。

「変異したストレージDNAを特定して細胞を採取し、培養して変異の原因や影響を調べる。データは、他に一兆個もあるストレージDNAにバックアップされているから、変身できる道具が減るんじゃないかなんて心配は無用だ」

《ああ……、何か見つけたらすぐに教えてくれ……》ウフコックの、ぼうっとした声がタブレットから響いた。《おれは……、宮殿にいる》

「なんだって？」

イースターが訊き返したときには、ウフコックは眠りに落ちていた。ハンターが長いこと陥っていたのと似て非なる眠りに。その体内に植えられた共感の針が目覚めたものの、本来とは異なる機能を発揮することで、ある種の混信状態を作り出していた。

（燃えるように輝く緑の目）

（シザースを均一化（イコライズ）するには、女王を探さねばならない）

（忠実なる〈フィンガース〉の力を結集すべきだという、ネルソン・フリートの思考をハンターに読まれたのだ）

ウフコックは、意味のわからない声がそこかしこから聞こえることに、ふと気づいた。自分は眠らされたはずなので、きっと夢を見ているのだと考えたが、いきなり鮮明な感覚が訪れたことで、急速に意識を取り戻した。

赤いつぶらな目を開くと、ひどく懐かしい場所にいることがわかった。

白樺（しらかば）の木々が立ち並ぶ人工的な空間だった。〈楽園〉の一角にある傷痍（しょうい）軍人たちの憩いの場だ。肉体を改造されることを受け入れた者たちが第二の人生を歩むための揺りかご。

ウフコックは木の根に背を預けて座っており、木々の間に集う人々の影を、ぼんやり眺めた。懐かしいのは場所だけで、人々の影には感情を刺激されなかった。

影はどれも輪郭が定かではなく、

――認識するためのゆらぎを与えられていないからだ。

木と混ざり合うようだとウフコックは思った。肉と鋼が混ざり合う自分のようだと。

「承知の通り、ハンターは、私と対（つい）をなす〈ザ・ハンド〉となるはずだった。いよいよ女王のゆらぎが成長し、真の統合というシザースの夜明けが訪れるというとき、ハンターがティアードとなってノーマの軍門に降ったのが原因だ」

影の一つが、他の揺らめく影たちへ、強い口調で説明していた。

「そのハンターが得たティアードの知識が、忌まわしいノーマの子どもたちに伝わったのだ。〈天使たち〉こそ、毒に侵されたノーマの卵子を用い、植物状態にされた我が同胞たちを代理母とし、潜在的にティアードとなる才能を持って生まれた存在だ」

ウフコックは、さっぱり話が理解できないまま、影たちの匂いを嗅ぎ取った。

複雑な思考の匂いが一人のものか大勢のものか、よくわからなかった。そんなことはウフコックにとって初めてのことで、大変困惑した。

「全てはゼロサムに落ち着く。だが〈フィンガース〉のうち、〈親指〉、〈中指〉、〈小指〉が犠牲となり、都市のゼロサムを担う者が三人も欠けた。〈天使たち〉がハンターと競う限り犠牲は増える。中でも〈人差し指〉はオクトーバー社に対する集団訴訟に、証人として決定的な影響を与える立場を得たばかりだ。また言うまでもなく、彼は女王の肉体の主治医というきわめて重大な務めを担っている。彼が狙われる前に、ハンターに代わる新たな〈ザ・ハンド〉を育てよう。私とともに女王に手を差し伸べる存在を」

ウフコックは、近づけば影たちの顔をはっきり見て取れるのではないかと思い、立ち上がって歩いていった。きらめきが現れ、それが光を反射する水面となって広がった。

風景が一転し、目の前にジャングルと巨大なプールがあった。それも懐かしい〈楽園〉

の光景だった。だが、以前に訪れたそれとは微妙に違った。今見ているもののほうが親しみがあった。連邦から予算を得て最新の設備が導入される前の光景だったからだ。

「新たな〈ザ・ハンド〉は、これまでと異なるティアードとなろうとしている。我々を襲う意思を持たず、この宮殿に招かれようとしているのだ。今まさにこのとき、ゆらぎなきまま心を宮殿に漂わせ、我々の声を聞いていてもおかしくない」

ウフコックは、その声がいつの間にか背後から届いていることに気づいた。近づこうとして通り過ぎてしまったのだと思い、水面に背を向けて振り返った。

そこに、少女がいた。

森に少し入ったところで、少女が燃えるような緑の目を、まっすぐウフコックに向けて佇んでいた。見知らぬ少女だが、ウフコックはその目に見覚えがあった。顔つきや、銀灰色の髪にも。そしてまたかすかに嗅ぎ取れる匂いに、これまでにないほど強い懐かしさを覚えたせいで、少女の背後に現れた者たちを見ても驚かなかった。

少女の両肩に、ボイルドとナタリアがそれぞれ手を置いて、ウフコックを見ていた。彼らが家族であることはすぐにわかった。父と母と娘であることは。

ウフコックは、胸が締めつけられるような切なさを覚えた。彼らのもとへ駆け寄りたかったが、ゆらぎが与えられないままでは通り抜けてしまうだけだと思って動かなかった。

「ハンターが探しているのは、君なのか？」

ウフコックは少女に向かって尋ねたが、すぐに少女と男と女と森が区別できなくなり、あっという間に遠ざかっていった。ウフコックは、慌てて三人がいた場所へ走り寄ったが、そこにはもう何もなかった。

ウフコックは諦めて立ち尽くし、にじみ出た涙を拭った。

「お前を求める者がいる」

ふいに声がした。かつてのパートナーの声だった。

何もかもが渦巻く影に呑み込まれた。ウフコックは横たわり、抗（あらが）いがたい眠りが訪れ、体を丸めて目を閉じた。今経験しているこれが何であれ、始まりに過ぎないという考えがよぎったが、それ以上は意識が続かず、ウフコックは眠りについた。

## 29

「公正なる扱い（イン・ジャスティス）を！」

ハンターが壇上で高らかに声をあげると観衆が沸き立ち、「公正なる扱い（イン・ジャスティス）を！」と唱和した。そのスローガンをあらゆる場で口にするようハンターは選挙コンサルタントであるルシウスから助言されていた。

富裕層が一堂に会する資金調達パーティでも、ゴミ収集などインフラ麻痺に直面する人々の抗議集会でも、スラムの犯罪について専門家たちと語る討論会でも、悪辣(あくらつ)な者たちから解放された福祉施設のチャリティでも、ハンターはその言葉を人々に叫ばせた。

「調査で、君とネルソンが口にしてきた言葉の中で最もウケがいいことがわかっている」

ルシウスはそう自信を込めて言った。

「『救済を！』や『解放せよ！』より具体的で、自分たちに利益がもたらされるという期待を抱かせる。『立ち上がれ！』や『結束せよ！』は攻撃的すぎる印象を与える。『耳を傾けよう！』や『問題を認識すべきだ！』は、他の政治家から何度も聞かされているせいで平凡に思えるだけでなく、むしろ問題解決に消極的であると感じさせてしまう」

事実、ハンターはそのウケがいい言葉を放つことで、聴衆が爆発的に共感(シンパシー)の波を増幅させるさまを目の当たりにしていた。握手で共感(シンパシー)の針を植えつけた人々が猛烈に昂揚するのだ。それはハンターがこれまで共感(シンパシー)の輪に求めてきたものとは違って、強固な結束ではなかった。見境のない熱狂の渦(うず)であり、強烈で闇雲な一体感だった。

ハンターがこれまで築いてきた〈クインテット〉を中核とする共感(シンパシー)を鋼鉄の鎖に喩えるなら、聴衆が巻き起こす共感(シンパシー)は燎原(りょうげん)の炎だった。聴衆の一人一人が篝火(かかりび)となってシンプルで抽象的な「公正なる扱い(イン・ジャスティス)を！」という言葉の火を別の誰かに乗り移らせていくのだ。

そうした人々は集会に参加する全員が同じように感じていると信じて疑わず、そうではない者を心から憎悪した。彼らが発する純粋で危険なエネルギーが燃え盛る勢力(パワー)となることで、自分に権力を獲得する正当性を与えてくれることをハンターは確信した。

彼らは熱狂のうちに物事の決定をハンターに委ねることに同意していた。何が正義かをハンターに断定してほしがっていた。自分たちに苦しみをもたらす憎むべき悪を指し示してもらう対価として、自ら判断することそのものをハンターに譲渡するのだ。

それが権力への最短距離となることをハンターは選挙とその後の多忙きわまりない活動を通して学んだ。富める者も貧しい者も共感の炎の一部になるという点ではまったく同じだった。自分に判断を委ねる人間が増えるほどに、天国への階段の最上段にあって権力と呼ばれる旗がはためく場所へハンターを押し上げようとした。

聴衆へ拳を掲げてみせながら緞帳の陰に戻るハンターを、ルシウスが出迎えた。

「さくらは不要だな。君が登場する集会は、どこも予約で一杯だ」

「先日のネルソン・フリートの応援集会に比べて年齢層が下がったようだ」

「選挙スタッフに近所の大学で動員をかけさせた。君なら労働者層、若年層、高齢者層、超保守層、さらには草の根運動家まで取り込めるとの見立てだ」

ルシウスは嬉しげに言いながら暗いバックステージを先導した。プロジェクターや音響機器の間を通り抜け、スタッフへ愛想良く労いの言葉を投げるながら控え室へ続く通路へ出ると、改めて付け加えた。

「あらゆる人々が君に注目している。君は現市長に憤る者たち全ての受け皿になれる」

「パワーランチや資金調達パーティで会う予定のロビイストたちも同意見か？」

「同意見の者が多すぎて君が会うべき相手は厳選している。企業や有力者の要望を議員に伝えて便宜をはからせるコネと影響力を持つロビイストは二百人以上いるからね」

「彼らは具体的に何を与えてくれる存在と考えればいい？」

「政治献金規制法の抜け穴と、あらゆる選挙協力だ。政治献金の上限は法律で定められているが、たとえば政治家と直接関係のない団体を作って献金の受け皿にし、独自に選挙活動を行う。政治家からは何も頼まれておらず、ボランティア的な啓蒙活動だと言ってね」

「合法的に？」

「全ての活動が合法だ。違法にならないよう企業が出資するシンクタンクの弁護士や専門家と選挙コンサルタントが連携し、あらゆる抜け穴を見つけ出す」

「選挙協力とは？」

「ありとあらゆる注目を生み出す。良い注目と、悪い注目の両方を。君がいかに信じるべき善なる人物であり、君の政敵がいかに邪悪で歪んだ考えの持ち主であるかを訴える。君にスキャンダルが降りかかるのを防ぎ、政敵のスキャンダルを暴き尽くす。そうして君と君の政敵から目を離すべきではないという注目を集めるシステムを作るんだ」

「どうやらおれが知るイメージ操作とは違うようだ」

「一度操作しただけでは意味がない。継続が重要だ。イメージを徹底的に偏らせ、注目が持続するよう、注意喚起イベントと呼ばれる文脈を意図的に生み出す。法案を巡る議論や、どこかの議員の不倫問題、誰かの失言などへ、激しい反応を示して注目されるんだ」

「注目マシンにしてもらう代わり、議員がロビイストを通して企業に与える便宜とは？」

ルシウスは控え室のドアの鍵をあけ、二人とも中に入りドアを閉めてから答えた。

「法律をほんの少し書き換えさせ、例外を作り出す」

ハンターはパイプチェアに腰掛けてその言葉を思案した。

「つまり、その例外とやらが、企業や有力者たちに恩恵を与えるのだな？」

ルシウスは、登壇者が身繕いするための照明と化粧台が設けられた壁際のベンチに腰を下ろしてうなずいた。

「例外が聖域を作る。たとえば長年のロビー・アタックの結果、オクトーバー社製品の価格設定には、どんな行政機関も強制力を伴う指示ができない。世の中に必要な薬だから価格を下げて万人に行き渡らせろ、と指導されても、オクトーバー社は価格を上げて、薬がなければ命を保てない人々により多くの対価を求めることができる」

「薬によって依存症になった人々にも、というわけだ。強欲で力のあるディーラーが麻薬の卸値を一方的に決めるように、鎮痛剤や多くの薬の値段を自分たちで決める特権を得ることが莫大な利益を手にする秘訣の一つらしい」

「法の例外こそ、天国への階段の最上部を構成する黄金のレンガの名だ。その昔、ある宗教団体が自分たちのあらゆる活動において税金が免除されるよう法改正を行わせた。数億ドルを投入して最初の黄金のレンガを誕生させたんだ。以来様々な手法が生み出され、同じ数だけ黄金のレンガが積み上げられた。ある者は年収に従って居住地域が限定されるべきだという隔離思想を都市構造に反映させるために莫大な資金を投入した。結果、富裕層しか住めないノースヒル、ガソリン車は走れないエア・カーのハイウェイが生まれた」

「つまるところ、この都市の議員はロビイストと企業の操り人形であり、最もカネのかかる道化役者だと理解したくなるな」

「君は違う。フリート家やメーソン市長のようにロビイストを操る側になれる」

「あなたはどうなのだ？　〈円卓〉の〈クイーン〉として、おれを操る用意に怠りないか？」

ハンターが訊くと、ルシウスは楽しげに笑った。

「もちろんだとも。私のことを君にとって最も重要な選挙コンサルタントであり、最も近くにいるロビイストとして印象づけることに全力を傾けているよ。誰も私を通してしか君と会えないようにすることにね。私自身ここまでのめり込むとは思わなかったが、今は君がこの都市で最も影響力を持ち、どんな打撃にも負けず、必ず立ち上がって最終的に勝利を収める政治家になると確信しているんだ」

ハンターは、どれほど持ち上げられようとも相手を観察することを忘れず、かといって邪険にすることもなく、親しみを込めてルシウスに微笑み返した。

「オクトーバー社の財務管理者は、自分が受け継ぐべきフェンダーエンターテインメント社の復活だけでなく、政治家作りにも熱心らしい」

「私は、君なら黄金のレンガをいくつも積み上げられると信じているんだ。そのうち一つか二つが、オクトーバー社とフェンダーエンターテインメント社の利益になれば十分だ」

「一つは、集団訴訟を潰してくれるという利益か？」

「その利益がもたらされるとき、オクトーバー社と〈円卓〉は、救世主である君に多大な借りを作ることになる」

「ノーマと〈円卓〉は、救世主であるおれとその最重要コンサルタントである君にだな」

ハンターが言い換え、ルシウスをにやりとさせた。

そのとき無遠慮に控え室のドアが開かれ、高価なスーツを身にまとった男女が、どやどやと入って来て二人へ場違いなものを見るような目を向けるとともに、ひときわ長身の人物が、大股で歩み出て快然と言った。

「これは失礼。予約の時間になったものでね。とっくにいなくなったと思っていたよ」

ベルスター・モーモント議員だった。その意気揚々とした面持ちと、凝縮された悲憤の光をやどす目を、二人が立って見つめ返した。

「まだ時間があるはずだが、今すぐここを使いたいなら我々は退散する、モーモント議員」

ルシウスはそっけなく言って彼らへ道を譲るよう手振りで示した。その傲然とした態度に男女が鼻を鳴らして左右に移動し、ハンターがモーモントに会釈してドアへ向かった。

「ああ、そうだ、パラフェルナー議員。ぜひ君をテレビ討論の場に招きたいと思っていたところでね」モーモントがハンターの背後から言った。「禁じられた科学技術の扱いについての意見交換会があることだしな。おおかたそちらは09法案の改定案をシンクタンクに作らせているところだろう。一足早く市民に披露する良い機会では？」

ハンターは通路へ出たところで、モーモントを振り返った。

「若輩者へのご厚意、痛み入る。あなたの政治的信念を学べる貴重な機会は前向きに検討したいところだが、今はまだ身に余るという気がするな」

「私の政治的信念は、無惨な死をまき散らす者を市政に迎え入れてはならないということだよ、パラフェルナー議員」

「同意見だ、モーモント議員。あなたと握手を交わせる日が来ることを願っている」

「この場にいる全員が、そんな日が来ないことを願っているさ」

モーモントが言うと、男女がひそやかな笑いをこぼした。ハンターはいささかも気にせず、あくまで慇懃な態度に終始し、ルシウスとともにその場を離れた。

「徹底的に狙われている」

ルシウスが会場の裏口へハンターを連れて行きながら声を低めて告げた。

「彼らは君の集会の前後に必ず同じ会場を押さえるんだ。君にプレッシャーをかけ、あらゆるコミュニティに対して君に否定的なプレゼンテーションを行うために。君がモーモント議員の挑発に乗らずにいてくれて安心したよ」

「こちらの準備不足であることはわかっている。メディア戦術は、おれにはまだ未知の領域だ。多数の殺し屋が潜む取引の場にのこのこ赴くようなものだろう」

「そうだ。こちらの広報戦術の効果が積み上がってからでないと、一方的に攻撃される。もっと大勢が、君を見れば自然とスローガンが思い浮かぶようになるまで待つべきだ」

「公正な扱い（イン・ジャスティス）を。一日も早くテレビ討論がおれにとって不公正（インジャスティス）でなくなるよう務めたい」

「君ならすぐに、モーモント議員のモットー通り、公平（フェア）に戦えるようになるさ」

裏口から駐車場へ出ると、純白のハイテクリムジン〈ハウス〉からオーキッドが現れ、カウボーイハットを胸に当てて二人に挨拶した。

ルシウスが気軽にオーキッドに手を振り返し、ハンターへ言った。

「私は選挙オフィスに戻り、今夜のディナーパーティの準備を確認する。君の演説と活きのいいロブスターを求めてやって来る人々を、一緒に均一化（イコライズ）してやろう」

「感謝する、ルシウス。では、また夜に」

ハンターとオーキッドが乗るとすぐに〈ハウス〉が発進した。ルシウスはそれを見送ると、自分を待つオクトーバー社所有の車に乗って運転手に行き先を指示した。

アンドレが運転する〈ハウス〉では、オーキッドの他に、エリクソン、ナイトメアとジェミニの二頭の猟犬がハンターを迎えていた。加えてハンターの足元で、ずっとそばで護衛していたシルフィードが姿を現した。

「ジェミニが監視カメラの映像をハックして怪しい連中をピックアップした」

エリクソンが車内モニターに表示された画像を指さした。異なる角度から集会場をとらえた監視カメラの映像の切り抜きで、数人の男女がクローズアップされていた。

「他の会場にもいた。襲撃の気配はないが、あんたをつけ回している」

《全員、ジャーナリストの肩書きで入場していたが何者かわからなかった》ジェミニの左の顔がモニターのスピーカーを通して告げた。《彼らの携帯電話は特殊なものではないはずなのに、とても高度な暗号化通信が行われていて読み取れなかった》

「ジェミニの能力（ギフト）に匹敵する高度な電子的干渉能力の持ち主は限られている。法務局の資料によれば〈イースターズ・オフィス〉は〈ウィスパー〉というエンハンスメント植物を所有している。強力な通信保護機能と、莫大なDNAストレージを持つ、生体システムだ」

ハンターが言った。

「そのシステムが使われているなら、こいつらはオフィスと組む警察の人員だ。ただ、市警には〈天使たち（エンジェルス）〉がやらかした惨殺事件を、あんたのしわざとみる者もいるようだが、捜査本部が設置された情報は今のところない。〈クライドスコープ〉に調べさせるか？」

オーキッドが尋ねると、ハンターはかぶりを振った。

「やめておこう。警察を一人か二人、行方不明にするというのは得策ではない。もし魂の匂いを嗅ぎ取るネズミに〈クライドスコープ〉が正体をつかまれた場合、逆に追跡される」

「見えない〈ウォッチャー〉を、また警戒しなければならんわけだ」

エリクソンが困ったものだというようにジェミニを見やった。〈ウォッチャー〉の痕跡を発見できるのはジェミニくらいだと思っているのだ。

ハンターもジェミニの背を撫でてやりながら、二人へ告げた。

「警察は、おれから目を離さない。好きにさせておけ。ただし〈ファイブ・ファシリティ〉に影響が及ばないよう、全グループが合法化（リーガライズ）に向けて万全か、繰り返し点検しろ」

それから間もなく〈ハウス〉はウェスト・アヴェニュー沿いにある工場地帯への出入り口に設けられたパーキングエリアに入った。その一角に〈ガーディアンズ〉のバスである〈アーク〉があった。隣に〈ハウス〉がつけると〈アーク〉からホスピタルが降りた。

オーキッドが後部ドアを開けて迎え入れ、ホスピタルが車内の面々に会釈してハンターのそばのシートに座った。〈ハウス〉が再発進し、〈アーク〉が距離を取って追った。

「わざわざ合流していただいてありがとうございます、ハンター」

「お安い御用だ、ホスピタル。連日のように君をホワイトコーブ病院へ行かせているのはおれのほうなのだから」

「大したことはありません。〈ファンドマネジャー〉がいた頃は、それこそほとんど毎晩、あの病院と市内を行き来していましたから」

「君にとっては今もあそこは懐かしの古巣か？」

「いいえ。あの中で一生を過ごすと思っていた自分は、どこかへ消えてしまいました」

「均一化(イコライズ)を成し遂げ、羽化した後の抜け殻に過ぎないわけだな。だがその場所で、何か聞きつけたのではないか？　盗聴されないよう〈ハウス〉で話すべきだと君が考える何かを」

ホスピタルは、説明すべきか熟考したことが窺える流暢(りゅうちょう)な調子で話し出した。

「私は、キドニーと〈天使たち(エンジェルス)〉に、あなたへの対抗心を抑えるようお願いしました。シザースを勝手に殺して私たちを困らせれば、いつかノーマ・オクトーバーの怒りを招くと。ですがキドニーは頑(かたく)なに、自分があなたとの競争に勝つのだから、ノーマが怒るはずない、と言い張るのです。私のほうが間違っている、と」

「キドニーは意固地になっているのか？　それとも、彼なりの確信があるのか？」

「最初は、感情的になっているだけだと思って宥めようとしました。ですが、キドニーからは対抗心は感じられても、怒りや焦りで周囲が見えなくなっているわけではないことに気づいたんです」

オーキッドとエリクソンが顔を見合わせ、言葉を挟んだ。

「あの怪物たちが、冷静にハンターを陥(おとしい)れる策を弄(ろう)しているというのか？」

「ママの言うことならなんでも聞くのが、あの怪物の怖いところだ。それ以外は無関心であるところも。ママであるノーマの期待に応えようとしているなら、何が目的だ？」

　ホスピタルが、二人の疑問に答えた。

「彼らは感情に任せてシザースを惨殺したのではないと私は思います。もしかすると彼らは、あなたになろうとしているのかもしれません。あなたはシザースでした、ハンター。そしてシザースであることから解放され、あなたの言うティアードとなることで不可知の存在であるシザースと対等に戦えるようになりました」

「〈天使たち〉（エンジェルス）が、おれと同じ道を歩もうとしていると言うんだな？　シザースとなり、そしてティアードになると」

「キドニーが、はっきりそう告げたわけではありません。ただ、あなたに対抗し、ノーマ・オクトーバーが理解を示すとなると……」

「シザースになる方法を見つけ出すために死体を解体した。それを、おれへの当てつけのように市内にばらまいたのは、ついでにだったと？」

「彼らは愚鈍ではありません。人工的に、知能と動物的本能を高められています。あなたに対抗するすべを探すと同時に陥れるすべを考えたとしても、おかしくありません」

「おれを均一化（イコライズ）しようという意気込みは称賛に値する。〈天使たち〉（エンジェルス）は冷静に、ホワイトコーブ病院の眠れるグースたちや、彼らが殺した二人のシザースの肉体からヒントを得たに違いない。彼ら流に言えば、食べたのだろう。以前、そうして能力（ギフト）の回収を行っているとキドニーは言っていた。すでに彼が自らをシザース化し、おれが体験した精神が集まる宮殿を来訪している可能性を考慮すべきだ」

オーキッドとエリクソンは驚くばかりで、むしろ三頭の猟犬のほうが相手が何であれハンターに従って務めをまっとうするだけだという堂々とした態度でいる。

そうしておのおのが思案にふける沈黙が続いたが、ミッドタウンの大学の敷地の外で待っていた男が乗り込んだことで、空気が変わった。テキストとノートを詰め込んだバッグを大きな手で鷲掴(わしづか)みにしたバジルが、オーキッドに席を譲られて座るなり眉をひそめた。

「こいつらはなんで揃って難しそうなつらをしてるんだ？　ハンター？」

「〈天使たち(エンジェルス)〉がシザース化する可能性について考えているからだろう」

バジルはバッグを床に置いて腕組みし、すぐに理由を察してホスピタルに目を向けた。

「死体をばらして遊んだんじゃなく、解剖して調べたかもしれないってんだな？」

「はい。キドニーたちの態度から、そう推測しました」

「ホスピタルが言うならそうだろうよ。やつらがシザース化するかはともかく、やつらがやっていることに意味があるとブラックキングが考えるのは厄介なことか？」

「いや、ノーマは〈天使たち(エンジェルス)〉を放置し、解決はおれに委ねると言った。むしろノーマが、〈天使たち(エンジェルス)〉にシザース化するすべを教えたのかもしれない」

「あり得るぜ。そうやって競わせようってのはな。何のことはねえ。おれたちがやつらをしつけりゃ、それだけシザースに対する手札も増えるってだけの話だ」

自信を見せるバジルに、オーキッドが期待を込めて訊いた。

「何か手があるのか？」

「ああいう連中を手なずけるには鼻っ柱をへし折るしかねえが、おれたちが直接手を下せば、死ぬまでおれたちを恨み続ける。誰かにやつらを叩きのめさせて、おれたちが助けの手を差し伸べてやるのが一番だ」

エリクソンが、眉根を開いて微笑んだ。

「〈イースターズ・オフィス〉に通報すればいい。ラスティやシルヴィアを止めたときとは違って、おれたちは手を出さない」

バジルは、どう思う、というようにハンターを見た。

「妙案だ。シザースが〈天使たち（エンジェルス）〉に反撃する気配がなく、共倒れが期待できないなら、あのオフィスを使うしかない。だが、時期は慎重に考える必要がある」

「例の集団訴訟のことがあるからだな？」

「そうだ。〈天使たち（エンジェルス）〉の一人が捕らえられたことで〈楽園〉と〈イースターズ・オフィス〉を引き離す策が功を奏さず、集団訴訟を止める手だての一つを失った。おれが〈円卓〉から任された〝禁忌の議論〟を推進できる十分な材料がないまま通報すれば、あのオフィスや集団訴訟の原告団といった、より手強（てごわ）い敵を利することになる」

「怪物どももわかっててやってるんだ。その材料ってのは、手に入りそうか？」

「オフィスの有用性をあらゆる面から攻撃することで、いずれ手に入るだろう」

「連中が失態を冒すような罠を仕掛けられりゃいいが……単に打ちのめすんじゃなく」

バジルが頭をがりがり掻きながら言った。徹底的に反撃しても潰れないどころか、いっそう勢力（パワー）を強める〈イースターズ・オフィス〉のしぶとさを思い知っているのだ。

「シルヴィアが共感（シンパシー）を取り戻したら脱走させよう。保護証人が消えれば大失点だ」

エリクソンがだしぬけに言った。

「おれたちが疑われるだけだ、馬鹿」

オーキッドが呆れ顔になって否定したが、エリクソンはさらに続けた。

「シルヴィアが死んだように見せるのは？　あいつらもカジノ協会幹部の偽の死体を使って、こっちを混乱させたろう？　同じ手でやり返すのはどうだ？」

オーキッドが口をつぐんでハンターとバジルを見た。意外に効果的な手なのではと考えたのだ。ホスピタルも同様で、その思考はすぐさま共感（シンパシー）の波となって共有された。

「保護証人を死亡させたとなれば、オフィスの有用性は著しく損なわれる。いざというときの手の一つとして今から備えよう。オフィスにも見破れないほど見事な偽の死体を作り出すことはできるか、ホスピタル？」

「モルチャリーと相談してみます。オフィスは、シルヴィアの検診データを豊富に揃えているでしょうから偽るのは難しいですが……不可能ではないと思います」

「間違いなく本物だと、おれたちが言い張ればいい。オフィスが偽の死体だと言っても、世間が信じるかどうかは別だろう？」

エリクソンが調子良く口にした。

「確かに、おれの言葉を信じる人間が十分に多ければ効果的な手になる」

ハンターが同意したことで、シルヴィアの死を偽装する工作が現実味を帯びたとみなが感じた。その共感の念を受け入れながらバジルがこめかみを掻いた。

「悪いが死んでくれ、とシルヴィアに頼むはめになるかもだな」

「いざというときは脱出させるつもりだったんだ。身分証や必要な品さえ用意すれば、別人として生きることは難しくない。外見を少し変える必要があるだろうが……、いっそ顔の傷を消してはどうだ。ホスピタルなら安全に処置してくれる」

オーキッドの提案に、ホスピタルが、「その程度でしたらいつでも」と承知した。

「あいつが望むかわからねえよ。必要なら受け入れるだろうが……。〈クインテット〉に戻れねえうえに、違う生き方をさせるんだからな」

「お前と結婚して子どもを作ったらいい」

エリクソンが、さも妙案を思いついたというように手を叩いた。

バジルが目を剥いた。

「なんだと？」

「プロポーズをしたんだから次は結婚だろう。その次は――」

「うるせえ。勘弁しろ」

「何が問題なんだ？　警察だって妊婦には気を遣うものだ。シルヴィアも、もっと自由な行動が許されるだろうし、そうなれば脱出させる機会も増える」

「そんなことのためにガキをこさえろってのか」

「もちろんシルヴィアが望めばの話だ。彼女にとって新しい生き方を見つけ出す一番のきっかけになるんじゃないか？」

バジルは反論できず、低い唸り声をこぼした。オーキッドとホスピタルは、エリクソンの考えに驚きはしても反対する気はなさそうだった。それどころか、そうなったときのことを早くも思案していることが共感の波となって伝わってきた。

「バジル」

ハンターが呼びかけた。バジルは滅多にないことに、手の平をハンターに向けて遮った。

「何も言わないでくれ。あんたに命令されてやるようなことじゃないはずだ」

「おれが何かを命じる必要があるか？　全てはお前とシルヴィアの意思と愛情によって決まることだ。おれに言えるのは、ファ、ファ、ファ、ファ、ファミリーは次世代を生み出す、ということくらいだ」

バジルは困惑しきり、これまた珍しく言葉に迷ってあらぬことを口にした。

「あんただって、ノーマ・オクトーバーから同じことを言われるかもだぜ、ハンター――」

びりっ、と音をたてて、そこらじゅうに電撃が走った。

実際にそのような現象が起こったのではない。強烈な拒絶の感情が、共感(シンパシー)の波となって鋭く伝播したことで、誰もがそう錯覚したのだ。運転席のアンドレも衝撃に襲われ、〈ハウス〉が一瞬とはいえ左右にぐらつくほどの強烈さだった。

誰がその感情を発したかは明らかだった。ハンターとノーマ・オクトーバーが子どもをもうける、という考えに対し、途方もないほどの嫌悪感を剝き出しにしたかと思うと、すぐにそのことを恥じ、いたたまれない思いをしているのが誰であるかは。

猟犬をふくめ誰もがホスピタルに目を向けず、彼女の羞恥心(しゅうちしん)をさらに刺激することを控えた。彼女がそうした激しい感情を示すのは希有なことだが、誰もそのことを指摘せず、からかわず、やんわりと受け流した。

おかげでホスピタルもすぐに平常心を取り戻し、ハンターたちに対する彼女の感謝と申し訳なさが、共感(シンパシー)の波となって伝わった。

「ハンター神が相手じゃ、やっぱりラスティに勝ち目はないな」

ぼそっと呟くエリクソンの腕を、オーキッドがカウボーイハットで叩いて黙らせた。

バジルが改めて嘆息まじりに言った。

「このおれが大学なんかに通うどころか、ガキを持つことを考えるとはな。大勢が当たり前に持ってるものを、どれだけ持たずにきたか、かえって思い知らされるぜ」

ハンターは無言でバジルを見つめた。彼の実感の先にある持てる者たらんとする二人の意思が、ぴったり重なって共感(シンパシー)の波となり、全員がその心地よさを味わった。

「いいぜ、ハンター。おれは持てる限りのものを持ってやる。そう思うだけでも覚悟が必要だったスラム育ちの自分とは、ここで本当におさらばだ」

## 30

市を縦横に移動した〈ハウス〉が、〈アーク〉を従えて〈ファウンテン〉に到着したとき、多数の乗物が集まっていた。専用の駐車場には〈プラトゥーン〉のごついピックアップトラックが四台、〈戦魔女(ウォーウイッチ)〉のリディアが駆る真紅のスポーツカー、〈ビリークラブ〉の年季の入ったガソリン車三台が、船着場には〈白い要塞(ホワイト・キープ)〉と〈華麗なる海運業者(マリーン・ブラインダーズ)〉の五台の海上バイクが並んでいる。

ハンターを先頭に、猟犬たち、バジル、オーキッド、エリクソン、ホスピタル、モルチャリー、ストレッチャー、アンドレの順で、石張りのアプローチ通路を進んだ。

フェンス越しに見える庭では、いくつもの円形のテーブルに人々がつき、まばゆい純白のテーブルクロスの上に用意された軽食やソフトドリンクに手を伸ばしながら雑談を交わしていたが、ハンターの到着に気づくと次々に立ち上がって声をあげた。

「公正な扱い（イン・ジャスティス）を！」

そのスローガンは、〈クインテット〉配下のグループにおいては浸透しきっていた。とりわけ〈ビリークラブ〉のメイプル、スピン、チェリーは、『公正な扱い（イン・ジャスティス）を！　パラフェルナー議員を支持しよう！』と書かれたステッカーを作って車のリアに貼り、行きつけの飲食店で馴染みの店員や客に配るなどして支持に熱心だった。

他方で〈魔女〉のミランダは、白馬のリリーに野菜を食べさせながら、もう一方の手で、オーキッドへ投げキスをした。オーキッドは歩みを止めずに投げられたキスを手でつかんで花のように胸ポケットに差す真似をし、ミランダとフェンス越しに微笑み合った。

人目を気にせず挨拶を交わす二人を、ハンターとバジルは好きにさせている。〈魔女〉のケイト、リディア、マヤも、呆れはするが咎めはしなかった。異なるバックグラウンドを持つ者同士が親密になることは共感（シンパシー）の輪を強固にするというハンターの考えを共有しているからだ。

リリーのほうはパートナーのミランダが望むのでオーキッドの存在を許容していたが、他の獣たちは無関心だった。大ガラスのハザウェイはケイトの椅子の背もたれで羽の手入れに余念がなく、黒豹のデビルはリディアの傍らでヘンリーからもらった牛の大腿骨つきの肉をじっくり味わい、白蛇のデイジーはマヤの膝でとぐろを巻いて眠っている。

「お前も馬に乗ったらいい。中央公園(セントラルパーク)の乗馬芸人みたいに」

エリクソンが親切めかして助言したが、オーキッドは、とっくにその気だった。

「騎馬許可証は手に入れた。リリーを恐れて逃げ出さない馬を探しているところだ」

「目が八つあっても驚かない馬か」

「リリーの前では言うなよ。他の馬に怖がられると傷つくんだ」

「見た目はあんなに逞(たくま)しいのに繊細なんだな。おれと気が合いそうだ」

エリクソンが真面目に言って、オーキッドの眉をひそめさせた。

ハンターたちがフェンスゲートをくぐって直接庭に入ると、〈評議会(カウンセル)〉で発言を許された面々が、それまでいたテーブルを離れ、ボートハウスに最も近い場所にある一回り大きなテーブルへ向かった。〈マリーン〉のテーブルにいたショーンとトロイもそうした。

その幹部用のテーブルでは、ヘンリーがハンターの椅子を引いて慇懃に出迎えた。

「ご機嫌よう、ハンター。御覧の通り、〈評議会(カウンセル)〉開催の準備は万端整っております」

「いつもながら〈ファウンテン〉のあるじの手厚いもてなしに感謝する、ヘンリー」

ハンターが席につき、猟犬たちがはべった。バジルがハンターの左隣の椅子に手をかけたがすぐには座らず、人々が適切に移動する様子を見守っている。

オーキッドとエリクソンは、モルチャリーとストレッチャーとともに、幹部用のテーブルに近い別のテーブルに移った。アンドレは、ブロンとすれ違いざま肩と胸を激しくぶつけ合うという、彼ら好みの挨拶をしてから、オズボーン、キャンドル、ドハティおよびその胸ポケットで昼寝をしているイタチのファングアスがいるテーブルについた。

この場に、〈シャドウズ〉の生き残りであるビリーとトミーはいなかった。〈プラトゥーン〉の配下となったことで自らを格下とみなし、彼らのほうから出席を辞退したのだ。バジルから時計回りに、ホスピタル、メイプル、ショーン、トロイ、ブロン、ケイトの順で着席した。ショーンはプッティ・スケアクロウの代理で、この場でただ一人の非エンハンサーだが、萎縮することなく慣れた様子でトロイと笑みを交わしている。最後にバジルが座った。ヘンリーがハンターのためにグラスに冷たい水を注いだが、同席する人々は自分たちでそうした。ヘンリーが下がり、ハンターが「始めよう」と言った。庭にいる者は誰でも幹部同士の話し合いを聞くことができるが、口を挟むことは許されないというのが、この〈評議会（カウンセル）〉のルールだった。

バジルが身を乗り出し、進行を司った。

「合法化（リーガライズ）の件からだ。今はまだ、ここにメディアが入り込むことはねえが、いつか入れてやる日が来たとき、困らねえようにしておく必要がある。ホスピタルから聞かせてくれ」

「〈ファイブ・ファシリティ〉のうち、私たち〈ガーディアンズ〉が管理を任された、エアハート中毒者更生（リハビリテーション）施設、サニーズ障害者支援（ハンディキャップ）施設、ビアズリー高齢者介護施設（ナーシングホーム）で、虐待や福祉保障金の詐取といった不法行為、人身売買や寄付金を装ったマネーロンダリングといった組織的な犯罪の実態を、〈スネークハント〉に調べていただきました」

「どこも〈ウォーターズ〉みてえなグループに牛耳(ぎゅうじ)られてたって話だが片はついたか？」

「そうしたグループは全て消滅し、逮捕された人々はカーマイケルのいる刑務所(レジデンス)に送られました。ファシリティの入所者や職員が報復される心配もありません。〈ビリークラブ〉のおかげで、当初の想定よりも早く解決しました」

ホスピタルが視線を向けると、メイプルは「お安い御用さ」と楽しそうに言った。

「〈スネークハント〉が悪事の証拠を見つけ、それをあたしらが警察に持ち込んだんだ。あくどい連中を叩き潰して回るうち、警察にも友人ができた。賄賂は受け取らず、求めるのは証拠と証言だけっていう、まっとうな友人が三つのファシリティを見守ってる」

「警察がまっとうに働いてくれりゃ、おれたちの仕事が減る。死人は出てねえな？」

「殺しは流儀じゃない。ちょいと怪我をさせたが、〈ガーディアンズ〉が治してくれた」

バジルがうなずき、ホスピタルへ視線を戻した。

「その調子で、ファシリティにダニどもが入り込まないようにしてくれ」

「はい。不法行為や問題のある寄付金を見つけ次第、警察と法務局に通報する仕組みを作り、ファシリティのクリーンな運営に努めます」

「頼んだぜ。よし、ショーン、〈白い要塞(ホワイト・キープ)〉のレーダーに何か引っかかるものは？」

バジルが尋ねると、ショーンはトロイと微笑み合うのをやめて答えた。

「ないってプッティは言ってる。あと〈天使たち（エンジェルス）〉を追跡できる方法を探してるって」

「やつらにもジェミニなみのエンハンサーがいるからな。簡単じゃないだろうが、あの怪物どもの首に鈴をつける方法を見つけてくれ」

「プッティも負けず嫌いだから頑張ると思うよ」

「頼もしいぜ。じゃ、トロイ、そっちのビジネスは？」

トロイが、ショーンの肩を親しげに撫で、バジルに微笑みを返した。

「〈白い要塞（ホワイト・キープ）〉の護衛は、一人ずつ交代で常駐している。違法なビジネスの合法化（リーガライズ）は、マルセル島の南北の港で、フリート家に学びながら実践中だ。フリート家が代々行ってきた、非合法なビジネスを合法的に支配するやり方をね。摩訶不思議で戸惑うことも多いが、自分たちが支払ってきた手数料が、巡り巡ってどこへ流れ着いていたかがわかり、興味深い」

「よく学んでくれ。フリート家みたいな連中が逮捕されないのはなんでかをな。おれたちが連中を均一化（イコライズ）するには、あいつら以上に抜け目のないやり方を身につけなきゃならん」

「やり甲斐を覚える言葉だ。仲間たちと引き続き尽力しよう」

「よし。ブロン？」

「メリル・ジレットの隠し財産は全て処分した。大半はカジノボートの損失に充て（あ）られたが、一部を〈ファイブ・ファシリティ〉に寄付した。具体的には、メリル・ジレットの私邸だった〈ビッグターフ〉をリハビリ施設に改築して〈ファイブ・ファシリティ〉の所有とし、それを福祉局に貸し出すことで収入を得られるようにした」

「あの豪邸が、ジャンキーたちの毒抜きの場所になるってわけだ。ビジネスは？」

「こちらも合法的な関与というやり方を学んでいるところだ。〈ルート44〉が持つ銃密売ルート、〈ビーハイブ〉、〈アントヒル〉、〈スパイダーウェブ〉での違法薬物の製造と、その密売ルートの全てを、我々とは直接関係ないグループに譲り、合法的な事業を介して、最終的に我々のもとに利益が集まる仕組みを作る」

「とんでもなくややこしい仕組みになりそうだな」

「あえて複雑に見せているが、原理は驚くほど単純だ。原料や部品を合法的に売るだけなら、それらが違法な手段で用いられ、社会に深刻な被害を広めても法的な責任は問われない。工場が廃液を投棄し、環境汚染で罰されたとしても、廃液を生じさせる薬品の販売は合法的に続けられる。ただし合法か否かの境界線は、法改正によって激しく変化するそうだ。その変化に柔軟に対応できる仕組みを学び、実践する」

「目立たず、慎重にな。市長選の真っ最中に、都市のアンダーグラウンドを牛耳(ぎゅうじ)る新しい仕組みを作ろうってんだ。メディアにつかまれる気配がしたら、すぐに痕跡を消して撤退しろ。チャンスはこれからいくらでもある」

「了解した」

ブロンが言って、トロイとうなずき合った。陸と海で手を組み、アンダーグラウンドの徴税人となる道をともに模索していこうというのだ。

バジルは最後に、ハンターの右隣に座るケイトへ尋ねた。

「ケイト、〈魔女〉のほうも順調か？」

「はい。アップルヤード孤児養護(オーファネッジ)もダンデリオン路上生活者収容(コンテインメント)も、クリーンに運営されています。不正を働いていた事務官が、私たちの落ち度で自殺してしまった件ですが、警察の捜査も最小限で終結し、メディアに注目されるような事態にはなっていません。再び同じことが起こらないよう、万全を尽くします」

ケイトの言葉を、〈魔女〉のリディア、ミランダ、マヤは固い顔で聞いていた。マヤの能力(ギフト)のせいで人が死んだことは確かに失点だが、先陣を切って〈ファイブ・ファシリティ〉全体の浄化に努めたのは自分たちだ、という思いが強いのだ。

バジルも、〈魔女〉を意固地にさせないよう、さらに咎めるような真似は避けた。

「〈宮殿(パレス)〉のものだったビジネスも順調だな？」

「はい。以前から合法化(リーガライズ)に努めていますし、俳優や女優たちのエスコート・サービスを通して得た有力者の情報も、私たちが直接、恐喝に用いるわけではありません」

「スキャンダルで脅すやり方は、今後一切なしだ。別の誰かを使ってメディアや政治家どもに高値でネタを買い取らせる仕組みを作れ。お前たちが注目されるな」

「はい、バジル」

ケイトが従順に応じた。

「オーケイ。どこも順調なようだ。ハンターが猛烈に駆けのぼろうってときに、おれたちが足を引っ張ることがないようにしろ。お前たちから質問は？　今のうちに何でも訊け。ハンターはこれからもっと忙しくなって、〈ファウンテン〉で話せる機会も減るからな」

バジルが鷹揚に促した。ホスピタルを除く誰もが、右手を肩の高さに上げた。

「よし。メイプルから、今の順で訊いてくれ」

「あたしなんかが一番でいいのかい？　じゃあ失礼して訊かせてもらおうか。警察の友人が言うには、証拠保管所の職員が何人も逮捕されたらしい。〈イースターズ・オフィス〉が保護する証人が喋ったって話だ。逮捕された職員たちはみな〈クインテット〉のために働いた連中だろ？　合法化（リーガライズ）のために、けっこうな証拠を消してくれたって聞いてるよ」

バジルは、何でもないことだというようにうなずき返した。

「そいつらとは縁を切ったってことだ。おれたちとそいつらをつなぐものは何もねえから心配するな。質問はそれだけか？」

「あんたが心配するなというなら、質問は以上さ」

「よし。ショーン？」

「あー、プッティが、〈イースターズ・オフィス〉を盗聴したり、メンバーを追跡したりする方法は探さなくていいのかって。ほら、ラスティのいるリバーサイド・カジノは監視してるだろ。シルヴィアのほうは、今のままでいいわけ？」

「あそこと電子戦をやらかすのは、今じゃない。〈マリーン〉の大亀の力を借りても勝てるかわからん相手だ。慎重にやる」

「えーと、一応訊くけど、〈白い要塞（ホワイト・キープ）〉に乗せてる〈トランス・トラッカー〉を使うことも考えてないんだよね？　〈スネークハント〉のミッチェルに脳みそ食われたリック・トゥームのことだけど。プッティは、あいつのウイルスを使えばオフィスにも潜り込めるんじゃないかって考えてる」

「それもまだだ。下手に使って、オフィスに手の内を知られるのは避けろ」

「オーライ。おれからは、それだけだよ。どうぞ、トロイ」

「ありがとう、ショーン。おれが訊きたいことは、かの拷問の達人トーチ氏に関してだ。警察が〈セメタリー〉に踏み込む前に、彼をリバーサイド・カジノへ逃がす役目を、我々が仰せつかったわけだが、なぜ警察に場所がばれた？　それも〈イースターズ・オフィス〉が守る保護証人の証言によるものか？」

「〈セメタリー〉も店じまいする予定だったからな。監禁や拷問ともおさらばだ。ただし爺さんには世話になったから、リバーサイドでクリーンな仕事を任せる」

「あえて証言させたと？」

「そうだ。シルヴィアは、ハンターとグループを守るため、警察に餌をやって見当違いのことをさせてる。まさかシルヴィアが密告者（ネズミ）になったと思ってるんじゃないだろうな」

メイプルもトロイも、まさにそのことを危惧している様子だが、何も言わなかった。トロイがそれ以上質問することを諦め、手振りでブロンへ発言を譲った。

「シルヴィアを奪還する気はないんだな？」

ブロンが、バジルの威圧に負けずに問うた。

「時期が来りゃ脱出させるし、その方法も考えてる」

「では作戦開始のときに備えよう。そのために一つ、考慮すべきことがある」

「なんだ？」

「能力（ギフト）の管理状況だ。ラスティとシルヴィアは今も二重能力（ダブル・ギフト）を持っているのか？　それとも他の者に与えられるのか？　マルセル島の抗争で獲得された多数の能力（ギフト）が今どのように管理されているか、我々は何一つ知らされていない。それでは自分たちの戦力を正しく把握できず、いざというとき戦術面で支障をきたすだろう」

ブロンが、バジルだけでなくハンターとホスピタルにも目を向けながら持論を述べた。

ケイトも同様に視線を向け、ブロンに同感であることを示した。かねてより〈魔女〉は、〈Mの子たち（チルドレン・オブ・M）〉のリーダーであったサディアスから手に入れた眠りを奪う能力（ギフト）を、自分たちの誰かに与えてほしいと訴えているのだ。メイプルとトロイも、新たな能力（ギフト）を持つことには興味を覚えるという顔で回答を待っている。

「悪いが、能力の管理は最高機密ってやつだ。もちろん手に入れた能力を大事にしまったままにはしねえ。ときが来たら、能力の数を増やしたいやつに与えてやれる」

「二重能力が、ラスティとシルヴィアに影響を与えた可能性は？」

ブロンが質問を重ねた。二人が共感を喪失した原因なのかと訊いているのだ。

「今のところ、そんな証拠はねえってことだけ伝えておく」

「つまり現時点で、能力に関する多くのことが最高機密扱いなのだな？」

「そういうことだ」

「了解した。しかるべきときを待つ。おれからは以上だ」

ブロンが言って、ケイトへ視線を投げた。

「あるときからラスティとシルヴィアに、共感の絆を感じられなくなったことは、シザースの攻撃に起因していると今でも考えていますか？」

ケイトが、ずばりと問うた。

「可能性は高いと考えてるぜ」

「あえてシルヴィアを保護証人にしたのは、〈イースターズ・オフィス〉を利用して、その攻撃の正体を見極めるためでもあるのですね？」

「それもある」

とだけバジルは言った。二人が共感を失ったという話題を終わらせるためだ。

さらに質問を重ねようとするケイトを、ホスピタルが遮った。

「グループを離れているからこそ、私たちは、あの二人への信頼を保つべきなのです」

ケイトが口をつぐんだ。テーブルにいる全員の視線を集めながら、ホスピタルは彼女にしては珍しく、屹然とした調子で続けた。

「ラスティとシルヴィアは、ハンターと私たちを信じ、務めに耐えています。以前も〈クインテット〉は、あえてばらばらに行動し、分裂したと見せかけ、都市で最も恐れられた五つのグループを壊滅させました。私は彼らの結束の強さに惹かれ、行動をともにすることで今の私になれました。あなた方もそうではありませんか？　マルセル島で、なぜ私たちは勝てたのですか？　結束が私たちに力を与えたからでは？　誰もがすでにわかっていることを、いったい何度、ハンターとバジルに説明させる気ですか？」

このホスピタルの発言は強い共感（シンパシー）の波を伴い、幹部席に座る者たちだけでなく、ヘンリーやその場にいる全員にも、高らかに響き渡るように聞こえていた。たちまちメイプルとトロイが、ホスピタルの主張の正しさを信じる共感（シンパシー）の波を発した。ショーンは、はなからラスティとシルヴィアを疑っていないので、ただ共感（シンパシー）の波を心地よく感じている。

ブロンは平静を装ったが、ホスピタルが発した共感（シンパシー）の強さに驚嘆し、メイプル、ショーン、トロイが、まるでホスピタル配下のように思えたことに衝撃を受けていた。

彼らはただ緊密に協力し合っているのではなく、秩序立った関係になろうとしていた。

ホスピタルに、〈ガーディアンズ〉のみならず、〈ビリークラブ〉、〈白い要塞（ホワイト・キープ）〉、〈マリーン〉が従うという、新たな勢力（パワー）が形成されようとしているのだ。

当然ながらそれは、〈評議会（カウンセル）〉における最大派閥が生まれることを意味する。ハンターとバジル以外、誰にも逆らうことができないホスピタル派という勢力（パワー）が。

ブロンの驚きが共感（シンパシー）の波となって広がるや、ケイトがすかさず声をあげた。

「疑うわけではありません。私たちにできることはないかと尋ねたかっただけです」

これは〈魔女〉全員の危機感のあらわれだった。〈ガーディアンズ〉と競い、より多くのファシリティの管理権限を勝ち取りたいのに、今の〈評議会（カウンセル）〉の状況は、その実現をとことん遠のかせるものだった。

「お前たちを疑っちゃいねえさ、ケイト。とりわけお前さんは、眠っちまったハンターを一緒に守ってくれたんだからな」

バジルは鷹揚に言ってから、ホスピタルへ声をかけた。

「ありがとうよ、ホスピタル。ホワイトコーブ病院で、ハンターや仲間と合流したときのことを思い出すぜ。全員が全員を信じ抜いたから、あの抗争に勝てたし、〈ファンドマネジャー〉をとっ捕まえられたんだ」

それが、ラスティとシルヴィアに関する疑問を封じるための駄目押しとなった。

「おれも思い出す」

それまで沈黙を保っていたハンターが厳かに言った。

「そして今、当時をはるかに上回る結束の力を得たと確信している。都市を均一化（イコライズ）するために必要不可欠な力を。それを最大化（マキシマイズ）するためにも、合法化（リーガライズ）、収益化（マネタイズ）、そして組織化（オーガナイズ）を進めねばならない。そこで、おれからも質問がある。合法的な収益化（マネタイズ）による利益目標は？　組織化（オーガナイズ）の拡張にはどのような人材や集団が必要だ？　一年以内に成長は可能か？　五年以内に何が達成できる？　みなの最も野心的な考えを聞かせてくれ」

## 31

誰もが競うように野心的な展望を語ってのち、その日の〈評議会（カウンセル）〉は解散となった。世間話に時間を費す者はおらず、〈クインテット〉と〈ガーディアンズ〉を除いてみな速やかに席を立ち、ヘンリーに礼を述べ、それぞれの乗物へ向かった。〈白い要塞（ホワイト・キープ）〉が護衛の水上バイクを引き連れて桟橋を離れ、駐車場に置かれていた車輛が次々に出発した。

リリーにまたがったミランダが、オーキッドと手を振り合いながらリディアの車を追った。

ハンターたちはボートハウスのリビングに入り、大半がソファに座った。猟犬たちがそばで寛（くつろ）ぎ、アンドレ、モルチャリー、ストレッチャーは、すっかり親しくなって談笑しながらヘンリーの後片付けを手伝っている。

エリクソンが、ズボンのポケットをごそごそやって振動する携帯電話を出し、「リバーサイド・カジノからだ」と呟くと、立ち上がって大股で廊下へ向かった。

オーキッドも携帯電話を取り出し、ハンターに言った。

「〈スネークハント〉のバリーから、あんたと話したいというメッセージが来てる」

「話そう。かけてくれ」

オーキッドがコールし、バリーが出ると、携帯電話をハンターに渡した。

「おれだ。報告することが？」

《はい、ハンター。例の捜索で、有力な手がかりを見つけました。医療記録です》

「ナタリア・ボイルドのものだという確証があるのだな？」

《間違いありません。ある母子を、〈楽園〉から市内の病院へ移送した記録も見つけました。偽名が使われていますが、ナタリア・ボイルドとその母親であることは確かです。移送後の医療記録によれば、まずビル・シールズ博士が勤めていた病院に入り、その後、市内の病院を転々としています。母親が死亡する前後、ナタリア・ボイルドに主治医がつくようになりました。どうやらその主治医が、生活全般の手配もしていたようです》

「主治医の名は？」

《ジェラルド・オールコック。神経医学の専門家で、高名な医科学者です》

「その医師をマークし、ナタリア・ボイルドの所在をつかめ。ただし、うかつに近づいて捜索を悟られるな。シザースの反撃は思わぬところから来る」

《承知しました》

ハンターが通話をオフにし、オーキッドへ携帯電話を返した。

「話しぶりからするに、いよいよ手が届きそうだな。さすが〈スネークハント〉だ」

オーキッドが感心したが、バジルは疑わしげだ。

「その娘が本当にシザースの親玉なら、他のシザース全員が待ち構えているだろうよ」

ハンターがうなずいた。

「ラスティとシルヴィアの共感（シンパシー）を失わせたのがシザースである可能性を否定できない限り、積極的に攻めることはできない。二人と同じ兆しがある者はいないのだな、ホスピタル？」

「はい。今後のことは正直わかりませんが……ただ、もし共感（シンパシー）を失う者が次々に現れるようなことになれば、むしろ原因の追及が容易になるかもしれません」

バジルが忌まわしそうに唸った。

「病気みたいに広がりゃ、かえって治療法もわかるかもしれねえと？」

そこへエリクソンが携帯電話を手に戻り、何かを言いかけて口をつぐみ、立ったまま興味深そうに仲間の会話を聞いた。

「あくまで可能性です。ただ、私たちの検診記録によれば、まずラスティが共感（シンパシー）を失い、次にシルヴィアが同様の状態になりました。もし二人の周囲で同じことが起こる場合、原因を解明して治療法を確立するまで、隔離などの防疫手段が必要かもしれません」

オーキッドがカウボーイハットを膝に置いて頭上を仰ぎ、深々と嘆息して言った。

「それではラスティとシルヴィアが魔女狩りの標的になる。ただでさえシルヴィアが危険分子扱いされるのを避けようとしているのに、さらに二人が共感（シンパシー）の喪失を病気のように広めるかもしれないなんて話してみろ。過剰反応する者が出るに決まっている」

「そうして同士討ちを誘発することが目的なら、まさにシザースの手口に思える」

ハンターは言って、座ろうとしないエリクソンへ目を向けた。

「どうした？　何か早急に知らせることがあるのか？」

「このあと、ラスティをホスピタルに診せるためにリバーサイドへ行く予定だったな？」

エリクソンが尋ね返した。

「はい。何か問題が？」

ホスピタルが首を傾げた。エリクソンは携帯電話の角でこめかみを掻きながら言った。

「問題なんだろうが、よくわからん。ラスティとトーチ爺さんが人を殺したらしい」

バジルが目を見開いて立ち上がった。

「襲われたのか？　それとも襲ったのか？」

「ベンヴェリオの部下が言うには、トーチ爺さんが違法な薬物を作り、ラスティと一緒に閉じ込められている金持ちの子どもに飲ませて、中毒死させたらしい」

沈黙が降りた。誰もが、トーチの務めのことを思い出していた。地獄の底の拷問官として、彼が持っているはずの優れた技術を。

「あの爺さんは、人を生かす天才だぞ。どんなにずたずたにされた人間でも生かし続ける。なのに、何の関係もねえガキを、うっかりヤクで死なせたってのか？」

嚙みつくようにまくし立てるバジルに向かって、エリクソンは大きな肩をすくめた。

「おれに訊いても仕方がない」

ハンターも立ち上がって言った。

「ラスティとミスター・トーチに話を聞こう」

みな次々に席を立ち、庭に出てヘンリーに感謝を述べ、モルチャリーとストレッチャーに出発を告げると、慌ただしく〈ハウス〉と〈アーク〉に乗り込んだ。ホスピタルは〈アーク〉に乗り、モルチャリーとストレッチャーになぜ急ぐのかを説明した。

サウスサイドから海岸線を進み、彼らの領土となったマルセル島を経由してリバーサイドを北上した。コルチ族の土地に入ると、出入り口を見張っていた現地の保安官が車から出てきて、親しげに手を振った。〈ハウス〉も〈アーク〉もこの土地の常連なのだ。

リバーサイド・カジノに隣接するホテルの駐車場に二台の車輛が停められた。ジェミニとナイトメア、アンドレ、モルチャリー、ストレッチャーが待機し、それ以外の面々と姿を消したシルフィードが、ホテルのロビーへ向かった。そこでベンヴェリオの部下と息子たちが出迎え、ともにエレベーターに乗ってラスティとトーチの部屋がある階へ向かった。

「死んだのは〈鶏小屋（チキン・コープ）〉ビジネスで預かっていたノースヒルの金持ちの息子だ。市のリハビリ施設じゃヤクを食うことをやめられないって言うんで、こっちで預かった。禁断症状でおかしくなって自殺しようとしたこともあるガキさ。正直、いつか自分から毒を食って死ぬんじゃないかと思っていたぜ……、くそったれ」

そう説明したのは、ベンヴェリオの次男のデクラン・クォーツで、薬物依存への嫌悪がはっきり顔に出ていた。中毒者の面倒を押しつけられることに倦（う）んでいるのだ。

「こうした場合の対処法は決まっているのか？」

ハンターが訊いた。

「親父が決める。親に話して遺体を返すか、切り刻んでワニに食わせるか……」

デクランは、後者の務めを命じられることを恐れるように、ぶるっと身を震わせた。

「事故か、意図的に死なせたか、どちらだと思う？」

「どうにかしらふだったやつに、なんで毒を与えたかって？　中毒者ってのは毒だとわかっていて食うやつのことを言うんだぞ。そりゃ、おっ死（ち）んでほしくて食わせたんだろ」

デクランの言葉に誰も反論しなかった。目的の階に着くと、デクランはカードキーをハンターに渡して部屋の番号を教えた。ハンターは彼らに礼を言い、バジル、不可視のシルフィード、オーキッド、エリクソン、ホスピタルとともに通路奥へ進んで『清掃不要』のタグがノブにかけられたスウィートルームに入った。

むっと淀んだ空気が廊下へ流れ出した。床にはボトルやグラスが散乱し、テーブルには食べかすがこびりついた皿が積まれ、灰皿には合法大麻の吸い殻がぎっしり詰まっている。いかにも「パーティ三昧」の様子が窺える部屋の片隅に、ラスティとトーチが床に座り、壁に背をつけていた。怯えて部屋の隅に追いやられた小さな獣たちのようだった。

「ラスティ、ミスター・トーチ」

ハンターが変わらない調子で呼びかけたが、誰もが異変を感じていた。ラスティがそうであるように、なぜかトーチからも共感の波を感じ取れなくなっていた。二人が共感の輪の外にいることは明らかだった。

トーチがもごもご呟いた。

「何かしくじったのかって、爺さん、そればっか訊くんだ」

ラスティが言った。

「〈セメタリー〉がなくなって、リハビリ施設で働けって言われたから、その準備っていうか練習をしただけだって。ヤク中の始末をするのが新しい仕事だと信じてんだ、爺さん。そんで張り切って、めちゃくちゃハイになりながら天国にぶっ飛べるヤクを作ったんだ」

誰もすぐに口を開かなかった。トーチが、ハンターの役に立ちたいと願いながら、それとは違う行為にとらわれたのは明らかだった。ラスティやシルヴィアと同じで、勝手に作り上げた自分の務めにしがみつき、間違っていると指摘されることを恐れていた。

「二人ともホスピタルの検診を受けろ。ラスティからだ。誰かミスター・トーチをソファに座らせてやれ」

ハンターの指示で、バジルがラスティに手を差し伸べて立たせた。オーキッドとエリクソンが、悄然と虚脱するトーチを両脇から支えてソファに座らせた。

「こいつを頼む」

バジルが、うつむくラスティの肩を抱いて、ホスピタルに言った。

ホスピタルはうなずいてラスティの手を引き、ベッドルームに入ってドアを閉めた。

「おれは、どうしちまったんだ？」

ラスティが、億劫そうにベッドに座って訊いた。

「わかりません。前回の検診でも、肉体的な異常は見つかりませんでした」

「トーチ爺さんも？」

「はい。ここに来た際、私が健康状態を調べましたが、問題はありませんでした」

「なのにトーチ爺さんまでおかしくなっちまった。やっぱ、おれがそばにいたからか？」

ホスピタルは哀れみが眼差しにあらわれないよう気をつけながら、ラスティを見つめた。

「おれが最初だって、みんなわかってるんだろ？　ビジネスでしくじったあと、おれがシルヴィアに、借りを返そうって言ったんだ。シルヴィアは悩んでる感じだった。おれの言うことが正しいのかどうか考えてたんだ。でも結局、おれがシルヴィアに間違ったことをさせた。もしかするとボートカジノの話が出たときから、そうだったのかもな。トーチ爺さんだって、ここに来たときは自分が何をすりゃいいかわかった。新しい仕事をすることになるけど、やれる自信はあるって言ってた。なのに気づいたら、何の意味もなくガキを殺してたんだ。自分がやってきたことの一つだからっていう、それだけの理由で」

「ラスティ……、あまり思い詰めないで」

「おれが始まりだ。おれのそばにいるやつが共感(シンパシー)を失うんだ。おれが仲間をおかしくさせちまってるんだ。そのうち兄貴やお前まで、そんなふうにしちまうかもしれねえだろ。だから……、そうなる前に、自分の始末をつけなきゃなんねえ――」

「いけません、ラスティ」

ホスピタルは強い調子で遮ると、ラスティの隣に座り、その頭を抱き寄せた。

「そんなことをしてしまっては、異変の原因を突き止められなくなります。あなたが重要なんです。ハンターと私たちのために、心を強く持ってください。辛いでしょうが……、耐えることが、今のあなたの役目なんです」

ラスティは、ホスピタルに抱かれながら身を震わせてすすり泣き、小さくうなずいた。

「見るからにラスティが元凶って感じだぜ。これがシザースの手口なら、おれたちの手でラスティを始末させようって魂胆だろう。あるいは、あいつ自身の手で」

リビングでの会話を避けてパウダールームに入ったハンターへ、バジルが言った。

「同感だ。何者にも屈しない相手を葬るには、その者自身に、死を選ばせるしかない」

「マジで病気みたいに広がってると思うか？」

「不明だ。何かが共感（シンパシー）の輪を侵蝕する気配は、感知できていない」

ハンターは、いつの間にか洗面台に現れたクーラーボックスを見ていた。くすんだ肩掛けベルトが床一面に広がるばかりか、壁や天井に張りつき、バジルの身にも絡みついていた。しゅうしゅうと音をたて、ゆっくりと波打ちながら広がる肩掛けベルトが、ゆらぎを拡張し、異変の正体を突き止めようとしているのだった。

そこへオーキッドが足早に入って来た。肩掛けベルトがその脚に絡みつき、異常はないか丹念に調べたが、ハンター以外の誰かがその様子を認識することはなかった。

「ベンヴェリオが来た」

オーキッドの口調と共感（シンパシー）が、切迫感をハンターとバジルへ伝えた。

ハンターがうなずき返してパウダールームから出た。いつの間にかクーラーボックスは消えていたが、肩掛けベルトがうねるしゅうしゅうという音が足元で続いていた。

リビングではベンヴェリオが、エリクソンとトーチの前で突っ立ち、高価なスウィートがゴミだらけになっていることを嘆くようにかぶりを振っていたものの、現れたハンターたちに文句を言うことはなかった。

「死んだ子どもをどうするか決まった」

そう告げるベンヴェリオから、ハンターとバジルはすぐさま異常を感じ取った。

「大したことではない。死体を親に引き取らせるだけだ。事件にもならん。こちらで預かるとき、こうしたリスクもあると認めさせる契約書も交わしている。父親と電話で話したが、あちらは一家の恥が無事に天に召されたことに安心しておった」

「わざわざ伝えに来てくれて感謝する、ベンヴェリオ」

「構わんよ、ハンター。他にも、お前さんに言っておかなきゃならんことがあるからな」

「それは？」

「マクスウェルが二度と面倒ごとを起こさんようにしてくれた礼のことだ。〈ダガーズ〉は、この土地きっての戦士だが、彼らだけではマルセル島をひっくり返してマクスウェルを刑務所に送ることなどできはしなかった」

「ともに戦えたからこその勝利だ。こちらこそ感謝している。それで、礼とは？」

「ラスティから、お前さんの部下が証人保護プログラムを受け入れたと聞いた。とんでもない裏切りだ。お前さんにはいろいろと借りがある。ここらで一つ返すべきだろう。というのも、なぜかお前さんと疎遠になりつつあると思えて仕方なくてな。今では立派な議員様なのだから仕方のないことだとはいえ、この友人の存在を忘れてほしくはない。まあ、お前さんのことだから、わしの手を借りる必要はないと言いそうだが」

「その通りだ、ベンヴェリオ。仲間を保護証人にしたのは理由があってのことだ」

「あんたにも、ままならないことがある。そういうときに手を貸すのが友人というものだ」

「いったい何をした？」

　バジルが、ハンターの傍らで鋭く問うた。

「まあ、落ち着け。お前さんたちの面子（メンツ）を潰すつもりはない。付き合いのある相手に、電話をかけただけだ。こうした問題に対処してくれる、信頼の置ける相手に。〈ダガーズ〉は今、そいつのもとにいる。ダウンタウンだかどこだかに潜み、チャンスを窺っているところだ。保護証人などという不埒な道を選んだ裏切り者を、この世から消すためにな」

　にこにこと愛想良く告げるベンヴェリオを殴り倒さぬよう、バジルは歯を食いしばって片方の手でもう片方の拳を握り込んだ。

「マジで病気みたいに広がるってのか」

　ベンヴェリオもまたハンターとの共感（シンパシー）の絆を失っていた。いつからかも、なぜかも不明のまま、ラスティの周囲で共感（シンパシー）の喪失が起こるという事実が、さらに一つ増えたのだ。

「ありがたい話だ、ベンヴェリオ。その電話相手の名と住所を教えてほしい。それと、おれとあなたの絆は不変であると言わせてもらおう」

　ハンターが手を差し出すと、ベンヴェリオは喜んで握った。そうしてハンターの針を新たに植え込まれても、ベンヴェリオは共感（シンパシー）を失ったままだった。共感（シンパシー）を感じるために必要な脳の中の何かが、すっかり麻痺していた。

ラスティもトーチもベンヴェリオも、ハンターの役に立ちたいと願っていることに変わりはなかった。だが何がハンターの利益になるか理解できないまま共感（シンパシー）の輪に連なり続けようと努め、かえって強固なはずの絆に亀裂と混乱を波紋のように広げていた。

## 32

ウフコックはこれまで以上に、ハンターの共感（シンパシー）の輪について考えることをやめられなくなっていた。最後の検診で見た夢についても。果たしてあれは自分の脳が作り上げた夢幻の産物だろうか？　そうは思えなかった。あのとき自分は意図せず、精神のネットワークとでも言うべき場所に入り込んだのではないだろうか。つまるところシザースの世界に。

体内に埋め込まれたままのハンターの針が、送受信機と言おうか、アクセスコードと言おうか、そのような働きをしたことで、自分はシザースの世界に入り込んだのだ。そう考えると実にしっくりくるものがあった。

ハンターがシザースの亜種であるとはバロットが立てた仮説だが、〈ウィスパー〉を使っての実験は、まさにその仮説が正しかったことを証明していた。

イースターの提案どおり、ハンターの針を構成するワイヤー・ワームの一部を採取して培養したものを〈ウィスパー〉の枝先の一つに移植した。〈ウィスパー〉はただちにその獰猛（どうもう）きわまりない植物ならではの支配欲でもってワイヤー・ワームを解析し尽くし、自分に必要ない要素を全て排除した。とりわけ動物の神経系に作用して麻薬のような効果を発揮する要素は完全に消し去った。

共感（シンパシー）を失って苦しんでいた頃のシルヴィアは、離脱症状に近い苦痛の匂いを漂わせていたものだが、実際ハンターの針には、それを打たれた者同士の利益を追求することで、達成感が増幅される仕組みを備えている。その仕組みに従うあまり達成感が強烈な多幸感へと変わることで依存症のような状態に陥るのだ。

そうした不要な機能を排除すると、〈ウィスパー〉は独自にワイヤー・ワームの活用法を見出し、ほどなくして小さな緑色の果実を作り出した。ワイヤー・ワームを増殖させてできた、熟すことのない果実を。

イースターが調べたところ、その果実は仮想空間のサーバーおよび通信機能を備えていた。その果実に通信すると、〈ウィスパー〉が無数の根を広げ続ける培養槽が存在する地下施設そっくりの仮想空間へのアクセスを促されるのだ。

「同種の存在とリアルタイムで同期するための仮想空間だよ。〈ウィスパー〉と同じ存在が他にいないから使い道はないけどね。ただ〈ウィスパー〉らしいことに、アクセスした相手を百パーセント自分に従属させることを前提としているから、改良を加えればハッキング対策にもなるかも」

というのがイースターの所見で、ウフコックは大いに興味を惹かれた。ある空間を共有する者たちを揃って何かに従属させることは、まさにあらゆる共同体の形成原理ではないだろうか。それはまた共感(シンパシー)の輪を広げて勢力(パワー)を成長させることで権力(パワー)を得ようとしているハンターの行動原理と言ってもいい。

「新しい文明の誕生は、三博士の一人サラノイ・ウェンディのテーマでもあったな」

イースターは、過去の〈楽園〉暮らしの頃を思い出すような遠い目をして言った。

「昔、シザース研究の初期レポートを見た。五感や思考や知識といった人格的存在を構成する要素を共有し合う新人類の誕生を目指すと書かれていたよ。ただ、単純に何もかも共有すると、自分が沢山いるのと同じでどれが自分の体かわからなくなるんだ。とんでもなく遠回りな手段で統合失調症患者を生み出すようなものさ。初期のシザース実験の対象になった猿たちなんて自分を探して大混乱に陥り、一頭を残して共食いで死んでしまった」

「その一頭が、スクリュウか？」

「初代のね。初期シザースが完成するまで、何代のスクリュウが死んだことやら」

なるほど、とウフコックは納得した。ゆらぎとはそのためにあるのだ。いったいいつそのような観念的な言葉を自分が知ったかわからなかったが、強い確信があった。

つまるところ自他の区別をどう共有するかが人格共有者にとって進化的袋小路に陥ってしまわないための大いなる課題なのだ。シザースの構成員が、それぞれ違う肉体を持つ存在であるという認識を保ち続けるには、水に浮かべた氷がいつまでも溶けないようにするような努力が必要とされるに違いない。さもなくば多数の人格が一つのスープと化し、どの肉体も自分のもので、同時にどれも自分のものではなくなる。では、肉体の全てが一つの人格に従属する端末になるとして、そこにどんな問題があるだろう？

猿たちは、実験の意図が理解できずに混乱したに違いない。だが十分にシザースの理念とコンセプトを理解して参加した人々であれば、究極的には、巨大で複雑で込み入った一つの人格になってしまうことを受け入れるのではないだろうか？

おそらく受け入れるだろう。さらにそのうえで、端末に過ぎない肉体に個々の人格を持たせ続けるのは何のためか？　効率よく個々のパフォーマンスを発揮できるから？　それとも究極のシザースになるための過程？

いくら問いと推測を重ねても、シザースの過去はともあれ、今と将来については見当もつかなかった。ただウフコックにわかるのは、夢に見たあの場所に再び行き、そこで何かを得るには、ゆらぎが必要だということだ。それがハンターの針をきっかけにして自分の中で芽生えているような気がするが、代わりに自分の肉体に何かが起こっていた。

「はっきり言うぞ、ウフコック。このところ検診のたびに、お前の体のどこかで今までになかった変化が確認されている」

イースターは、聞き分けのない患者に対して苛立ちを募らせる医師そのものの様子で、叱りつけるようにウフコックに言った。

「除去したストレージ細胞の一部は明らかに変異していた。前例がないせいで、いぼなのか癌細胞なのか新機能が追加されたのかすらも不明だ。変身（ターン）のための素材の貯蔵所である亜空間を、その体内で維持する遺伝子式制御装置にも同様の変異が認められた。今はまだお前を構成する多層構造の深層で小さな変化が起きているだけだが、そのうち最表層である小さなネズミの体に悪しき何かが出現するんじゃないかと心配しているんだよ」

だがウフコックには、ハンターの針がそれほどの影響を与えているとは思えなかった。なぜなら〈ウィスパー〉は、たやすくそれを無害化したからだ。

とはいえ因果関係はありそうだった。ハンターの針を打たれたことがトリガーになったと推測するのは自然なことだ。それは果たしてイースターの言うような悪しき何かの出現につながるだろうか？　それとも新たな何かを獲得する前兆だろうか？　たとえば、ゆらぎを得るというような。

いったいおれの中で何が起こっているのか？

わからなかった。ただ、全てが同時に進行していることはわかっていた。それがどのような結果をもたらすかを恐れていては、ハンターに手が届くことはないということも。

「ウフコック？」

バロットが首につけたチョーカーのクリスタルを、指でとんとんと叩いた。

それでウフコックは我に返ったが、一瞬どこにいるのかわからなかった。自分の人格的存在が境界線を失ったのかと不安になったが、そうではなく、単に考え事に没頭していただけだった。

「すまない。ハンターやシザースのことを考えていたんだ」

ウフコックはチョーカー姿のまま、バロットが〈ミスター・スノウ〉を運転して昼下がりのイースト・アヴェニューを南へ進んでいることを認識した。クローバー教授の自宅兼オフィスに向かっているのだ。

「体調が悪いの？　検診スケジュールを見たら、あなただけ再検診をしたみたいだけど」

「〈ウィスパー〉に移植したハンターの針と、おれの中にあるものとを比較するためだ」

ウフコックは言った。自分の体の変化については意識して伏せていた。ただでさえ忙しいバロットに、余計な心配の種を与えたくなかった。

「何かわかりそう？」

「ハンターがシザースの亜種であることは確実だ。〈ウィスパー〉はハンターのワイヤー・ワームを使って、シザースそっくりの機能を作り出した。今のところは使い道がないが、ハンターの共感(シンパシー)の輪になぜ綻(ほころ)びが生じたかを調べるには、良い素材になるかもしれない」

「どうしたら綻ばせられるかも？」

「もしそれがわかれば、ハンターにとって最も手痛い打撃を与えてやれる」

「大勢がシルヴィア・フューリーみたいにハンターから離れるかも」

バロットは期待を込めて同意したが、同時に警戒の匂いを漂わせてもいた。

もし共感(シンパシー)喪失の原因をオフィスが突き止めたら、ハンターはただちにシルヴィアの奪還と、自身の能力(ギフト)の弱点を補うべく対策をはかるだろう。

「その場合、どれくらいの間、ハンターに知られずにいられるかが攻略の鍵になる」

ウフコックは、バロットの警戒心のほうに合わせて言った。

「法務局を通して開示を請求されても、ハンターとは直接関係がない、保護証人の身体的調査の結果ってことにすれば、しばらく隠せると思う」

バロットが法学生らしく意見しながら街路樹が並ぶ住宅街のストリートに入った。

「そのうえで、調査の結果が疑わしいとして封印してしまってもいい」

ウフコックが、すでにその重要な情報を手に入れたような調子で言った。科学的な調査よりも、法的な事前策について話すほうがバロットにとって学びがあるからだ。

バロットは、「なるほど」と呟いて、クローバー教授の自宅前に停められた見慣れない高級ガソリン車の後ろに〈ミスター・スノウ〉を停めた。車を降りて与えられた鍵を使い、ドアベルも鳴らさず建物に入った。必要に応じて出入りし、くれぐれもドアベルなど鳴らして仕事を妨げてはならない、とクローバー教授から言いつけられているのだ。

「どうですか。素晴らしく香りが引き立つでしょう」

ほぼ事務所と化しているリビングを横目にダイニングに行くと、クローバー教授が心地よさそうにダイニングチェアに座り、自慢げにカップを手にしていた。

その隣ではオリビアがカップを両手で抱えるようにして愛想良く微笑んでいる。どっしりとした木材のテーブルの反対側では、ジェラルド・オールコック医師がカップの中身に軽く口をつけ、いかにも同意するというようにうなずいていた。

「確かに、良い買い物をしましたね。私が勧めている病院でも、ここと同じコーヒーメーカーを導入するよう勧めましょう。ああ、どうもミズ・フェニックス」

「こんにちは、ドクター・オールコック。打ち合わせですか、教授？」

バロットは、しらばっくれて訊いた。

「少々、ドクターに質問があってな。君は構わず自分の仕事をしていなさい」

「はい、教授」

「ああ、コーヒーが残っているから、よかったら持って行くといい」

「ありがとうございます」

バロットは、自分用のカップを棚から取り、コーヒーメーカーの中身を注いだ。以前イースターからコーヒーについてみっちり教わったバロットにとって、大げさに誉めるようなものではなかった。クローバー教授は、日々の支出を抑えることに静かな喜びを覚える人物で、自宅のコーヒーメーカーもコーヒー豆もワゴンセールで仕入れたものだ。
それなのにわざわざ自慢げに話すのは、ジェラルドが内心とは裏腹のことを言うときの匂いをウフコックに嗅ぎ取らせるためだ。さっそくクローバー教授がジャブを放っているわけだが、ウフコックの嗅覚はこの時点でそれ以上のことを嗅ぎ取っていた。
《あの医師から、準備万端という匂いがする。何を質問されるか予期しているんだな》
バロットは自分の席につき、美味くもまずくもないコーヒーを脇に置いた。
《意外な質問が来るんじゃないかっていう不安は？》
《ないようだ。クローバー教授の意図を探ろうとしている》
単純にジェラルド・オールコック医師の人柄を考えれば当然の態度と言えたが、探ろうとしているという言葉にバロットは引っかかりを覚えた。
何を探るのか？　オクトーバー社に対する集団訴訟を、政府機関による告訴につなげたいという彼の願いに、クローバー教授が応じるかどうかだろうか。それ以外に想像がつかないままバロットは端末を起動させ、証言録取の文字起こしデータを呼び出した。
証言録取の内容を要約してまとめることは機械の仕事だった。バロットの仕事は整合性のチェックで、原告と被告の弁護士による質疑と証人たちの応答から、「時系列の矛盾」

「因果関係の錯誤」「人名の勘違い」といった基本的な食い違いを検索して洗い出した。もし原告側に食い違いがあれば再度証言を求めて修正させ、被告側の食い違いを見つけたら、つけいる隙として利用できるかどうか検証する。

集団訴訟が認証される要件の一つは、代表当事者をふくめ原告が四十名いることだが、今回は百名近くも参加しているため証言録取のデータは膨大だった。全てをプリントアウトしようものなら、天井まで積み上がるファイルの束に囲まれることになる。

バロットが手早く仕事をこなすうち、クローバー教授が穏やかに尋ねる声が聞こえた。

「ところで、生命保全プログラムを申請なさったのですか？　命の危機を感じておられるとはうかがっておりませんでしたが」

「なるほど、今日呼ばれたのはそのことが理由でしたか。これは失礼。実は私もつい先日初めてその申請のことを知りましてね」

「初めて？」

「ええ。法務局から送られて来たファイルを秘書が開くまで知りませんでした」

「あなた自身に申請の意思はなかったと？」

「意思はあると言えるでしょう。何しろしょっちゅう大企業や由緒ある団体が不利になる証言をしていますから、我が身の危険について話すことはあります」

「どなたに？」

「証人になることに不安はないのかと尋ねてくる全ての人々にですよ」

「そのうちの誰かがあなたに代わって申請をしたと？　今回の集団訴訟で証人となることを誰かに話したのですか？」

「いいえ。もちろん秘匿義務については理解しています。あなた方の法廷戦術において私が存在を秘すべき切り札であることもね。ただ、集団訴訟のニュースを見て、私が証人として立つことを予期した者が法務局にいたということです。オクトーバー社は何かと悪い噂の絶えない企業ですから、危機感を持ってくれたのでしょう」

「当事者の意思を無視した申請は、立派な条例違反行為なのですがね」

「ええ。だからでしょう。書類は仮申請のものでした」

クローバー教授とオリビアが、それなら問題ないというように微笑んだ。もちろんグレーゾーンだからといって深刻な申請を気軽に行っていいはずがない。とはいえジェラルドが知らなかったと言い張る限り、彼を咎めることはできなかった。

「では、ある連邦政府機関の人員が、あなたの知見をもとにオクトーバー社を告訴すべきとする書類を提出したことはご存じですか？」

「ほう、そんなことが？　まあ、同じことが過去にもありましたし、誰かが私の主張を活用しても驚きはしません。メディアに面白おかしく書かれるよりは有意義だ」

「集団訴訟を連邦裁判所に持ち込まれては、原告たちを救済できなくなります」

「その点は教授とお話しした通り、私も同感です。その連邦政府機関に動きが？」

「いえ。今のところ、この都市に派遣された人員の権限を多少増やした程度ですな」

「でしたら集団訴訟に影響が出るとは思えませんが」

「そう願っておりますよ。ちなみに、この連邦政府機関の人員とはお知り合いでは？」

「さて。確かにそうした機関で働く旧友はいます。何という名前ですか？」

「マルコム・アクセルロッド」

ジェラルドは間を置いてから、ああ、と懐かしそうにうなずいてみせた。

「かなり前ですが、私が担当した患者ですね。脳腫瘍の治療のためシンフォレスト病院で入院していました。そうですか。お元気でやっておられるなら何よりです」

「連絡は取っていないのですか？」

「退院後、何年かは彼からグリーティングカードが来ていましたが、最近は何も」

「奇しくもあなたが集団訴訟の証人となろうというとき、かつての患者が同じくオクトーバー社を訴えようとするとは、驚きですな」

「そうでしょうか？　志を同じくする者は、気づけば自然と助け合っているものです」

「以心伝心というやつですな」

「まさにその通り」

バロットは目の前の仕事を続けながら、ジェラルドの姿勢や動作を感覚していた。おかしな点があればすぐに察する自信はあったが、何の違和感もなかった。

ウフコックも同様で、むしろクローバー教授とオリビアの意図を不思議がって言った。

《二人は、ずいぶんとオールコック医師を疑っているな。何か問題が？》

《ごめんなさい、ウフコック。あなたにも言わないようにって教授から言われているの》

《先入観を抱かないようにか？　オールコック医師は嘘をついていないし、心から君たちに協力しようとしている。おかしな匂いは何も――》

ウフコックは、反射的にバロットと通信するのをやめた。

いつの間にかジェラルドがバロットのすぐそばに立ち、じっと彼女を見つめていた。

そんなはずがない。ウフコックは驚愕し、周囲を認識する自分の機能に異常が起こったのかと不安を覚えた。だがどう見てもジェラルドはそこにいた。ウフコックとバロットの会話を聞きつけ、ストーンなみの速度でダイニングから移動したかのように。

「宮殿に入ったのかね？」

ジェラルドが、やんわりとバロットに尋ねた。

だがバロットはモニターから目を離しもしない。そもそもジェラルドの声が聞こえていないようだ。これほどおかしなことはないぞ、とウフコックは思った。バロットであれば誰よりも早くジェラルドの移動を感覚できるはずなのに。

とても現実の出来事とは思えず、やはり自分の中の何かが異常をきたしたに違いないとウフコックが考えたとき、ジェラルドはいなくなっていた。

代わりにマルコム連邦捜査官がジェラルドがいた場所に立ち、バロットを覗き込んだ。

「この女じゃない。〈ザ・サム〉の名にかけて違う。だが妙ちきりんなゆらぎが生じたのは確かだ。もしかすると例のネズミが変化を始めたのかもしれん。予言された通りに」

ウフコックは道具に変身(ターン)しているときの常として気配を断ち、存在を悟られないよう努めた。だが気づけばマルコムの視線はバロットが身につけたチョーカーに注がれていた。そればかりかマルコムの手がチョーカーのクリスタルへ伸びたことで、ウフコックは危うく「触るな」とわめきそうになった。自分が触られると思ってのことではなかった。今はただの飾りだが、かつてはバロットが声を発するための道具だったものに、得体の知れない者が触れることに強い抵抗を覚えたのだ。

しかしその前にバロットが、とんとん、とクリスタルを指で叩いていた。

《ウフコック？　また考え事？》

バロットの問いかけに、ウフコックはすぐに答えられなかった。

マルコムが消えていた。まるでモニターをオフにしたように一瞬で。

ジェラルドは変わらずダイニングでクローバー教授やオリビアと話している。ウフコックは、たった今あの医師がそばへ来なかったかとバロットに尋ねようとしてやめた。

《奇妙なことが起こった。今まで経験したことがない何かが》

とたんにバロットから心配と恐れの匂いが漂った。

《あなたの体調がおかしいってこと？》

《いや。君たちがオールコック医師を疑う理由がわかった気がする》

《どういうこと？》

そのとき、バロットのジャケットのポケットで携帯電話がコール音を発した。バロットは能力（ギフト）で瞬時に発信者を確認し、ワンコール目で通話をオンにした。

《フェニックスです》

ダイニングにいるジェラルドに聞かせるべきではないのと、ウフコックにも会話を伝えるため、応答も能力（ギフト）で行った。同時に携帯電話を操作して録音を開始し、会話が終わり次第データを圧縮してオフィスのエイプリルに送信する準備を調えている。

《ヘイ、ぴかぴかきらきらの鏡さん（シャイニー・スパークリング・ミラー・ガール）。ハンサム様からの電話を待ちわびていたか？》

刑務所にいるジェイクの朗らかな声が脳裏で響き、バロットは眉間にきつく皺を寄せた。この男の馴れ馴れしさには一生慣れそうもないと思いながら、淡々と尋ね返した。

《私に何かご用ですか？》

《緊急の用件ってやつだぜ。そっちが匿ってるシルヴィアの命を、〈ダガーズ〉っていうリバーサイドの殺し屋どもが狙ってる。メンバーは十人。全員コルチ族で、クォーツ一家の下で殺しを請け負うヤバい連中だ》

バロットは目の前の仕事を中断し、証言録取の食い違いを洗い出すためのクロス検索データを保存しながら続けて質問した。
《なぜ今、シルヴィアを狙うのですか？》
《クォーツ一家の誰かが不安になったんだろうよ。シルヴィアは、まあ、薬物依存ってやつでファシリティにいたからな。そのときクォーツ一家からヤクでも買ったんだろう》
下手な理屈にもほどがあるとバロットは呆れながら、ハンターの勢力(パワー)の関係図を頭の中で思い描き、クォーツ一家を支配するベンヴェリオ・クォーツが命令を下したと推測できた。他にコルチ族の殺し屋を放てる人物は見当たらなかった。
問題はハンターがジェイクというホットラインを通して警告してきたことだ。ベンヴェリオは以前ハンター配下のマクスウェルと一触即発の状況になったが、レイ・ヒューズに説得されたこともあって自分からは動かなかった。それが今回いきなり殺し屋を十人も放ったのだから何かのたがが外れたとしか言いようがない。ハンターの共感(シンパシー)の輪にまた乱れが生じたのかと問いたかったが、相手が素直に答えるはずもないので別のことを尋ねた。
《その〈ダガーズ〉というグループは今どこにいるかわかりますか？》
《市内のどこかだ。〈キラー・サブ〉って殺し屋は知ってるか？》
受け(サブ)と責め(ドム)というSMを連想させる言葉に、バロットは眉をひそめた。
《知りませんね。おかしなあだ名ですね》

《おかしな？　ああ……、そっちじゃない。潜水艦（サブマリン）だ。深く潜って姿を見せないって意味だ。変な言葉を知ってるんだな。そういう趣味でもあるのか？》

　バロットは間違っても自分の過去についてこの男から言及されることがないよう素早く話を続けた。

《つまり、相手は姿を消していると言いたいのですか？》

《そうだ。〈キラー・サブ〉は殺しを請け負ったり仲介したりするが、正体も居場所もつかませないことが何より得意だって話でな。実のところおれも噂でしか聞いたことがないが、いったん殺しを引き受けたらやり遂げるまで連絡できねえらしい。その凄腕の〈キラー・サブ〉が〈ダガーズ〉と一緒に姿を消してシルヴィアを殺す計画を立ててる》

《ミスター潜水艦（サブマリン）と連絡を取る方法はないと？》

《そういうこった。いったん依頼したらキャンセル不可能の殺し屋だ》

《わかりました。シルヴィアを護衛する者たちに伝えます》

《護衛してやりたいと思ってるやつにも声をかけるんだな》

《それは誰のことですか？》

《さてな。そういうやつを知ってたらの話だ。よろしく頼むぜ、お嬢さん。用件は以上だ。もっとおれと話したい気分かもしれんが、ここの電話はそう長く使えな――》

　バロットは、この男との通話で初めて自分からオフにし、録音データをオフィスに送りながらダイニングへ移動した。殺し屋が十一人も市内に潜伏しているとなれば当然対応が必要となるため、ウフコックをオフィスに戻さねばならなかった。

「クローバー教授、少し外出します」

バロットが告げると、クローバー教授が好きにしろというように肩をすくめ、オリビアがにこやかに手を振り、ジェラルドが最初に味わってのち一向に口をつけようとしないカップを持ったまま軽く微笑んで会釈した。

「ああ、頼んでいたことは片付いたかね？」

「はい、教授」

バロットは何でもないことのように答え、外に出て〈ミスター・スノウ〉に乗り、エンジンをかけながら先ほど中断させられた問いを口にした。

「ねえ。さっき言ってた、私たちがドクター・オールコックを疑う理由って何？」

チョーカーのクリスタルから、確信のこもった声が返ってきた。

「彼はシザースだ。君もそう思っているんだろう？」

# 33

バロットは〈ミスター・スノウ〉に乗ってイースト・アヴェニューを北へ向かいながら、

能力（ギフト）で自分の携帯電話からオリビアへメッセージを送った。

『ペンティーノ氏は、彼が行動で嘘をつくことができると言っています』

これはオリビアならではのシザースの定義だ。彼とはむろんジェラルドのことだった。ウフコックがこうも早く断定するとは思いもよらなかったが、クローバー教授はこの情報をもとに法廷戦術の練り直しを迫られることになる。きわめて有用で捨てがたいジェラルドという証人をリストから消すにせよそうでないにせよ、シザースという想定外かつ未知のファクターを考慮せねばならないからだ。

「なぜオールコック医師がシザースだと思ったんだ？」

チョーカー姿のままウフコックが尋ねた。バロットは同じことをウフコックに問いたかったが自分から答えた。

「オリビアが彼を追跡してたんだけど、オールコック医師とまったく連絡を取り合っていないはずの人たちが、なぜか彼のために行動していることがわかったの」

「生命保全プログラムの仮申請とか？」

「そう。それで私が、シザースかもって考えたの。他に答えが見つからなかったから」

「君はおれと似たような嗅覚を持ってるんだな」

バロットが苦笑をこぼした。

「そんなわけない。そうだったらと願うことはあるけど。あなたはどうして……？」

「おれの中にあるハンターの針だ。あの男の思考を嗅ぎ取るすべになると思っていたが、どうやらシザースのほうとも僅かだがつながれるらしい。先ほどオールコック医師と、いるはずのないマルコム連邦捜査官が、君のそばにいるのが見えた」

バロットは、そのおかしな言葉にぞっとした。

「どういうこと？　オールコック医師はずっと座ったまま……」

「おれにはそういうふうに見えたというだけだ。向こうはおれを認識できなかった」

「シザース同士の……通信みたいなものを傍受したってこと？　つまり、マルコム連邦捜査官も……シザース？」

「おそらくね。感覚の共有は、通信とは根本的に異なるようだが……おれはシザースの世界を少しだけ覗き見ることができるんだ」

「すごい」

バロットは感心したあとで猛烈に不安になった。

「あなたは大丈夫なの？　脳に負荷があるとか？　ハンターみたいに……」

「眠ってしまうかもって？　こうして覚醒しているし君との会話にも問題はなさそうだ」

「本当に大丈夫？　お願いだから、すぐドクターに確かめてもらって」

(例のネズミが変化を始めた)

「おれの環境認識能力に、言わば特殊なオプションが一つ追加されたに過ぎないな」

ウフコックは彼女を不安にさせたくないがために、生まれて初めて滑らかに嘘をついた。おそらく影響はあるだろう。それがどういうものか見当もつかないが恐れてはいけないと自分に命じていた。ハンターの考えを嗅ぎ取り、変化を受け入れるべきだった。その周囲で何が起こっているのかを理解するためにも。

そもそもハンターが政治家となり権力(パワー)への道を進むことができたのは、〈円卓〉の支持を勝ち得たという以上にシザースの世界を知ったからだ。ウフコックはそう直感し、ネルソン・フリート元議員とそのそばにハンターがいるニュース映像を思い浮かべた。

市長選に出馬して日々演説を繰り返すネルソンは〈円卓〉が強力に支援する政治家だ。この都市の巨大ビジネスである観光業で影響力を持つ人物が、なぜ突然ハンターを後継者に据えたのか？　改めて考えても理由が見当たらなかった。

（まったく連絡を取り合っていないはずの人たちが、なぜか彼のために行動している）

先ほどのバロットの言葉が思い出された。融合した人格のため、ロボットとして働く肉体たち。ハンターがネルソンをシザースにしたか、はたまたもともとシザースだったネルソンをハンターが支配したとしたら？　そう考えたところで、またしてもチョーカーのクリスタルをバロットの指先にノックされた。

「なんだい？」

「着いたって言ったの」

「ああ……すまない。自分の考えに没頭する癖がついてしまったらしい」

「すごく不安。反応しなくなったハンターを思い出すから」

「悪かった。それだけ興味深いんだ。ハンターとシザースの関係は」

「それは同感だけど」

バロットは、今やウフコックが忠告を聞いてくれないことへの不満を漂わせながら愛車から降りてオフィスの地下駐車場のエレベーターへ向かった。ウフコックはバロットの気分を紛らわすために自分の考えを口にした。

「ハンターを支持するネルソン・フリートも、シザースかもしれない」

バロットは驚くあまり、エレベーターのボタンを押すのを忘れて能力（ギフト）で操作していた。

「どうしてそう思うの？」

「そう考えるのが自然だからだ」

「オクトーバー社が一番多く献金している政治家なのに？」

「〈円卓〉に送り込まれたシザースだったら？　ヴィクトル・メーソンと市長選を争うふりをして自分から落選すれば〈円卓〉のダメージになる。ハンターはその罠を見抜いてネルソンを支配するためにマルセル島で抗争を起こしたのかもしれない」

バロットは頭を左右に振りながら目的の階に出た。ウフコックの考えを否定しているのではなく、シザースについては何であれ可能性があり過ぎて困惑するのだ。

「世の中の全ての問題がシザースのせいだって気にさせられちゃう」

「〈円卓〉の人々も同感だろうね。実際どうなのかは不明だ」

ウフコックは意図して他人事のように返し、バロットが頭を切り替えるのを手伝った。

「あとでクローバー教授とオリビアの意見を聞いてから考える」

バロットは深く呼吸し、目前のことに集中する用意を調えてからイースターがいる所長室に入った。すでにミーティングが始まっており、デスクに腰を下ろしたイースター、ソファに座るスティールとライムが、壁に投影された遠隔通話の映像と向き合っていた。

映像には車の運転席にいるクレア刑事、検察局の一室にいるケネス、〈ステラ〉のボックス席に座るアダムとレイ・ヒューズがおり、入室したバロットへ四人が手を振った。

手を振り返すバロットへ、ライム、スティール、イースターが顔を向けた。

「こんにちは、ルーン」

「行ったり来たりでお疲れ様だな」

「急報と急行ありがとう、バロット。ウフコックもいるね?」

「うん」

とだけ返してバロットもソファの端に腰掛けた。ウフコックが長年の習慣から、こうした場では滅多に声を発さないとわかっていた。

「レイ・ヒューズ、話の続きを聞かせてください」

イースターが促し、レイ・ヒューズが口を開いた。

《さて、昔懐かしい〈キラー・サブ〉がまだ生きていたわけだ。老衰で最後の旅に出たものと思っていたがね。性別は男で、年齢は八十五くらい。十年ほど前の顔を知っているが今も同じかはわからない。昔気質（かたぎ）の始末屋（スイーパー）で、電子機器を一切使わず、主に浮浪者を連絡の中継に使う。ひとたび仕事を引き受けたら、やり遂げるまで誰とも連絡を取らない。気配と姿を消すことにかけては天才的で、殺しの機会を探りながら深く静かに潜り続ける》

「〈ダガーズ〉というグループも同様に身を隠し続けると思いますか？」

スティールが尋ねると、レイ・ヒューズがうなずいた。

《〈ダガーズ〉はベンヴェリオから〈キラー・サブ〉に従うよう厳命されているはずだ。そうでなければ〈キラー・サブ〉は仕事を引き受けない。ちなみに〈ダガーズ〉のメンバーは常に十人だ。多くも少なくもならない。クォーツ一家の配下で最も手強く凶悪であるとベンヴェリオにみなされた者が〈ダガーズ〉となり、欠けた分だけ補充される》

「その最優秀ごろつき賞を取った連中を、あなたならどうやって見つけますか？」

ライムの質問に、レイ・ヒューズがかぶりを振った。

《見つけられる相手ではないと考えるべきだ。あえてターゲットの情報を流しておびき出すしかない。このうえなく用心深い男だから、こちらも巧妙に、相手が予期しないやり方でやる必要がある。私から言えることは以上だ》

レイ・ヒューズはそう告げると、口をつぐんでみなの反応を待った。
《ビル・シールズ博士を保護したときのようにハンプティを使用しては？》
ケネスが意見したが、イースターがすぐさま難点を述べた。
「あれは重大事件の証人でなければ使えないんだ。シルヴィアが〈円卓〉メンバーの起訴につながる証言をするとかでもない限り無理だね。そもそもフラワー法律事務所が作った書類のせいで彼女の証人としての価値はないも同然だし。それにハンプティをセーフハウスとして使えば、相応の連邦機関にシルヴィアを連れて行くしかなくなる」
《つまり〈楽園〉にシルヴィアを奪われかねないので使えない。では、この都市内で殺し屋が諦めるほど長く厳重にガードを固めるか、レイ・ヒューズの言う通りおびき出して捕まえるかの二択になりそうですね》
ケネスが、適切な理由により選択肢を一つ除外した、と告げる口調で言った。
《どちらにしてもシルヴィアに自衛手段を与える必要があるわ。その点はどう？》
クレア刑事が気乗りしない顔で尋ね、イースターが同感だというように肩をすくめた。
「シルヴィアの能力を封印している方法は、あらかた解析できた。ホスピタルの能力のサンプルがあれば完璧だけど、なくても問題ない。彼女が持つという二重能力を復活させれば、素手で人が殺せるし、撃たれても死ななくなる。自衛手段としては十分すぎるほどだ」

「〈楽園〉の能力殺しがあれば再び能力を封印できますし、安心してシルヴィアを餌にできますね。殺し屋どもが彼女の能力の存在を忘れていればの話ですが」

スティールが我ながら疑わしげだという調子で言った。

《忘れはしないだろう。シルヴィアの能力の有無を確かめてからでなければ仕掛けてはこないし、銃では死なない肉体の持ち主とわかれば爆弾など別の手段を講じるはずだ》

レイ・ヒューズが断言し、イースターとクレアとケネスを難しい顔にさせた。

「いずれにせよ生命保全プログラムの規則に従えばシルヴィアの能力は復活させるべきだ。そのことを前提に、いかにして潜水艦を浮上させ撃沈できるか考えよう」

イースターの提案に、ライムが片手を挙げてみなの注目を集めた。

「おれたちだけで考えなくていい。ジェイク・オウルはルーンとの会話で、他にもシルヴィアを護衛したがっているやつがいると言っていた。ハンターやバジルたちのことだ」

スティールが皮肉そうに針金細工みたいな笑みを広げた。

「仲間割れは大変助かりますし、痛快ですね。あの連中がリバーサイドの殺し屋の逮捕に協力したという話を広めれば、ベンヴェリオや他のハンター配下のメンバーを動揺させられるかもしれません」

イースターが興味深そうにうなずいた。

「覚悟のうえでハンターは通報させたんだろう。交渉の価値はある。交渉の席につくのは、バジル・バーンと接点がある二人が適任だと思うけど、どうかな？」

とたんにライムとバロットに他の人々の視線が向けられた。クレア刑事は心配そうに眉をひそめていたが、イースターの意見を否定しなかった。

ライムが、バロットに向かって片眉を上げてみせた。

「おれは構わない。できればペンティーノ氏に同席してほしいが、ルーンはどうする？」

どうするもなかった。バジルの動向を把握することもクローバー教授から命じられた仕事なのだ。バロットは話し合いのあとクローバー教授の自宅に戻って報告するつもりでいたが、その前に一仕事片付けねばならなくなったと早々に観念した。

「私が大学のスクールカウンセリング事務所に連絡してバジルと面談します。今日彼がクラスに出席しているなら大学で話ができるでしょう」

## 34

シルヴィアに殺し屋が放たれたことは、明らかにハンターの共感（シンパシー）の輪がさらに乱れたことを物語っている。シルヴィアやラスティのような側近だけでなく、ベンヴェリオ・クォーツというある種の外郭団体のリーダーにも波及したのだ。ハンターたちはいっそう危機感を強め、必死に法則性を見出して拡大を防ごうとしているに違いない。

しかし果たしてそれはシザースのしわざだろうか？　そうだとして何が狙いなのか？　一見してハンター陣営とオフィス陣営の争いを誘発しているようだが、結果的に宿敵同士の一時的な和解を促しているのが現実だ。バロットにはそれが奇妙だった。

「シザースがリバーサイドのギャングにシルヴィアを狙わせたとして……それがハンターにとってものすごい打撃になるとは思えない」

バロットは首をひねって言った。相変わらずチョーカー姿のウフコックを身につけ、大勢の学生や職員がいるローレンツ大学のカフェテリアの隅のほうで、ライムと一緒にテーブルについていた。以前ハンターが初めてバロットを訪ねた場所で、今こうしてバジルがクラスを終えるのを待っているというのも、実に奇妙なことに思われた。

「ハンターの勢力（パワー）を崩壊させるような打撃にはまずならないだろう。今回のシルヴィアの件はより大きな抗争につなげるための下準備かもしれない」

ライムにも伝わるようにウフコックが声を発した。ざわめきに紛れて周囲には聞こえないため二人だけの通信をやめていた。

「マルセル島でのとんでもない抗争でさえハンターはびくともしなかったがな」

ライムが呟いて売店で買ったコーヒーをすすった。バロットの分も買ってくれており、学生向けの安物ですらクローバー教授の自宅で飲むものよりずっと飲み応えがあった。

バロットはありがたくコーヒーに口をつけつつライムの言葉を思案したが、先ほどから通りがかる学生の多くが自分たちを振り返ることに気づいて眉をひそめた。スクールカウンセルの書類をこれ見よがしにテーブルに置き、これから学生と面談することを示しているため、近寄る者はいない。だがバロットとクラスをともにする女子学生たちがカフェテリアに現れるや、「ハーイ、フェニー」とバロットのファミリーネームを勝手に愛称で呼びながら手を振るので、バロットも振り返した。

女子学生たちはそのまま歩き去ったが、「ワーオ、超ハンサム。ねえ、あれってフェニックスのボーイフレンド？」「まさか。年上すぎよ。クローバー法律事務所の人でしょ」「教授のアソシエートになれたうえに、スーパークールな男と一緒だなんて。ついてる子はどこまでもついてるのね」などと話し合うのが口の動きで感覚された。

そういう視線をずっと受けていたらしいとわかり、バロットは苦い気分でライムの横顔をちらりと見た。確かにハンサムかもしれないが、それはこの男が備えた長所のごく一部なのだと思った。クールどころかとことん冷静（フロスト）で、押し引きの妙手をこともなげに打ってのけることも、この自分の未熟さを誰よりも容赦なく指摘してくれることも、根っからのずぼらだが意外に紳士で気遣い屋であることも、あなた方は知らないのだと。

なぜそんなことを思うのかと不思議になり、眉間に皺を寄せた。

「ずいぶん真剣に考えているな」

ライムが言った。

「はい、シザースのことを」

自分でも驚くほど強い口調でバロットは返した。くすりと笑い声がチョーカーからこぼれたが気にしないようにした。

「急にシザースについて考えるようになったな。何かあったのか？」

ライムが鋭く見抜いた。バロットが答えに困るのを察したウフコックが応えた。

「まだよくわからない。だが何かが起こっている」

「シザースは完璧に一枚岩の集団らしいな。完全に一つの意思を全員が共有していて考え方が互いに食い違うことは全くしない……そんな集団にお目にかかったことはないが」

「それがシザースの特質だ。おれが知るシザースの二人組は意思だけでなく五感も共有していた。思考の匂いだけではどっちのものかわからないくらい同じだった」

「カルトとは違う、人間離れした集団……というか融合体とでも言えばいいのか？　クラゲやサンゴのような群体動物みたいな？　まあ何であれ、そいつらにとって最も価値があることがわかれば目的が推測できるかもしれないが、なんだと思う？」

「さあ。仲間を増やしてこの都市を自分たちのものにすることかもしれない」

「政党やギャングやカルトなら増えよ満ちよが目的と手段を兼ねるが、問題は何のためかだ。この都市がシザースだらけになって、何になる？」

「有用性の証明になる。過去、〈楽園〉を出ることを選択した者たちは手段は異なっても目的は同じだった。廃棄処分を免れることが行動原理だった」

「社会の役に立つことを証明しない限り……か」

ライムはしみじみと呟いた。

「社会のほうこそ、そういう立場に置かれた人間の役に立つことを証明しなきゃならんはずだとおれは思うんだが」

バロットは逸らしていた視線をライムの顔に戻した。そんなことを、さらりと口にできる人間がこの都市にどれほどいるだろう。先ほどの女子学生たちに言ってやりたいことが一つ増えたという思いを頭から追い払って、バロットは会話に参加した。

「今でもシザースは自分たちの有用性を証明しようとしていると思う？」

「当初の行動原理が変質した可能性もあるが、おれはそう思う。もし仮にシザースが有用性の証明という目的を失ったのなら、サラノイ博士の研究テーマからも逸脱し、社会の存在を無視した目的を持っていることになる。だとすると、この都市にいる意味がない」

ライムが、得心したように人差し指をチョーカーに向けた。バロットは自分が指さされるようで落ち着かなかったが、ライムの視線はあくまでウフコックに当てられていた。

「ペンティーノ氏の言う通りだ。社会を無視するカルトなら、とっくに社会のルールが存在しないどこかへ旅立っている。そうではなく、あくまでこの社会に参加することで……」

ライムが言いさした。バロットが、カフェテリアの出入り口に現れた男をいち早く感覚して目を向けた。カジュアルな服装のバジルが、テキストでいっぱいらしい重そうなバッグを鷲摑みにし、無表情にこちらへまっすぐ近づいて来た。

「どこかの精神的群体人類の話は後にしよう」

ライムが言って、バジルに向かって気安げに手を振った。

バジルは何の反応も示さず、手にしたものをテーブルに放り出すと、バロットとライムの前でプラスチックの椅子を引き、それに座ってぎろりとライムを睨んだ。

「Nbd7」

ライムが二度三度とうなずいた。バジルとのホットライン構築のため、刑務所にいるジェイクを通してライムがボランティアのチェスをバジル相手に指しているのだが、二人ともかなり真剣に駒を動かしていることがバロットにも窺えた。

「ナイトをd7か。お前らしいトラップだな。この話し合いの間に次の手を考えておく」

バジルがにやりとしてバロットへ目を向けた。

「よう、フェニックス先輩。カウンセリングありがとうよ」

「こんにちは、バジル・バーン。来ていただいて感謝します」

「先輩とお前がいるってことは〈イースターズ・オフィス〉の代理ってことでいいな？」

「マルドゥック市警察と検察局の代理でもあるな。〈ダガーズ〉と〈キラー・サブ〉をおびき出して逮捕する。おれたちだけでやるか、お前たちも加わるか、ここで決めてくれ」

「〈クインテット〉と〈ガーディアンズ〉が加わる」

「〈楽園〉でシルヴィアとラスティを捕まえたときと同じ態勢だな？」

「ああ」

「こちらからの要望は二つ。一つは、変身する能力（ギフト）を持ったエンハンサーがほしい。シルヴィアになりすませるやつだ。そちらに心当たりがあれば一人出してくれ」

　バジルが鷹揚な表情を作って肩をすくめた。

「もしそんなやつがいたらの話だな」

「いると期待している」

　ライムが涼しい顔で言い返した。バロットはポーカーフェイスを保ちながら、ライムの手腕に感心するというより満足していた。ほら、すごいでしょう彼って、と心の中でつぶやきながら先ほどの女子学生たちを脳裏に浮かべている自分に、ふとたとえようもない違和感を覚え、今の数秒間の思考を頭から叩き出した。

「もう一つは、ホスピタルの能力（ギフト）のサンプルがほしい」

「なんだと？」

「シルヴィアに自衛の必要が生じた場合に備えて能力（ギフト）を復活させるためだ。彼女の能力（ギフト）をどうやって封印しているのか知りたい」

　バジルは腕組みしてライムの顔を眺め、せせら笑うように返した。

「何を言ってるのかわからねえが、あのオフィスならそんなもん必要ねえらしいな」

「ホスピタルがそう言ったのか？」

「ますます何のことかわからねえよ」

「オーケー。じゃあ、カラスの群が飛んでいることは知っているか？」

一瞬でバジルの顔から表情が消えた。

「どこを飛んでるって？」

「シルヴィアを移送するたびについてくる。心当たりがあるなら確認してくれ」

バジルは、あるともないとも返さず、腕組みしたままライムを見つめて訊いた。

「それだけか？」

ライムが視線をよこしたので、バロットは黙ってうなずき返した。

「よし、こちらからも一つ要望だ。おれからシルヴィアに話したい。今から会えるか？」

ライムがまたバロットに目を向けた。車を出せるかと訊いているのだ。シルヴィアとバジルの面会はかねてカンファレンスでも容認されている。

「今日のクラスは終わりですか？」

バロットは困惑しながら他に口にすることがなくそう尋ねた。

バジルがテーブルに置かれたスクールカウンセルの書類を指で叩いた。

「ばっちり終わった。シーズンのレポートも全部書き終わってる。受講態度は優良だって書いてくれよ。仮釈放審査で社会適応に問題ないって書くようにな、フェニックス先輩」

## 35

保護証人を元の仲間に会わせるというのは、言うまでもなく特例中の特例だ。保護とは特定の事件を構成するあらゆる要素から証人を遠ざけることを言うのだから。

だがシルヴィアは、他ならぬ元の仲間によって送り込まれた珍しいケースであり、彼女の精神状態を良好に保つためバジルとの面会が許されていた。ただの面会ではなく、わざわざ二人きりになれる時間を設けるのだ。そう決めたのはカンファレンスの面々で、本来ならバロットの与(あずか)り知るところではなかった。

《なのに、なんで車に乗せてるんだろう》

バロットはチョーカー姿のウフコックにぼやいた。〈ミスター・スノウ〉の後部座席ではライムとバジルが架空の盤面を思い描いてチェスの駒を動かしている。バジルなど、ウフコックの合法的拘禁(インプリズン)に加担し、バロットと対峙した過去を忘れた顔だ。

《君の努力のたまものだ。大学のカフェテリアで、クローバー教授のアソシエートである君への羨望の匂いをたくさん嗅いだ》

ウフコックが朗らかに返した。バロットは急に、自分から何を嗅ぎ取ったかウフコックに言われるのが怖いような不思議な気持ちになった。

《何も知らないからでしょ。訴訟と直接関係ないことばかりやらされてるって知ったら誰も羨ましいなんて思わなくなる》

バロットは、不満だけがウフコックに伝わるよう意図的に不機嫌になろうとした。ライムの隣でおかしなことを考える自分の匂いのことなど聞きたくなかった。

《その分、思いがけない相手と接する機会が得られる。悪いことじゃない》

《大学に通う凶悪犯のエンハンサーや、訴訟の証人になりたがるシザースなんかと？》

《ああ。君が自分の天敵のように思っているライムなんかとも。君は君自身のあり方を見つければいい。ベル・ウィングがいつも言う、右回りの幸運を招くために》

バロットは唇を尖らせた。

《別にライムのこと、そんなふうに思ってない》

《それはよかった。そのうち君の中の苦手意識も消えるだろうと思うよ》

バロットは何に対する苦手意識なのかとウフコックに問いそうになり、答えを知りたくない気持ちに従ってやめた。代わりに《ありがとう》と、こちらの気分を紛らわそうとしてくれているウフコックに告げることで会話を打ち切った。

イースト・ヴィレッジにあるアパートメントの来客用駐車場に〈ミスター・スノウ〉を停めると、ライムとバジルが運転席のシートを軽く叩いてバロットへの感謝を示してから外へ出た。バロットはそうされたことにも困惑したが、男たちから対等とみなされている証拠でもあるため何も言わず彼らの後に続いた。

「確かにカラスが何羽か飛んでやがるな」

アパートメントのファサードの手前でバジルが歩みを止めず頭上を一瞥した。

「いつもはもっと飛んでる。お前、動物に嫌われるたちなんじゃないか？」

ライムがからかった。バジルは馬鹿馬鹿しそうに唸っただけで何も言わずアパートメントのロビーに入った。小さな待合スペースのソファにクレア刑事が配置した私服の警官二人がいて、バジルを見て立ち上がると一緒にエレベーターホールへ向かった。シルヴィアとバジルの面会が終わるまで部屋の前で待機するのが警官たちのルーチンだった。

バロットとライムは待合スペースにとどまり、ソファに座ってそれぞれ携帯電話でメッセージを打った。クローバー教授とイースターへ。どちらもすぐに返信が来た。

「面会が終わる頃にスティールが来てシルヴィアをオフィスへ移動させる。護衛はいつも通りだ。おれはミラーとレザーの車に乗せてもらう。ルーンは？」

「ウフコックをオフィスに帰して教授の家に戻るつもりだったけど……今日ここでバジルがシルヴィアに何を話したか探れって教授が言ってるの」

「なら、ルーンがシルヴィアをオフィスに送ればいいんじゃないか？」

「私が……？」

「シルヴィアと親しくなったんだ。ペンティーノ氏と一緒に探りを入れられるだろう？」

「前にも言ったが、そろそろおれのことはウフコックと呼んでくれないか？」

チョーカー姿のウフコックが口を挟んだ。

「ああ、すまない。つい人生の先輩みたいに感じるもんでな。あんたの意見は？」

「君と同意見だ。バロットさえよければ、イースターに提案しておく」

「私、シルヴィアと親しくなったつもりはないんだけど……そうするしかなさそう」

結局ここでもバロットは速やかに退散することができなくなった。仕方なく駐車場に戻って〈ミスター・スノウ〉の助手席に置いた自分のバッグからテキストとタブレットを取り出して待合スペースに戻ると、今の務めのことは忘れて大学のレポートの下準備に集中した。二人の面会は二時間と聞いており、ぼんやりと時間を無駄にするつもりはなかった。

また、何かに集中しているほうが、バジルとシルヴィアが今していることについて考えずに済んだ。二人がただ会話をしているとは限らなかった。刑務所に収容された者のうち伴侶や婚約者がいる模範囚に限って二人きりでの面会が許されるのと一緒だった。そうした面会はベッドがある部屋で行われるのが普通なのだ。

ライムのほうは時間潰しに携帯電話でニュース記事を眺め、ときおり気になるものがあるとバロットではなくウフコックへ話しかけた。

「例の惨殺事件だが、市長選じゃなく集団訴訟に関係があると推測する記事が出てる」

「どんな関係が？」

「港湾労組の大物だったトマス・アンダーソンは、オールシティ・トラック・ユニオンの集会で、オクトーバー社が売っているのは医薬品ではなく麻薬だから輸送を拒否すべきだと言ったそうだ。その麻薬のせいで自分も危うく脳障害で死にかけたと」

「実際に拒否したのか？」

「その前に死んでるな。もしそうしてもオクトーバー社は輸送経路を変えるだけだろう。で、ネルソン・フリートの後援者だったジェフリー・ギルモアも同じように殺されたわけだが、こっちも若い頃にオクトーバー社製の鎮痛薬を濫用したせいで緊急入院したらしい。家族にはオクトーバー社製のものは何であれ決して服用するなと言っていたそうだ」

「二人ともトリプルX関連薬物の薬害経験者というわけか」

「そうらしい。トマス・アンダーソンいわく、スラムのストレス緩和対策としてA10（エー・テン）手術がもてはやされたが、手術を受けた者はのちに多幸（ヒロイック・ピル）剤を常用し、そうした者が今トリプルX中毒になっている。これらは全てオクトーバー社の商品で、市民を深刻な中毒に陥らせることで莫大な利益を得ていると批判したそうだ。オクトーバー社のほうは福祉局の健康保険課の調査でそんな事実は確認されていないと主張しているが」

「どちらの人物もオクトーバー社の主力商品に否定的だったから殺されたと言うのか？」

「そうは明言していないが、ありそうな話だと思わせることが目的の記事だな」

「オクトーバー社を後ろ盾に持つネルソン・フリートへのゴシップという感じがする」

「市長派の選挙コンサルタントがメディアに書かせたか、モーモント議員に確認したほうがいい。この手のゴシップは市警察や検察局への批判を招いてクレア刑事たちの重荷になるし、訴訟を政治利用されれば現市長のヴィクトル・メーソンと一蓮托生(たくしょう)にさせられる」

「同意見だ。そうした事態を避けるようイースターに言っておく」

バロットは彼らの会話を聞き流してテキストの訴訟法のくだりに集中していたが、ふと何かに引っかかりを覚えたため、思考を邪魔されないようタブレットに書きつけていたレポートの骨子の横に、さっとメモをした。

『トマス・アンダーソン脳障害　ジェフリー・ギルモア緊急入院　A10(エー・テン)手術　多幸剤(ヒロイック・ピル)
トリプルX　ネルソン・フリート　ヴィクトル・メーソン市長』

これらが何を意味するかは考えず、バロットは再び目前のレポートに集中した。その甲斐あって短時間でレポートの骨子がまとまったことに満足して顔を上げたところへ、ちょうどエレベーターからバジルと警官二人が降りてきた。

バジルのさもシャワーをひと浴びしてきたというようなさっぱりした様子をバロットは意識しないようにしながらライムとともに立ち上がった。

「シルヴィアをずいぶんと元気づけてくれてありがとうよ」

バジルの目に真摯(しんし)な光を見ながらバロットはうなずき返した。バジルとシルヴィアが互いに抱く愛情は、確かにレイ・ヒューズやベル・ウィングが讃えるほど強かった。カンファレンスでたびたびハンター陣営の切り崩しに利用できないか話題になるほどに。

「車は必要か？」

ライムが、自分は運転すらしないくせに訊いた。バジルはテキストの入ったバッグを背負うと外の道路へ顎をしゃくってみせた。

「タクシーを拾う。またな、お二人さんと市警の方々」

バジルが上機嫌で言って、ロビーから歩道へ出て大通りへ向かった。

そのすぐ後で、トレンチコート姿のスティールがフルーツ店のロゴがプリントされた紙袋を脇に抱えて現れた。バジルが大人しく去るのを見届けてから入って来たのだ。

「こんにちは。今日はカラスが少ないですね」

「バジルが来るときだけな。あいつに群を見られたくないんだ。シルヴィアのほうは？」

「イースターからルーンに護送を任せるよう言われています。いいですか？」

「うん、大丈夫だと思う」

「僕と護衛チームがガードします。シルヴィアには、あなたしかいないと思わせてくださいね。証人としての重要度が低いと思わせるプランに変更はありません」

「うん、わかった」

「では僕とライムは配置につきます。市警の方々、シルヴィアを呼んでください」

警官二人が、またエレベーターへ向かい、スティールがきびすを返した。

「気楽にな、ルーン。構えてると相手は警戒して喋ってくれなくなるぞ」

「ご心配なく。私が彼女の知性を過小評価することはありません」

バロットは、さんざん協力してきたのだという自負を込めて、ライムに言い返した。

「そう構えるな。世間話でもしてれば向こうからバジルと話したことを口にするだろう」

ライムは重ねて助言しながら立ち去った。

「私、構えてる？」

バロットはウフコックに訊いた。

「教授の命令を実行しなければという内心を、悟られるなと言ってるんだ。シルヴィアはバジルから自分を狙う殺し屋のことを聞いただろう。君の態度に変化が生じたかどうか観察し、探りを入れてくるはずだ」

それでやっと納得した。考えてみれば当然のことだが、早くやるべきことをやって解放されたいという気分が知らず知らず表に出ていたらしい。思えばジェラルド・オールコック医師がシザースかどうかウフコックに探ってもらっていたところに、シルヴィア暗殺の警告が入り、それをオフィスに急報したところ、バジルと面会することになり、さらにそのバジルをシルヴィアのもとへ連れて行ったところ、シルヴィアから情報を引き出せと命じられたのだ。次々に別の用事を言いつけられて気が急いていたのは事実だった。

「わかった。気楽にやる」

最初からそう言えばよかったとバロットは反省したが、とはいえライムとて言葉足らずに忠告する悪い癖を直してくれるべきではないかとも思っていた。

そうこうしているうちにエレベーターが降りてきてシルヴィアと警官二人が現れた。シルヴィアは目を丸くしてバロットへ歩み寄った。

「今日はあなたがオフィスまで送ってくれるの？」

「はい。ついてきてください」

警官二人はバロットに軽くうなずきかけただけで動かなかった。シルヴィアは片眉を上げてこれはどういうことかと問いながらバロットに従った。

バロットは駐車場に行き、〈ミスター・スノウ〉の後部ドアを開いてやった。

「良い車ね。あなたの？」

「はい。グランマからのプレゼントです。乗ったらシートベルトをしてください」

バロットは〈ミスター・スノウ〉をアパートメントの敷地から出し、大通りへと走らせたところで、努めて気楽な調子でシルヴィアに声をかけた。

「あなたが元気になって良かったとバジルが言っていました」

「他に何か言ってた？」

「あなたの件でライムと一緒に彼と話し合いました。バジルから内容を聞きましたか？」

「〈ダガーズ〉の件なら」

「その件です。オフィスとバジルたちが協力してあなたを守ることになります」

「それであなたが迎えに来たのね」

シルヴィアが唐突に断言した。バロットは早くも目的を悟られたかと警戒したが、

《違う。彼女は君を疑っていない》

ウフコックがフォローした通り、シルヴィアは別のことを口にした。

「オフィス最強のメンバーをよこしてくれたなら私の価値もそれほど低くはないようね」

バロットは目を丸くした。はからずも自分の存在が彼女の自負心を刺激したらしい。スティールのプランからは外れるが、信頼の構築という点では間違いなく有用だった。

「はい。必要があれば私があなたをガードします」

バロットはあえて相手の言葉を否定しなかった。自分はオフィスの正規メンバーですらなく、クローバー教授から出向を命じられただけだけど、と心の中で呟いた。

「きっとあのキュートなエンハンサーネズミを連れているんでしょうね」

「その質問にはお答えできません」

バロットは、ついシルヴィアの言い方に笑みを浮かべていた。そして下手に駆け引きをしても逆効果だと割り切ってストレートに尋ねた。

「バジルとは他にどんな話を？」

「変身する能力（ギフト）を持つエンハンサーを使って〈ダガーズ〉をおびき寄せることになりそうとか、オフィスが自衛のために私の能力（ギフト）を復活させるかもってこと。ホスピタルの能力（ギフト）サンプルを要求されたけど、それは無理だし必要ないと断ったって。合ってる？」

「はい」

「あとは私が暇潰しに描いた、大したことのない絵やデザインを見て誉めてくれたわ」

「素敵ですね」

「まっとうに暇潰しをしていることに安心したのよ。ラスティのほうは……ひどいから」

「ひどい？　精神的に追い詰められているということですか？」

「パーティ三昧で気分を紛らわせていたけれど、気づいたら一緒に閉じ込められている金持ちの子どもが一人、中毒死していたんですって」

「ラスティ・モールドが責任を負うことですか？」

「いいえ。他に、人を殺さず痛めつけるのが得意な人間がいたんだけど、なぜかわざとその子どもに毒を飲ませたみたい。事故として処理されて遺族も訴えないって話だけど」

バロットとウフコックは、すぐにぴんときた。ハンター配下の拷問の名手であるトーチだ。拷問施設から姿を消したと思ったらリバーサイドで合法的拘禁（インプリズン）されているらしい。

「わざと？　その方も精神的に追い詰められていたのでしょうか」

「以前はそうでもなかったらしいけど、今はそうでしょうね。ラスティは自分のせいだと言ってるらしいわ。自分からハンターとの共感を失わせる何かが広がっているんだと。ベンヴェリオもそのせいで私に〈ダガーズ〉を差し向けたに違いないって」

「広がっている……？」

「病気みたいに。本当にそうかはわからないらしいけど……これって、私がハンターとの共感を失った原因を突き止める役に立つかしら？」

「私には判断がつきませんので、イースターとエイプリルに詳しく話してください」

バロットは何でもないことのように返したが内心では驚愕の情報だと思っていた。共感の喪失が感染症のように広がるとは誰も想定していなかっただろう。もしそれが本当なら――いや、本当かもしれないと思う者がいるだけで――ハンター陣営は混乱と疑心暗鬼を抱え、疑わしい者を排除し合いかねない。ラスティ、トーチ、ベンヴェリオのほうも、どこかのグループから刺客を放たれるかもしれないのだ。

シザースのしわざかどうか依然として不明だが、ハンター陣営にとっては深刻な事態であり、シルヴィアへ殺し屋が放たれたことは余波に過ぎないと言えた。

これほど重大なことをなぜシルヴィアは喋ったのか。それだけオフィス寄りになったとするのは楽観的過ぎる。バジルからあえて話すよう指示されたと考えるべきだ。原因究明のためオフィスをも利用するという彼らの戦略からしても合理的だった。

「あなたはどう思う？　私から何かが広がっているような感覚や匂いはする？」

果たしてシルヴィアが問いを重ねた。彼女だけではなくバジルやハンターが一刻も早く原因を突き止めるか、そのためのヒントを欲しているのだ。

「いいえ、そんな感覚はありません」

淡々と答えつつウフコックに訊いた。

《そんな匂いする？》

《いや。本当に感染症なら、おれの体の中にあるハンターの針にも異常が現れそうだ》

《人間にだけ感染するとか》

《ウイルスとは限らない。君の言う通り、イースターとエイプリルに任せよう》

シルヴィアもそれ以上質問せず、オフィスに到着するのを大人しく待った。

到着後、バロットはシルヴィアと一緒にロッカールームに入って、相手が検査着に着替えるのを見守った。護衛と思われるようそばにいるべきだし、まだ話していない情報を持っているかもしれなかった。

「そう言えば、あなたの妹は一緒じゃないのね」

「学校がありますから。非常事態であれば助けに来てくれますが」

もし連絡していたらアビーは来ると言い張ったろうが、今その必要はなかった。それにアビーは喜ばしいことにハイスクールのスポーツクラブに夢中なのだ。今のシーズンはサッカーに打ち込んでおり、冬はアイスホッケーがしたいらしい。彼女がチームメイトと過ごすせっかくの時間を奪いたくなかった。

「二度とない時期だもの。大事にしてほしいわ」

シルヴィアも同感を示し、新たな情報を開示することなく着替えると、自分にさらなる異変が生じているか早く知りたい様子で、「行きましょう」とバロットを促した。

検診室では、イースターとエイプリルが電動ベッド式の医療用機械を間に挟んでタブレットの数値を確認しており、入って来た二人を笑顔で迎えた。

「やあ、シルヴィア。さっそくだがこいつの上で横になってくれ」

イースターの指示でシルヴィアは歩み寄ったが、横になろうとしなかった。

「その前に話があるの。フェニックスには話したけど。共感（シンパシー）が失われることについて」

「オーケイ、聞かせてくれ」

イースターとエイプリルは興味深そうにシルヴィアの話に耳を傾けた。バロットも椅子に座って聞いていた。シルヴィアは口早に要点を述べ、バロットが聞いた限り矛盾点は何もなかった。

「ふむ。一口に広がると言っても、ウイルスや有害物質、放射線などいろいろ考えられる。原因を突き止めるには情報不足だけど、重要な症状として考慮するよ。今日は君の能力（ギフト）を復活させられるか確かめたい」

「私が、能力（ギフト）を使って逃げ出すとは考えないのね」

「そうしたところで君には何の得もないだろう？　それに、万一のときは彼女がいる」

イースターがバロットを見た。バロットは、なし崩し的に護衛かつ監視の役を演じさせられることに文句を言わず小さくうなずき返した。

「オーケイ。どうすればいいの？」

シルヴィアが訊いた。エイプリルがタブレットを脇に挟んで、電動ベッドを叩いた。

「簡単よ。ここに寝てちょうだい」

シルヴィアは肩をすくめてそうした。電動ベッドが自動的にシルヴィアの体格に合わせてシートの角度を調整し、エイプリルがリード線のついた電極をシルヴィアの手足と胸元に貼っていった。イースターが同じくタブレットを脇に挟み、手早くシルヴィアの右腕を消毒して少量の採血をするとポータブル検査器に注射器ごと挿管して電動ベッド脇の台に置いた。それからシルヴィアの頭のあたりに点滴用の容器とスタンドを設置すると、採血したのと同じ腕をまた消毒して点滴の針を刺し込んで固定した。

その間、電動ベッドが備える多数のセンサーやスキャニング装置がシルヴィアの肉体を構成するあらゆる要素を測定するのをバロットは感覚した。

《あれも、メイド・バイ・ウフコック？》

《そうだ。あれ一つで多くの測定ができる。イースターとエイプリルなら、あれを使ってシルヴィアの体からホスピタルの能力（ギフト）の影響を排除できるはずだ》

ウフコックの自慢げな言葉通り、イースターとエイプリルのタブレットに必要なデータが次々に送られ、二人に満面の笑みを浮かべさせた。

「想定通りだ。エイプリル、さっそく拮抗処置を」

「はい、所長」

エイプリルがさらに別の点滴を設置してシルヴィアの左腕に針を刺した。しばらくは何も起こらず、電子機器が発する音だけが検診室に響いた。

「何？」

大人しく横になっていたシルヴィアが、ふと自分の手の平を見た。うっすらと銀色に光る汗がしみ出ていた。首筋や頬も同様だ。何かが汗とともに排出されているのだ。

「ホスピタルの能力（ギフト）の正体だ。変異ワイヤー・ワームの一種で、いわば細胞に浸透する機能を持った医療用ナノマシンさ。増殖しながら血管を通って全身に行き渡っていたわけだが、この通りすっかり追い出すことができる」

「すごいわ」

シルヴィアが感心して拳を握り、沁み出す銀色の雫（しずく）を見つめた。

「おっと、君の電撃をここで試さないでくれよ。この立派な機械が一発で壊れてしまう」

イースターが言った。シルヴィアは手を開き、エイプリルがタオルで雫を拭ってくれるに任せた。やがてその力を封印する液体が最後の一滴まで流れ出ていった。

「ホスピタルの能力（ギフト）を完全に除去したあと、こちらが持つ能力殺し（ギフト・キラー）を投与する。最も体へ負荷がかからないレベルのものを使うから、まず異常は起こらないはずだ」

イースターがそう請け合った直後、エイプリルが何かに気づいて叫んだ。

「ノーですわ！」

イースターとシルヴィアがぎょっとなり、バロットも思わず立ち上がった。

「おいおい、どうしたんだ、エイプリル？」

エイプリルは自分のタブレットをくるりと逆向きにしてイースターに突きつけた。

「見てください！　hCGの値が三千を超えていますわ！」

「なんだって!?　三千!?」

今度はイースターが驚きの声をあげ、シルヴィアとバロットを啞然とさせた。

「最後にhCGを計ったのはいつだ？」

「少なくとも全項目検査を行った最初の検診では問題ありませんでしたわ」

「じゃ、今までのどこかでか？　そのたぐいの薬は出していたろう？」

「もちろん。面会も行われるわけですから忘れずに処方していましたわ」

「服用しているのにって……どれくらいの確率だ？」

「今どきのものは〇．一パーセント以下です。まさに奇跡ですわ」

「あー……シルヴィア、処方された薬は飲んでいたかい？」

イースターが、シルヴィアへ向き直って訊いた。

「処方……？　最近は薬に頼らなくても平気だから、何も……」

エイプリルが首を横へ振った。その薬ではないと言いたいのだ。シルヴィアは何なのかと無言で問い返したが、急に理解した顔になって息を呑んだ。

《hCGって――》

《ヒト絨毛性性腺刺激ホルモンだ。血清一ミリあたりの値を言ってるらしい》

ウフコックの説明で、バロットも何が起こっているのか理解して呆然となった。

「まさか、そんなわけない。あれを飲み忘れたことはないもの」

シルヴィアが強い口調で否定した。

だがエイプリルはタブレットを台に置くと、おもむろに電動ベッド下部の収納から別のものを引っ張り出した。超音波検査を行うためのゼリーのチューブだった。

「数値からして六週目あたりよ。あなたが妊娠していることを確かめましょう」

## 36

エイプリルがシルヴィアの下腹部に当てたプローブが超音波を発信し、体内から跳ね返ってくる反射波が、電動ベッドの脇のモニター上で映像化されていた。最初は何もないように見えた。だがエイプリルは確信を持って検査を行い、その存在を見つけ出した。

「ほら、いたでしょう。器官形成期に入ったばかりよ。胎児ではなく胎芽ね」

シルヴィアは信じがたい様子でモノクロの映像を見ていた。まだ器官の原型が作られ始めたばかりだが、早くも心臓となるものが拍動を始めている様子を、イースターとバロットも食い入るように見つめた。処方された経口避妊薬（ピル）をシルヴィアが服用し続ける限り、滅多に起こらないはずのことが起こっていた。ホスピタルの能力（ギフト）が影響を与えたのかもしれないが確かなことはわからなかった。

「性別がわかるのは、もっと先ね」

エイプリルが楽しみだというように言って、エコー映像を何回かキャプチャーし、データを壁際に置かれたプリンターへ送信した。それからシルヴィアの腹部に塗られたゼリーを拭き取り、プローブも綺麗にして台に置いた。シルヴィアはただじっと宙を見ていた。

イースターが、四つのエコー画像が一枚の用紙に収まったものをシルヴィアへ渡した。シルヴィアは手にしたものをどうしたらいいのかと問うような顔をしたが、イースターは別のことを言った。

「君に能力殺し（ギフト・キラー）を投与する予定だったけど、母体と胎児にどんな影響が出るかわからないから中止せざるを得ない。君の能力（ギフト）が復活したままであることは生命保全プログラムの観点からは問題ないが、今後の保護のあり方は変化すると思ってくれ」

「逃げても……得はないんでしょう？」

「ああ。だがこれまで君の能力（ギフト）が封印されていることを前提に保護していたんだ。方針を変える必要がある。能力（ギフト）の復活を認識できるかい？」

「ええ……、、、どちらも戻ってきたのがわかる」

「二重能力（ダブル・ギフト）か。今以上に定期的な検診が必要になることも承知してくれるかな？」

シルヴィアはうなずいた。今は誰も、それ以上のことはできなかった。イースターが検診の終了を告げ、エイプリルがシルヴィアに必要な栄養剤のパックを用意すると言った。

バロットはウフコックを身につけたまま、ぎこちなく電動ベッドから降りたシルヴィアに付き添ってロッカールームへ戻った。シルヴィアはエコー画像がプリントされた用紙をベンチに置くと、それに背を向けてロッカーを開いて着替え始めた。

バロットはウォーターサーバーでカップを二つ取って水を注ぎ、一つをエコー画像の横に置いて別のベンチに座った。着替え終えたシルヴィアが振り返り、置かれたカップに気づくと自分も座ってバロットと向き合った。

「いつか子どもを持とうって、今日バジルから言われたばかりなの。夢のようなものだと思ってたけど嬉しかったのは確かね。わざとピルを飲まなかったわけじゃない。こうなると見越して……能力（ギフト）を取り戻す手段として今の状態になったんじゃないの」

「はい」

シルヴィアが嘘をついていないことはウフコックに訊かずともわかっていた。

「新しい人生を歩むって、どんな感じ？　スラムを出て、法律を学ぶために大学に通うのって、どんな気分？」

「怖かったです。何もかもが。多くの方に支えてもらわなければ無理でした」

「でしょうね」

シルヴィアは共感を込めてうなずいた。ハンターがもたらすものとは異なる共感を。

「バジルには私から伝えさせてもらえる？　本当に生まれるかどうか……途中で駄目になってしまうことだってあるんだし。期待だけさせて……ってことになりたくないの」

「わかりました。イースターに伝えます」

「ありがとう。今は……どう受け止めていいかわからない。ただ、自分にそんな資格があるのかなんて考えたら、私はきっと父のようになってしまう気がする」

シルヴィアはエコー画像に目を向け、まだ人間になろうとし始めたばかりの存在の輪郭を指でなぞった。

「もし本当に生まれるなら……怖がる必要のない人生であってほしい」

「私もそう思います」

バロットも共感を込めて返事をした。自分でも意外なほど強い気持ちだった。気づけば目の前にいる女性とその体に芽生えた命の幸せを願っていた。

シルヴィアがちらりとバロットを見て微笑み、またすぐエコー画像に視線を戻した。その横顔からバロットは多くのことを察した。シルヴィアが能力（ギフト）とともにカルトの一員としての精神までもよみがえらせるのではと危惧（きぐ）する必要はなかった。ハンターが築く共感（シンパシー）の輪に戻りたがって禁断症状を呈していたような頃の彼女は完全に消えていた。

シルヴィアはもうカルト信者ではない。過去の罪を背負いながら共感（シンパシー）の輪の外でも生きていけると信じる女性を、バロットはこのとき初めて心の中で応援していた。

## 37

「ひゅうぅー！　プロポーズしてすぐってすごくない？　あ、結婚式とかするわけ？　ならまた〈ステラ〉でやったらいいよ！　あたしらも参加してレイの料理を食べよう！」

アビーが好奇心を全開にしてわめきたてた。ともに食卓を囲むバロット、ベル・ウィング、そしてレイ・ヒューズが揃って笑ってしまうほどの無邪気さだ。

シルヴィアの検診ののち、移送をミラーとレザーに任せたバロットは、クローバー教授に電話で何があったか報告したところ、今日はもう戻らなくていいと言われて帰宅していた。クローバー教授もオリビアも、シザースの存在を念頭に置いた戦略の見直しのため、まずは考えを巡らせることに時間を使うと決めたのだ。

「店のオーナーとしてはこのうえない光栄だな」

レイ・ヒューズが言うと、すかさずアビーがご機嫌な調子で提案した。

「ベルとレイも結婚式をしたらいい！　あたしたちみんな、めっちゃお祝いするよ！」

これでさらに笑いが弾けた。二人が手を握り合い、それも悪くないというように微笑みを交わした。

「あたしは、料理好きの紳士との時間を大切にできれば何の文句もないさ。けどまあ、そのために記念の何かを催(もよお)すことだってあるかもしれないね、レイ」

「大いにあり得ることさ、ベル。若者たちがそうするように、自分たちの幸せを祝したところで何かばちが当たるとは思えない」

二人のやり取りに、バロットとアビーも嬉しくなって微笑み合った。日に日に愛情を育み希望を見出しているという点で、病を克服したベル・ウィングの心持ちは、シルヴィアのそれと似ていた。ベル・ウィングも同じように感じているらしく、シルヴィアの懐妊を知らされて真っ先に口にしたのは、「また一つ生きる理由ができたわけだ。嬉しいじゃないか」という自分になぞらえたような言葉だった。

だが共感したり讃えたりする人間ばかりとは限らなかった。翌日イースターがカンファレンスでシルヴィアの状態を告げるや、クレア刑事が爆発した。

「冗談じゃないわ！　市長選の真っ最中に妊婦を餌にして殺し屋を捕まえるなんて！　も

し不測の事態になって、市警の予算を減らせとか民営化しろとか叫ぶ警察廃止運動家に絶好のネタを与えるはめになったらと想像するだけで、ぞっとするわ！」

まくしたてるクレア刑事に、フォックス市警察委員長をはじめ、カンファレンスの誰もが同情したが、同調はしなかった。バロットが持つタブレット姿のウフコックもいつものように黙ったままだ。

「あくまでシルヴィアに化けるエンハンサーを使ってのことだよ。しかもシルヴィア自身、今や恐るべきエンハンサーに戻ったんだし」

イースターが宥め、クレアも分(ぶ)の悪さを悟ってトーンダウンしたが不満は隠さなかった。

「エンハンサーに戻す前に妊婦かどうか調べるべきだったわね。もしシルヴィアが逃走したら妊婦を取り押さえることになるのよ。私たちがどれだけ批判されると思うの？」

「逃げたところで行き場がないことは彼女自身がよくわかっているよ。懸念はもっともだけど、歴戦の殺し屋が潜んでいて対策が必要である点は変わらないんだ」

イースターの意見に、クレアはぐっと反論をこらえ、それ以上抵抗しないことを示した。

「シルヴィアに対して能力殺し(ギフト・キラー)はこの先ずっと使えないのかね？」

フォックスの質問に、イースターが難しい顔で答えた。

「〈楽園〉に動物実験を行ってもらったうえでの判断になります。我々は０９法案と生命保全プログラムに基づいて科学技術を用いる義務がありますので、母体を危険にさらすことはできません。非常事態だからといって使用すればペナルティを受けます」

「シルヴィアを精神的にハンター勢から切り離す策をいっそう強化すべきだな。彼女が率先してオフィス側に立てば多くの面で頼もしいことは確かだ。ところで、レイ。問題の〈キラー・サブ〉だが、ターゲットが妊娠していると知って手を引く気質の持ち主か？」

このフォックスの問いに、レイ・ヒューズが残念そうにかぶりを振ってみせた。

「いいや、フォックス。〈キラー・サブ〉はそういった感性をまったく持ち合わせない男だ。ターゲットが胎内の子どもであっても遂行する」

シルバーとモーモント議員が嫌悪感もあらわに唸った。レイ・ヒューズは同感だというように彼らへうなずきかけ、フォックスに顔を戻して質問を返した。

「〈キラー・サブ〉をおびき寄せる算段はついたのか？」

「おおむねついたと言えるだろう。我々はしばしば〈生き餌作戦（ライブ・ベイト・タスク）〉という捜査手法を用いる。汚職警官を逮捕し、訴追しない代わりに囮捜査に従事させるというものだ」

フォックスはそう言って、ネヴィル検事補に視線を向けた。市警察の独断ではなく検察局と連携しての作戦であることを示すためだ。

「ドラッグ・ディーラーを情報屋に仕立て上げるよりも効率がよく、市警の体面も保てる作戦だ。捕まった汚職警官は例外なく司法取引を勝ち取るため、自ら危険を顧みず働いてくれる。自分の刑務所行きと家族が不名誉を被ることを免れるのだから当然だな」

ネヴィル検事補がにこやかに言った。囮捜査を強制することは法律で禁じられているため、あくまで本人からの申し出による捜査という体裁にしているのだ。汚職警官にとって他に逃げ場がなく、監視され酷使される人生に閉じ込められたようなものだった。

「その生き餌に〈キラー・サブ〉が上手く食いついてくれたのか？」

レイ・ヒューズが訊くと、フォックスは自信ありげに答えた。

「シルヴィアの移送パターン、追跡装置のアクセスキー、検診記録といったものを求める人物との接触に、生き餌の一人が成功した。もちろん〈キラー・サブ〉本人ではなく仲介者だが、求めるものを生き餌が手に入れれば高く買い取ると言っている」

「その人物が囮ではない確証は？」

「もし手に入るのなら高性能爆薬がほしいと言っている。エンハンサーを吹き飛ばせるほどのものを証拠保管庫からくすねることができれば大金を払うと」

このフォックスの言葉に、カンファレンスの全員が〈キラー・サブ〉の影を見た。過剰なほどの殺意の持ち主が、殺しの機会をじっと窺っているのだ。

「爆薬を売ることはできないが、それ以外のものは用意できる。あとは、シルヴィアそっくりになれるエンハンサーがいれば、作戦は実行可能だ。その点はどうだ、トビアス？」

フォックスが、会話にかこつけて息子の名を親しげに口にした。ライムはちょっと眉をひそめた以外は感情を表に出さず、フォックスではなくその場にいる面々へ言った。

「バジルに言えば、それもすぐに用意できる。あちらとの共闘態勢を詰める前に、この作戦を実行するかどうかをここで決めてくれ」

誰も実行に反対しなかった。クレア刑事も結論を先延ばしにさせる真似は控えた。そうして〈キラー・サブ〉と〈ダガーズ〉を浮上させて撃沈するための作戦が開始された。

## 38

バジルは階段を降りて地下の部屋に入り、向かい合わせに並べられた赤革のソファの一つに腰掛けた。ベルベットの絨毯（じゅうたん）も、張り巡らされた薄い布も、鮮やかな赤だ。床や棚に置かれた沢山のガラス容器の中で、甘い香りを放つキャンドルの火が揺らめいている。〈戦魔女（ウォーウイッチ）〉が経営する高級リラクゼーション施設〈ブロンクス・バトラーズ〉の一室だった。ケイト・ホロウを通して、もう一人の自分と話し合う特異なカウンセリングの場であるその部屋で、バジルは赤い絨毯の上に落ちている一枚の漆黒の羽を見つめていた。

やがて赤い布の向こうから、ケイトが現れた。部屋の色調と同じ赤いドレス、ストール、靴を身にまとい、一方の腕には大ガラスのハザウェイを留まらせている。

「お待たせしました、バジル。あなた一人なのですか？」

「ああ。今日はカウンセリングに来たんじゃない。お前たちに訊きたいことがある」

ハザウェイが大きな翼を広げてケイトの腕から飛び、近くの止まり木に乗った。ケイトはバジルの正面のソファに座り、驚くほど感情が乏しい顔をまっすぐ彼に向けた。

「シルヴィアをつけ回しているのは何のためだ？　隙を見て殺すためか？」

「違う」

とハザウェイが答えた。その黒く光る目に、バジルが無言で鋭い視線を向けた。

「もし本当にラスティやシルヴィアから共感（シンパシー）を奪った者がいるなら、二人は命を狙われるかもしれない。だから見守っているだけだ」

「なぜ狙われる？」

「二人を調べることで、共感（シンパシー）が奪われた原因が突き止められるかもしれないからだ。特にハンターがシルヴィアを〈イースターズ・オフィス〉に保護させたことが、もし共感（シンパシー）を奪った者にとって想定外であるなら、脅威を感じているはずだ」

「つまりお前たちの勝手な想像で動いたのか」

「ハザウェイは、ずっと〈イースターズ・オフィス〉とその勢力（パワー）を監視していました。私たちと敵対する彼らに、シザースが働きかけているかもしれないからです」

ケイトが口を挟んだ。そもそもの役目から逸脱していないと言いたいのだ。

「ラスティのほうも見張ってるのか？」

「群の一部に見守らせている」

ハザウェイが不満そうに言い直した。

「最近、動きはあったか？」

バジルは、相手が何を知っているか探るために訊いた。

「クォーツ一族が預かる子どもが一人死んで、遺体が運び出された。トーチが殺した。そして〈ダガーズ〉が姿を消した。ベンヴェリオの命令で誰かを暗殺しに行ったようだ」

「しっかり見張っていたわけだ。なぜハンターやおれに報告しない？」

「ハザウェイが見聞きしたことは全て〈白い要塞(ホワイト・キープ)〉のサーバーに送られているはず。伝達を怠ったのは私たちではなく他の誰かです」

ケイトが淡々と反論した。

「プッティやショーンが情報を止めたってのか？」

「彼らに指示するようになった〈ガーディアンズ〉が。ホスピタルたちはそうした務めに疎(うと)いのでは？　情報の精査が自分たちの役割だと思わず放置したのかもしれません」

バジルが唸り声をこぼした。

人員の配置は彼にとって最も重要な務めだ。もし適切な配置がなされず組織の機能に支障をきたせば彼の責任になる。ケイトはその点を的確に突いたが、バジルは気分を害したような態度は見せなかった。ミスはミスに過ぎず、プライドや人格とは無関係と割り切っているのだ。ミスを指摘された程度でおたつくようなら、ギャングとの争いの段階で死んでいたはずだと考えていた。

「プッティとショーンに〈ガーディアンズ〉に従えと命令したことはねえが……マルセル島の一件で派閥ができちまったせいで組織が機能しねえってんなら配置換えをするまでだ。たとえば、お前とハザウェイを〈ガーディアンズ〉に移すとかな」

ケイトの無感情な目に驚きの光が瞬いた。ガアッ、とハザウェイが拒絶の声をあげた。

「〈戦魔女〉の全員が反対する。〈ガーディアンズ〉もケイトとおれを拒む」

「案外いい配置だと思うぜ。もともと〈ガーディアンズ〉にはあと一人か二人エンハンサーを入れるつもりだったが、マクスウェルのせいで今の態勢にするしかなかった。いや、今すぐ動かす気はないから安心しろ。ひとまず〈白い要塞〉には情報伝達を万全にするよう言っておく。それでまだ問題があるようなら、お前たちをお目付け役にするってことだ」

ハザウェイがくちばしで止まり木をつついて抗議したが、ケイトは静かにうなずいた。

「あなたが私たちを信頼してのことでしたら、光栄なこととして受け入れます」

「信頼してるさ。お前もホスピタルも、眠っちまったハンターを一緒に守ってくれた。お前たちのほうも、おれとハンターを信頼してくれていると期待するぜ」

「はい。ハザウェイに対するあなたの懸念は払拭されましたか？」

「見守ってるだけなら問題ない。ただし勝手に動くな。ちょいと〈クライドスコープ〉を借りてしなけりゃならんことがあるが、〈魔女〉は大人しくしていろ」

「〈ダガーズ〉が消えたことと関係が?」

「まだ話せねえ。お前たちを関わらせたくないからだ。シザースの動きがつかめんうちは〈魔女〉という切り札は残したい。特にお前の能力(ギフト)は、使いようによっちゃ誰がシザースか見抜けるだろう。ハンターがおかしくなったとき、お前の中のもう一人のハンターはそのことに気づいていた」

「本気で仰ってくださっていると信じます」

「ありがとうよ。話は以上だ」

「もう一人のあなたに会いますか?」

「いや。また今度にする。これから行かなけりゃならんところがあるんでな」

バジルがケイトとハザウェイへ手を振って、見送りは不要であることを告げて部屋を出た。高級スーツに身を包んだ屈強な従業員に案内されて裏口から出ると車に乗って北へ向かい、大型ショッピングセンターの駐車場に停めた。

窓を開いて秋めく空気が頬を撫でるに任せていると、ほどなくして別の車がすぐ隣に停まり、助手席側の窓が開いてレザーのいかにも凶悪そうな笑みが現れた。

「おい、色男。時間通りに来てるな。偉いぞ」

バジルは、レザーの傷痕の残る左瞼(まぶた)と、右目に比べてやや色素が薄い瞳に視線を向けた。

「その新しい目ん玉はしっかり見えてるのか?」

「何の話だ？　こいつは生まれつきだぜ」

レザーが、ぐはは、と豪快に笑った。バジルは内心で、どうやらシザースにされてマルセル島の抗争に参加していた自覚はなさそうだなと考えた。

「ヘイ、坊や。こっちに乗るか？　それともその車でついてくるか？」

運転席のミラーが訊いた。

「帰りはここまで送ってくれるのか？」

「おいおい坊や、バスと地下鉄っていう便利なものがこの都市にはあるんじゃないか？」

ミラーが言って、レザーと一緒に馬鹿笑いした。

「ついていく。笑いこけるのはいいが事故るんじゃねえぞ」

バジルはげんなりして窓を閉めた。ミラーがいきなり車を急発進させた。バジルは舌打ちしてすぐさま後を追ったが、速度を競うようなことはせず安全運転に努めた。強盗を働いていた頃から周囲に溶け込む走り方を心がけてきたのだ。ちょっとからかわれたくらいで警察に目をつけられるような馬鹿な走りをする気はなかった。

行き先は知らなかったが、セントラル・アヴェニューに入ったことでミッドタウンだろうと見当をつけた。ほどなくしてオフィスビルと観光客向けのホテルが林立するミッドタウン・ノースに入り、ミラーが大型ホテルの駐車場に車を停めた。

バジルがその隣に停めて外に出ると、ミラーとレザーも車を降りた。

「お前のレディがいる部屋のカードキーだ。二時間以内に待機している警官に返却しろ」

ミラーが、ナンバーが記された付箋付きのカードを差し出した。

バジルはそれを受け取り、訝しんで二人に尋ねた。

「昨日の今日で、なぜシルヴィアがおれを呼ぶ？　何があった？」

「悪いがそれは彼女から聞くんだな、坊や」

「おれたちが教えるわけにはいかねえからな。お前がしっかり耳を傾けりゃいいことだ」

にやにやする二人にバジルはそれ以上構わずに背を向け、ホテルに入った。昨日と同じ、い、い、いたるんでやがる、と心の中で呟きながらバジルはエレベーターに乗り、むかむかする気持ちを抑えた。

警官二人がラウンジから視線を向けてきたが、立ち上がりもしなかった。シルヴィアの護衛がおろそかにされているのが面白くなかった。面会を繰り返すことで警官たちに慣れが生じており、シルヴィアの脱出を強行するうえではもちろんそのほうが都合がいいが、彼女を狙う殺し屋がどこに潜んでいるかわからない今、十重二十重にガードされてしかるべきという不満がわいていた。

カードキーを使って目的の部屋に入ると、テーブルの上に見慣れたものがあった。シルヴィアが好むスケッチブックと木炭のかけらだが、開かれたページには何も描かれておらず白紙のままだった。シルヴィア本人は、折りたたんだ紙切れを手に、はめ殺しの窓のそばに座って外を眺めており、バジルが入ってくると無言で振り返った。その双眸がうっすらと涙で光っていることを見て取ったバジルは、険しい顔になって大股で歩み寄った。

「何があった？」

シルヴィアはなおも口を開かず、ただ眩しげにバジルを見上げた。バジルは眉をひそめて彼女の前で床に片膝をつき、声のトーンを落とした。

「どうした？　おれに話してくれ」

「私、あなたがどういう反応をするかわからなくて」

シルヴィアがか細い声で言った。今度はバジルが口をつぐんでシルヴィアを見つめた。

「昨日、あなたが言ったでしょう？　いつか私を連れ出すかもって。そして……私と結婚して、子どもを持つことも考えたい。私たちは、もう持たざる者でいる必要はないって」

バジルは、でまかせを述べたわけではないと示すため、確信を込めてうなずき返した。

「でも実際に持ってしまったとき、本当に持ち続けられると思う？　持つとは思わなかったものを、どう守っていけばいいかもわからないのに」

「持てる限りのものを持って、絶対に手放さねえ。強欲な金持ちどもから、おれたちが一番に学ばなきゃいけねえことだ。おれたちなら、やってのけられる」

シルヴィアは心細そうにうなずくと、手にしていたものを、バジルに差し出した。

バジルは折りたたまれたそれを受け取って開いた。シルヴィアが描いた絵だろうと思ったが、違った。モノクロの見慣れぬ画像が四つ、一枚の用紙に印刷されていた。バジルの知識では何がどうなっているのかわからなかったが、それが何であるかはわかった。

バジルは目を見開いてシルヴィアに視線を戻した。

「私たち、もう持ってしまったみたい」

シルヴィアの瞳が新たな涙で濡れていた。バジルは何か言おうとしたが唇が震えて言葉にならなかった。シルヴィアの手がその下腹部に当てられるのを見たとたん、もう片方の膝もついたバジルの分厚い肩が弱々しく震え出し、その目から涙が溢れた。

「おれも……自分がどう反応するか、今の今までわからなかった」

バジルはシルヴィアの手に自分の手を重ね、さらに額を押し当てた。祈るようであり、感謝のあまり彼女にかしずくようでもあった。

「おれがこれまで得たもの全部足しても、これより価値のある何かなんて……」

込み上げるものでそれ以上言葉が続かず、バジルは嗚咽した。百戦錬磨の組織のナンバーツーが弱々しくひざまずいて泣きじゃくる姿に、シルヴィアは不安ではなく陶然とした幸福の面持ちとなって、もう一方の腕でバジルの頭を愛しく抱擁した。

その瞬間、二人の間で生じるものがあった。強い愛情に満ちた共感(シンパシー)の波が二人を包み込んでいた。バジルが驚きで息を呑み、涙で濡れた顔を上げた。シルヴィアも信じられないというように目をみはってバジルを見つめ返した。

「今の……感じたな？　お前から、確かに……」

「ええ、感じる……。私……元に戻ってる」

シルヴィアの震える声が、笑いに変わった。嬉しさのあまり泣きながら笑っていた。バジルも同様に笑いながらシルヴィアの手を取って一緒に立ち、互いを抱きしめ合った。

「持てる限りのものを持ってやる。手が届く限りのものをつかみ取ってやる。絶対に手放しはしねえ。絶対に」

バジルが止まらぬ涙をこぼしながら熱を込めて言った。その胸に顔をうずめるシルヴィアが何度もうなずいた。バジルは、ぼやけて仕方のない目を瞬かせ、用紙に印刷されたおぼろな輪郭に向かって「絶対に」という言葉を繰り返した。

## 39

バジルがエレベーターを降りると、ラウンジで待機中の警官二人のそばにライムが座っていた。バジルは警官の一人にカードキーを返し、立ったままライムへ言った。

「〈ダガーズ〉の件では全面的に協力する。おれたちの確執(ヒストリー)を棚上げできるならな」

「過去(ヒストリー)はオフィスの行動原理じゃない。〈キラー・サブ〉が餌に食いついた。作戦は始まってる。協力してくれるなら今ここで詳細を詰めたい」

ライムが空(あ)いている席を手で示した。バジルはそちらに座り、三十分ほどメモ一つ取らずにライムと話した。全てを頭の中に叩き込んだあと、ホテルを出て自分の車がある場所へ戻ったときにはミラーとレザーの車は消えていた。

バジルは車に乗り、ミッドタウンからウェスト・アヴェニューに出るとまっすぐ南へ向かいながら携帯電話をスピーカーにリンクさせて〈白い要塞(ホワイト・キープ)〉へかけた。

《ハーイ、こちら〈白い要塞(ホワイト・キープ)〉》

「おれだ。〈魔女〉のカラスから何か送られて来てるか？」

《えーと、プッティ？》

《おもちろおぉおおおーい》

《あー、うん。あちこちでカラスたちが見たものの報告書とかが山ほどあるみたい》

「ほったらかしか？」

《おもちろおぉおおおおーい！》

《プッティはちゃんと見てるってさ。ただモルチャリーが〈魔女〉から送られてくるものを何でも最初に見たがるせいで、そっちへ行く情報が遅れるんだって》

「お前たちに〈ガーディアンズ〉に従えと言った覚えはねえ。真っ先にハンターとおれに報せろ。情報の扱いについちゃド素人のモルチャリーになんぞ邪魔をさせるな。他にもお前たちの仕事に干渉してくるやつがいたらおれに言え」

《助かるよ。プッティのストレスになってたから。用件はそれだけ？》

「〈クインテット〉と〈ガーディアンズ〉を〈ファウンテン〉に呼べ。緊急招集だ」

《おもちろおぉおおおーい！》

《プッティは、すぐに集まれそうだって言ってる》

「よし。以上だ」

バジルは通話をオフにし、サウスサイドに入ってベイエリアを目指した。貧富の差による隔離政策が如実にあらわれた高級リゾート地帯を通り抜け、〈ファウンテン〉の敷地にある専用駐車場に車を停めた。バジルが車を降りてパサージュへ向かうと、〈白い要塞〉(ホワイト・キープ)から連絡を受けたヘンリーが玄関口に立って出迎えた。

「緊急の会合と聞いています。室内で行いますか？」

「ああ。ダイニングを使う。幹部以外も入れてくれ」

「承知しました」

バジルはヘンリーにうなずきかけ、ともにダイニングへ向かった。円形の大テーブルがあり、部屋の奥の席についてメンバーが揃うのを無言で待ちながら、バジルは頭の中でオフィス側の作戦を反芻(はんすう)し、そして自分たちの作戦を立てていた。

ヘンリーが飲み物と軽食を用意するうちにメンバーが次々に現れた。オーキッドとエリクソンが入って来て、バジルの左側に座った。ホスピタル、モルチャリー、ストレッチャーが、いったい何ごとかという顔で現れたが、宙に視線を向けて何かを考えている様子のバジルを見て、黙って右側の席についた。

しばらくしてハンターが三頭の猟犬とアンドレを連れて現れると、ようやくバジルが沈思黙考の姿勢を解いた。ハンターがバジルの隣に座って犬たちをはべらせ、アンドレが自分も参加するのかと珍しがるように馬蹄形に整えた髭を撫でながらハンターと向かい合う位置に座った。最後に、ヘンリーが給仕役としてハンターのそばに佇んだ。

「始めてくれ、バジル」

ハンターが言った。

「ベンヴェリオがとち狂ってシルヴィアに〈ダガーズ〉を放った」

バジルがみなへ告げたが、目を丸くしたのはアンドレとヘンリーだけだ。

「オフィスが、〈ダガーズ〉と〈キラー・サブ〉ってな殺し屋をおびき出して逮捕する作戦を立ててる。ここにいるメンバーと〈クライドスコープ〉でその作戦に協力する」

「偽のシルヴィアを餌(えさ)にするんだな」

エリクソンが口を挟んだ。

「そうだ。それと同時に、おれたちも作戦を行う。シルヴィアの奪還だ」

これには全員が驚き、ハンターもバジルの意図を知りたげに彼を見つめた。

「三つの点で、シルヴィアの状況が変わった。まずオフィス側があいつの二重能力(ダブル・ギフト)を復活させた。自衛のためにな。生命保全プログラムのせいでそうせざるを得ないんだ」

ホスピタルが顔を強ばらせた。自分の能力（ギフト）による封印を、短期間でやすやすと無力化されたことに彼女が驚き、対抗心や危機感を抱いたことが共感（シンパシー）の波を通して広まったが、誰もそのことに言及しなかった。

「次に……今日知ったことだが、シルヴィアは妊娠している」

「おお！」

エリクソンが喜びの声をあげ、大きな手の平で、ばしん、とテーブルを叩いた。

「よかったな、バジル！　お前の子だよな？」

「ああ」

バジルが噛みつきそうな顔で答えた。みなの驚きとともに、二人を祝福する強い思いが共感（シンパシー）の波となって広がった。ホスピタルだけは、そうしたことに反射的に抵抗を覚えるたちだったが、それでも祝う気持ちを抱いていた。

「二重能力（ダブル・ギフト）を復活させたあとで妊娠していることがわかった。そのせいで、オフィスはシルヴィアに能力殺し（ギフト・キラー）を使えない。どんな影響があるかわからないからな」

「ほら言っただろう、妊婦はいろいろと優遇されるんだ」

また口を挟むエリクソンの腕をオーキッドが肘で小突いて黙らせ、尋ねた。

「喜ばしいことだが、子どものためにシルヴィアを奪還するのか？」

「最後の点が決め手だ。シルヴィアは共感（シンパシー）を取り戻した」

「本当か⁉」

オーキッドが目をみはった。これ以上の朗報はないという喜びが彼らを包んだが、ここでもホスピタルだけが、不安や警戒心を共感(シンパシー)の波に混じらせていた。自分ができなかったことをオフィスがやってのけたのだから当然の感情だとみな理解して受け流した。

「シルヴィアをあのオフィスに預ける必要はなくなった。逆に、共感(シンパシー)を取り戻せた理由をあちら側が突き止める前に、〈ガーディアンズ〉に調べさせねばならない」

ハンターの発言で、たちまちモルチャリーがやる気を漲(みなぎ)らせて声をあげた。

「はい、ぜひ我々にお任せを！」

意気込むモルチャリーへ、バジルがぎろりと鋭い目を向けた。

「その前に、言っておかなきゃならんことがある。〈白い要塞(ホワイト・キープ)〉はお前らのものじゃないってことだ。余計な真似をして、おれとハンターに情報が上がるのを邪魔するようなら配置換えする。いいな？」

とたんにモルチャリーが顔を強ばらせ、はい、と小声で呟いてうなだれた。

ハンターがちらりとバジルを見たが、何があったかはこの場では訊かなかった。

「何をしたのですか、モルチャリー？」

ホスピタルのほうは、きつく眉間に皺を寄せてモルチャリーの顔を覗き込んでいる。

「後でお前たちで話し合え。いいか、おれたちの作戦について話すぞ」

全員がバジルに注目した。

「オフィスの連中とおれたちが〈ダガーズ〉をおびき出して捕まえる間、シルヴィアはオフィスで身を潜めることになってる。〈ダガーズ〉が全員逮捕されればセーフハウスの一つへ移されるから、そのときにシルヴィアの身柄を奪う」

「おれたちは出払ってるのでは？　ホスピタルも念のため待機させる気だろう？」

オーキッドが訊いた。

「そうだ。死人は出したくないから念のため〈ガーディアンズ〉を配置しなきゃならん。奪還は〈プラトゥーン〉にやってもらう」

「ウー、ラー！」

アンドレが喜び勇んで、どん、とおのれの胸を叩いた。

「〈プラトゥーン〉がベンヴェリオの刺客のふりをしてシルヴィアをさらう。ここでも〈クライドスコープ〉の一人を使い、オフィスを出し抜く。向こうもメンバーが出払ってるから警備は手薄だ。で、シルヴィアの偽の死体が発見されるようにする。できるか？」

問いかけながらバジルがホスピタルへ視線を移した。みなの眼差しが〈ガーディアンズ〉の三人に向けられた。

「全身を作るのは難しいかもしれません。別人の遺体を加工しただけでは不十分ですし」

ホスピタルが申し訳なさそうに言った。モルチャリーもストレッチャーも固い表情だ。

「全身じゃなくていい。手首とか、大量の血とかでいいんだ。死んだに違いないとおれたちが言い張れるものがほしい」

ホスピタルは顔を引き締めると、今しがたのモルチャリーの失点を取り戻さねばとばかりに口調を強めた。

「わかりました。必ず用意します」

バジルがホスピタルへうなずきかけたところへ、エリクソンが懸念を口にした。

「〈クライドスコープ〉を使うとなると〈魔女〉が加わりたがるんじゃないか？　彼女らを外すと、あとあと揉めそうだぞ」

この一件で〈魔女〉の対抗心がいっそう刺激されて〈ガーディアンズ〉と張り合うようになると指摘しているのだ。バジルも同感だがその点は解決済みだと考えていた。

「それについちゃケイト・ホロウと話してある。ハザウェイの群にシルヴィアを監視させているようだが、大人しくしていろと釘を刺しておいた。ヨナ・クレイ以外、あいつらの能力（ギフト）は今回の作戦には不向きだし、それこそ大事なときに揉められちゃかなわん」

「勝手な監視は気になるが、まあ、お前に言われれば彼女たちも手を出さないだろう」

エリクソンが納得したように肩をすくめた。

「一つ確認だ。シルヴィアに、お前のその考えを話したか？」

オーキッドが訊くと、バジルはかぶりを振った。

「話すわけにはいかねえ。例のネズミに考えを嗅ぎ取られる。シルヴィアに化けて〈ダガーズ〉をおびき出すほうの〈クライドスコープ〉にも、奪還についちゃ話せねえ」

「となると、シルヴィアが敵と思って攻撃しないよう〈プラトゥーン〉には上手くやってもらう必要があるわけだ」

「ハイホー、こっちは構わない。多少は攻撃されたほうが迫真の演技になるだろう」

アンドレが楽しげに言った。他に質問が出ないことを見て取ったバジルが、最後にハンターへ裁可を請うた。

「やらせてくれるか、ハンター？」

ハンターは、バジルの腕に手を置いて言った。

「ファミリーの次世代を獲得し、共感(シンパシー)の喪失と復活を経験した者を帰還させて原因を追求でき、かつオフィス側に大打撃を与える。これほど多大な成果が期待できる作戦を、どうして止められる？　やれ、バジル。遠慮なく、狡猾にやってのけろ」

## 40

作戦当日、セーフハウスからオフィスへシルヴィアを護送したのはミラーとレザーで、他にライムと男性警官が後部座席でシルヴィアを間に挟んで乗車していた。

オフィスの地下駐車場に到着すると、ライムと警官がシルヴィアを連れてエレベーターで上階に行き、所長室に入った。

そこではイースターに加えて、エイプリル、トレイン、トゥイードルディ、チョーカー姿のウフコックを身につけたバロットとアビーが待っていた。

バロットはいつも通りクローバー教授から、「今後のハンターによるロビー・アタックを効果的に封じ込めるような何か」を見つけるために作戦に参加するよう言いつけられていた。作戦についてベル・ウィングとアビーに話したのはレイ・ヒューズで、心配するベル・ウィングに「危険な者たちをこのうえなく安全確実に大人しくさせるだけの仕事だ」と言って宥め、かすり傷一つ負わずに戻って来ることを約束した。

アビーは当然バロットのそばにいると言い張り、サッカークラブの練習を休んで自分が操るフィッシュをぎっしり納めたコートを身にまとっていた。食卓や学校で見せる朗らかさは影をひそめ、志願した少女兵のような鋭く油断のない顔つきになっている。

壁に投影された映像には、部下のサンドバード刑事を助手席に乗せて覆面パトカーを運転しているクレア刑事、市警察委員会の本部ビルの一室にいるフォックス市警察委員長、検察局の会議室にいるネヴィル検事補とケネス・C・Oの顔が映し出され、リアルタイムで作戦の状況が共有されていた。

またオフィスがあるイースト・アヴェニューの北側からマルドゥック市北東にかけての

地図も表示されており、今日のシルヴィアの護送ルートと、襲撃予想エリアが色づけされていた。ルートは、イースト・アヴェニューからゲート・ブリッジと呼ばれるイーストリバーに架かる大鉄橋を越え、国道ルート44号線を東に向かい、北にある郊外の住宅地ノースランド地区に建つ、一軒家のセーフハウスへ到着するものとなっている。

国道を挟んで南にリバーサイドがあり、クォーツ一族が経営する〈リバーサイドホテル〉まで車で二十分とかからず、森を歩いて突っ切っても一時間ほどで戻れる。〈ダガーズ〉が仕事を片付けてのちすぐさま自分たちの縄張りへ逃げ込める絶好のルートを設定することで、暗殺実行を誘発しようというわけだ。

加えて地図には作戦参加者の位置が、青と赤と黄色の旗のアイコンで示されていた。

青い旗はオフィス側の人員を示し、クレア刑事の車と市警察の車輛二台が、ゲート・ブリッジの西側のたもとのパーキングでバイクに乗るストーンと、アダム率いる〈ネイラーズ〉の三台の車輛と合流していた。一方でセーフハウスのほうでは屋内に警官二人が、その付近の路上に停めた車にはスティールとレイ・ヒューズが待機中だ。

赤い旗はハンター側の人員を示し、バジルの車、オーキッドのバイク、エリクソンの四輪駆動車、ホスピタルたちが乗るバス、そして元〈シャドウズ〉で今はハイウェイ・パトロールとして働くトミーとビリーのバイクが、橋の反対側で集まろうとしていた。

黄色い旗は、今しがたオフィスに到着したシルヴィアを示しており、

「やあ、シルヴィア。見ての通り、準備は万端だ」

イースターがデスクから腰を上げて、本人をにこやかに出迎えた。

「死人が出ないことを心から祈るわ」

「同感だね。そちらが、例の……？」

イースターが、シルヴィアの隣で緊張した様子でいる男性警官へ視線を向けた。

「そうだ。さっそくだが能力(ギフト)を見せてくれないか？」

ライムが言うと、警官が、あっという間にその姿を変えた。

全身を覆う細かな砂のようなものが波立つように動いて色合いを変えるのだ。どうやら砂粒サイズの極小ディスプレイ素材を体内で生成して身にまとうらしく、服飾品に使われるカメレオン・フィルムを生体移植したような能力(ギフト)だった。髪の毛一本一本まで精密な変身を披露し、さらに驚いたことに骨格さえも変化させていた。

「いつ現れるかと思ったら、とっくにそばにいたわけね」

シルヴィアが言った。

「お久しぶりです、シルヴィア。スコーピィです。バジルの命令で来ました」

シルヴィアそっくりの姿と声で、彼か彼女かわからない人物が言うと、部屋にいる者たちだけでなくモニターの向こうにいる人々も驚きの声をこぼした。バロットですら注意深く感覚しないと、本来の皮膚とは異なる物質で覆われた人物だとわからなかった。

「かなり正確に身体的特徴を再現していますわね」

エイプリルが興味深そうにスコーピィを眺め回した。

「うわ、マジで二人いるし」

アビーが気味悪そうに言った。

「あれって、元の自分の顔がわからなくなったりしないのかな」

トレインが素朴な疑問を呟くと、トゥイードルディが肩をすくめて言った。

「昔、〈楽園〉を出た被験者にも同じようなエンハンサーがいたけど、自分の姿の初期設定が失われることはなかったみたい。もしそれが失われたら、基準がなくなってでたらめに変身し続けるんじゃない？」

「なるほどー、姿が一定しないシェイプシフターがいる理由がそれなのね」

シルヴィア＝スコーピィが、トレインとトゥイードルディの会話に唐突に参加し、シルヴィアからじろりと睨まれた。

「バジルから余計な話をしろと言われたの？」

「あー、いえ、申し訳ありません」

イースターが、話を戻すために改めてスコーピィを称賛した。

「完璧だね。以前、同じ能力を持つ仲間がいたが、勝るとも劣らない変身ぶりだ」

「ありがとう。でもおかげで〈ダガーズ〉なんていう凶悪な連中に襲われる役目を背負わされるなんて思わなかったわ。安全な仕事だと聞いてはいるけど、とてもそうは……」

「市警やオフィスのメンバーだけでなく、レイ・ヒューズやバジルたちにガードしてもらえるのよ。あなたが戦う必要はないんだから。私の姿でみっともなく怖じ気づかないで」

「はい」

しゅんとなるスコーピィに、イースターが慰めるように微笑みかけ、白衣のポケットから追跡装置を取り出した。

「あなたの安全を最優先にした作戦だと保証するよ。シルヴィアにはこれをつけてもらい、シルヴィアがつけているものをあなたにつけるが、いいかな?」

「ええ、やってちょうだい」

シルヴィアが、スコーピィに有無を言わせず承諾した。イースターが手早く作業し、モニターの地図にオレンジの旗が追加された。本物のシルヴィアを意味する旗だ。

ライムが自分のタブレットで、壁の映像と同じ地図と表示を呼び出し、インカムを通して作戦参加者に状況を告げた。

「オーケイ、オリジナル・シルヴィアと餌(ベイト)のシルヴィア、両方が登録された。三十分後にベイト・シルヴィアを予定通り移動させる」

「さ、オリジナル・シルヴィアは今日の検診を行いましょう」

エイプリルがシルヴィアを手招きすると、バロットとアビーもソファから立った。オフィス内でも、シルヴィアの言動からハンターやバジルの意図を探るというバロットの務めのためだ。とはいえ検診に付き合ったところで大した成果はなく、アビーのほうはシルヴィアの体の変化を見て取ろうと興味津々だった。

「子どもがいるなんて見ただけじゃ全然わかんない」

アビーが呟くと、シルヴィアが同感の笑みを浮かべた。

「そうね。はっきりわかるようになるまで元気に育ってくれればいいけど」

シルヴィアが抱く新たな不安を宥めるように、エイプリルが言った。

「私たちがしっかりケアをするわ。安心してちょうだい」

バロットは、ふと疑問に思ってウフコックに訊いた。

《彼女が妊娠してること、匂いではわからないものなの？》

《今思えば特徴的な匂いはかすかにしていたが、虚偽や企みの匂いばかり嗅ぎ取ろうとしていて気づかなかった。彼女同様、そんなことは起こらないと思い込んでいたんだ》

《彼女、また精神的に不安定になると思う？》

《いや、とても安定している。先日よりもずっと心が強くなった感じだ。二日続けてバジルと会えたことが大きいんだろう》

絶望していた頃のシルヴィアとは雲泥の差だ。バジルと何を話したにせよ、互いの幸福にまつわることが大半だっただろうとバロットは想像した。

問題は、今の彼女からハンターを攻略するヒントをどうつかめばいいかわからないことだった。シルヴィアを使ってバジルという組織のナンバーツーをハンターから引き剝がす手は、激しい抵抗と予期せぬ事態を招くとしてカンファレンスの面々も除外している。シルヴィアを〈楽園〉で逮捕したときのようにハンターのロビー・アタックを妨げるきっかけを首尾よくつかむには、別の視点を持つ必要がありそうだが、それがどのようなものかバロットには皆目不明だった。

シルヴィアの検診は十五分ほどで終わった。先日と比較して大きな変化はなく、二重能力(ダブル・ギフト)は正常に機能し、母体や胎芽にも異常はなかった。所長室に戻り、みなと言葉少なに行動のときを待った。やがてライムがタブレットを持って立ち上がり、参加者全員へ告げた。

「時間だ。始めよう」

## 41

通信はオフィス主導だった。バジルたちはライムから渡されたインカムを通して参加した。もしハンター側のハッカーが通信に乗じてオフィスのサーバーに侵入しようとしても、〈ウィスパー〉の鉄壁のセキュリティを突破することはできないはずだ。

ミラーが運転する車が、レザー、ライム、シルヴィア＝スコーピィを乗せてイースト・アヴェニューへ出て、ゲート・ブリッジへまっすぐ進む様子を、大勢が見守った。映像にはミラーの車のドライブレコーダーのものが追加されていた。

やがてベイト・シルヴィアの黄色い旗が、リバーサイドの西岸に集う青い旗の前を通過したとき、オフィス側の多くが初めて聞く声で通信が入った。

《聞き覚えのあるバイクのエンジン音。〈ダガーズ〉だ。九人いる》

元〈シャドウズ〉のビリーだ。数秒後には、ベイトの後方に暗殺者を意味する黒い旗が九つ出現した。

「すごい聴覚認識だな。昔いたメンバーをまた思い出したよ」

イースターが感心してシルヴィアに声をかけた。だが彼女は小さくうなずいただけで、ビリーの能力(ギフト)について詳しく語ることはなかった。

「えっ、音って？　なんであんなすぐに場所がわかんの？」

びっくりするアビーに、トレインとトゥイードルディが説明した。

「今喋った人、音を解析してターゲットの位置を特定する能力(ギフト)の持ち主みたいだね」

「橋の反対側から銃のレーザーポインターで全部のターゲット(ポイント)を照射して仲間に伝えたんだよ。ターゲットのほうは気づいてないんじゃないかな」

かと思うと、トレインが首から提げた端末が別の声を発した。

《で、〈ウィスパー〉が通りにある監視カメラの映像にフィルターをかけて照射角度（ポイント）を特定してターゲットをマッピングしたわけだ》

トゥイードルディムが〈楽園〉の情報基幹を通して〈ウィスパー〉にアクセスしているのだ。彼らが話している間も、〈ウィスパー〉がルート上にある監視カメラの映像をリアルタイムで入手して壁に投影した。たちまち映像の数が十を超え、ベイトの周囲の状況を詳細に確認できるようになった。

ミラーの車が、やや混み合った橋を渡っており、その後方、数百メートルから半キロの距離で九台のバイクが互いに離れて走っている。乗り手は全員似たような出で立ちで、フルフェイスのヘルメットに、ごついプロテクターとブーツを装着したうえで、おそらく武器が入っているであろうバッグを体の前面にたすき掛けに固定していた。

バロットは暗殺者たちが誰も二人乗りをしていないことに驚かされた。ギャング流の戦術では、運転手と射手が同乗してそれぞれの役目を果たすものだ。あれで走行中に襲う気なら、よほどバイクでの襲撃に慣れており、かつ銃撃の流れ弾で無関係の者が死傷することに無関心であるに違いなかった。

ほどなくして青い旗の群が動き、殺し屋たちの後方についた。

《オーケイ。連中はこちらから見えていることに気づいていない。まだ動くな。こちらの護衛規模が情報の通りか確認してからじゃないと、あちらは襲ってこないだろう》

ライムの読み通り、ミラーの車が橋の上にいる間は九人とも襲ってこなかった。

動きがあったのは、ゲート・ブリッジを渡り終えて国道ルート44に入ったときだ。九台のバイクが速度を上げて他の車輛を追い越し、獣の群のようにミラーの車に接近した。

そして北へ向かうため車が左へ折れてノースランド・アヴェニューに入った直後、二台のバイクが左右を追い越しながら攻撃を仕掛けてきた。二人ともバッグからサブマシンガンを取り出し、車のタイヤを全て破壊するつもりで掃射しながら走り抜けたのだ。

やはり走行中の銃撃とあって正確ではなく、その分めっぽう撃ちまくるという実に荒っぽい襲い方だった。弾丸はタイヤだけでなく車体や窓などでも火花を散らした。車内のスコーピィがシルヴィアの顔で盛大に悲鳴をあげ、オフィスにいるシルヴィアをうんざりさせたが、車のほうは金をかけた防弾仕様とあってサイドガラスが白く曇っただけで見事に銃撃に耐えた。

二台はそのまま前方へ走り去り、さらに次の二台が同様に車の左右へ迫った。

《十一人中、九人が上手く釣れた。残り二人はセーフハウスだろう。全員、動いてくれ》

ライムが告げると、ミラーとレザーの猛々しい了解の声に、参加者のいらえが続いた。

レザーが靴を脱いで助手席のドアを開け、走行中の車の屋根に右の手の平をつけた。手足の皮膚をヤモリのものに変えて吸着させ、滑らかに屋根へ這い上ると、代わりにミラーが手と腕を文字通り伸ばして助手席のドアを閉めた。

迫る二人の殺し屋たちは、屋根の上で仁王立ちになって全身の皮膚をサイやゾウのように分厚くして待ち構えるレザーに対しては何もしなかった。猛スピードで前へ出て距離を取り、バッグから出したものを三つ数えてから道路にそっと転がすようにした。

手榴弾だった。バッグの内側にピンを固定し、出すだけで抜けるようにしたのだろう。

ミラーが素早くドアを開いて再び手と腕を伸ばし、転がってくる手榴弾を二つともさっと拾い上げ、屋根にいるレザーへ渡した。

レザーはそれらを大きな手の平で包み、腹に抱え込んで爆発させた。凄まじい音と振動がスコーピィに恐怖の絶叫をあげさせたが、レザーのほうはド派手なワイシャツとお気に入りの紅蓮の迷彩柄コートが焼け焦げたことに不機嫌な唸りをこぼしただけで、腰に提げた消火斧を手にして追撃を待った。

前方の四台が速度を落とし、後方の五台が速度を上げ、車へ接近した。同士討ちの危険を省みずに九人で攻撃する構えだ。そこへ残りの護衛が到着し、殺し屋たちを襲った。

ミラーの車が橋を渡った時点で、ビリーとトミー、オーキッド、そしてストーンは、先回りしてノースランド地区に入り、後ろのミラーの車に注意を向ける四人の前へ出ると、それぞれの攻撃を見舞った。

ビリーはバイクを停めてレーザーポインターつきの銃を両手で構え、狙い澄まして殺し屋のバイクのタイヤを撃って破壊した。トミーはハンマーを投げ放ち、ストーンは鉄パイプを振るって、殺し屋を一人ずつバイクから叩き落とした。オーキッドは電撃弾を用いて、もう一人を撃ち倒した。

こうして四人があっという間に道路に転がり倒れた。全員しっかりプロテクターを装着していたので、護衛側は誰も遠慮しなかった。

ミラーが車の速度を落とすすと、レザーが斧を持ったまま屋根から跳躍し、後方の五人のうち接近していた一人に抱きついてもろともに激しく転倒させた。

残る四人は、待ち伏せされたと悟って襲撃を諦め、左右のストリートへばらばらに逃げ込んだが、すぐさま警察車輛三台、〈ネイラーズ〉の車輛三台、バジルの車、エリクソンの四輪駆動車が彼らを追った。

「さっそく決着がついたわね」

シルヴィアが言った。四つの黒い旗が、青と赤の旗に追いつかれて動きを止めた。一人はクレア刑事たちに、一人はアダムと〈ネイラーズ〉に、電撃弾を浴びせられて倒れた。

「ぶったぎゅう」

アダムの隣で、ラフィが軍刀(サーベル)を握って意気込んだが、残念なことに出番はなかった。

一人はエリクソンの砂鉄による装甲で覆われた四輪駆動車にバイクごと派手に撥ね飛ばされた。一人は両手をバジルの電線に巻きつかれて無理やりブレーキをかけられ、こちらは九人の中で最も安全にバイクを停められた。その隣に車をつけたバジルが、「襲撃は中止だ。刑務所に行くことになるが、すぐ出してやるから仲間と一緒に大人しく捕まれ」と通信に乗せずに言った。相手はヘルメットを上下に振って従う意思を示した。

一方、セーフハウスがある通りでは、〈ダガーズ〉の最後の一人がバイクに乗って待機していた。昨夜のうちにセーフハウスの軒下に潜り込んで爆弾を設置したのだ。その遠隔点火装置を持ち、仲間が失敗したときは標的の到着を待って爆発させる手はずだった。

その背後で、唐突に声がわいた。

「それを押しても点火しませんよ。爆弾は僕が処理しておきましたから」

いつものトレンチコート姿にフルーツの入った紙袋を抱えるスティールだ。殺し屋が慌てて胸のバッグから銃を抜こうとしたが、その前にスティールが袋からレモンを一つ取って放った。レモンが宙で爆発し、殺し屋はバイクの上から吹っ飛ばされて気を失った。

その様子を、セーフハウスの斜向かいの一軒家に忍び込んだ男が、二階の夫婦のベッドルームの窓から見下ろしていた。先に周辺を調べ、日中は家族が全員出払う家を見つけておいたのだ。家の防犯セキュリティは警備会社に勤める者に金を払うことで無いも同然にすることができた。

ふだん男は浮浪者に混じって廃墟や地下トンネルを転々とする生活をしていたが、今回は郊外に住宅を持つ中流以上の人々が住まうノースランドで仕事をするとあって、髭も髪も綺麗に整え、清潔でこざっぱりした衣服をまとっていた。

この家に入るまではノースランド住まいらしく、気さくで柔和な微笑みを浮かべて通りを歩いたが、いったん家に入ると皺でひび割れたような顔は幽鬼然としていた。その顔のまま、男は窓辺に立てかけていたサプレッサー付きのライフルをおもむろに手に取ると、ターゲットの到着を待った。〈ダガーズ〉は彼にとって捨て駒に過ぎない。警察は安全が確保されたとみなせば、あのセーフハウスにターゲットを連れてくる。襲撃されたからといって他の場所に慌てて移すことはないはずだった。セーフハウスの情報が漏れたということは、どこも同程度に危険なのだから。どの程度の情報がどのようにして漏れたかわからない限り、すでに守りを固めている場所に閉じ籠もるしかない。

もし手に入れた情報が自分を仕留めるための餌だったとしても、ここに潜んでいればいいだけだ。ターゲットが本当に能力(ギフト)を失っているかどうかは撃てばわかる。そのあと誰にも悟られず姿を消す自信はあった。

だがある瞬間、男は反射的に振り返り、廊下へ向かってライフルを構えた。ドアは家の住人がふいに帰宅したときにすぐ気づけるよう、開けたままにしていた。

その出入り口のほうへ、かすかに空気が流れるのを感じたのだ。

誰かが音もなく玄関のドアを開けて中に入ったことで空気が動いたに違いなかった。男はその誰かが物音一つたてず二階に上がってくるところを想像し、今すぐ窓から逃げるか、ここで迎え撃つか、選べと自分に命じた。

男は後者を選んだ。自分を知る者が来たという強い予感があった。そいつが警察に協力して自分の手口を教えているのだ。であれば今ここで、そいつを撃つ必要があった。

だが相手はすんなり銃口の前に現れてくれなかった。こちらが性急にライフルを構えたことで空気が動き、迎え撃つ気でいることを悟られたのだ。

「衰えていないな、レイ・ヒューズ。嬉しいことだ」

男が呼びかけた。他に自分を知り、警察に協力する者は思い浮かばなかった。

「お前がいまだに地獄に招かれていないことが驚きだ、〈キラー・サブ〉」

果たして、レイ・ヒューズの声が返ってきた。

男はその声を頼りに相手の位置を見定め、ただちにライフルの引き金を三度引いた。レイ・ヒューズが、実弾を嫌って電撃弾を好むようになったという噂が本当なら、壁を貫けるのはこちらの銃弾だけだと考えてのことだ。

サプレッサーによって減音された、ばすばすばすっ、という銃撃音と、三つの弾丸が壁を貫く音とともに、どさっと人が床に倒れる音がした。仕留めたか？　いや、タイミングが早すぎる。撃たれると悟って床に伏せただけでなく、わざと音をたてて倒れたように見せたのだ。こちらがとどめを刺しに廊下に出たところを撃つために。

男は銃口を下へ向けてさらに二発撃つと、素早く出入り口にそれを向けた。伏せたところへ銃弾を浴びせることができたにしろ、相手が迅速に起き上がって外されたにしろ、こちらを撃つには姿を現すしかないはずだった。

だがそうではなかった。次の瞬間、壁の向こうから放たれた電撃弾が男のこめかみに命中した。痛烈な一撃が男の意識を奪い、その場にくずおれさせた。

男の考え通り、電撃弾では壁を貫くことはできない。そのためレイ・ヒューズは、男が撃ってあけた穴から精密きわまる射撃を放ったのだった。

倒れ伏した男の前に、レイ・ヒューズがようやく姿を現した。

「今夜は、お前を刑務所に送る日が来たことを祝わせてもらう、〈キラー・サブ〉。マクスウェルと積年の悪業を語り合いながら朽ちるがいい」

このレイ・ヒューズの声が、モニターで状況を見守っていた人々に届くと、作戦成功を喜ぶ声がいくつもあがった。

《全員逮捕だ。重傷者はいない。逮捕した連中は市警察に引き渡し……て、くれ》

ライムの声が一瞬ノイズを帯び、間延びした。バロットは、何者かがオフィスのサーバーに干渉しようとしたのを感じて鳥肌が立った。鉄壁の〈ウィスパー〉の防壁を破ることはできなかったが、高度な暗号化通信を傍受して解析しようとしたのだ。

「なんだ今の？」

イースターがデスク上の投影モニターを開き、〈ウィスパー〉に原因を尋ねようとしたが、その前にトレインの端末が、トゥイードルディムの声を発した。

《これって攻撃されてるんじゃねえか？》

トレインが、目をまん丸にした。

「誰かがオフィスのセキュリティに干渉しようとしてる！」

トゥイードルディが、丸い角が生えた額を宙に向けてうなずいた。

「大丈夫そう。〈ウィスパー〉がものすごく怒ってやり返してるから」

「ここを攻撃してる？　どこの誰だ？」

イースターの愕然とする声を、沈黙を保っていたはずのウフコックが遮って叫んだ。

「殺意の匂いだ！」

エイプリルが驚いて椅子から跳び上がり、シルヴィアとアビーが表情を消した。

バロットは立ち上がってチョーカーに干渉し、戦うための道具に変身(ターン)するようウフコックに願った。ウフコックは無言で応じ、チョーカーがぐにゃりと裏返って純白の戦闘用スーツを現し、たちまちバロットの全身を覆い尽くした。

シルヴィアとアビーも立ち上がったとき、けたたましい警告音とともに、モニターに別の画面が現れた。オフィスの裏通りにある監視カメラの映像だった。市が設置したものではなくオフィスの所有物だ。

「〈ウィスパー〉が、干渉者の位置を特定したよ」

トゥイードルディが言った。新たな映像にまで一瞬ノイズが走ったが、〈ウィスパー〉

が干渉を許さず脅威の到来を映し出した。大型バスが通りに現れて停車するや、その後部ドアが開かれて、恐るべき存在が群をなしてオフィスの建物へ殺到した。

異形の子どもたち――〈天使たち(エンジェルス)〉が。

# 42

ただちに〈ウィスパー〉がセキュリティ・プロトコルを実行し、あらゆる出入り口と窓をロックしたうえにシャッターで塞いだため、〈天使たち(エンジェルス)〉もすぐには侵入できなかった。

山羊(やぎ)の脚とトカゲの顔を持つ三姉妹が、シャッターに触れれば電撃を食らうことも意に介さず、特大の包丁、ノコギリ、ハンマーを激しく振るって裏口を突破しにかかる一方、他の子どもたちも壁を這い上ってめいめい侵入を試みた。

ナイフのような爪や牙でシャッターをこじ開けようとする者もいれば、粘液に覆われた者や、体から蔦(つた)のように繊毛が生えている者は、溶解液を分泌するらしく、窓のシャッターが溶けて白煙を上げるさまが、監視カメラの映像で見て取れた。

彼らの背後では、ゴリラの巨体を持つ少年が、サファイアのように輝く瞳で建物を眺め回し、自分が通過できるほど広い入口はないとみて搬出入口があるほうへ移動した。

「うわあ、ホラー映画みたい」

トレインは、呆気に取られるあまり現実感がわかない様子だ。

「ビル・シールズ博士が遺伝子設計に関わったというキメラ児童ですのね。どの個体もすごい身体能力ですわ」

エイプリルも同様で、つい脅威を忘れて感銘を受けたというような声をこぼした。

「なんで今⁉　仲間を取り戻しに来たのか⁉」

イースターのほうは慌てた調子で、ライムのタブレットにも監視カメラの映像が転送されていることを確認しながらわめいた。

「そうした目的は嗅ぎ取れない。狙いはシルヴィアだろう」

ウフコックが、バロットの全身を覆うスーツ姿で言った。

「私の命と能力（ギフト）を奪うことが目的かしら。どうしてかバジルたちの動きを知って、チャンスだと考えたのかも」

シルヴィアがいささかも動じずそう口にした。

《あと五分もしたら入ってくるぜ。どうするんだい？》

「僕のセキュリティは起動してるよ。反撃する、イースター？」

トゥイーたちが訊いた。

「少し待ってくれ。ライム？」

《ハンターと〈天使たち（エンジェルス）〉の対立を甘く見すぎたな。〈ダガーズ〉と〈キラー・サブ〉は

市警察に任せて、オフィス側のメンバーは全員そっちへ向かってる。〈ネイラーズ〉とレイ・ヒューズも一緒だ》

《おれたちもだ。問題あるか？》

バジルの声が割り込み、イースターが即答した。

「シルヴィアの保護という目的に従う限り問題ない」

《オーケイ。おれたちの到着まで持ちこたえようとするな。今すぐ屋上に行ってサメに乗り、戦わず距離を取るんだ》

「わかった。みんな聞いたな？」

イースターが顔を上げると、つまらなそうに肩をすくめるトゥイードルディ以外全員うなずいた。みな足早に所長室を出て、〈ウィスパー〉の電子的ガードを信じてエレベーターに乗って最上階に行き、階段を上がった。屋上のドアもシャッターでガードされていたが、トレインが〈ウィスパー〉に呼びかけて解除させた。

屋上に出るとすぐにサメたちが下降し、最も巨体のバタフライがトゥイードルディの前に舞い降りたが、その時点でバロットとウフコックが危機を察知していた。

「急げ！　彼らが来る！」

ウフコックが叫び、バロットの両手に銃を現した。バロットは二つのグリップをソフトに握りながら、壁を猛スピードで這い上がるゴリラ少年を感覚していた。ほとんど壁面を疾走していると言っていい速度だ。別の壁面からも群が押し寄せており、電子的な手段か鋭い嗅覚によるものかわからないが、移動を察知されたのは明らかだった。

「僕のセキュリティが守ってくれるから大丈夫だよ」

トゥイードルディは悠々とバタフライの背に乗り、サメたちに大きな円陣を組ませて人々を守らせた。だがそこへゴリラ少年が屋上へ跳び出し、地面に拳をつけるナックルウォークで跳ねるように迫るや、サメの壁を猛然と跳び越え、『行け行け(ゴー・ゴー)!!』というポップなシールを貼った右拳を振りかぶってトゥイードルディとバタフライへ襲いかかった。

誰もが、バタフライの重力(フロート)の壁がゴリラ少年の攻撃を逸らすと信じたが、驚愕すべきことが起こった。見えない壁と巨大な拳の間に、かっと青白い閃光が生じ、バタフライの胴と、その上に乗っていたトゥイードルディの全身がひしゃげたのだ。

トゥイードルディとバタフライの血がまき散らされて球形の重力(フロート)の壁を内側から真っ赤に染めた。どちらも意識を失ってぐったりしながら上昇し、他のサメたちが一斉に重力(フロート)の壁を展開した。ゴリラ少年は見えない壁の圧力というより、結果的に生じたとてつもない風圧によって後方へ吹っ飛ばされ、屋上の縁の向こうへ転がり消えた。

「トゥイーは!?　生きてるか!?」

イースターが、上空へ去る真っ赤な球体を見上げて叫んだ。

「生きてるけど、セキュリティが切り替わっちゃった！」

《中枢防御だ！　トゥイードルディが復活するまでサメはあいつしか守らないぞ！》

トレインとトゥイードルディムがわめき返すうちにも、サメの群が上空へ速やかに去るさまに、イースターが呻いた。

サメの円陣が消えたところへ、五人のピラニア兄弟と、四人のワニ兄弟が、別々の方向から迫った。バロットとアビーが、電撃弾と空飛ぶフィッシュの群を放ってその疾走を次々に食い止めたが、九人とも撃たれようが刺されようが構わず扇状に広がり、さらに背後から続々と他の子どもたちが現れた。バロットとアビーだけでは数が多くて防ぎきれないと見たシルヴィアが、ワイヤー・ワームを放ち電撃を食わせて足止めし、自ら応戦した。

「早く中に入りましょう！」

エイプリルがイースターとトレインの腕を引っ張って屋内へ戻った。

そこへトカゲ少女三人が走り込んできたが、一人がバロットが放った電撃弾を額と喉に撃ち込まれ、一人がアビーのナイフの連なりに足をすくわれ、一人が前へ出たシルヴィアの強烈な蹴りを肩に受け、揃って転がり倒れた。

彼女たちの背後で、ゴリラ少年が再び屋上に姿を現した。

「中へ入ってください。アビーも」

バロットは、ずしずしと拳を床につけて歩み来るゴリラ少年へ目を向け、半円形に展開する異形の子どもたちを感覚した。四十人以上いる彼らの中でも、ゴリラ少年が最も厄介だった。重力の壁を貫通する力をもってすれば、どんな防壁も破壊し、群とともに屋内へ殺到するだろう。

トゥイードルディィとそのセキュリティを失った今、どうにかしてここで彼らを止めねばならない。バロットはレイ・ヒューズの教え通り両手の銃をあくまでソフトに握りながら、ウフコックに強力な武器を求めるべきか考えた。濫用にならない範囲で、恐るべき子どもたちが身動きできなくなるほどの打撃をもたらす武器を。だが個体差が大きく、それぞれの急所がどこかもわからないとあっては、殺してしまうかもしれなかった。

説得で時間を稼げるだろうか？　ウフコックが潜入捜査をしていたとき、ハンターはゴリラ少年たちを最終的に武器ではなく言葉で退けている。彼らの動機と目的を正確に知ることができれば、同じことが可能かもしれない。

「待ってください。なぜ、あなたたちはここに来たのですか？」

交渉のとば口をつかむために尋ねたが、ゴリラ少年は青い目を殺意で光らせ、左拳に貼っていた『止まれ！』というシールを、無言で剝がして捨てた。止まる気も交渉する気もないと告げる、恐ろしく明白な意思表示だった。

「ルーン姉さん」

アビーが、ともに戦う意思を込めて呼んだ。本来守るべきシルヴィアはアビーのすぐ後ろにおり、イースターたちは階段を降りたところで、ライムの《脱出するしかない。車でシルヴィアを逃がせ》という声を聞いていた。

バロットにもその通信は伝わっており、どうやらシルヴィアを車に乗せるまでここで踏みとどまる必要がありそうだと覚悟したとき、凄まじい衝撃が屋上の床を襲った。

バロットは、自分とゴリラ少年の間の床に、上空から飛来した狙撃弾が命中したことを遅れて感覚し、ぞっとした。それは先ほどバロットが考えた以上の、強烈無比なる弾丸だった。コンクリートを抉ると同時に炸裂し、高熱の炎を吹き上げたのだ。

バロットは、上空に去ったサメたちに代わって現れた、風船じみた体形で宙に浮かび特大のライフルを構える男を感覚し、反撃すべきか考えた。

《敵じゃない。君を支援してくれている》

ウフコックが言った。驚くバロットの目の前で、どこの誰かもわからない風船男が放った二発目が、〈天使たち(エンジェルス)〉の真ん中あたりに撃ち込まれた。

最初の一発で動きを止めていた群が、再び弾丸の炸裂が起こるや、一斉に風船男の死角へ移動するために走り、屋上から壁面へ移動した。

ゴリラ少年だけは、バロットがいるほうへ駆け寄って来た。侵入することで狙撃をかわそうというのだ。バロットは手振りでアビーとシルヴィアを下がらせながら急いで中へ入ってドアを閉めた。〈ウィスパー〉がドアをロックしてシャッターを閉じるのが感覚された直後、衝撃が来た。

ドアがこちら側にひしゃげ、強烈な衝撃波が、階段を降りるバロットとアビーとシルヴィアの頭上を吹き抜けていった。シャッターとドアが完全に破壊される前に、三発目の狙撃弾が炸裂する音が轟いた。ゴリラ少年の苦痛と怒りの咆哮（ほうこう）があがり、それが遠ざかっていった。どうやらゴリラ少年が被弾し、仲間と同じく逃げたようだった。

ひとまず屋上から侵入される不安がなくなり、バロットは、アビーとシルヴィアとともにエレベーターへ向かいながら息を整えた。風船男同様、強力な武器を用いていたかもしれない自分に対する恐れを覚え、その感情を深く息をついて追い払った。

イースターとエイプリルとトレインが待つエレベーターにバロットたち三人が乗り、下階へ向かう間、トレインが首から提げた端末がライムとバジルの通信の声を発した。

《オフィスに護衛をつけていたことをなんで言わなかった？》

《警察から情報が漏れるかもしれねえからな。念には念を入れただけだ》

《そっちから情報が漏れて〈天使たち（エンジェルス）〉が来たんじゃないか？》

《さあな。とにかく〈プラトゥーン〉の車を一台、オフィスの中に入れろ。もう一人のシルヴィアを乗せて逃げるふりをさせて、〈天使たち（エンジェルス）〉をオフィスから引っ剝（ぺ）がす》

《変身するエンハンサーをもう一人用意するほど念を入れたわけか？》

《乗るのか乗らねえのかさっさと決めろ》

《オフィスに〈プラトゥーン〉を入れたとたん制圧されるんじゃなけりゃ乗せるさ》

《囲まれて全員逮捕されるだけだろうが。〈プラトゥーン〉は用意ができてる》

《いいか、イースター？》

「やってくれ。駐車場のセキュリティを解除する」

イースターが地下駐車場に出て、電子眼鏡（テク・グラス）の弦（つる）を撫でて操作した。スロープの向こうで出入り口を塞いでいた二重のシャッターが巻き上げられる音が響き、すぐに大型のピックアップトラックが一台、後ろ向きのまま猛スピードで入って来た。

荷台には男が二人乗っており、一人は大男で両手に銃を握って、「ウー、ラー！」と叫んだ。もう一人は何も持たない細身の男で、その皮膚から何かが分泌されるや、たちまちラバーマスクのようなものを形成して全身を覆い、シルヴィアそっくりの姿になった。

「殺されるううう！　いやだあああ、助けてえええええ！」

二人目のベイト・シルヴィアがけたたましく叫んだ。自分と同じ姿を持つ者がみっともなく声をあげるさまに、シルヴィアが耐えがたい様子で顔をしかめた。ピックアップトラックは長居することなく、来たとき以上のスピードを出して駐車場から出て行った。

シャッターが再び下ろされる音がし、トレインがへたへたと座り込んだ。

「もう少しで入られるところだったけど、モンスターたちがバスに戻っていくよ。あっちの偽のシルヴィアに気づいて、追いかけるつもりなんだ」

イースターとエイプリルが、それぞれ壁にもたれて安堵の息をついた。

「能力(ギフト)なんか使って、大丈夫なわけ？」
アビーが訊いた。シルヴィアのお腹の子どもを気にかけてのことだ。
「何ともないと思うけど……診てもらったほうがいいでしょうね」
《ルーン、ウフコック、聞こえてるか？》
ライムが二人にだけ通信しているのだ。イースターは電子眼鏡(テク・グラス)のレンズの表示で通信状況を把握していたが、黙ったままでいた。
《はい。どうしました？》
《どうやらバジルはシルヴィアを取り戻すつもりだったらしい。〈天使たち(エンジェルス)〉が来ると知っていた可能性もある。シルヴィアは何か知ってそうか？》
《いや、計画に従っている匂いはしない。彼女は〈天使たち(エンジェルス)〉が来ると警告されていなかったし、〈プラトゥーン〉の配置も知らなかった》
ウフコックが断定した。
《シルヴィアをセーフハウスへ移送する予定だったが、バジルが配置した他のグループが襲ってくるかもしれない。〈シャークフィーダー〉はダウンしたままか？》
《何日か動けないだろう。〈ウィスパー〉のデータを見る限り体の損傷がひどい》
《彼らがいないのは痛いな。バジルと〈天使たち(エンジェルス)〉の次の手が読めるまで、シルヴィアをどこかに隠そう。あんたとルーン、アビーで、シルヴィアを他へ移せるか？》

《可能ですが、どこへ？》

《どこかだ。誰にも場所を教えるな。〈天使たち〉がどうやって情報を手に入れたかわからない。もし誰かが追って来たら都市を出て〈楽園〉へ逃げ込め。あと十分とかからず到着するから、その前に消えてくれ》

《わかりました》

バロットはそう応じると、イースターへ告げた。

「ライムが、安全のためシルヴィアを今すぐ移動させたほうがいいって言ってる」

「ふむ。そうしよう」

メンバーの到着を待たないのかとも訊かずイースターが同意した。ライムがバロットに通信したのはシルヴィア、私の車に乗ってください。安全のため予定より早くここを離れます」

「他に誰が私を狙っているかわからないものね」

シルヴィアが納得したように肩をすくめ、「バジルに、ありがとうと伝えて。終わったら話しましょうって」とイースターに言い残してバロットの車へ歩み寄った。

「アビー、一緒に来てくれる？」

「もちろん！」

アビーが当然だというように答え、シルヴィアとともに〈ミスター・スノウ〉の後部座席に乗った。バロットはメイド・バイ・ウフコックのスーツと銃を元のチョーカーに戻してから運転席に入った。イースター、エイプリル、トレインが見送りのために近づいて口々に言った。

「くれぐれも用心するんだぞ」

「戻ってきたらすぐに検診しましょうね」

「モンスターに襲われませんように」

バロットは彼らにうなずき返し、急いで車を出した。開かれるシャッターをくぐってオフィスを離れると、まだ行く先も思いつかないまま、ライムとバジルが来るイースト・アヴェニューを避けて、逆側のウェストサイドへ向かった。

## 43

セントラル地区を横断してウェストサイドに入ったところで、やっと行き先を思いついた。シルヴィアとアビーは何も尋ねず、バロットに任せている。

《バジルは本当にシルヴィアを奪い返すつもりだったと思う?》

バロットはウフコックにだけ訊いた。

《わからない。もしそうなら、シルヴィアの共感（シンパシー）が回復しているか、回復させるすべが見

つかったんだ。それ以外に奪還の動機はない》
《何か感じる？　その、あなたの中の――》
《意図的に感じないようにしている。もし彼女が回復していたらお互いに共感（シンパシー）を感じ取ることになる。今は彼女を刺激したくない》
　バロットも同感だった。今のシルヴィアはエンハンサーであり、能力（ギフト）を発揮して逃げようとする可能性を考慮に入れる必要があった。もしシルヴィアが共感（シンパシー）の回復を自覚していてオフィス側に伝えていないなら、自分たちが彼女との間で構築してきた信頼が綻（ほころ）んでしまったことを意味するのだ。
「ねえ、こっちの地域にもあなたたちのセーフハウスがあるの？」
　シルヴィアが、ウェストサイドのスラムの景色を見ながら訊いた。治安が悪い場所に証人を保護する施設があるとは思えないという口調だ。
「緊急時に利用できる施設が一つだけあります」
　バロットが答えると、シルヴィアは一瞬眉をひそめたが、すぐに正解を口にした。
「シャープトンホテルね」
　バロットは、「はい」と返し、ほどなくしてそのホテルの裏手にある空地に〈ミスター・スノウ〉を停めた。ウェストサイド一帯でゆいいつ車の盗難の心配がなく、安全を約束された十一階建ての永世中立国の領土に。

盲点となりそうな施設を選んだ結果だが、思えば奇妙な因縁もあったものだった。ウフコックと当時のパートナーであるロックが、このホテルにいるケネス・C・Oに会いに行ったことが、そのあと起こった全ての始まりとなったのだ。

シルヴィアは車を降りると、自分がロックにワイヤー・ワームを叩き込んだその場所を淡々と眺めた。罪悪感を抱いた様子も、仲間と行動した日々を懐かしむ様子もなかった。

「以前、オクトーバー家の子どもがここに逃げ込んだときと同じくらい、私もどん詰まりに追い込まれたってことね」

溜め息交じりにシルヴィアが呟いたが、本気で我が身を嘆いているわけではなかった。ただパートナーをここで失ったウフコックが自分を守ることに、後ろめたさを覚えて卑下してみせたのだ。バロットたちとの信頼関係が失われていない証拠だった。

バロットも、ウフコックに辛い思いをさせることが申し訳なくて詫びた。

《ごめんなさい、ここしか思いつかなかったの》

《いい選択だ、バロット。おれのことは気にしないでくれ。この都市で因縁がある場所を避けていたらどこにも行けなくなるし、ここだけが悲しみを思い出す場所じゃない》

バロットはウフコックの冷静さに安心させられながら、アビーとシルヴィアとともにホテルへ入り、小汚く薄暗いロビーカウンターにいる青白い肌の巨漢へ声をかけた。

「部屋を一つお借りできますか？」

ホテルのあるじであるシャープトンは『銀行金融史』というタイトルの分厚い本から目を離さず、カードリーダーをカウンターに置いた。スラムにあることを思えばずいぶん高い金額が表示されていたが、バロットは文句を言わず携帯電話を使ってプリペイド・マネーで支払った。クレジットカードを使えば追跡されるため、手持ちの現金がない場合、それがこの逃亡者御用達ホテルでの通常の支払方法なのだ。

カードリーダーが支払確認の音を発すると、シャープトンがこちらを見ずにタグつきの鍵をカウンターに滑らせた。手続きは以上だった。バロットたちはがたつくエレベーターに乗り、タグの番号に従って六階の該当する部屋に入った。

「うえー、ぼっろい部屋!」

アビーが、けばだらけの二人掛けソファに身をすくめて腰を下ろした。

「メンテナンス費をとことんケチってるのね。デザイン自体は悪くないのに」

シルヴィアもそう言いながらツインベッドの一つに座った。一人はソファで寝ることになりそうだった。

ルームサービスも、スラムのど真ん中まで配達してくれるデリバリー・サービスもないため、バロットが二人の要望を聞いて買い出しに行くことにした。追跡された感覚はなく、ウフコックも危険を嗅ぎ取ってはいなかった。シルヴィアが突然逃げようと考え、アビーを攻撃する可能性については、その兆候はないとウフコックが請け合った。

バロットはチョーカー姿のウフコックとともに駐車場に戻ると、〈ミスター・スノウ〉に乗り込んでエンジンをかけた。その瞬間、異変が起こった。アクセルを踏む前に車が勝手に発進し、加速しながら通りに出てバロットをホテルから離そうとしたのだ。バロットは反射的に車体が備えるあらゆる電子危機に干渉し、運転に異常を及ぼす原因を探った。バロットの驚きの匂いを嗅ぎ取ったウフコックが解析をサポートし、本来存在しないはずのプログラムをただちに特定した。

文字通りウイルスのように変異しながら車のシステムに侵入しようとするそのプログラムを、バロットは持ち前の能力（ギフト）を発揮して瞬時に消し去り、車のハンドリングを取り返して急速なUターンをしてのけ、ホテルの駐車場に戻って停車させた。

車にウイルスを仕込まれた。いつそうされたか解析するには〈ウィスパー〉や〈ストーム団〉の助けが必要だが、居場所を秘さねばならないためオフィスに要請すべきではなかった。バロットは車が完全にクリーンになったことをウフコックとともに確認すると、ドアを開いて飛び出し、ジャケットの中の携帯電話を操作してアビーにかけた。

《ルーン姉さん？》

《誰か襲ってくるかも。気をつけて》

アビーは、なぜそう思うのかとも訊かず、《わかった》と応じ、通話を維持した。

バロットはメイド・バイ・ウフコックのスーツをまといながらロビーに駆け込んでエレ

ベーターに乗ったが、このときもシャープトンは微動だにせず本を読み続けていた。

六階に上がったバロットは両手の銃を突き出しながらエレベーターから歩み出た。通路に異常は感じられず、ウフコックも敵意の匂いを嗅ぎ取らなかった。

そのまま自分たちの部屋の前まで行き、銃を持った左手でドアをノックした。

「アビー、私」

ドアが開き、警戒心で引き締まった顔のアビーが現れた。その背後でフィッシュが群をなして宙に浮かんでいる。

「何があったの？」

バロットが説明しながら部屋へ入ろうとしたところで、ウフコックが叫んだ。

「車にウイルスが――」

「火の匂いだ！」

通路奥の非常階段のドアが激しい炎の輝きに呑まれ、火の渦が押し寄せてきた。バロットは急いで部屋に入ってドアを閉め、銃で窓を指し示して叫んだ。

「逃げて！」

十センチほどしか斜めに開かない窓へ、アビーのフィッシュがなだれを打って突き込まれ、ワイヤー入りのガラスを破壊するとともに宙に足場を作った。アビーは窓枠を素早くくぐってその足場に乗り、シルヴィアへ手を差し伸べた。シルヴィアはその手を握り、アビーが次々にフィッシュを移動させて作る螺旋階段を降りていった。

けたたましい火災警報器のアラーム音が鳴り響き、たちまち天井のスプリンクラーから水が降り注ぐなか、バロットは、火と煙が漏れ入るドアへ銃を向け、何者かの到来を待ち構えた。だがその気配はないと判断すると、身を翻して走り、窓枠から外へ跳んだ。

自由落下に委ねたその身をメイド・バイ・ウフコックのスーツが広がって包み込む寸前、バロットは黒い鳥たちをみた。シャープトンホテルの上空をカラスの群が飛んでいた。スーツは弾力に満ちた球体となり、四肢を折りたたんだバロットを守った。地面で柔らかに跳ねて転がり、〈ミスター・スノウ〉のそばでぴたりと停止した。

球体がすぐさまスーツに吸収されて消え、バロットが能力（ギフト）で車のドアロックを解除した。アビーとシルヴィアが後部座席に素早く乗り、バロットは運転席に滑り込んでシートベルトを締めながら車を発進させた。バックミラーで一瞥した限り、シャープトンホテルの六階にあるいくつかの窓から灰色の煙が漂い出していたが、火は見られなかった。

「火の匂いが消えた。放火した誰かは、こちらが脱出したと悟って火を放つのをやめるだけでなく消したらしい。あのホテルの高層階にどれほどの客がいたかわからないが、スプリンクラーも作動していたから、火災で大勢が犠牲になることはなさそうだ」

ウフコックの言葉にバロットは大いにほっとさせられたが、滞在してものの十分と経たずに隠れ場所を失ったことに変わりなかった。

バロットがウェスト・アヴェニューに出て北へ向かうと、シルヴィアが身を乗り出した。

「どこへ行くの？」

「誰かに追われたら〈楽園〉へ向かうように言われています」

「私を実験動物にする気？　〈誓約の銃(ガンズ・オブ・オウス)〉の連中みたいに」

「そうさせないための協定が結ばれていますので安心してください」

「心からほっとするわ」

「ねえ、ルーン姉さん、どうして襲われるってわかったの？」

アビーが、周囲を鋭く警戒しながら訊いた。

「この車が、電子ウィルスに感染していたの。駆除したから今は大丈夫」

「マジで？　そいつを仕込んだやつが火をつけたのかな？」

「わからない。さっきカラスの群を見たけど――」

「〈戦魔女(ウォーウィッチ)〉ね。群を操るカラスと、火を放つエンハンサーがいるわ」

シルヴィアが忌々(いまいま)しげに言った。

「呪いのプログラムを作り出すエンハンサーもいたけど、マルセル島の抗争で脳死させられたはず。そいつの能力(ギフト)を使ったか、奪ったのかも」

バロットは、シルヴィアの主張の裏を取るすべがないまま、ジャケットの中の携帯電話を能力(ギフト)で操作してライムにメッセージを送った。自分たちがどのように攻撃されたか、シルヴィアが何を言ったか、行き先だけ伏せて、ありのままに報告した。

　間を置かず、『C』とだけ返事が来たのを感覚した。了解(コピー)という意味だろう。これだけ働いているのに労(ねぎら)いの言葉もないのかと腹立たしく思ったが、『GJ∞』という言葉が続いた。『よくやった(グッド・ジョブ)』の無限大という、ライムからほとんど初めて称賛されたことにバロットは気をよくしながらノースサイドを出て〈楽園〉へ向かう長い道のりを進み始めた。

　一時間ほど走ったところで、ダイナーのあるガソリンスタンドに寄って給油し、遅い昼食を摂った。さらに何時間も走って夕暮れが迫ると、ウフコックが言った。

「そろそろどこかで休んだほうがいい」

　バロットは助言に従い、次に現れたモーテルの駐車場に車を入れた。三人とも用心して車を出たが、追ってくる者も、待ち受ける者もなかった。

　再びバロットが手続きし、部屋を二つ取った。各部屋にベッドは二つしかないとフロントで言われ、隣り合う部屋を借りたのだ。三人で話し合い、一室を空(から)にし、もう一室に全員集まってひと晩過ごすことにした。車に異常は見られず、ウフコックも危険な匂いはしないと言ったが、シルヴィアの監視が必要だった。

　近くのダイナーで夕食を摂り、部屋に戻って順番にシャワーを浴びた。バロットが隣室からガウンを持って来るついでに、カーテンを閉めて灯りとテレビをつけっぱなしにし、人がいるように見せかけた。まず考えられないが、もし万一、襲撃者が現れた場合、少しは惑わせるだろう。

三人とも服をソファに積んで下着の上にガウンを着た。隣の部屋の鍵は、テレビがある棚に置いた。誰もテレビをつけようとはしなかった。それよりもできる限り心身を休ませたかった。

とりわけバロットは運転ずくめでくたくただった。アビーと一緒のベッドに横たわり、ウフコックがナイトテーブルにタオルを敷いて自分の寝床を作る間にも、さっそくうとうとした。シルヴィアとアビーが、お腹の子どもについて何かを話していたが、バロットはほとんど聞いていなかった。

「では、おやすみ」

ウフコックが三人に言ってナイトスタンドの灯りを消したときには、バロットはとっくに眠りに落ちていた。シルヴィアもアビーもすぐに眠りについた。

ウフコックは、三人があっという間に眠ったことに少々驚き、自分はしばらく暗がりに座って寝ずの番をしようかと思ったが、やがて睡魔がどこからともなく忍び寄り、ちょっとだけと思ってタオルの上に横たわるやいなや眠っていた。

バロットとウフコックが次にかすかに意識を取り戻したのは、かちゃりと何かが音をたてたときだ。バロットは、おぼろな感覚でシルヴィアがもう一つの部屋の鍵を手にした音だと認識した。ウフコックは、シルヴィアが共感（シンパシー）の波を感じていることを示す強い安心感と連帯感の匂いを嗅ぎ取っていた。だが二人ともそれ以上のことを認識することなく、意識をかき消されるようにして再び眠らされていた。

それから何時間かしてのち、バロットは強烈な不安とともに跳ね起きた。隣でアビーが同様に起きて左右を見回し、ナイトテーブルの上のウフコックもぱちりと目を開いた。

カーテンの隙間から淡い太陽の光が細く部屋に入り込み、壁の時計は朝の六時過ぎを示している。シルヴィアがいるはずの隣のベッドには誰もいなかった。ソファから彼女の服が消え、代わりにガウンがあった。

「シルヴィア?」

バロットは立ってバスルームに向かって声をかけながら、棚から隣室の鍵がなくなっていることを感覚した。アビーがさっと動いてバスルームのドアを開き、誰もいないことを確認してバロットへかぶりを振ってみせた。

「ウフコック、シルヴィアがどこにいるかわかる?」

「すぐ近くから匂いがする。隣の部屋を見てみよう」

バロットは、アビーとともに急いで着替えると、チョーカーに変身(ターン)したウフコックを首に付け、今いる部屋の鍵を取ってドアノブに手をかけた。ロックしていたはずのそれが開いたことにショックを覚えた。早朝の澄んだ空気の中に出て隣室のドアへ駆け寄った。

それも難なく開いた。誰も触れた形跡のないベッドが二つ並び、灯りもテレビも消され、棚にその部屋の鍵が置かれていた。

「シルヴィア?」

バロットが声をかけながらバスルームのドアを開いた。すぐ後ろからアビーが中を覗き込んだ。赤い髪の束がバスタブの縁にかかっていた。シルヴィアがバスタブの底に身を横たえているところをバロットもアビーもウフコックも想像した。

二人が歩み寄ってバスタブの底へ目を向けると、髪の束とは異なる色合いだが鮮やかという点では等しいものが一面に見て取れた。栓をされたバスタブに血が浅く溜まり、そこに人間の首が切断面を下にしてぽつんと置かれていた。

眠るように目を閉じた、シルヴィアの首だった。

本書はＳＦマガジン二〇二三年六月号から二〇二四年六月号に
連載された作品を、大幅に加筆修正したものです。

マルドゥック・スクランブル〔完全版〕（全3巻）

冲方 丁

The 1st Compression――圧縮
The 2nd Combustion――燃焼
The 3rd Exhaust――排気

〔日本ＳＦ大賞受賞作〕賭博師シェルにより爆殺されかけた少女娼婦バロット。彼女を救ったのは、委任事件担当官にして万能兵器のネズミ、ウフコックだった。法的に禁止された科学技術の使用が許可されるスクランブル－09。この緊急法令で蘇ったバロットはシェルの犯罪を追うが、眼前にかつてウフコックを濫用し殺戮のかぎりを尽くした男・ボイルドが立ち塞がる。代表作の完全改稿版、始動

# マルドゥック・ヴェロシティ〔新装版〕（全3巻）

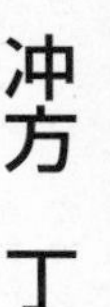

戦地において友軍への誤爆という罪を犯し、軍研究所に収容されたディムズデイル＝ボイルド。彼は、約束の地への墜落のビジョンに苛まれていた。そんなボイルドを救済したのは、知能を持つ万能兵器にして、無垢の良心たるネズミ・ウフコックだった。だが、やがて戦争は終結、彼らを〝廃棄〟するための部隊が研究所に迫っていた……『マルドゥック・スクランブル』以前を描く、虚無と良心の訣別の物語。

ハヤカワ文庫

# マルドゥック・フラグメンツ

冲方　丁

『マルドゥック・スクランブル』『ヴェロシティ』、第三部『アノニマス』――コミック化、劇場アニメ化と、なお広がりをみせるマルドゥック・シリーズ。本書ではバロット、ウフコック、ボイルドの過去と現在、そして未来を結ぶ5篇に加えて、『アノニマス』を舞台にした書き下ろしを収録。さらに著者のロング・インタビュウ、『スクランブル』幻の初期原稿を抜粋収録するシリーズ初の短篇集。

# マルドゥック・ストーリーズ

冲方　丁／早川書房編集部・編

冲方丁作品の二次創作による新人賞「冲方塾」。その小説部門に応募されたマルドゥック・シリーズを題材とした短篇の中から、優秀作品を精選——ボイルドの誤爆を目撃した男の物語、疑似重力の謎に挑む二人の刑事、クルッとオセロットの日常などマルドゥック・シリーズの世界を自由に解釈し、想像力を広げた十一篇に、冲方自身が書き下ろした二次創作短篇「オーガストの命日」を併録した初の公式アンソロジー。

ハヤカワ文庫

著者略歴　1977年岐阜県生，作家『マルドゥック・スクランブル』で日本ＳＦ大賞受賞，『天地明察』で吉川英治文学新人賞および本屋大賞，『光圀伝』で山田風太郎賞を受賞

HM=Hayakawa Mystery
SF=Science Fiction
JA=Japanese Author
NV=Novel
NF=Nonfiction
FT=Fantasy

# マルドゥック・アノニマス9

〈JA1572〉

二〇二四年五月　二十日　印刷
二〇二四年五月二十五日　発行

（定価はカバーに表示してあります）

著者　冲方丁
発行者　早川浩
印刷者　西村文孝
発行所　株式会社早川書房

郵便番号　一〇一 - 〇〇四六
東京都千代田区神田多町二ノ二
電話　〇三 - 三二五二 - 三一一一（大代表）
振替　〇〇一六〇 - 三 - 四七七九九
http://www.hayakawa-online.co.jp

乱丁・落丁本は小社制作部宛お送り下さい。送料小社負担にてお取りかえいたします。

印刷・精文堂印刷株式会社　製本・株式会社フォーネット社

ISBN978-4-15-031572-6 C0193



本書は活字が大きく読みやすい〈トールサイズ〉です。